AF191903

BERND FRANZINGER
Familiengrab

VOLLTREFFER Ein besonders mysteriöser Fall für Kommissar Tannenberg und sein Team: Bei einer Geburtstagsfeier wird auf die Familie des Pfälzer Parkettfabrikanten Anton Denzer ein heimtückischer Mordanschlag verübt, bei dem mehrere Menschen sterben. Die Tatwaffe ist eine mannshohe Felsenkugel, die in einem Berghang gelöst und auf ihren todbringenden Weg ins Tal geschickt wurde.

Die Ermittlungsarbeit der Kriminalpolizei gestaltet sich schwierig, denn Familie Denzer hat in der Vergangenheit ihre Probleme stets selbst gelöst. Der Nebel lichtet sich erst, als weitere Anschläge passieren. Der Schlüssel zum Verständnis dieser rätselhaften Vorgänge liegt seit Jahrzehnten in den Wäldern des Moosalbtals ...

Bernd Franzinger, Jahrgang 1956, lebt mit seiner Familie bei Kaiserslautern. Mit seinen überaus erfolgreichen »Tannenberg«-Krimis gehört er zu den bekanntesten Autoren der deutschen Krimiszene. »Familiengrab« ist bereits der elfte Fall seines Kaiserslauterer Kriminalkommissars Wolfram Tannenberg.

Bisherige Veröffentlichungen im Gmeiner-Verlag:
Zehnkampf (2010)
Leidenstour (2009)
Kindspech (2008)
Jammerhalde (2007)
Bombenstimmung (2006)
Wolfsfalle (2005)
Dinotod (2005)
Ohnmacht (2004)
Goldrausch (2004)
Pilzsaison (2003)

BERND FRANZINGER

Familiengrab

Tannenbergs elfter Fall

Original

GMEINER

Die automatisierte Analyse des Werkes, um daraus
Informationen insbesondere über Muster, Trends und
Korrelationen gemäß § 44b UrhG (»Text und Data Mining«)
zu gewinnen, ist untersagt.

Bei Fragen zur Produktsicherheit gemäß der Verordnung
über die allgemeine Produktsicherheit (GPSR) wenden Sie
sich bitte an den Verlag.

Personen und Handlung sind frei erfunden.
Ähnlichkeiten mit lebenden oder toten Personen
sind rein zufällig und nicht beabsichtigt.

Besuchen Sie uns im Internet:
www.gmeiner-verlag.de

© 2011 – Gmeiner-Verlag GmbH
Im Ehnried 5, 88605 Meßkirch
Telefon 07575/2095-0
info@gmeiner-verlag.de
Alle Rechte vorbehalten

Lektorat: Isabell Michelberger, Meßkirch
Herstellung / Korrekturen: Christoph Neubert / Claudia Senghaas
Umschlaggestaltung: U.O.R.G. Lutz Eberle, Stuttgart
unter Verwendung eines Fotos von: carlitos / photocase.com
Druck: Libri Plureos GmbH, Friedensallee 273, 22763 Hamburg
Printed in Germany
ISBN 978-3-8392-1173-1

»Dass der Tod nur ist wie ein dunkler Gang,
der zum Lichte sich öffnet, ganz weit,
wo kein erblindetes Kind so bang
sich härmt um des Vaters Geleit.«

J. G. Whittier

1

November 2011

»Ohne mich wärt ihr doch alle arme Schlucker«, zischte Anton Denzer hinunter ins Moosalbtal.

In sein Tal. Dorthin, wo seine Arbeiter lebten und wo sie gestern eine rauschende Geburtstagsfeier für ihn veranstaltet hatten. In einem tiefen Zug sog er den würzigen Duft ein, den die frisch geschälten Eichenstämme verbreiteten.

»Ja, Kreilinger, du bist zwar ein elender Arschkriecher, aber du hast es in deiner Rede auf den Punkt gebracht.« Mit dem Zeigefinger tippte er sich an die Brust. »Ich bin der König von Köhlerbach. Und ihr seid meine Untertanen, meine Bauern.« Er grunzte und schob höhnisch nach: »Meine Waldbauern.«

Schmunzelnd fischte Toni eine Havanna aus seiner Hirschlederjacke, biss ihr den Kopf ab und spuckte das Tabakstück aus. Dann entzündete er ein Streichholz und schwenkte die Zigarrenspitze über der Flamme. Als sie sich schwärzlich verfärbte, führte er die Montecristo Selection an die Lippen und zog gleichmäßig an ihr.

Wie ein fauchender Drache stieß er Qualm durch die Nasenlöcher. Das Dorf verschwand hinter grauen Rauchschwaden und die Straßenlaternen verwandelten sich in milchige Leuchtkugeln. Toni legte den

Kopf ins Genick und paffte genüsslich weiter. Sein Blick schwebte hinüber zum Grat des Krottenbergs, wo die Silhouette der gezackten Baumwipfel mit dem jungen Nachthimmel verschmolz.

»Im 18. Jahrhundert stand hier weit und breit kein einziger Baum mehr. Alle abgeholzt von euren Vorfahren, diesem bescheuerten Köhler-Pack. Und warum? Um die Eisenindustrie mit Holzkohle zu versorgen«, polterte er weiter. Ein hämisches Lachen löste sich aus der Tiefe seines Brustkorbs. »Doch irgendwann benutzten die Hüttenwerke Steinkohle – und die Köhler waren ihren Job los.«

Toni Denzer schüttelte den Kopf und wanderte ein paar Schritte in Richtung des Holzlagerplatzes, auf dem unzählige Paletten mit Eichenholzfriesen auf die Weiterverarbeitung warteten. Bei diesem Anblick wurde ihm immer ganz warm ums Herz.

»Das Lebenswerk meiner Familie«, murmelte er voller Stolz. »Mittlerweile in der 4. Generation. Unsere Firma hat schon einiges durchgemacht. Trotzdem haben sich die Denzers nie unterkriegen lassen, egal wie schwer die Zeiten auch waren. Wir haben es immer wieder geschafft, unsere Probleme selbst zu lösen. Mit eisernem Willen und Disziplin.« Er klopfte sich mit der Faust auf die Brust. »Alles, was ich mir in meinem bisherigen Leben vorgenommen habe, habe ich auch erreicht – alles! Das können nicht viele von sich behaupten«, rief er seinem imaginären Publikum zu.

Denzer senkte das Kinn und strich über seinen

angegrauten Rauschebart. Mit den Lippen formte er einen Kreis und presste stoßartig Rauch durch die Mundöffnung. Die weißen Ringe wurden schnell größer und verflüchtigten sich. Schmauchend hing er noch eine Weile seinen Gedanken nach, dann kehrte er in die Sandsteinvilla zurück, die wie eine mittelalterliche Trutzburg über dem Moosalbtal thronte.

Er betrat das Esszimmer, doch niemand schien von ihm Notiz zu nehmen. Für einen König eine regelrechte Provokation! Also klatschte er in die Hände und verschaffte sich die gebührende Aufmerksamkeit.

»Ruhe!«, donnerte er über die Köpfe hinweg. »Dieser Krach ist ja nicht auszuhalten. Ihr seid Gäste in meinem Haus, benehmt euch auch entsprechend.«

Augenblicklich verstummten alle Gespräche. Selbst Tonis lebhafte Enkel brachten keinen Ton mehr heraus und setzten sich brav an den ausladenden Eichenholztisch, an dem nun auch der Patriarch an der Stirnseite Platz nahm. Nacheinander musterte er jeden Einzelnen der Familienmitglieder. Seine drei Söhne und die Enkelkinder wichen dem stechenden Blick aus und schlugen eingeschüchtert die Augen nieder.

»Agnes, wo bleibt das Essen? Es ist gleich 18 Uhr und die Markklößchensuppe steht noch nicht auf dem Tisch!«, brüllte er in Richtung der Küche, in der sich seine Ehefrau und die Schwiegertöchter seit Stunden abrackerten. Dienstpersonal beschäftigte er keines. Das waren nur unnötige Geldausgaben, fand er.

Die Hausarbeit war Aufgabe der weiblichen Familienmitglieder – basta!

»Kommt gleich«, tönte es zurück.

»Das will ich auch schwer hoffen«, grummelte Toni und trank einen großen Schluck Riesling. Als er sich mit dem Handrücken die Feuchte von Mund und Schnurrbart wischte, vibrierte sein Handy. »Verfluchte Hacke!«, polterte er ungehalten. »Noch nicht mal beim Abendessen hat man seine Ruhe.« Er drückte die Verbindungstaste und blaffte: »Warte, ich geh raus.«

Anton Denzer klemmte die Zigarre zwischen die Zähne, stapfte hinaus ins Freie und nahm das Handy ans Ohr. Plötzlich hörte er in seinem Rücken ein merkwürdiges, anschwellendes Geräusch. Er riss die Schulter herum und sah etwas, das ihm sofort das Blut in den Adern gefrieren ließ.

»Ach, du Scheiße!«, keuchte er, während die Zigarre aus seinem Mund fiel und mit der glühenden Spitze auf dem rechten Hirschlederschuh landete.

2

»Hanne, bitte nicht, das ist so nass«, brummelte Wolfram Tannenberg im Halbschlaf. Er drehte sich auf die andere Seite und zog die Bettdecke über den Kopf. Dann tastete er nach seiner Lebensgefährtin. Doch die Hand griff ins Leere. Kein Wunder, denn Johanna von Hoheneck war seit einem Tag in Dresden und nahm dort an einem Historikerkongress teil.

Kurt, der bärenartige Familienhund der Tannenbergs, interpretierte das Klopfen seines Herrchens als Aufforderung, ihm Gesellschaft zu leisten. Ruckzuck hatte er Hannes Betthälfte erobert und seinen massigen Wuschelkopf unter die Bettdecke geschoben. Als Beweis der tiefen Zuneigung klatschte er seine waschlappengroße Zunge auf Tannenbergs Wange und schleckte sie ab.

Der war nun schlagartig wach. »Bäh, Kurt, wie kann man nur so fürchterlich aus dem Maul stinken«, stieß er angewidert aus. Seine Stimme schwoll bedrohlich an. »Sofort raus aus unserem Bett!«

Auf derartige Befehle reagierte Kurt aus Prinzip mit stoischer Gelassenheit.

»Raus!«, brüllte sein genervtes Herrchen.

Doch Kurt bewegte sich auch weiterhin keinen Millimeter.

»Was bist du doch nur für ein sturer Hund«,

schimpfte Tannenberg. »Du willst mich bloß wieder erpressen, du hinterhältiges Mistvieh.«

Schmunzelnd trottete er zum Kühlschrank. Als er ein Stück Fleischwurst abschnitt, saß Kurt bereits schmatzend neben ihm und jaulte erwartungsvoll.

»Braver Hund«, lobte sein Herrchen scheinheilig.

Eine Viertelstunde später versuchte Tannenberg, sich an der elterlichen Parterrewohnung vorbeizuschleichen. Doch kaum hatte er die letzte der knarzenden Treppenstufen erreicht, schon öffnete sich die Wohnungstür.

»Guten Morgen, lieber Wolfi«, begrüßte ihn Margot lächelnd. Mit einem Mal verfinsterte sich ihre Miene. »Du hast doch bestimmt noch nicht gefrühstückt, oder?«

»Nein, Mutter, hab ich nicht«, erwiderte Tannenberg wahrheitsgemäß. »Hanne ist ja nicht da und …«

»Und deshalb kommst du jetzt schön rein und frühstückst mit uns«, vollendete Margot.

Ihr Sohn machte eine abwehrende Geste und erklärte: »Nein, nein, Mutter, das geht nicht. Ich hab leider keine Zeit.«

Die alte Dame stellte sich ihm in den Weg und sagte in einem Ton, der keinerlei Widerspruch duldete: »Nichts da, Wolfi, bei deinem anstrengenden Beruf brauchst du morgens eine anständige Unterlage. Wie heißt es so schön?«

Tannenberg wusste natürlich, was seine Mutter nun von ihm erwartete. Also spielte er brav den ihm zugedachten Part und antwortete: »Ein leerer Sack kann nicht stehen.«

»So ist es«, freute sich Margot. Sie legte dem Leiter der Kaiserslauterer Mordkommission die Hand auf die Schulter und schob ihn sanft in den Flur hinein.

»Hm, was riecht denn hier so unheimlich gut?«, wollte ihr Sohn wissen. Schnüffelnd folgte er der Duftspur, die eindeutig aus der Küche kam.

»Frag deinen Vater, der hat sie sich nämlich gestern gewünscht«, ertönte es in seinem Rücken.

»Was hast du dir gewünscht?«, sagte Tannenberg zu Jacob, der, wie stets um diese Uhrzeit, am Küchentisch saß und in seiner Zeitung schmökerte.

»Wünsche du erst einmal deinem alten Vater einen guten Morgen, du Stoffel«, rüffelte der Senior, ohne seine Lektüre zu unterbrechen. Grunzend schüttelte er den Kopf, während er seine dichten grauen Haare mit den Fingern durchfurchte. Dann musterte er seinen Sohn über die Lesebrille hinweg mit einem abschätzigen Blick. »Was musst du nur für eine schlechte Kinderstube gehabt haben.«

Tannenberg grinste über alle Backen. »Das stimmt allerdings«, pflichtete er seinem biologischen Erzeuger bei. »Also gut, von mir aus. Dann jetzt so, wie es im Knigge steht: Guten Morgen, lieber Vater. Recht so?«

»Jo, schon besser«, ertönte ein knurrendes Echo.

»Würdest du deinen unerzogenen Sohn nun freundlicherweise darüber aufklären, was Mutter Feines für dich gebacken hat?«

»Neujahrsbrezeln«, kam es postwendend zurück.

»Neujahrsbrezeln – Anfang November?«, prustete Tannenberg los.

»Ja und?«, knurrte Jacob. »Wenn schon im Hochsommer Spekulatius, Dominosteine und Christstollen in den Supermarkt-Regalen herumstehen, kann ich doch wohl auch im November eine Neujahrsbrezel essen, oder?«

Diesem Argument konnte Wolfram Tannenberg nun wirklich nichts Vernünftiges entgegenhalten.

»Liebe geht eben durch den Magen«, säuselte Margot und streichelte ihrem Mann über den Kopf. »Gell, mein Lieber?«

So als ob gerade ein Blitz hinter ihm eingeschlagen hätte, duckte sich Jacob und entzog sich so der zärtlichen Berührung. »Was'n los mit dir?«, fragte er mit einem spitzbübischen Lächeln. »Hast du 'nen Senioren-Eisprung oder was?«

Margot reagierte blitzschnell und klatschte ihrem vorwitzigen Ehemann das feuchte Geschirrhandtuch ins Genick.

»Au, das hat wehgetan«, jammerte der Senior.

»Sollte es auch.«

Tannenberg machte eine beschwichtigende Geste. »Mutter, hör doch einfach nicht hin. Du kannst dieses polternde Trampeltier eh nicht mehr ändern.«

Die alte Dame winkte ab. »Ach, Wolfi, die Sprüche deines Vaters ärgern mich schon lange nicht mehr. Außerdem bekommt er ja immer gleich seine Strafe ab.« Urplötzlich verfinsterte sich ihre Miene und sie schluckte hart.

Ihr Sohn bezog diese Veränderung auf seinen knorrigen Vater. Er stellte sich hinter Margot und flüsterte in einfühlsamem Ton: »Geht dir der Kerl doch mehr auf den Wecker, als du zugeben willst? Soll ich mir den alten Knaben mal anständig zur Brust nehmen?«

»Nein, nein, Wolfi, wir kommen gut miteinander aus. Ich musste nur gerade an dieses fürchterliche Unglück in Köhlerbach denken«, erwiderte sie schniefend. Sie nahm ein Stück Küchenrolle und tupfte sich die Augenwinkel trocken.

»Unglück in Köhlerbach?«, fragte ihr Sohn verwundert, während er an dem gedeckten Frühstückstisch Platz nahm.

»Noch nichts davon gehört, du Schnarchnasen-Kommissar?«, frotzelte Jacob und zog geräuschvoll die Nase hoch.

»Nee, was ist denn passiert?«

»Und so einer ist bei der Polizei«, spottete sein Gegenüber. »Früher haben die Schutzleute alles gewusst, was in ihrer Heimat los ist. Die hatten eh viel mehr Mumm in den Knochen als ihr heute, ihr Schlappschwänze.«

»Jacob, du sollst Wolfi nicht immer ärgern.«

»Aber es ist doch wahr. Früher war noch Zucht und Ordnung. Aber heute hat keiner mehr Respekt, sondern ...«

»Los, sag mir jetzt endlich, was in Köhlerbach passiert ist«, drängte sich Tannenberg dazwischen.

»Ach, so ungeduldig auf einmal? Vorhin hattest du angeblich noch nicht mal zehn Minuten Zeit, um gemeinsam mit deinen Eltern eine Neujahrsbrezel zu essen. Und jetzt hast du urplötzlich Zeit, he?«

»Vater, bitte.«

»Also gut«, erbarmte sich der Senior. »Gestern hat der Denzer Toni seinen 65. Geburtstag gefeiert.«

»Im engsten Familienkreis, haben die im Radio gesagt«, ergänzte seine Gattin, die ihrem Sohn gerade Kaffee einschenkte.

»Zum Glück, sonst hätte es bestimmt noch viel mehr Tote gegeben«, meinte ihr Mann.

»Tote?«

»Ja, Wolfi«, seufzte Margot ergriffen. »Bis jetzt sind drei Tote zu beklagen: Denzers Ehefrau und seine beiden Schwiegertöchter.« Um ihre wild zuckenden Mundwinkel zu verdecken, legte sie ihre Hand vor den Mund. »Der arme Mann.« Sie schluchzte auf. »Und seine armen kleinen Enkel. Die haben nun keine Mütter mehr.«

»Mach dir mal keine Gedanken um den Denzer, diesen alten Speckjäger. Der hat bestimmt schon 'ne neue Frau auf Lager«, kommentierte Jacob in gewohnt sensibler Manier.

»Du bist wirklich unmöglich, Jacob«, zeterte Margot. »Seine arme Frau ist noch nicht unter der Erde und du machst dir schon Gedanken über ihre Nachfolgerin.«

»Ich?«, zischte der Senior und schlug sich feixend auf die Schenkel. »Nee, ich doch nicht. Der alte Denzer macht das. Der hat garantiert eine in Reserve, mindestens eine. Das hat er doch bei seiner ersten Frau auch so gemacht. Während die todkrank in der Klinik lag, hat er bereits die Neue gebumst.«

»Vater!«, empörte sich Tannenberg in scharfem Ton. »Erzähl mir lieber endlich mal, was überhaupt passiert ist.«

Jacob zupfte an seinem schlohweißen Schnurrbart herum. »Von mir aus, dann werde ich unseren lieben Herrn Hauptkommissar nun mal auf den neuesten Informationsstand bringen«, verkündete er großzügig. Er sprach nun absichtlich betont langsam und bedächtig. »Gestern Abend hat sich hoch oben im Berg ein großer Felsbrocken gelöst. Der ist dann mit Karacho den Hang hinuntergerauscht und hat Denzers Villa wie ein Geschoss durchschlagen. Du guckst gerade ganz schön neugierig aus der Wäsche, Junior«, bemerkte Jacob, der seinen Wissensvorsprung genussvoll auskostete. Er stemmte sich in die Höhe und formte mit den Händen eine übermannshohe Kugel. »Der Felsen muss ein Riesenkaventsmann gewesen sein. 2,50 Meter Durchmesser und tonnenschwer. Diese Kanonenkugel ist vorne durch die Wand in die Küche rein, hat die drei Frauen plattgemacht und ist dann durchs Wohnzimmer und über die Terrasse wieder raus. Und liegt nun irgendwo unten in Köhlerbach.«

»Hoffentlich hat der Felsen im Dorf nicht noch mehr Schaden angerichtet«, wisperte Margot.

Jacob zuckte mit den Schultern. »Davon hab ich noch nichts mitgekriegt.«

»Wieso bist du eigentlich schon wieder so unglaublich gut informiert?«, fragte der Kriminalbeamte verblüfft.

Jacob wedelte mit seiner BILD. »Da steht alles drin – sogar mit Skizze.« Er nahm wieder Platz und breitete die Zeitung aus. »Diese Zeichnung ist so anschaulich, dass sie selbst ein begriffsstutziger Provinzbulle wie du verstehen dürfte.«

»Jacob, du sollst den armen Wolfi nicht provozieren. Er hat es schwer genug mit seiner Arbeit«, schimpfte Margot. Sie trocknete sich an ihrer karierten Kittelschürze die Hände ab und setzte sich anschließend zu ihren beiden Männern.

Jacob nahm seinen jüngsten Sohn mit einem spöttischen Blick ins Visier. »Wieso weißt du denn eigentlich nichts davon?«

Tannenberg verdrehte genervt die Augen. »Weil ich heute Nacht keine Bereitschaft hatte und weil es sich dem Anschein nach ausnahmsweise mal nicht um Mord oder Totschlag handelt, sondern um einen tragischen Unglücksfall.«

»Und das weißt du jetzt schon so sicher? Obwohl du hier in der Beethovenstraße am Frühstückstisch sitzt? Das nennt man wohl ›kriminalpolizeiliche Ferndiagnostik‹, he?«

»Quatsch«, fauchte Tannenberg wie ein feuerspeiender Drachen, »aber bislang gibt es nicht den kleinsten Hinweis auf irgendein Fremdverschulden, sonst hätten mich meine Kollegen sicherlich schon längst darüber informiert.« Er nickte mit dem Kinn zu seinem Vater hin, der sich gerade ein Stück der

Neujahrsbrezel in den Mund schob. »Woher kennst du eigentlich diesen Herrn Denzer? Und wieso weißt du über seine Familienverhältnisse beziehungsweise Liebschaften so gut Bescheid?«

Schmunzelnd befreite der Senior seine falschen Zähne von Hefeteigresten. »Da staunst du mal wieder, gell?«

»Aus'm Tchibo natürlich«, mischte sich Margot ein.

»So ist es«, erklärte ihr Ehemann. »Im Tchibo steht einer am Nebentisch, der hat sich 40 Jahre lang in der Parkettfabrik dieses Menschenschinders krumm und bucklig geschuftet. Und das für einen Hungerlohn«, erwiderte Jacob schmatzend. Er schnippte einen Krümel von seiner braunen Weste und schob nach: »Ich könnte ja nachher im Tchibo bei meinen Kumpels ein paar wichtige Informationen für dich besorgen.«

Wolfram Tannenberg blies die Backen auf und ließ den aufgestauten Atem knatternd über die Lippen streifen. »Oh je, der berühmte Sherlock Holmes aus der Beethovenstraße schaltet sich wieder in die Ermittlungsarbeit ein.«

Wie ein Florettfechter stach Jacob mit dem Zeigefinger auf seinen Sohn ein. »Mach du dich nur lustig über meine Informanten. Da stehe ich locker drüber. Denn eins steht fest ...« Er reckte den Zeigefinger. »Und zwar felsenfest«, verkündete er unter Betonung der beiden ersten Silben. »Ohne meine wertvollen Informationen wärst du in der Vergangenheit schon öfter ganz gewaltig aufgeschmissen gewesen. Oder stimmt das etwa nicht?«

Tannenberg nickte mit zusammengekniffenen Lippen. »Okay, mein lieber Holmes, da ist ja durchaus etwas Wahres dran.«

Strahlend rieb sich der Senior die Hände. »Das freut mich natürlich zu hören, Junior.« Jacob senkte die Stimme und sagte in verschwörerischem Tonfall: »Ich finde bestimmt etwas Interessantes über diesen Kotzbrocken und seine miesen Geschäfte heraus. Da bin ich mir ganz sicher. Und meine Infos verkaufe ich dir dann wieder. Abgemacht?«, fragte er und streckte seinem Sohn die Hand entgegen.

Der packte die faltige Männerpranke und drückte sie. »Von mir aus, Vater, abgemacht. Aber nach allem, was ich bis jetzt von dir erfahren habe, dürfte dieser Herr Denzer wohl eher potentielles Opfer als Täter sein«, sagte der Kriminalbeamte.

»Vordergründig schon, aber …«, meinte Jacob vieldeutig. »Jedenfalls hat der Kerl hundertprozentig Dreck am Stecken. Darauf kannst du schon mal getrost einen fahren lassen.«

Petra Flockerzie, die gute Seele des K1, war völlig auf ihren Taschenrechner fixiert und bemerkte Tannenberg zunächst nicht. »Nein, so ein Mist: 240 mehr«, stöhnte sie verzweifelt. Anschließend vergrub sie ihr Gesicht in den Händen und weinte bitterlich.

Ein herzzerreißender Anblick, den ihr Vorgesetzter kaum ertragen konnte. »Was ist denn mit dir, Flocke?«, fragte er in einfühlsamem Ton. »Was bedeutet diese Zahl?«

»Ach Gott, Chef, Entschuldigung, ich hab Sie ja gar nicht kommen hören«, erklärte die Sekretärin in einem Ton, als ob man sie gerade in flagranti bei einem Diebstahl erwischt hätte.

Der Kommissariatsleiter holte einen Stuhl und setzte sich an ihren Schreibtisch. Dann nahm er ihre linke Hand und tätschelte sie. »Was hast du denn für ein Problem, Flocke?« Als sie nicht reagierte, sondern ihn nur schniefend mit tränennassen Augen anschaute, ergänzte er: »Dein altes Problem?«

Die Sekretärin schob die Unterlippe vor und räusperte sich verlegen. Dann brach es förmlich aus ihr heraus: »Ich hab mich so gut gehalten, aber gestern hab ich 240 Kalorien zu viel reingeschoben. Ich bin eine disziplinlose Versagerin«, beschimpfte sie sich selbst.

Tannenberg hatte alle Mühe, ein Lächeln zu unterdrücken. »Ich braue uns beiden jetzt erst mal zwei doppelte Espressi. Das Koffein bringt den Kreislauf in Schwung und hellt die Stimmung auf. Du wirst sehen, danach sieht die Welt schon wieder ganz anders aus«, verkündete er und trottete zur Kaffeemaschine. Nun konnte er sich allerdings eines dezenten Schmunzelns nicht mehr erwehren.

»Danke, Chef«, ertönte es in seinem Rücken.

»Mit welcher Diät quälst du dich denn diesmal herum?«, fragte Wolfram Tannenberg über die Schulter hinweg.

Petra Flockerzie schnäuzte sich erst einmal die Nase. »Mit der Hollywood-Diät«, kam es gepresst zurück.

»Hollywood-Diät? Den Namen habe ich schon mal irgendwo gehört. Mehr aber auch nicht«, rief Tannenberg in den Lärm des aufheulenden Mahlwerks hinein.

Die Sekretärin wartete, bis die Maschine bedeutend leiser arbeitete. »Die Hollywood-Diät wurde vor fast einhundert Jahren in Hollywood entwickelt, um die Filmschauspieler schlank und rank zu halten«, dozierte sie. »Man darf täglich nicht mehr als 1000 Kalorien zu sich nehmen.«

»Das ist aber nicht gerade sehr viel«, kommentierte Tannenberg in Gedanken an eine deftige pfälzische Hausmacherplatte, die selbstredend mit mindestens zwei Weizenbier bewässert werden musste.

Petra Flockerzie seufzte leidend. »Nein, Chef, wirklich nicht. Die hat man ganz schnell beisammen.« Sie hielt den Taschenrechner wie ein Ausrufezeichen in die Höhe. »Gestern hab ich 1240 Kalorien reingeschoben.« Ihre Stimme überschlug sich. »Und das waren genau 240 zu viel!«

»Vielleicht hast du ja beim Zusammenzählen einen Fehler gemacht«, gab ihr Vorgesetzter zu bedenken.

»Nein, leider nicht, Chef«, stöhnte die korpulente Sekretärin. »Ich hab's dreimal durchgerechnet.«

Tannenberg brummte mitfühlend. »Was darf man denn eigentlich bei dieser komischen Hollywood-Diät essen?«

Petra Flockerzie war nun in ihrem Element. Sie richtete sich auf und erklärte wie der Moderator einer Weight-Watchers-Werbeveranstaltung: »Nur mageres Fleisch, Fisch, Eier, Salat und Obst. Kohlenhydrate und Fette sind tabu, also keine Kartoffeln, keine Nudeln, keine Süßigkeiten, keine Soßen und so weiter.«

»Also alles, was gut schmeckt, ist verboten«, kommentierte Tannenberg. »Dazu sag ich nur: Das ist eine Schrott-Diät.«

Der gute Geist des K1 knickte förmlich in sich zusammen und wimmerte: »Stimmt ja, Chef, aber was soll ich denn nur machen gegen meine überflüssigen Pfunde?«

»Diese blöden Reduktionsdiäten bringen dauerhaft eh nichts«, behauptete Tannenberg, »weil der Körper sofort auf geringeren Energieverbrauch umschaltet.« Er stellte ihr den doppelten Espresso hin. »Außerdem bist du doch gar nicht zu dick. Mir gefällst du jedenfalls so, wie du bist.«

»Wirklich, Chef?«

»Ja, Flocke, du bist genau richtig. Also, wenn ich meine Hanne nicht hätte. Bei dir würde ich ganz schnell schwach werden.«

Die Farbe kehrte in Petra Flockerzies Gesicht zurück. »Huch, Chef, jetzt veralbern Sie mich aber.«

Tannenberg grinste breit. »Nein«, sagte er gedehnt. Er fischte eine Plastikbox aus seiner Ledertasche und legte sie auf den Taschenrechner. »Zum Trost hab ich dir etwas mitgebracht.«

»Was ist denn da drin, Chef?«, fragte sie neugierig.

»Etwas ganz Feines. Schau mal nach.«

Sie öffnete den Deckel. »Eine Neujahrsbrezel?«, fragte sie verdutzt. Sie schloss die Augen und schnuffelte intensiv an ihr. »Hm, wie die duftet.«

»Die hat meine Mutter heute Morgen frisch gebacken.«

»Aber eine Neujahrsbrezel Anfang November?«, meinte Petra Flockerzie mit gekrauster Stirn.

»Warum nicht?«

»Stimmt, Chef, warum eigentlich nicht?«, stimmte die rundliche Sekretärin zu. Sie lachte so herzhaft, dass ihr Doppelkinn wie ein Wackelpudding hin- und herschwabbelte.

»So gefällst du mir schon wieder bedeutend besser«, freute sich ihr Vorgesetzter. »Weißt du übrigens, was mein Vater zu dieser Hollywood-Diät sagen würde?«

»Nee, Chef«, erwiderte Petra Flockerzie kauend.

»Blöder Amikram.«

Die Diätexpertin kicherte wie ein pubertierendes Schulmädchen. Dann nippte sie an ihrem doppelten Espresso und tippte sich mit dem manikürten Fingernagel auf die Lippe: »Wie geht es denn eigentlich ihrem alten Herrn?«, wollte sie wissen.

»Gut, Flocke. Seitdem er endlich wieder Sherlock Holmes spielen kann, sogar sehr gut.« Tannenbergs Gesicht nahm einen schelmischen Ausdruck an. »Er hat gerade mit den Ermittlungen im Mordfall Denzer begonnen.«

»Was? Mordfall?«, stieß Petra Flockerzie verwundert aus. Sie verschluckte sich fast und hüstelte hinter vorgehaltener Hand. »Ich dachte, das war ein Unglück.«

»Denken heißt nicht wissen«, philosophierte ihr Chef und verschwand in seinem Büro.

Da bis zur Frühbesprechung noch eine Viertelstunde Zeit blieb, stöberte Tannenberg ein wenig im Internet. Zur Verknüpfung ›Anton+Denzer‹ lieferte die Suchmaschine weit mehr als 8000 Treffer. Denzers Name tauchte meist in Zusammenhang mit seiner Parkettfabrik auf. Wenn der Internetauftritt einer Firma den Besucher mit einer attraktiven Startseite ködern sollte, so bewirkte die Homepage der Denzerschen Parkettfabrik genau das Gegenteil: sie schreckte ab.

Die Startseite mit Anton Denzers zentral platziertem Porträtfoto erinnerte an die peinlichen Selbstdarstellungsshows von Profilneurotikern, wie sie in den sogenannten Communities millionenfach im Internet kursierten. Auch die Navigationsleiste hatte der Egomane auf sich maßschneidern lassen: ›Meine Person‹, ›Meine Erfolgsgeschichte‹, ›Meine Firma‹, ›Meine Produktpalette‹ stand dort zu lesen.

So sieht ein menschgewordener Kotzbrocken aus, kam es Tannenberg in den Sinn. Doch obwohl ihm dieser Mann auf Anhieb total unsympathisch war, zog ihn sein Foto magisch an. Trotz 65 Lebensjahren, graumeliertem Haar und dichtem Vollbart, dicken Tränensäcken und tief eingefrästen Gesichtszügen strotzte Denzers Antlitz geradezu vor Arroganz und Aggressivität. Im Gegensatz zu seinen Altersgefährten war seine Gesichtshaut nicht wachsfarben, sondern rötlichbraun – wettergegerbt, wie die eines Bauern oder Waldarbeiters.

»Che-ef«, quäkte es plötzlich aus der Gegensprechanlage, »ich habe einen Feuerwehrmann aus Köhlerbach in der Leitung. Er möchte Sie dringend sprechen.«

»Gut, Flocke, dann stell ihn mal durch.«

Während Tannenberg sich geduldig anhörte, was ihm der Anrufer mitzuteilen hatte, trudelten nacheinander seine Kollegen ein, bedachten ihn mit einem stummen Nicken und ließen sich am Konferenztisch nieder. Der Kommissariatsleiter legte auf und kratzte sich nachdenklich am Hinterkopf. Mit einem dahingeknurrten »Moin« begrüßte er seinerseits die Mitarbeiter der Kaiserslauterer Mordkommission und verkündete anschließend: »Leute, die Frühbesprechung lassen wir heute ausfallen. Stattdessen fahren wir raus ins schöne Moosalbtal. Und zwar dorthin, wo gestern Abend ein Felsen in ein Haus reingerauscht ist und drei Frauen getötet hat.«

»Du meinst das schreckliche Unglück in Köhlerbach?«, fragte Mertel, seines Zeichens Leiter der kriminaltechnischen Abteilung.

»Ja, genau, mein lieber Karl.«

»Da muss ich nachher eh hin. Die Kollegen haben uns vorhin angefordert. Aber was wollt ihr denn alle dort? Hat die Mordkommission denn nichts Besseres zu tun, als uns bei unserer Arbeit im Weg zu stehen?«, frotzelte der Kriminaltechniker.

»Vielleicht war es gar kein Unglück, sondern ein heimtückischer Mordanschlag.«

»Wie kommst du denn auf so etwas?«, wollte Sabrina Schauß wissen.

»Der Mann, mit dem ich eben telefoniert habe, ist Mitglied der Freiwilligen Feuerwehr Köhlerbach. Er und seine Leute räumen dort gerade auf und sichern das zerstörte Gebäude. Ihm ist etwas aufgefallen, das wir uns unbedingt aus nächster Nähe anschauen sollten.«

3

Juli 1974

Seit mehreren Wochen bescherte ein stabiles Hochdruckgebiet der Pfalz ein traumhaftes Sommerwetter. Gut gelaunte, kontaktfreudige Menschen bevölkerten die Schwimmbäder, Badeseen und Biergärten. Die ausgelassene Urlaubsstimmung brachte das Karussell der Emotionen richtig in Schwung, und manch ein stiller Verehrer fasste endlich Mut, den entscheidenden Schritt auf seine Herzdame zuzugehen.

Und genau das hatte Rolf Kleemann vor gut einem Monat getan: Er hatte Heike einen Brief geschrieben und ihr darin seine Liebe offenbart. Und wie hatte Heike auf diesen kühnen Vorstoß reagiert? Sie hatte ihn sofort angerufen und sich mit ihm getroffen – und ihm ohne Vorwarnung einen zärtlichen Kuss auf die Lippen gedrückt. Diesen Kuss würde er wohl nie vergessen.

Und jetzt verbrachten sie ihr erstes gemeinsames Wochenende in einem wunderbar engen Zweimannzelt. Er konnte sein Glück noch immer nicht fassen. Aber es war kein Traum. Er lag tatsächlich am Ufer des idyllischen Clausensees und schmuste mit Heike, dem schönsten und süßesten Mädchen weit und breit.

Es war eine milde, klare Sommernacht. Die unbewegte Wasseroberfläche glänzte silbern im fahlen Mondlicht. Nicht der leiseste Windhauch war zu spüren. Rolf schaute hinüber zur Rezeption, wo die Flaggen schlaff an den Masten hingen.

Dann kehrte sein verklärter Blick zurück zu seiner Freundin. Mit dem Finger schob er ihr eine Haarsträhne hinters Ohr und lächelte sie versonnen an.

Heike strahlte übers ganze Gesicht. »Woran denkst du gerade?«, flüsterte sie, während sie ihn mit zärtlichen Blicken streichelte.

»Ich versuche mir vorzustellen, wie unsere Kinder wohl aussehen werden.« Rolf seufzte tief. »Hoffentlich erben sie deine goldigen Lachgrübchen.«

»Und deine tollen blauen Augen«, ergänzte Heike.

»Dann sind wir uns ja einig«, freute sich Rolf. »Komm, wir schwimmen rüber zur Insel.«

»Au ja«, stimmte die dunkelhaarige Schönheit zu.

Hand in Hand rannten die beiden Turteltäubchen hinunter zum See, lösten sich voneinander, hechteten ins pechschwarze Wasser und kraulten los. Beide waren sehr gute Schwimmer und benötigten kaum zwei Minuten, bis sie wieder festen Boden unter den Füßen hatten. Die kleine Insel war dicht mit Buschwerk und Bäumen bewachsen. Rolf und Heike waren schon ein paarmal hier gewesen. Zu ihrem Lieblingsplatz hatten sie eine schiefe Trauerweide auserkoren, deren abgebrochener Stamm wie der Bugspriet eines Segelschiffs in den See hineinragte.

Schweigend saßen sie nebeneinander und ließen die Beine über dem Wasser baumeln. Vom Campingplatz her dröhnte Musik. Sie wurde ab und an vom Gegröle einer Jugendgruppe übertönt, die dort tags zuvor ihre Zelte aufgeschlagen hatte.

Nachdem die zarten Liebesbande zwischen den beiden geknüpft war, hatten sie sich von ihren Freunden weitgehend zurückgezogen. Sie brauchten niemanden mehr zu ihrem Glück, sie hatten endlich gefunden, was sie lange gesucht hatten, und waren sich nun selbst genug.

Sanft streichelte Heike über Rolfs nassen Oberschenkel und schmiegte sich an ihn. »Ich freue mich so unheimlich auf die Zukunft mit dir«, hauchte sie ihm ins Ohr. »Wie viele Kinder möchtest du eigentlich mal haben?«

»Mindestens drei«, schoss es förmlich aus Rolf hervor. Doch plötzlich hatte er Angst, Heike vor den Kopf gestoßen zu haben. Mit seinen kräftigen Händen umklammerte er die Knie, räusperte sich und schob verlegen nach: »Natürlich musst du das entscheiden.« Er machte eine abwiegelnde Geste. »Wenn dir drei zu viel sind, würden mir selbstverständlich auch eins oder zwei reichen.« Seine Miene verdüsterte sich. »Aber …, aber vielleicht willst du ja überhaupt keine Kinder?«, stammelte er verunsichert. »Damit …«

»Nein, drei Kinder sind schon okay«, fiel ihm Heike ins Wort. Sie spielte mit der Kordel, die ihre Bikinihose an der Seite zusammenhielt, und lächelte ihn herausfordernd an. »Das erste hätte ich übrigens gerne so schnell wie möglich.«

Rolf verschlug es die Sprache. Er gaffte seine Freundin mit offenem Mund an. Abwechselnd jagten ihm kalte und heiße Schauer den Rücken hinab.

»Hab ich dich jetzt etwa geschockt?«, fragte Heike kess.

»Nein, nein, ganz und gar nicht. Ich, ähm … Das, das wäre toll.« Rolf schluckte so hart, als steckte ihm etwas Sperriges in der Kehle. Dann nahm er allen Mut zusammen und formulierte die Frage, die er eigentlich erst in ein paar Monaten stellen wollte: »Vielleicht ist es noch ein bisschen früh, aber egal.« Er schniefte, schaute Heike tief in die Augen und säuselte mit belegter Stimme: »Würdest du mich heiraten?«

»Ja«, kam es postwendend zurück.

Heikes Antwort bestand nur aus diesen beiden dahingehauchten Buchstaben. Aber sie reichten völlig aus, um Rolf in einen Freudentaumel zu stürzen.

»Juhu!«, schrie er aus Leibeskräften und hechtete in den See. Er tauchte gleich wieder auf, vollführte eine Saltowende und kraulte zur Trauerweide zurück.

»Jabbadabbaduuuuu.« Wie ein Irrer drosch er mit den flachen Händen auf die Wasseroberfläche ein und drehte sich dabei im Kreis. »Niemand kann uns verbieten zu heiraten, denn wir sind beide volljährig«, prustete er. »Und Geld verdiene ich auch. Zwar nicht sehr viel, aber für eine kleine Wohnung reicht es garantiert.«

Heike sprang in seine ausgebreiteten Arme und presste sich an seinen muskulösen Oberkörper. »Meine Eltern unterstützen uns bestimmt«, keuchte sie ihm ins Ohr. »Die flippen sowieso aus, wenn sie erfahren, dass sie nächstes Jahr Oma und Opa werden.«

»So schnell?«, fragte Rolf. Er schien urplötzlich Angst vor der eigenen Courage zu bekommen. »Bist du dir auch wirklich sicher, dass du dein ganzes Leben ausgerechnet mit dem Waldarbeiter Rolf Kleemann verbringen willst und nicht mit irgendeinem reichen Schnösel aus der Stadt?«

»Ja, dessen bin ich mir sicher, sogar hundertfünfzigprozentig sicher«, erwiderte Heike in feierlichem Ton. »Ich verspreche dir hiermit, dir immer treu zu sein und dich zu lieben, bis dass der Tod uns scheidet.«

Rolf brachte zunächst keinen Ton mehr heraus. Während ihm die Tränen über die Wangen kullerten, schniefte er und schüttelte immerfort den Kopf, so als könne er einfach nicht begreifen, was ihm da gerade widerfuhr. »Wahnsinn, Heike, Wahnsinn!«, wisperte er. »Ich bin so wahnsinnig glücklich, dass du ausgerechnet mich lieb hast.«

»Du bist eben mein absoluter Traummann«, schwärmte Heike und kuschelte sich an ihn. »Komm, lass uns zurückschwimmen und im Zelt …« Den Rest ließ sie unausgesprochen, aber die Signale ihres Körpers waren so eindeutig, dass ihr Freund sie nicht missverstehen konnte.

Rolf war heilfroh, dass niemand am Ufer war, als er aus dem Wasser stieg. Kichernd knotete Heike ein Badelaken um seine Hüften. Die beiden packten ihre Sachen zusammen und schlenderten eng umschlungen in Richtung ihres Zeltes. Dabei passierten sie den Parkplatz, auf dem gut ein Dutzend Autos abgestellt waren.

»Ja, wen haben wir denn da Schönes?«, ertönte in ihrem Rücken plötzlich eine aggressive Männerstimme. »Das super-sexy Fräulein Schmitt und ihren neuen Stecher.«

Heike und Rolf fuhr der Schreck in alle Glieder. Als die beiden sich umwandten und Anton Denzer erblickten, jagten ihnen sofort eiskalte Schauder den Rücken hinunter. Toni saß auf dem Kotflügel seines roten Fiat Spider und grinste herausfordernd. In der linken Hand schwenkte er eine Whiskeyflasche, in der rechten hielt er eine brennende Zigarre. Auf der anderen Seite des Sportwagens stand Albert Winter, Tonis langjähriger Adlatus, der ihm stets wie ein Schatten folgte. Albert war nicht nur der unterwürfige Bewunderer seines Herrn, sondern auch dessen Chauffeur, wenn dieser wieder einmal sturzbetrunken war. Und das kam gerade in letzter Zeit recht häufig vor.

»Was findest du nur an diesem armseligen Holzfäller?«, provozierte Denzer weiter. »Der kann dir süßem Zuckerpüppchen doch überhaupt nichts bieten.«

»Du bist ja betrunken, Toni«, erwiderte Heike, die inzwischen den ersten Schock überwunden hatte.

»Und du bist schuld daran«, giftete Anton Denzer zurück.

»Wieso denn ich?«

»Weil du mit diesem Mistkerl gehst und nicht mit mir.«

»Die Entscheidung musst du wohl Heike überlassen«, mischte sich Rolf ein. Er bebte vor Zorn und presste die Zähne so fest aufeinander, dass sich die Kaumuskeln deutlich unter seiner Wangenhaut abzeichneten.

»Halt's Maul, du kleiner Waldarbeiter!«, brüllte Denzer mit sich überschlagender Stimme. »Ein Wort von mir und mein Vater schmeißt dich raus.«

Rolf Kleemann konnte seine Wut kaum mehr im Zaum halten. Am liebsten wäre er seinem Widersacher an die Gurgel gegangen und hätte ihn windelweich geschlagen. Aber er musste sich beherrschen. Wie sollte er Frau und Familie ernähren, wenn er seinen Job verlor? Er hatte doch nichts anderes gelernt, als Bäume zu fällen. Wo sollte er denn unterkommen, wenn der alte Denzer ihn auf die Straße setzte? Aus Köhlerbach weggehen? Was wäre dann mit Heike? Würde sie ihre geliebte Heimat und ihre Großfamilie verlassen und mit ihm in eine ungewisse Zukunft ziehen? Nein, er durfte unter keinen Umständen seinen Arbeitsplatz aufs Spiel setzen. Er packte Heikes zitternde Hand und zog sie mit sich.

»Dieser arme Schlucker kann dir das Luxusleben nicht bieten, das du verdient hast«, brüllte Toni hinter dem Pärchen her. »Der ist doch arm wie eine Kirchenmaus. Aber ich kann es.«

»Das ist mir völlig egal, du aufgeblasener Idiot«, erwiderte Heike so leise, dass Denzer es nicht hören konnte. Sie drückte ganz fest die Hand ihres Freundes und ergänzte: »Ich liebe diesen Rolf Kleemann nämlich – und das zählt, nicht deine blöde Kohle. Die kannst du dir sonstwo hinstecken.«

Toni Denzer stieß zwar weitere Flüche und Beschimpfungen aus, aber er und Albert Winter blieben auf dem Parkplatz zurück. Als kurz darauf der Spider mit quietschenden Reifen und aufheulendem Motor in Richtung Waldfischbach lospreschte, atmeten Rolf und Heike erleichtert auf. Doch Denzers Auftritt hatte ihnen die Stimmung gründlich verdorben. Sie bauten ihr Zelt ab und knatterten mit Rolfs Moped zurück nach Köhlerbach. Aus Angst, Toni könnte ihnen irgendwo auflauern, benutzten sie nicht die Landstraße, sondern Schleichwege durch den Wald.

Denn Anton Denzer war alles zuzutrauen, wirklich alles.

4

Während eine fröhliche Morgensonne die Bergrücken
des Pfälzer Waldes mit Licht und Wärme verwöhnte,
erstickte zähflüssiger Bodennebel das Moosalbtal und
raubte ihm die Luft zum Atmen.

Sabrina Schauß steuerte das Zivilfahrzeug durch
den Luftkurort Trippstadt und folgte der abschüssi-
gen Landstraße in Richtung Johanniskreuz.

»Verdammter Nebel!«, fluchte Tannenberg, als
Sabrina die Scheinwerfer einschaltete.

»So gib mir auch die Zeiten wieder,
Da ich noch selbst im Werden war,
Da sich ein Quell gedrängter Lieder
Ununterbrochen neu gebar,
Da Nebel mir die Welt verhüllten,
Die Knospe Wunder noch versprach,
Da ich die tausend Blumen brach,
Die alle Täler reichlich füllten.
Ich hatte nichts und doch genug:
Den Drang nach Wahrheit und die Lust am Trug.
Gib ungebändigt jene Triebe,
Das tiefe, schmerzenvolle Glück,
Des Hasses Kraft, die Macht der Liebe,
Gib meine Jugend mir zurück!«,

rezitierte Dr. Schönthaler aus Goethes Faust. »Passt doch haargenau zu diesem Waschküchenwetter, oder?«

»Wetter?«, spuckte die junge Kommissarin regelrecht aus. Schlagartig entspannte sich ihre Miene und Lachgrübchen verzauberten ihr Gesicht. Sie fixierte den Rechtsmediziner im Rückspiegel und ergänzte in süffisantem Ton: »Mir scheint eher, unser lieber Doc hat eine Midlife-Crisis.«

»Wohl eher Endlife-Crisis«, frotzelte Tannenberg. Er zog das Kinn an den Hals und produzierte ein Grunzgeräusch, das dem alten Keiler im Kaiserslauterer Wildpark zur Ehre gereicht hätte.

»Nee, nee, Sabrina, da täuschst du dich gewaltig«, erwiderte Dr. Schönthaler. Schmunzelnd rückte er seine Fliege zurecht und reckte den Hals. »Ich habe mit meinem biologischen Zerfallsprozess keinerlei Probleme.« Er schöpfte tief Luft, bevor er den Fangschuss setzte: »Ganz im Gegensatz zu deinem Chef, der nahezu minütlich über das leidige Älterwerden jammert. Gell, mein liebes Wölfchen?«

Tannenberg schnaubte wie ein Walross. »Von wegen, du Lügenmaul. Damit hab ich wirklich nicht die geringsten Probleme.«

»Wer's glaubt, wird selig, wer's nicht glaubt, kommt auch in den Himmel.«

»Ich bin fit«, behauptete Tannenberg, hob den linken Arm und spannte demonstrativ den Bizeps an. »Und zwar topfit.«

»Ja, wie'n ausgelatschter Turnschuh«, höhnte

Dr. Schönthaler. »Hast du Sabrina eigentlich schon deine neue Krampfader gezeigt?« Er zwängte sich zwischen die Kopfstützen und raunte der Fahrerin zu: »Die ist vielleicht eklig, kann ich dir sagen. So dick wie ein Regenwurm und ...«

»Und du kannst gleich von hier aus nach Hause laufen«, fiel ihm sein bester Freund ins Wort.

Blitzschnell riss der Leiter des K1 die Schulter herum und klatschte dem Pathologen eine kalte Handfläche ins Genick.

»Dünnhäutigkeit, Aggressivität und Verdrängung sind Leitsymptome des geriatrischen Syndroms«, legte der Rechtsmediziner nach. »Die meisten Männer ertränken ihre Probleme in Alkohol und ...«

»Halt jetzt mal den Schnabel, du elender Labersack«, schimpfte Tannenberg und tippte mit dem Zeigefinger an die Windschutzscheibe. »Da vorne geht's anscheinend zur Villa hoch. Gott sei Dank – endlich hat der Herr mein Flehen erhört.«

»Wer im Grabe liegt danieder, den bringt kein Flehen wieder«, ertönte es in seinem Rücken.

»Musst du eigentlich immer das letzte Wort haben, Rainer?«

»Nee, bei der Kommunikation mit meinen Mitmenschen normalerweise nicht. Aber bei dir ist das irgendwie ein Automatismus, gegen den ich völlig machtlos bin.«

»Bei dir ist wirklich Hopfen und Malz verloren.«

»Hopfen und Pfalz – Gott erhalt's.«

Wolfram Tannenberg verdrehte die Augen, öffnete

kopfschüttelnd die Beifahrertür und stieg aus. Auch Dr. Schönthaler schälte seinen knapp zwei Meter langen, hageren Körper aus dem silbernen Dienst-Mercedes. Sein Freund fixierte ihn mit einem stechenden Blick.

»Tu mir einen Gefallen, Rainer, und halt jetzt bitte deinen vorlauten Schnabel«, grummelte Tannenberg und wies mit dem Kinn hinauf zur Villa, von der allerdings nur die östliche Hauswand aus dem Nebel herausragte. »Da oben wurden gestern Abend drei Frauen von einem Felsbrocken erschlagen. Folglich ist nun Pietät angesagt. Klar?«

»Klar wie dicke Nebelsuppe«, erwiderte Dr. Schönthaler. Anschließend formte er mit den Händen eine Flüstertüte und erklärte mit gesenkter Stimmen: »Mit Hilfe eines großen Steins hat das Fatum bei dieser steinreichen Familie wohl einen Volltreffer gelandet.«

»Wer?«, fragte Sabrina.

»Fatum. Schicksalsbegriff der Römer, der wie ein Orakelspruch etwas über die Zukunft aussagt und diese bestimmt.«

»Du bist und bleibst eben ein aufgeblasener Dummschwätzer«, zischte Tannenberg.

»Und du bist nur neidisch, weil du nicht so gebildet bist wie ich.«

»Wer von uns beiden hat denn den besseren Abi-Durchschnitt, he?«

»Pah, diese läppischen 0,5 Notenpunkte habe ich schon längst aufgeholt.« Wie ein Florettfechter stach der Pathologe mit dem Zeigefinger auf seinen Freund ein. »Und inzwischen sogar meilenweit überholt. Während du auf dem damaligen Niveau zurückgeblieben bist. Und was hast du aus deinem besseren Abi gemacht, he? Bei dir hat's doch bloß zum Provinzbullen gereicht.«

»Und bei dir nur zum Leichenschnippler.«

»Immerhin ein sehr ehrenwerter Beruf«, konterte Dr. Schönthaler. »Na warte, mein Junge, bis du eines nicht mehr allzu fernen Tages endlich bei mir auf dem Tisch liegst. Da werde ich das eine oder andere zusätzliche Schnittchen anbringen. Das verspreche ich dir.« Erwartungsvoll rieb er sich die langen, knochigen Hände. »Da freue ich mich jetzt schon drauf.«

»Das kannst du getrost vergessen, denn du beißt garantiert früher ins Gras als ich.«

»Dürfte ich euch Herren bitten, euren albernen Zoff nicht ausgerechnet hier in aller Öffentlichkeit auszutragen?«, rüffelte Sabrina. »Wegen des Nebels kann euch zwar gerade niemand sehen, aber hören kann man euch sicherlich sehr gut.«

In diesem Augenblick traf der Kleinbus der Kriminaltechnik auf dem Parkplatz unterhalb der Villa ein. Während Tannenberg seine Kollegen mit erhobener Hand grüßte, tauchte ein Feuerwehrmann wie ein Gespenst aus dem Nebel auf und ging mit ausgestreckter Hand auf Dr. Schönthaler zu. »Sie sind bestimmt der Leiter der Mordkommission, mit dem ich vorhin telefoniert habe.«

Der Angesprochene ließ die Hände in seinen Hosentaschen stecken und deutete mit dem Kinn auf seinen Begleiter. »Nee, das ist dieser komische Typ da. Ich weiß, man sieht es ihm zwar nicht an, aber er ist wirklich hier der Chef.« Mit einem hämischen Gesichtsausdruck schob er nach: »Meiner allerdings zum Glück nicht.«

Tannenberg packte die Pranke des sichtlich irritierten Feuerwehrmanns und schüttelte sie. »Wenn Sie Herr Drumm sind, haben wir beide miteinander telefoniert.«

»Ja, das bin ich.«

»Gut. Dann fassen Sie bitte das, was Sie mir vorhin erzählt haben, noch einmal kurz für meine Kollegen zusammen.«

Drumm zog seinen Schutzhelm ab und legte ihn auf die Sandsteinmauer. Dann räusperte er sich und verkündete in bedeutungsvollem Ton: »Vor etwa einer halben Stunde hat sich der Nebel über der Villa gelichtet und man konnte zum ersten Mal die Schneise sehen, durch die der Fels auf die Villa zugerollt ist. Wir waren ...«

»Und was ist Ihnen da aufgefallen?«, versuchte Tannenberg, die Sache ein wenig zu beschleunigen.

Der stämmige Feuerwehrmann nahm seine Hände zu Hilfe und erklärte gestenreich: »Bei einem«, er malte Gänsefüßchen in die Luft, »normalen Felsabgang bleibt der Felsen, nachdem er sich gelöst hat, entweder an einem Baum hängen oder er ist so groß, dass er die Bäume und Sträucher umreißt, die ihm im

Weg stehen. Aber hier sieht es so aus, als ob kein einziges Hindernis den Felsen auf seinem Weg zur Villa behindert hat.«

Mertel zog die Stirn in Falten. »Wollen Sie damit etwa andeuten, dass irgendein großer Unbekannter alle Bäume beseitigt hat, um den Felsen zielgerichtet auf das Gebäude lenken zu können?«, fragte er mit ungläubigem Unterton.

»Weiß nicht. Mir ist das nur irgendwie spanisch vorgekommen«, meinte Drumm verunsichert. »Ist ja vielleicht alles nur Zufall.«

»Wir schauen uns die Sache jedenfalls mal aus nächster Nähe an«, entschied Tannenberg. Dann wandte er sich an die lustlos dreinblickenden Kriminaltechniker, die inzwischen ihre Gerätschaften zum Einsatz bereitgestellt hatten: »Wie ich sehe, seid ihr so weit.«

Nur knappes Nicken zur Antwort.

Wolfram Tannenberg klatschte in die Hände. »Wohlan zu frischen Taten, ihr alten Dreckschnüffler«, feuerte er die in weiße Plastikoveralls gehüllten Männer grinsend an.

Obwohl es ihnen sichtlich schwerfiel, verzichteten Mertel und seine Kollegen zähneknirschend auf verbale Konter. Sie wussten nur zu gut, dass man sich die Energie sparen konnte. Tannenberg war in dieser Hinsicht ebenso uneinsichtig wie ein störrischer Esel.

Mertel warf dem Rechtsmediziner einen vielsagenden Blick zu, der vor allem eins ausdrückte: Seine Aversion gegenüber diesem überflüssigen Aktionismus, der ihn und seine Mitarbeiter von weitaus wichtigerer Arbeit abhielt. Doch bereits zwei Minuten später revidierte der Spurenexperte seine Meinung grundlegend.

Zu frappierend war das, was er da mit eigenen Augen sah: Direkt gegenüber der Villa führte eine ungefähr fünf Meter breite Schneise kerzengerade den Rothenberg hinauf. Kein einziger Baumstumpf, Felsen oder morscher Ast war zu erspähen. Allerdings hatten etwa auf halber Höhe des steilen Berghangs Wildschweine den Waldboden aufgewühlt.

»Exakt in der Falllinie«, murmelte Dr. Schönthaler vor sich hin. Dann drehte er sich seinem Freund zu und fragte lachend: »Wolf, weißt du, woran mich diese Schneise spontan erinnert?«

»Nee«, kam es geknurrt zurück.

»An ein Kanonenrohr.«

»Kanonenrohr?«, fragte Mertel verständnislos.

»So nennt man schmale, gefährliche Passagen auf Skipisten ...«

»Von denen wir beide in unseren Glanzzeiten einige gemeistert haben«, fiel der Rechtsmediziner seinem Freund ins Wort.

»Die sogenannten Kanonenrohre sind Skiabfahrten der höchsten Schwierigkeitsstufe. Sie sind als schwarze Pisten oder sogar mit Totenkopf-Symbolen gekennzeichnet«, ließ sich Tannenberg nicht aus dem Konzept bringen.

»Stimmt, Wolf«, pflichtete ihm Dr. Schönthaler bei.

»Ein Kanonenrohr ist schmal, sehr steil und wird auf

beiden Seiten von Felsen begrenzt. Man darf nicht stürzen, sonst gibt es keinen Halt mehr und man jagt wie ein Geschoss hinunter ins Tal.« Er knetete sein Kinn und ergänzte selbstzufrieden: »Genau wie hier. Das hab ich doch mal wieder messerscharf analysiert, oder? Ihr dürft ruhig klatschen.« In Erwartung tosenden Beifalls verneigte er sich, doch die ersehnte Publikumsreaktion blieb aus.

Mit einem Gesichtsausdruck, als ob er gerade in eine Zitrone gebissen hätte, wandte sich Tannenberg an den Feuerwehrmann: »Herr Drumm …«

Der Pathologe unterbrach ihn erneut, denn er sah sich zu einer wichtigen Erläuterung genötigt: »Karl, wenn du dir noch immer kein Kanonenrohr vorstellen kannst, denk einfach an einen quer durchgeschnittenen Zylinder – oder besser noch an eine, wie man in modernem Pfälzisch so schön sagt, Halfpipe.«

Der Spurenexperte verzog seinen Mund zu einem schiefen Grinsen und forderte mit einer Geste seine Mitarbeiter auf, ihm in den Hang zu folgen.

Tannenberg fuhr währenddessen mit der Befragung des Feuerwehrmanns fort: »Noch einmal zu Ihnen, Herr Drumm: Wann genau wurden Sie und Ihre Kollegen gestern Abend alarmiert?«

»Es war exakt 18 Uhr 10, als uns die Zentrale der Kaiserslauterer Berufsfeuerwehr verständigt hat. Und um 18 Uhr 20 waren wir bereits hier am Unglücksort.« Er reckte den Zeigefinger empor und betonte: »Fünf Minuten früher als die Notarztwagen und Ihre Kollegen aus der Stadt.«

»Dann sind Sie ja wirklich eine flotte Truppe. Köhlerbach kann stolz auf Sie sein«, lobte Tannenberg. Während der junge Feuerwehrmann mindestens fünf Zentimeter an Größe zulegte, versuchte der Kriminalbeamte, sein Gedächtnis auf Vordermann zu bringen. »Bitte beschreiben Sie mit Ihren eigenen Worten, was Sie gesehen und erlebt haben, als Sie an der Villa eintrafen.«

Drumm schloss die Augen und konzentrierte sich auf die Chronologie der gestrigen Ereignisse. Während seine Lider zuckten, nagte er nervös am Handrücken herum. »Es war schon fast dunkel«, begann er nach gut einer Minute Besinnungszeit, »als wir an der Denzer-Villa eintrafen.« Er zeigte auf ein Asphaltsträßchen, das sich am Berghang in Richtung Köhlerbach entlangschlängelte. Offenbar handelte es sich um eine zweite Zufahrt zur Villa. »Wir haben diesen Weg genommen.«

»Und warum haben Sie nicht die Straße benutzt, auf der wir hierhergefahren sind?«

»Weil es hieß, dass ein Felsen ins Haus eingeschlagen sei. Und da war uns natürlich klar, dass wir hoch zur Nordseite mussten. Vom Tal her konnte der Felsbrocken ja schlecht hochgeflogen sein.«

»Klar«, bemerkte der Kriminalbeamte kleinlaut.

Tannenberg und Drumm kletterten hoch zur Sandsteinvilla, an der eine Handvoll Feuerwehrleute mit Aufräumarbeiten beschäftigt war. Der nicht abzuschüttelnde Rechtsmediziner und Hobbydetektiv folgte ihnen auf dem Fuß.

»Das Erste, was mir auffiel, war das abgerissene Geländer und der Bauschutt auf dem Balkon beziehungsweise im Garten«, sagte der junge Feuerwehrmann. Er fügte erläuternd hinzu: »Das Zeug lag natürlich genau dort, wo der Felsen aus der Villa wieder raus ist.«

»Verstehe.«

»Vor dem Haus entdeckten wir Herrn Denzer, seine Söhne und die Enkelkinder. Während sich meine Kollegen sofort um die Leute kümmerten, habe ich mir das Loch in der Hauswand genauer angeschaut. Nach meinem ersten Eindruck bestand keine akute Einsturzgefahr. Deshalb hab ich Herrn Denzer einen Helm gegeben und bin mit ihm in die Villa rein.«

Drumm fasste sich an die Kehle und schluckte hart.

»In der Küche haben wir die drei Frauen gefunden. Sie waren schrecklich zugerichtet. Überall Blut und …«
Er stockte, lüpfte seinen Helm und wischte sich den Schweiß von der Stirn. »Der Felsen muss direkt über sie hinweggerollt sein und sie zerquetscht haben. Dann kamen auch schon die Notärzte und haben die Frauen untersucht.« Der ehrenamtliche Helfer zuckte hilflos mit den Schultern und seufzte. »Aber da war leider nichts mehr zu machen.«

Das fast kreisrunde Loch im Mauerwerk reichte vom Küchenboden bis zur Decke. Von Tannenbergs Standort aus konnte man ungehindert durch die Villa hindurch auf die Parkettfabrik blicken, deren Schornsteine wie mahnende Zeigefinger aus der Nebeldecke herausragten.

Der Leiter des K1 bat um zwei Schutzhelme. Dann trat er gemeinsam mit dem Rechtsmediziner durch die übermannshohe Maueröffnung in die Küche. Der mächtige Felsen hatte eine Spur der Verwüstung hinterlassen. In der Küche sah es aus, als ob dort eine Bombe detoniert wäre. Die an der Nordwand angeordneten Elektrogeräte sowie die Spüle waren stark demoliert und fanden sich nun inmitten des geräumigen Wohnzimmers wieder. Der Boden war mit Mauersteinen, zerstörtem Küchenmobiliar, Glasscherben, Töpfen, Bestecken und Esswaren übersät. Überall zeugten Blutspritzer von der verheerenden Wirkung des Felseinschlags.

Trotz der deplatzierten Küchengeräte hielt sich die Zerstörung im direkt daneben befindlichen, geräumigen Wohnzimmer in Grenzen. Zwar hatte die riesige Steinkugel dort ebenfalls ein großes Loch in die Außenwand gesprengt, aber das meiste dessen, was der Felsen auf seinem Weg durchs Wohnzimmer mit sich gerissen hatte, lag nun außerhalb des Gebäudes.

Geradezu surreal wirkte der nahe der Westwand aufgestellte, gedeckte Esstisch. Obwohl einige der Stühle umgekippt am Boden lagen, war die festliche Tafel weitgehend unversehrt geblieben. Die Teller, Schüsseln, Bestecke, Servietten, Gläser und der Blumenschmuck befanden sich noch an Ort und Stelle, allerdings waren sie mit einer dicken Staubschicht überzogen.

»Ein Wunder, dass nicht noch mehr passiert ist«, sagte Dr. Schönthaler in die bleierne Stille hinein. »Wenn der Felsen fünf Meter weiter rechts ins Gebäude eingedrungen wäre, hätte er genau den Esstisch getroffen. Dann hätte es noch weit mehr Opfer gegeben als diese drei Frauen.«

»Die beim Abendessen natürlich mit am Tisch gesessen hätten.«

»Ja, sicher«, bestätigte Dr. Schönthaler mit dünner Stimme. »Was für ein Wahnsinn. Trotzdem würde ich tollkühn behaupten, dass die Familie Denzer Glück im Unglück hatte, so makaber es vielleicht auch klingen mag.«

»Du hast wirklich sehr merkwürdige Bewertungskriterien. Angesichts dreier Opfer kann man doch nicht von Glück sprechen«, rüffelte Tannenberg.

»Doch, mein Lieber, das kann man durchaus«, konterte sein Freund. »Ein Drama hat immer auch eine quantitative Dimension. Sechs Tote sind nämlich mehr als drei Tote. Genaugenommen sind es 100% mehr Tote. Aber solche abstrakten mathematischen Denkprozesse sind Kleingeistern wie dir eben völlig suspekt.«

Tannenbergs langgezogener Seufzer erinnerte an eine Luftmatratze, der man gerade den Stöpsel gezogen hatte. Kopfschüttelnd ging er hinaus auf den Balkon und blickte hinunter auf das von wabernden Nebelschwaden umwölkte Fabrikgelände.

»Das verbogene Metallgeländer sieht aus wie ein umgeknickter Strommast«, meinte der Pathologe, der dem Kriminalbeamten auch weiterhin nicht von der Seite wich. »Sag mal, wo stecken denn eigentlich dieser Denzer und seine Söhne?«

Wolfram Tannenberg hob die Schultern. »Weiß nicht. Vielleicht wurden sie verletzt und liegen im Krankenhaus.«

»Quatsch«, zischte Dr. Schönthaler, »das hätte uns der Feuerwehrmann doch bestimmt gesagt.«

»Vielleicht sind sie ja auch gerade in einem Bestattungsinstitut und suchen Särge aus«, spekulierte der Kriminalbeamte. Als Drumm im Mauerloch auftauchte, gab er die Frage einfach an ihn weiter.

»Herr Denzer war vorhin kurz da, ist dann aber gleich wieder runter in seine Fabrik«, tönte es zurück.

»Dann sollten wir diesem Kotzbrocken doch schleunigst einen Besuch abstatten«, raunte Tannenberg seinem Begleiter zu.

»Warum redest du denn so abschätzig über diesen Mann?«, pflaumte ihn Dr. Schönthaler an. »Du kennst ihn schließlich überhaupt nicht.« Er fixierte Tannenberg mit einem stechenden Blick. »Oder etwa doch?«

»Nee, ich kenne ihn nicht. Jedenfalls nicht persönlich, aber sein Foto.«

Der Rechtsmediziner prustete los: »Ach, und das reicht dir, um die Persönlichkeit dieses Menschen zu beurteilen?«

»Aber klar doch, mein Lieber. Im Gegensatz zu dir verfüge ich über eine sehr gute Menschenkenntnis.«

Dr. Schönthaler schob nickend die Unterlippe vor. »Na, dann kann ja wirklich nichts mehr schiefgehen. Am besten verhaftest du ihn gleich wegen seines kriminellen Aussehens.« Er schenkte seinem Freund ein herablassendes Lächeln. »Sag mal, woher hast du eigentlich Denzers Foto? Habt ihr den werten Herrn etwa schon in eurer Verbrecher-Kartei?«

Einen Augenblick verschlug es Tannenberg die Sprache, denn an diese Möglichkeit hatte er noch nicht gedacht. »Keine Ahnung, werde ich nachher aber gleich überprüfen«, beschloss er. »Nein, Rainer, ich bin im Internet auf sein Foto gestoßen. Das ist vielleicht ein unsympathischer Typ.«

»Du immer mit deinen vorschnellen Fallbeil-Urteilen.«

»Mit denen ich bisher in mindestens 110% der Fälle richtiglag«, grinste Tannenberg und boxte dabei seinem Freund leicht auf die Schulter. »Dieser Denzer ist mir fast so unsympathisch wie du.«

»Ach, ich bin ja so froh, dass es dich gibt, mein liebes Wölfchen«, flötete Dr. Schönthaler und spitzte die Lippen zu einem Küsschen.

»Echt?«

»Klar, denn wenn man solch einen Freund hat, braucht man wirklich keine Feinde mehr.«

Anton Denzer hatte sich vor einer ratternden Hobelmaschine aufgepflanzt und faltete gerade einen seiner Arbeiter zusammen.

»Wenn du dir noch einmal solch einen scheißteuren Fehler erlaubst, kannst du dir sofort die Papiere bei mir abholen!«, brüllte er dem schlaksigen jungen Mann ins Gesicht, der die Gardinenpredigt mit gesenktem Haupt über sich ergehen ließ. »Schau mich an, wenn ich mit dir rede!«, blökte Denzer weiter. An seinem Hals quollen die Adern wie dicke Regenwürmer auf. Der eingeschüchterte Arbeiter gehorchte und blickte seinem Chef ängstlich entgegen. »Hast du das kapiert?«

»Ja«, kam es gepresst zurück.

Wutschnaubend zog der Fabrikant an seiner Zigarre und spuckte dem Arbeiter ein Tabakstück vor die Füße. Anschließend preschte er wie eine Dampframme auf ihn zu und schubste ihn beiseite.

»Hallo, Herr Denzer!«, rief ihm Tannenberg hinterher. Er musste regelrecht schreien, um den Maschinenlärm zu übertönen.

Als Denzer seinen Namen hörte, riss er den Oberkörper herum und blaffte wie ein aggressiver Hofhund los: »Wer seid ihr denn? Wer hat euch hier reingelassen, he? Sofort raus aus der Halle, oder ich mache euch Beine. Besorgt euch gefälligst bei meiner Sekretärin einen Termin.«

»Das brauchen wir nicht«, rief Tannenberg grinsend. Er zog seinen Dienstausweis so geschickt aus der Jacke, dass sein Schulterhalfter mit der Dienstwaffe gut zu sehen war, und hielt ihn dem heranstürmenden Zweizentnermann entgegen. »Kriminalpolizei Kaiserslautern. Mein Name ist …«

Weiter kam er nicht. »Ach, du Scheiße, zwei Bullen«, stieß Anton Denzer angewidert aus. »Aber das gibt euch noch lange nicht das Recht, ohne Erlaubnis mein Privateigentum zu betreten.«

»Können wir nicht woanders hingehen?«, bat Dr. Schönthaler in betont gelassener Manier. »Hier kann man ja kaum sein eigenes Wort verstehen.«

»Hier soll auch nicht dumm herumgelabert, sondern gearbeitet werden«, polterte Denzer. Er machte eine wegwerfende Handbewegung. »Mit körperlicher Arbeit habt ihr Sesselfurzer ja eh nichts am Hut. Ihr wisst ja noch nicht mal, was das überhaupt ist.«

»Jetzt machen Sie aber mal halblang!«, blaffte Tannenberg.

Doch Denzer ließ sich davon nicht einschüchtern. Mit geschürzten Lippen musterte er das noble Outfit des Rechtsmediziners. »Ein Bulle mit Fliege und Anzug. Was es heutzutage alles gibt«, grummelte er vor sich hin. Danach machte er auf dem Absatz kehrt und setzte ruckartig seinen schwergewichtigen Körper in Bewegung.

Die ungebetenen Besucher folgten ihm wie sein Schatten. Er stieg eine knirschende Metalltreppe hinauf in ein verglastes Büro, von dem aus man einen guten Überblick über die Fabrikhalle hatte. Neben dem Schreibtisch des Patriarchen saß ein altdeutscher Schäferhund. Er hatte die Ohren spitz aufgestellt, die Lefzen ein wenig hochgezogen und verursachte ein Geräusch, als brodelte es in seiner Kehle.

»Aus, Wotan, Platz!«, kommandierte Denzer, woraufhin sich der Rüde sofort ablegte. Der Parkett-Fabrikant ließ sich in seinen hohen Ledersessel plumpsen, während die beiden Ermittler vor seinem mächtigen Schreibtisch stehen blieben. »Was wollt ihr albernen Pappnasen von mir?«, fragte er, ohne den Eindringlingen einen Sitzplatz oder gar eine Erfrischung anzubieten.

Wir sind doch keine dummen Schuljungen, die bei ihrem Direktor antreten müssen, um sich von ihm in den Senkel stellen zu lassen, grollte Tannenberg im Stillen. Von dir aufgeblasenem Dorfdeppen lasse ich mir garantiert nicht den Schneid abkaufen. Wie heißt es so schön: Auf einen groben Klotz gehört ein grober Keil. Siehst du, mein lieber Rainer, ich habe mit meiner Einschätzung genau ins Schwarze getroffen, dachte er triumphierend. Ein Bild sagte eben mehr als tausend Worte.

»Mit Ihren armen Mitarbeitern können Sie vielleicht in der Art umspringen, wie Sie es uns eben in der Halle demonstriert haben. Mit uns dagegen können Sie das nicht«, ging der Chef-Ermittler nun selbstbewusst in die Offensive. Er nahm einen Stuhl, drehte die Lehne nach vorne und setzte sich dem Despoten direkt gegenüber. Dr. Schönthaler tat es ihm gleich. »Wir sind nämlich nicht zu unserem Vergnügen nach Köhlerbach gekommen, sondern …«

»Sondern?«, fiel ihm Anton Denzer ins Wort. Er erweckte nicht gerade den Eindruck, als ob ihm Tannenbergs Auftritt auch nur ansatzweise imponiert hätte. Herausfordernd lehnte er sich in seinem schweren Ledersessel zurück und zog grunzend die Nase hoch. »Sondern?«, wiederholte er mit bedrohlich anschwellender Stimme.

In Tannenbergs Innern brodelte es gewaltig. Am

liebsten wäre er seinem Gegenüber an die Gurgel gegangen und hätte ihn richtig durchgeschüttelt. Nur mit großer Mühe konnte er sich zurückhalten.

Dr. Schönthaler kannte ihn schon lange genug, um genau zu wissen, was in ihm vorging. Folglich war es nun an der Zeit, ihm hilfreich zur Seite zu springen.

»Mein lieber Herr Denzer«, flötete der Pathologe in einem Ton, als ob er gerade Kreide gegessen hätte, »wir können uns natürlich auch gerne auf unserer Dienststelle weiterunterhalten, wenn Ihnen das lieber ist.« Dass diese Drohung sowohl eine Amtsanmaßung als auch eine Kompetenzüberschreitung darstellte, war ihm schnurzpiepegal. Der Zweck heiligte schließlich die Mittel.

»Wollen ausgerechnet Sie Lackaffe mir drohen?«, höhnte Denzer und blies Dr. Schönthaler den Zigarrenrauch ins Gesicht.

»Jetzt reicht's aber!«, brüllte Tannenberg, schnellte wie ein Springteufelchen in die Höhe und donnerte seine rechte Faust auf die Schreibtischplatte.

Anton Denzer zuckte noch nicht einmal mit der Wimper, sondern zog die Augenbrauen hoch und grinste breit. »Hauen Sie ruhig weiter darauf herum, wenn Ihnen das hilft.« Geradezu zärtlich streichelte er das dunkle Hartholz. »Echte pfälzische Eiche, die hält einiges aus. Die gibt keinen Millimeter nach.« Ein tiefes, dröhnendes Lachen löste sich aus der Tiefe seines Brustkorbs. »Genauso wenig wie ich.«

Dr. Schönthaler zupfte seinen Freund hinten am Hosenbein, woraufhin sich dieser auf den Stuhl zurückgleiten ließ. »Spielen Sie eigentlich nur den eisenharten Mann oder sind Sie wirklich einer?«, hakte er provozierend nach.

»Na, wenn Sie das inzwischen noch nicht gemerkt haben«, tönte Denzer und schnippte lächelnd Asche vom Ärmel seiner Hirschlederjacke.

Tannenberg warf einen kurzen Blick hinunter in die Fabrikhalle. »Wie ich sehe, produzieren Sie trotz dieses fürchterlichen Unglücks munter weiter.«

Anton Denzer drehte einen Bleistift zwischen den Fingern und brach ihn krachend entzwei. »Scheiß Weichholz«, höhnte er und wies hinunter in die Halle. »Da unten wird Eichenholz verarbeitet. Und zwar an jedem Tag in der Woche. Die Produktion steht niemals still. Egal, was passiert. Es geht immer weiter. Merken Sie sich mal eins: Ich und meine Parkettfabrik lassen sich von nichts und niemandem stoppen.«

»Lässt es Sie denn völlig kalt, dass gestern Abend Ihre Frau und Ihre Schwiegertöchter gestorben sind?«, legte Tannenberg nach.

»Ja, so etwas stecke ich locker weg«, gab Denzer angriffslustig zurück. Er stemmte die Ellbogen auf die Tischplatte und erklärte in einem Ton, der die Raumtemperatur sofort um einige Grad sinken ließ: »Wollen Sie mir etwa einen Vortrag darüber halten, wann und in welcher Form ich zu trauern habe?«

»Nein, natürlich nicht. Jeder …«

»Es könnte doch auch gut sein, dass ich überhaupt nicht trauere, sondern froh bin, dass ich diese verwöhnten, undankbaren Weiber endlich los bin. Außerdem ist jeder von uns irgendwann mit dem Sterben dran, der eine früher, der andere später. Euch beide wird's auch irgendwann erwischen.« Sein Blick hüpfte zu Tannenbergs Begleiter. »Das müssten Sie doch am besten wissen, mein lieber Herr Gerichtsmediziner, oder? In welcher Funktion sind Sie eigentlich hier?«

Nun war Dr. Schönthaler baff und wusste nicht mehr, was er sagen sollte.

Dafür hatte Tannenberg seine aufgeschäumten Emotionen wieder besser im Griff. Er entschied sich zu einem Strategiewechsel: »Gut, Herr Denzer, wenn das so ist, werde ich Sie nun als dringend Tatverdächtigen einstufen«, verkündete er. »Ich befrage Sie nun nicht mehr, sondern verhöre Sie.«

»Ach Gott, jetzt machen Sie mir aber richtig Angst.« Denzer zog die Mundwinkel herunter und zupfte an seinem Ohrläppchen. »Ich bin also ein Dreifachmörder? Das ist wirklich gut!« Der Parkettfabrikant lachte schallend und schlug sich feixend auf die Oberschenkel. »Das ist sogar saugut. Und wie soll ich das gemacht haben, he? Da bin ich jetzt aber mal gespannt.«

»Wir stellen hier die Fragen, nicht Sie«, stellte der Chef-Ermittler klar.

Anton Denzer kehrte beschwichtigend seine Handflächen nach außen. »Okay, okay, Herr Kommissar. Von mir aus können wir gerne ein kleines Frage-Antwort-Spielchen machen.« Er steckte die Zigarre zurück in den Mund und lutschte daran herum. »Dann legen Sie doch einfach mal los.«

»Wo haben Sie sich beim Einschlag des Felsens aufgehalten?«

»Ich war vor der Haustür und habe telefoniert.«

»Mit wem?«, wollte der Rechtsmediziner wissen.

Bevor Toni Denzer gegen den unautorisierten Fragesteller protestieren konnte, wies Tannenberg seinen Freund mit einem scharfen Blick zurecht.

»Wer hat Sie angerufen?«, modifizierte der Kriminalbeamte die Frage.

»Kein Kommentar«, erklang ein barsches Echo. »Das ist Privatsache.«

»Bei drei toten Frauen gibt es keine privaten Dinge.«

»Doch.«

»Sie wollen uns also den Namen des Anrufers partout nicht bekanntgeben?«

»So ist es.«

»Gut, dann fordere ich Sie hiermit auf, mir Ihr Handy auszuhändigen.«

»Das hab ich leider nicht mehr«, antwortete Denzer mit einer entschuldigenden Geste. Grinsend klopfte er seine Hirschlederjacke ab. »Das muss ich wohl gestern Abend in diesem ganzen Tohuwabohu irgendwo da draußen verloren haben. Sie können es ja suchen gehen. Vielleicht liegt es ja auch im Haus oder im Garten unter den Schuttbergen.«

Nicht provozieren lassen. Schön ruhig und sachlich bleiben, ermahnte sich Tannenberg in Gedanken. Wie ein kampfbereites Tier, das seinem Gegner imponieren wollte, richtete er den Oberkörper auf und schob die Augenbrauen zusammen. »Wo waren Sie, als Ihr Handy klingelte?«

»Am Esstisch.«

»Wieso haben Sie das Gespräch nicht gleich dort angenommen, sondern sind raus vor die Haustür?«

»Na, warum wohl, Herr Kommissar?« Die spöttische Frage schwebte einige Sekunden lang unkommentiert durch den Raum. »Ganz einfach: Weil ich ungestört telefonieren wollte«, präsentierte Anton Denzer selbst die Antwort.

»Wann traf der Anruf ein?«, wollte der Kriminalbeamte wissen.

»Punkt sechs Uhr.«

»Woher wissen Sie das so haargenau?«

»Na, woher wohl, Herr Kommissar?« Denzer hatte offensichtlich Spaß an der Provokation. »Die Antwort ist wieder ausgesprochen banal: Weil ich auf meine Uhr geschaut habe. Bei uns steht schon seit vielen Generationen das Abendessen pünktlich um 18 Uhr auf dem Tisch. Aus gutem Grund halte ich eisern an unseren Familientraditionen fest. Solche Rituale sind ausgesprochen wichtig für uns Menschen. Wissen Sie auch, warum?«

Tannenberg zuckte scheinbar teilnahmslos mit den Schultern.

»Weil solche Rituale enorm disziplinieren.« Grölend sperrte Denzer so weit den Mund auf, dass seine vergilbte untere Zahnreihe sichtbar wurde. »Ein bisschen mehr Disziplin würde garantiert Ihrem Bullenverein und Ihrer Familie nichts schaden.«

»Danke für den tollen Tipp, Herr Denzer«, erwiderte Tannenberg scheinbar unberührt.

Doch tief in ihm drinnen siedete es förmlich. Lass ja meine Familie aus dem Spiel, du blöder, arroganter Depp! Bei uns in der Beethovenstraße wird auch um Punkt 18 Uhr zu Abend gegessen – und zwar ohne dein blödes Disziplingefasel!, hätte ihm Tannenberg am liebsten vor die Hirschlederjacke geknallt. Doch er behielt seinen abschweifenden Gedanken lieber für sich.

»Wieso waren die Frauen eigentlich noch in der Küche, wenn es doch schon 18 Uhr war?«, konnte sich Dr. Schönthaler nicht verkneifen.

»Na, warum wohl, Herr Gerichtsmediziner?«, höhnte Denzer. »Wieder ist die Lösung ganz einfach: Weil die Markklößchensuppe noch nicht fertig war. Die sollte nämlich wie immer spätestens Punkt 18 Uhr auf dem Tisch stehen. Genauso wie alle Familienmitglieder um Punkt 18 Uhr am Tisch sitzen sollten.«

»Ein Hoch der Disziplin!«, nuschelte Tannenberg.

»So ist es.« Anton Denzer saugte dreimal kurz an seiner Zigarre und spie seine nächsten Worte regelrecht in den ausströmenden Qualm hinein: »Hätten diese blöden Weiber mit der Markklößchensuppe nicht so lange rumgetrödelt, wären sie rechtzeitig am Tisch gewesen. Dann wäre ihnen überhaupt nichts passiert. Das war garantiert eine Strafe Gottes! Der isst nämlich auch Markklößchensuppe für sein Leben gern.« Wieder dieses tiefe, gehässige Lachen.

Genervt blies Tannenberg die Backen auf und warf seinem Freund einen vielsagenden Blick zu.

Dem Parkettfabrikanten schien dieses Spielchen immer besser zu gefallen. Er verschränkte herausfordernd die Arme vor der Brust und sagte: »Ja, ja, so ist das eben, meine Herren. Auch wenn Sie es mir bestimmt nicht glauben wollen, aber ich habe beim lieben Gott einen großen Stein im Brett. Sogar einen richtig großen Felsbrocken.«

Als Reaktion auf dieses makabere, pietätlose Wortspiel zog Tannenberg die Mundwinkel tief nach unten. Dabei presste er seine Zähne so fest aufeinander, dass sie knirschten.

»Das verstehen Sie jetzt nicht, Herr Kommissar, gell?«, frotzelte Denzer.

»Nein, Ihre prächtige Laune vermag ich beim besten Willen nicht nachzuvollziehen«, entgegnete sein Gegenüber gestelzt.

Anton Denzer presste die Handflächen wie betend aneinander und verkündete in salbungsvollem Ton: »Der Herr, mein Hirte, hat einen großen Stein vom Himmel fallen und mein Haus zerstören lassen. ER wird wohl wissen, warum er das getan hat.« Freudestrahlend rieb er sich die Hände. »Vielleicht, weil er mir ein stattliches Sümmchen zukommen lassen wollte. Die alte Bruchbude ist nämlich gut versichert, sehr gut sogar. Mit dieser Kohle kann ich endlich meine Träume verwirklichen.«

»Welche Träume?«, platzte es aus Dr. Schönthaler heraus.

»Jeder Mensch hat doch Träume, Sie etwa nicht?«

In diesem Augenblick klopfte es an der Tür.

»Jetzt nicht!«, blökte Denzer.

Tannenberg drehte sich um, sah aber nur noch einen Männerrücken. »Wer war das?«, wollte er wissen.

»Ach, nur einer meiner nichtsnutzigen Söhne.«

Wolfram Tannenberg hechtete zur Glastür und riss sie auf. »Herr Denzer, leisten Sie uns bitte einen Moment Gesellschaft«, rief er dem schmächtigen Rotschopf hinterher. »Ich hätte ein paar kurze Fragen an Sie.« An dessen Vater adressiert, schob er nach: »Wie viele Kinder haben Sie denn?«

»Drei Söhne – und das sind genau drei Kinder zu viel.«

»Arbeiten alle in Ihrem Betrieb?«

Er wies auf Kuno, der gerade im Türrahmen auftauchte. »Nein, nur der da und sein Bruder Walter. Jürgen hat nichts mit Holz am Hut, der staubt lieber in der Kreisverwaltung Akten ab.«

»Könnten Sie bitte Ihren Sohn Walter darüber informieren, dass auch er kurz zu uns kommen soll.«

»Walter!«, brüllte Anton Denzer so laut, dass Tannenbergs Trommelfelle vibrierten.

Keine zehn Sekunden später erschien Walter Denzer im Büro seines Vaters. Er war größer und kräftiger als sein Bruder, hatte dichtes schwarzes Haar und für sein Alter ungewöhnlich buschige, über der

Nasenwurzel zusammengewachsene Augenbrauen. Er kam anscheinend direkt aus der Parkettproduktion, denn Kopf und grauer Overall waren reichlich mit Sägespänen gespickt. Kuno dagegen trug legere Bürokleidung.

»Mein aufrichtiges Beileid«, sagte Tannenberg und schüttelte beiden Männern die Hand. Während Kunos Gesichtszüge entgleisten und er sich wegdrehte, nahm Walter die Kondolenzbekundung mit versteinerter Miene entgegen.

»Schluss mit diesen affigen Sentimentalitäten«, polterte Toni Denzer. »Diese Weicheier haben heute Nacht garantiert genug geheult. Aber das nützt überhaupt nichts, denn das Leben geht schließlich weiter. Oder wie die Köhlerbacher bei solchen Anlässen gerne sagen: The Show must go on!«

Walters Gesicht zeigte auch weiterhin nicht die geringste Reaktion, doch Kunos unkoordiniert zuckende Augenlider verrieten, dass ihn die Grobheiten seines Vaters wie Nadelstiche piesackten.

»Wo haben Sie sich vor dem Einschlag des Felsens aufgehalten?«, fragte Tannenberg die ungleichen Brüder.

»Außer Vater und den Frauen saßen wir alle am Tisch und warteten auf die Suppe«, antwortete Walter Denzer mit schleppender Stimme. Kuno nickte zustimmend und räusperte sich ausgiebig.

»Auf meine geliebte Markklößchensuppe«, ergänzte sein Vater grinsend.

Tannenberg überging den Einwurf. »Schildern Sie

uns doch bitte, wie Sie beide den Einschlag erlebt haben.«

»Es ging alles so blitzschnell«, riss Kuno das Wort an sich. »Es hat fürchterlich gekracht. Als ich zur Wand schaute, war da plötzlich ein Riesenloch, durch das man ins Freie schauen konnte.« Er schniefte und fuchtelte wild mit den Händen herum, so als wolle er einen Schwarm Wespen verscheuchen.

»Und in der Wand im Wohnzimmer war auch ein großes Loch«, fuhr Kuno Denzer erregt fort. »Die Felsenkugel habe ich gar nicht bewusst wahrgenommen, nur dieses Rauschen, Poltern und Zischen. Es war wie ein unwirklicher Spuk. Bevor ich irgendetwas kapiert hatte, war auch schon alles vorbei.« So als könne er noch immer nicht glauben, was in der Villa passiert war, wiegte er mit zusammengepressten Lippen den Kopf hin und her. »Ein paar Sekunden lang waren wir wie gelähmt und es war still, totenstill. Bis die Kinder anfingen zu schreien. Und dann sind alle panikartig aus dem Haus gestürmt.« Er hielt sich demonstrativ die Ohren zu. »Ihre Schreie werde ich mein Leben lang nicht mehr vergessen.«

»Jammerlappen«, spottete Anton Denzer.

»Wo sind denn Ihre Kinder zurzeit?«, fragte Dr. Schönthaler voller Mitgefühl.

»Bei unseren Schwiegermüttern«, entgegnete Kuno, der alle Mühe hatte, die Beherrschung nicht noch mehr zu verlieren. Auch seinen Bruder schien dieses Thema zu belasten, denn der bislang so gefasst wirkende Mann blickte mit einem Mal sehr bekümmert drein. Von innerer Unruhe gemartert, verlagerte er abwechselnd sein Gewicht von dem einen Fuß auf den anderen.

»Waren Ihre Schwiegermütter gestern Abend auch dabei?«

»Nee. So weit käm's noch«, grunzte der herrische Patriarch. »Diese alten Schreckschrauben habe ich natürlich nicht eingeladen.« Er knetete sein bärtiges Kinn. »Eigentlich schade, denn wenn die auch in der Küche gewesen wären ...« Den Rest ließ er unausgesprochen.

Obwohl es ihm erkennbar schwerfiel, verkniff sich Tannenberg einen deftigen Kommentar.

»Bitte, Vater«, sagte Kuno mit flehendem Gesichtsausdruck. »Unsere Frauen sind doch tot.«

»Ja und?«, prustete Anton Denzer los. »Solche verwöhnten Weiber gibt es wie Sand am Meer. Wenn ein Mann Kohle hat, braucht er nur mit den Fingern zu schnippen, schon kommen die Weiber in Scharen angedackelt. Oder glaubt ihr wirklich, diese Tussis haben euch geheiratet, weil ihr so hübsch und lieb seid? Die waren nur scharf auf eure Kohle. Ich hab euch immer schon vor diesen Geldgeiern und ihren raffgierigen Müttern gewarnt. Aber nun habt ihr ja endlich eure Ruhe vor ihnen.«

»Mir reicht's«, raunte Tannenberg seinem Freund zu und schnellte wie von einem Katapult geschossen in die Höhe.

»Ah, die Herrschaften wollen endlich gehen. Wird ja auch Zeit«, freute sich Toni Denzer. »Es ist mir ein

Vergnügen, Sie hinauszubegleiten.« Mit einer theatralischen Geste wies er zur Tür, die Kuno wie auf Kommando öffnete.

Vor der Hallentür blieb Tannenberg stehen und fixierte den Unternehmer mit einem durchdringenden Blick. »So wie Sie sich gebärden, haben Sie garantiert jede Menge Feinde, nicht wahr?«

Anton Denzer zog geräuschvoll die Nase hoch und spuckte den Schleimpfropfen einen halben Meter neben seinen rechten Hirschlederschuh. »Viel Feind, viel Ehr!«

5

»Leute, hört euch das hier mal an«, posaunte Dr. Schönthaler, als er am nächsten Morgen ins K1 stürmte. Wie eine Jagdtrophäe hielt er sein Handy in die Höhe.

»Hast du dir endlich auch ein I-Phone geleistet, du alter Geizkragen?«, fragte Michael Schauß.

»Quatsch«, zischte der Rechtsmediziner, »für so ein kompliziertes Ding gebe ich doch kein Geld aus. Nee, mir reicht mein altes.«

»Er hat ein Seniorenhandy mit Großtasten«, frotzelte Tannenberg.

Dr. Schönthaler überhörte den provokanten Einwurf und drückte eine Taste. »Nee, ich hab mir eine neue Klingelmelodie zugelegt. Und wer die errät, darf fortan Rainer zu mir sagen.«

»Oach«, stöhnten die Kriminalbeamten, denn diese zweifelhafte Ehre wurde ihnen bereits vor Jahren zuteil.

»Mensch, Rainer, so eine leichte Quizfrage«, beschwerte sich Tannenberg mit hochgezogenen Brauen. »Dieser affengeile Bass und das streichelnde Schlagzeug. Das sind natürlich die guten, alten Temptations. Der Sound ist doch so was von unverwechselbar, da …«

»Halt den Schnabel, Wolf, und hör dir den Text an«, pflaumte ihn sein Freund an.

»Den kenne ich doch auswendig«, gab der Leiter des K1 gequält zurück.

Der Rhythmus ging sofort ins Blut. Sabrina schnippte mit den Fingern, Tannenberg und Mertel klatschten den Takt und Michael Schauß trommelte mit den Fäusten auf den Schreibtisch. Nur der Kriminalhauptmeister Geiger stand wie ein Ölgötze neben den anderen und vergrub mit gesenktem Kopf seine Hände noch tiefer in den Hosentaschen.

Petra Flockerzie ergriff eine Klebeflasche, funktionierte sie zum Mikrofon um und unterstützte den einsetzenden Polizeichor mit ihrer satten Gospelstimme:

»It was the third of September.
That day I'll always remember, yes I will.
Cause that was the day that my daddy died.
I never got a chance to see him.
Never heard nothing but bad things about him.
Mama, I'm depending on you, tell me the truth.

And Mama just hung her head and said,
Son, Papa was a rolling stone.
Wherever he laid his hat was his home.
And when he died, all he left us was alone.

Papa was a rolling stone,
Wherever he laid his hat was his home.
And when he died, all he left us was alone.
Well, well.«

Wolfram Tannenberg tippte sich an die Stirn. »Well, well – I understand«, sagte er, während ein süffisantes Lächeln seinen Mund umspielte.

»Na, endlich. ›Papa was a rolling stone‹ passt doch genauso gut als Erkennungsmelodie zu unserem neuen Fall wie der Hintern eures Chefs auf einen Putzeimer. Findet ihr nicht auch?«, fragte der Pathologe grinsend in die Runde.

»Do-och«, echote es aus vielen Mündern.

Nur aus Geigers Mund nicht. »Was für ein komischer Text«, bemerkte er mit geschürzten Lippen. Er schüttelte den Kopf. »Vater war ein rollender Stein.« Es dauerte noch einige Sekunden, dann fiel bei ihm endlich der Groschen: »Ach so, wegen dem Felsabgang im Moosalbtal.« Er tippte sich mit den Fingerkuppen an die Stirn, die von zahlreichen kleinen Schweißperlen besetzt war. »Kapiert.«

»Toll, Geiger. Wie immer turboflink und messerscharf analysiert«, kommentierte Tannenberg in ironischem Ton, während sich seine Kollegen schadenfrohe Blicke zuwarfen. »So kennen und schätzen wir unseren lieben Armin Geiger, den schnellsten Schnellmerker der gesamten Polizeidirektion Westpfalz.«

»Und des Saarlandes«, ergänzte Michael Schauß. »Schließlich hat unser Kollege in Merzig das Licht der Welt erblickt.«

»Und ist dann beim ersten Saar-Hochwasser in die Pfalz geflüchtet«, schob Mertel nach. »Wenn ich den Kerl erwische, der damals seinen Asylantrag befürwortet hat, dem drehe ich eigenhändig den Hals um.«

Der Prügelknabe des K1 verzog säuerlich das Gesicht und lief rot an.

Macht ihr Mistkerle nur weiter eure Späßchen und amüsiert euch auf meine Kosten, grollte er im Stillen. Aber irgendwann kommt der Tag und dann zahle ich es euch elenden Drecksäcken heim. Ihr werdet noch einmal bitter bereuen, was ihr mir all die Jahre über angetan habt.

Kommissar Schauß konnte Armin Geiger partout nicht ausstehen. Er war ihm sogar schon einmal an die Wäsche gegangen, weil er trotz mehrfacher Ermahnungen nicht damit aufgehört hatte, Michaels Ehefrau Sabrina mit sexistischen Anspielungen zu belästigen. Und jetzt bot sich eine Chance, die er nicht ungenutzt lassen wollte.

»Sag mal, du Saarländer, hast du eigentlich gewusst, dass es ein Schild gibt, welches das Wenden auf der Autobahn erlaubt?«, fragte er an den Kriminalhauptmeister adressiert.

Geiger verengte die Augen zu schmalen Schlitzen und feuerte hasserfüllte Blicke in Richtung seines jungen Kollegen.

Michael grinste breit und gab selbst die Antwort: »Auf dem Autobahnschild steht ›Willkommen im Saarland‹!«

Während die K1-Mitarbeiter johlten, läutete Petra Flockerzies Telefon.

»Psst«, zischte sie durch die geschlossenen Zahnreihen und machte eine energische Geste. Nachdem sich der Lärm reduziert hatte, hob sie ab. Nickend lauschte sie dem Anrufer, legte auf und verkündete mit sichtlichem Unbehagen: »Ich will die gute Stimmung ja wirklich nicht vermiesen, aber der werte Herr Oberstaatsanwalt hat gerade seinen Besuch angekündigt. Er fährt gleich vom Justizzentrum aus los.«

»Dann ist er in gut zehn Minuten hier«, seufzte Sabrina.

»Höchstens«, meinte ihr Vorgesetzter.

»Oha, da mach ich mich mal lieber ganz schnell vom Acker«, entschied Dr. Schönthaler. »Lieber zwei Tage mit vier Wasserleichen in der Pathologie eingesperrt als fünf Minuten mit einem Hohl-Hohl-Hollerbach im selben Raum. Wie sagt der Volksmund so treffend: Hollerbach am Morgen bringt Kummer und Sorgen.«

»Du hast es gut, Rainer«, seufzte Tannenberg neidisch. »Ich kann mich wieder mit diesem aufgeblasenen Dummschwätzer herumschlagen.«

»Wir könnten ja einen spontanen Dienstgang in den Keller unternehmen«, schlug Mertel vor.

»In dein Labor?«, fragte Tannenberg.

»Wohin denn sonst? Meinst du vielleicht, Karl will mit dir den Heizungskeller inspizieren?«, spottete Dr. Schönthaler.

Tannenberg grinste breit. »Eigentlich gar keine schlechte Idee, mein lieber Karl. Dann auf in die Katakomben.« Er wandte sich an seine Sekretärin. »Und du, Flocke, hast keinen Schimmer, wo wir sind.«

»Klaro, Chef.«

»Na, dann auf, die Herrschaften. Wir sollten keine unnötige Zeit vergeuden und hinunter in mein Reich verschwinden, bevor uns dieser Quälgeist auf die Nerven geht«, schlug Mertel vor. »Bei der Gelegenheit kann ich euch auch gleich mein Modell zeigen.«

»Modell?«, stutzte der Leiter des K1.

»Ja, Wolf, Modell. Nicht Mod-del, sondern Mo-dell. Das eine sind junge Frauen …«

»Oder Männer«, warf Sabrina dazwischen.

Mertel ließ sich durch diese Zwischenbemerkung nicht aus dem Konzept bringen und vollendete seinen Satz: »… aus Fleisch und Blut. Und das andere sind künstlich geschaffene Objekte zur Veranschaulichung bestimmter kriminalistischer Sachverhalte oder Geschehensabläufe. Mein Mo-dell ist zwar noch nicht ganz fertig, aber ich denke, man kann trotzdem schon erkennen, was ich Spektakuläres entdeckt habe.«

»Du machst mich ja richtig neugierig«, meinte Tannenberg.

Die Mitarbeiter des K1 hasteten die Treppe hinunter in die Katakomben der Polizeiinspektion und warteten an der Tür, bis Mertel ihnen aufgeschlossen hatte. Die Neonröhren flackerten auf. Um Tannenberg zu ärgern, zwängte sich Dr. Schönthaler an seinem Freund vorbei. Als Strafe knuffte der ihn in die Seite: »Ich hasse rücksichtslose Vordrängler«, schimpfte er. »Sag mal, wolltest du uns eigentlich nicht von deiner Anwesenheit erlösen?«

»Hab kurzfristig umdisponiert«, gab der Rechtsmediziner über die Schulter zurück. »Bin sehr gespannt auf Karls Mo-dell.«

»Mann, dich wird man ja genauso schlecht los wie Mundgeruch.«

Dr. Schönthaler formte aus seinen Händen ein Megafon und rief laut nach vorne: »Sabrina, ich hab dir doch erzählt, dass Wolf diese neue, eklige Krampfader hat.« Er schüttelte sich wie ein nasser Eisbär und ergänzte: »Außerdem leidet er seit Kurzem unter fürchterlichem Mundgeruch. Die Verwesungsprodukte seines absterbenden Körpers ...«

Weiter kam er nicht, denn genau wie gestern Morgen im Auto klatschte wieder eine flache Hand in sein Genick.

»Whow«, stieß Tannenberg begeistert aus, als er das Kunstwerk auf Mertels Arbeitstisch erspähte. »Das sieht ja aus wie bei mir zu Hause im Keller.«

»Sein biologischer Erzeuger ist nämlich ein totaler Modelleisenbahn-Freak«, erläuterte der Rechtsmediziner.

»Weiß ich doch«, sagte der Kriminaltechniker lächelnd. »Was glaubt ihr wohl, wer mir bei diesem Meisterwerk geholfen hat?«

»Mein Vater etwa?«, stutzte Tannenberg.

»Na, klar doch. Einer meiner Nachbarn geht, wie dein Vater auch, öfter ins Tchibo Kaffee trinken. Und von dem habe ich erfahren, dass der gute alte Jacob ein wahrer Künstler im Miniatur-Landschaftsbau ist. Da kam mir die Idee, seine Fachkompetenz anzuzapfen und ihn um Hilfe zu bitten. Er hat sofort zugesagt. Das ist ja so ein sympathischer, hilfsbereiter und freundlicher älterer Herr.«

Es muss sich um eine Verwechslung handeln, sagte Tannenberg zu sich selbst. Diese euphorische Beschreibung passt ganz und gar nicht zu dem mürrischen, provokanten Kauz, mit dem ich in der Beethovenstraße unter ein- und demselben Dach lebe. Doch gleich darauf huschte ein Schmunzeln über sein Gesicht, als er das gelungene Gebilde auf Mertels Arbeitstisch näher inspizierte. Hat es der alte Halunke doch mal wieder geschafft, sich in meine Ermittlungen einzumischen.

Jacob Tannenberg hatte die kerzengerade Schneise im Südhang des Rothenbergs realitätsgerecht nachgebildet. Als Villenersatz diente ein Schuhkarton mit Deckel. Fabrik und Dorf waren mit Holzklötzchen lediglich angedeutet.

»Da staunt ihr, was?«, fragte der Leiter der Kriminaltechnik, der seine Freude über diese gelungene Überraschung nicht verbergen konnte. »Es war unheimlich interessant, dem alten Herrn bei seiner kreativen Arbeit zuzuschauen.« Mertel lächelte geradezu verzückt. »Zuerst hat er ein Holzgerüst als Unterkonstruktion zusammengenagelt«, erläuterte er.

»Dann hat er ein Fliegengitter darübergespannt, es festgetackert und entsprechend meiner Fotos in Form gebracht. Anschließend hat er das Ganze mit einer dicken Schicht Gips überzogen. Und zu guter Letzt hat er den Berg angemalt und mit Bäumchen bepflanzt. Du kannst wirklich sehr stolz auf deinen alten Herrn sein, Wolf.«

»Ist er ja auch«, behauptete der Rechtsmediziner. »Er will es uns gegenüber nur nicht eingestehen.«

»Und hier haben wir den todbringenden Felsen.« Der Spurenexperte zauberte eine braune Kugel hervor, die er hinter dem modellierten Berg versteckt hatte. »Den hat Jacob nur aus Raufasertapete und Kleister hergestellt.« Mertel wartete, bis alle seine Kollegen anerkennend genickt hatten. Danach fuhr er fort, indem er auf den Berghang zeigte: »Was fällt euch an diesem so genannten Kanonenrohr auf?«

»Ein Loch«, schoss es aus Geiger regelrecht hervor. Er zeigte auf eine kleine, kreisrunde Öffnung, die sich am oberen Ende der baumlosen Schneise befand.

»Bei diesem Thema bist du ja Experte«, provozierte Michael Schauß, woraufhin ihn sein Chef sogleich mit einem scharfen Blick maßregelte.

»Sehr gut«, lobte Mertel gedehnt. »Dieses Loch habe ich aber nicht aus Jux und Tollerei in den Berg hineingebohrt, sondern um euch etwas ausgesprochen Interessantes zeigen zu können.«

Wieder verschwand seine Hand hinter dem Modell. »Dieser Baum hier ist in Wirklichkeit eine reale Kiefer«, sagte er und hielt ein Plastikbäumchen in die Höhe. Anschließend steckte er den Plastikstamm in die Öffnung. »So, und jetzt aufgepasst«, tönte er und legte die Kugel so an den Baum, dass sie dadurch am Wegrollen gehindert wurde.

»Ich glaube, ich weiß, worauf du hinauswillst«, meldete sich Sabrina zu Wort. »Der Baum hat den Felsen wie ein Brems…« Weil ihr der richtige Begriff nicht einfiel, stockte sie und fragte in die Runde: »Wie nennt man dieses Ding, das man benutzt, damit ein Auto bei einer Panne nicht wegrollen kann?«

»Bremsklotz«, schlug Tannenberg vor.

»Nee, Chef, der ist Bestandteil der Bremsanlage«, wandte Geiger ein. »Sabrina meint sicher einen Bremskeil.«

»Genau so heißt das Ding«, stimmte seine Kollegin zu. »Der Baumstamm fungierte also als Bremskeil. Und erst als er weg war, konnte sich der Felsblock aus dem Hang lösen.«

»Exakt«, kommentierte der Spurenexperte.

»Hm«, brummte Tannenberg und kratzte sich an der Stirn.

»Sehr interessant, Karl«, meinte Dr. Schönthaler. »Aber wie ich dich kenne, kommt die Pointe erst noch.«

»So ist es«, freute sich Mertel. Er ging zu seinem Laptop und hämmerte auf der Tastatur herum. »Ich zeige euch jetzt mal ein paar Bilder.« Der Beamer projizierte das Foto eines liegenden Baumstamms an die Wand. »Das hier ist quasi unser Plastikbäumchen aus dem Modell.«

»Die Kiefer«, warf Geiger ein.

Mertel saugte die Unterlippe ein und nickte. Er war ganz in seinem Element. »Eigentlich müsste man ja annehmen, dass ein Baum, der an einem Steilhang einen Felsen festhält, zum Tal hin umfällt. Sei es, weil er morsch war, ein Sturm ihn umgeworfen hat oder weil er von starkem Regen unterspült wurde.«

»Der da liegt aber quer zum Hang«, bemerkte der Pathologe und leidenschaftliche Hobby-Detektiv.

»Nicht nur das«, entgegnete der Kriminaltechniker und warf das nächste Foto auf die Leinwand. »Wie man hier sehr schön an der Großaufnahme des Wurzelstumpfs erkennen kann, wurde der Stamm zuerst angesägt und dann seitlich weggezogen. Dadurch fiel die Kiefer um, der Felsen hatte freie Bahn und konnte nun seinen mörderischen Auftrag erfüllen.«

Ein paar Sekunden lang war es still im Labor. Man hörte nur das leise Summen der Beamer- und Laptop-Lüfter.

»Ach, du Scheiße!«, stieß Geiger zischend aus. »Dann war das also ein gezielter Mordanschlag auf Denzer.«

»Es sieht ganz danach aus«, pflichtete ihm Tannenberg bei. Er schloss einen Moment die Augen und schüttelte ungläubig den Kopf. »Aber wie und womit wurde dieser Baum umgezogen? Hast du einen Strick oder eine Seilwinde oder sonst irgendwas entdeckt, das deine Vermutung stützen könnte?«

Mertel holte hörbar Luft, dann antwortete er: »Ja, das habe ich.« Er schlurfte zu einem Regal und wies auf eine mechanische Seilwinde, die von einem durchsichtigen Asservatenbeutel umhüllt war. »Voilà: Diese Seilwinde arbeitet nahezu geräuschlos, ist ohne Antriebsmaschine zu verwenden und leicht zu transportieren.«

»Das leuchtet ein«, meinte Dr. Schönthaler und grunzte amüsiert. »Eine Seilwinde als Tatwaffe. Also das hatten wir auch noch nicht.«

»Leider konnten wir auf dieser originellen Tatwaffe weder Fingerabdrücke noch DNA-Material sicherstellen.«

»Schade«, bemerkte der Leiter des K1.

»Aber ist diese Vorrichtung auch stark genug, um einen dicken Baum umzulegen?«, gab Michael Schauß zu bedenken.

»Ja, sicher, wenn man den Stamm vorher tief genug einsägt«, erwiderte Mertel und projizierte ein weiteres Bild an die Wand. »Hier seht ihr ein anderes offenkundiges Indiz für meine Hypothese.« Er markierte mit seinem Laserpointer die betreffende Stelle des Kiefernstamms. »Diese Abschabungen und Einkerbungen wurden von einem Drahtseil verursacht, das beim Umziehen des Baumes die Rinde verletzt hat.«

»Was für ein Riesenaufwand«, stellte der Leiter der Kaiserslauterer Mordkommission lapidar fest.

»Ja. Aber das da war gar nicht so aufwendig, wie es vielleicht ausschaut. Das andere war bedeutend zeit- und kraftaufwendiger«, kommentierte der Leiter der Spurensicherung und sprang zum nächsten Foto. Er hatte es aus einer Position unmittelbar hinter dem umgerissenen Baum aufgenommen. Es zeigte das sogenannte Kanonenrohr mitsamt der zerstörten Sandsteinvilla.

»Wie ihr seht, befindet sich in dieser etwa einhundert Meter langen Schneise nicht ein einziges größeres Hindernis, das den Felsen hätte stoppen oder von seinem Weg abbringen können. Um diesen Hang derart zu präparieren, mussten der oder die Täter lange und hart arbeiten. Ich denke, der oder die Täter haben sogar beträchtliche Erdbewegungen durchführen sowie Bäume und Büsche beseitigen müssen, bis sie das Kanonenrohr optimal für ihre Zwecke präpariert hatten.«

»Du denkst also an mehrere Täter?«, fragte Tannenberg.

Karl Mertel zuckte mit den Schultern und legte nachdenklich den Kopf schief. »Ja, das erscheint mir durchaus naheliegend. Einer allein hätte dafür sicher mehrere Monate oder vielleicht sogar Jahre gebraucht.« Er reckte den Zeigefinger empor. »Das Hauptproblem bestand ja darin, nicht aufzufallen, sonst wäre dieser perfide Plan …«

»Aber das ist doch verrückt, Karl«, schnitt ihm Michael Schauß das Wort ab. »Wer macht sich denn solch eine Mühe? Wenn jemand diesen Denzer ermorden wollte, hätte er ihn doch auch mit einem Präzisionsgewehr aus sicherer Entfernung erschießen und danach unerkannt verschwinden können. Wozu dieser gigantische Aufwand und die permanente Gefahr, dabei entdeckt zu werden?«

»Also ich bin ja kein Psychologe«, mischte sich Dr. Schönthaler ein, »aber ich denke, es gibt nur ein einziges schlüssiges Motiv für solch eine Wahnsinnstat:

Hass. Der Täter muss einen unglaublichen Hass auf Denzer haben.«

»Nee, Rainer, das ist mir nun wirklich ein bisschen zu kurz gedacht«, protestierte sein Freund. »Diese ungewöhnlich aufwendige Methode spricht meines Erachtens nicht für einen primitiven Mordanschlag aus blindwütigem Hass, sondern ist wohl eher ein symbolischer Racheakt an Toni Denzer.«

»Und wofür?«, fragte Geiger.

»Für irgendetwas, was er dem Täter oder dessen Familie angetan hat. Das sagt mir mein Gefühl.«

»Oh je, Wolfram Tannenberg und seine Gefühle – welch dunkler, tiefer Morast«, frotzelte der Rechtsmediziner.

Der Leiter des K1 ignorierte die Bemerkung. »Du hast recht, Karl. Wieso sind diese aufwendigen Arbeiten niemandem aufgefallen? Das Absägen der Bäume hat doch bestimmt Lärm verursacht. Die Erd- und Aufräumarbeiten im Kanonenrohr konnten von Wanderern oder Pilzsammlern bemerkt werden.«

»Ich weiß nicht, ob das gerade in dieser Gegend so ist«, antwortete Mertel mit einer vagen Handbewegung. »In einem Waldarbeiterdorf mit Parkettfabrik gehören die Geräusche der Ketten- oder Kreissägen sicherlich zum Alltag. Ich glaube, die Köhlerbacher hören es gar nicht mehr, wenn jemand einen Baum fällt.«

Sabrina hatte die ganze Zeit über die Gespräche mit nachdenklicher Miene verfolgt. Sie schob eine

Haarsträhne hinters Ohr und sagte: »Könnte es denn nicht sein, dass zumindest der geräuschlosere Teil dieser Arbeiten nachts ausgeführt wurde, vielleicht in den frühen Morgenstunden, wenn es hell wurde. Da schlafen im Sommer noch alle. Genügend Licht ist trotzdem vorhanden.«

»Hm«, brummte ihr Vorgesetzter. »Das ist durchaus denkbar. Zumal man ja zum Umsägen von Büschen und kleineren Bäumen auch Handsägen verwenden kann. Und die machen fast keinen Krach.«

Wolfram Tannenberg klatschte in die Hände. »Leute, wir spekulieren zu viel. Wir brauchen harte Fakten. Die Kriminaltechnik muss noch mal raus und den ganzen Hang umpflügen. Und wir müssen dringend in Köhlerbach Befragungen durchführen. Vielleicht ist ja doch irgendjemandem in diesem Kanonenrohr ein emsiger Arbeiter aufgefallen. Oder sogar mehrere.«

»Vorher möchte ich euch aber noch mit Hilfe meines Schuhkartons auf etwas sehr Wichtiges aufmerksam machen«, sagte Mertel und ergänzte: »Dieser Kasten soll ja die Villa der Denzers darstellen.«

Er wartete geduldig, bis sich alle seine Kollegen um den modellierten Berg versammelt hatten, dann hob er vorsichtig den Deckel ab. Auf dem Boden des Kastens hatte er die Positionen des Esstischs und der Stühle eingezeichnet. Sitzende Playmobilfiguren symbolisierten die Geburtstagsgäste. Erst jetzt registrierten die Betrachter, dass Teile der Nord- und Südwand eingeritzt waren.

Mertel drückte die Pappstreifen um und beschwerte die umgeknickten Laschen mit Kieselsteinen. Dann nahm er die Kugel, die den Felsen darstellen sollte, und ließ sie durch das Kanonenrohr rollen. Zum allseitigen Erstaunen schoss die Papierkugel jedoch nicht durch die Öffnungen, sondern prallte neben der aufgemalten Haustür ab.

»Satz mit X – war wohl nix«, feixte Geiger.

»Dann versuchen wir es eben noch einmal«, verkündete Mertel unbeeindruckt.

Doch das Ergebnis blieb auch bei drei weiteren Versuchen dasselbe: Das Kanonenrohr leitete die braune Kugel stets an die gleiche Stelle an der Nordseite der Villa.

Tannenberg hatte plötzlich keine Lust mehr auf diese Vorführung. »Dann stellen wir eben den Kasten einfach zehn Zentimeter nach links«, polterte er und setzte seine Worte sogleich in die Tat um. Anschließend pflückte er Mertel die Papierkugel aus der Hand und ließ sie die Schneise hinunterrollen. Nun endlich schoss der stilisierte Felsen durch beide Hausmauern hindurch und landete auf dem Fußboden. »Siehst du, geht doch«, sagte er und zeigte seine Zähne.

»Siehst du«, wiederholte Mertel und ergänzte nach einer kleinen Pause, »das hier?«

»Was?«

»Diese kleinen Striche. Man nennt sie Markierungen«, belehrte der Kriminaltechniker schmunzelnd. Er schob den Schuhkarton wieder an die ursprüngliche Stelle zurück. »So, jetzt befinden sich Berg, Kanonenrohr und Villa wieder in der richtigen Position zueinander.«

»Worauf willst du denn eigentlich hinaus?«, fragte Tannenberg sichtlich genervt.

Mertel grinste wie ein Honigkuchenpferd und präsentierte wortlos ein weiteres Foto.

»Aufgewühlter Waldboden – ja und?« Tannenberg hatte jedes Wort regelrecht ausgespuckt.

Der Spurenexperte antwortete nicht, sondern nahm einen Bleistiftstummel vom Schreibtisch, den er mit zwei aufgeklebten Reißzwecken präpariert hatte, und befestigte ihn im oberen Teil des Kanonenrohrs. Danach schickte er die Kugel erneut auf die Reise. Der stilisierte Felsen wurde durch das Hindernis von seinem geraden Wege abgelenkt und schoss nun durch die Öffnungen des Schuhkartons.

Mertel wies auf das Foto und erläuterte: »Dieser von Wildschweinen aufgeworfene kleine Erdwall hat die Steinkugel so aus der Bahn geworfen, dass der Einschlag nicht wie geplant links neben der Haustür, sondern in der Küchenwand erfolgte.« Er schnitt mit der Hand senkrecht in die Luft. »Denn wie man anhand des Modells deutlich erkennen kann, führt die direkte Falllinie zum Esstisch.«

»Das heißt, eigentliches Ziel des Anschlags waren nicht Denzers Frau und seine Schwiegertöchter«, schlussfolgerte Tannenberg. »Der Täter wollte die gesamte Familie auslöschen.«

»Diese fundamentale Erkenntnis lässt sich mit Hilfe meiner genialen Simulation sehr schön beweisen«, protzte der Kriminaltechniker. »Dann mal aufgepasst!«

Karl Mertel entfernte den Bleistiftstummel, schnitt die Papplasche neben der Haustür ab und ließ die Kugel durch die neue Öffnung rollen. Die Playmobilfiguren wirbelten wild durcheinander.

»Was für ein Wahnsinn! Wenn die armen Frauen um 18 Uhr am Esstisch gesessen hätten, wäre ihnen trotz dieser hinterhältigen Mordplanung überhaupt nichts passiert«, stellte Sabrina fest.

»Daran sieht man mal, wie lebenswichtig pünktliche Essenszeiten sind«, präsentierte Dr. Schönthaler eine weitere Kostprobe seines makaberen Pathologenhumors.

»Das muss man sich wirklich einmal vorstellen: Da wollte jemand alle Familienmitglieder umbringen, alle, auch die Kinder«, versetzte Sabrina mit belegter Stimme. »Aber zum Glück ist ja wenigstens ihnen nichts passiert.«

»Gott sei Dank. Die Kleinen hatten offenbar einen Schutzengel«, pflichtete ihr Tannenberg bei.

»Nicht nur sie hatten einen Schutzengel, auch Denzer und seine Söhne«, korrigierte der Rechtsmediziner. »Wobei der alte Denzer diese göttliche Fügung wohl am wenigsten verdient hat.«

Tannenberg stieß grunzend Luft durch die Nase. »So makaber es auch klingen mag, aber für den Täter war dieser unglaubliche Zufall ja wohl ein völliges Desaster. Da präpariert er monatelang den Hang und dann klappt sein Plan nur deshalb nicht, weil ausgerechnet in dieser Nacht eine Wildsaurotte sein Kanonenrohr durchpflügt.«

»Aber wieso hat der Mörder den Hang nicht noch einmal kontrolliert, bevor er den Baum umgezogen hat? Er hat doch sonst alles so perfekt geplant.«

»Guter Einwand, Geiger«, lobte sein Vorgesetzter. »Wer von euch hat eine Idee?«, fragte er in die Runde.

Das Schweigen wanderte eine Weile zwischen den Kriminalbeamten hin und her.

»Vielleicht war er derart in Hektik, dass er sich nur auf das Umziehen der Kiefer konzentrierte und schlichtweg vergaß, vorher noch einmal das Kanonenrohr zu inspizieren«, brach Michael Schauß als Erster die Stille.

»Oder er hat den aufgewühlten Waldboden zwar bemerkt, aber nicht wahrhaben wollen, dass dadurch die Felsenkugel abgelenkt werden könnte«, spekulierte seine Ehefrau.

»Kann sein«, sagte ihr Chef. »Vielleicht wollte er auch einfach nur vermeiden, dass ihn quasi in letzter Minute noch jemand im Hang entdeckt.«

»Womöglich liegt es auch nur daran, dass Gott sei Dank jedem Mörder irgendwann ein Fehler unterläuft«, meinte Dr. Schönthaler. »Und unser Kandidat hat diesen Fehler schon gleich am Anfang gemacht.«

Mertel räusperte sich und erhob seine kräftige Stimme: »Wolf, ich denke, es ist an der Zeit, dass wir dieses ominöse Kanonenrohr noch ein bisschen genauer unter die Lupe nehmen. Vielleicht entdecken wir noch irgendwelche Dinge, die uns hinsichtlich des oder der Täter entscheidend weiterbringen.«

»Ach, im Labor der Spurensicherung haben Sie sich alle versteckt«, ertönte plötzlich die herrische Stimme des Oberstaatsanwaltes.

Die Ermittler reagierten so, als ob gerade eine Stinkbombe geplatzt wäre, und wollten panikartig aus dem Raum flüchten.

Aber Dr. Hollerbach versperrte ihnen den Weg, indem er sich im Türrahmen aufbaute. »Nein, nein, schön hiergeblieben!«, befahl er. Mit stechendem Blick fixierte er den Kommissariatsleiter. »Wieso weiß Ihre Sekretärin eigentlich nicht, wo Sie sich gerade aufhalten?«

»Keine Ahnung«, knurrte Tannenberg.

»Haben Sie denn kein Handy?«

»Akku alle.«

Dr. Siegbert Hollerbach verzog abschätzig das Gesicht und erklärte in förmlichem Ton: »Im Mordfall Denzer erwarte ich von Ihnen und Ihren Mitarbeitern, dass Sie mich über jeden Ihrer Schritte sofort informieren und ...«

»Auch wenn mich meine Schritte aufs Klo führen?«, scherzte Tannenberg.

»Halten Sie Ihren vorlauten Schnabel, Sie notorischer Querulant!«, brüllte der Oberstaatsanwalt. Auf seinem Gesicht tauchten rote Flecken auf und die tiefliegenden Augen verengten sich zu schmalen Schlitzen.

»Nichts lieber als das«, sagte Tannenberg und legte demonstrativ eine Hand auf den Mund.

»Wie kann man nur in Ihrem Alter noch so albern sein?«, schimpfte sein Erzfeind. Mit einer energischen Geste rückte er den Krawattenknoten zurecht. »Anton Denzer, oder Toni, wie ihn seine Freunde nennen dürfen, hat …«

»Und Sie sind natürlich sein Freund«, fiel ihm der Rechtsmediziner ins Wort.

»Ja, das bin ich«, erwiderte Dr. Hollerbach und reckte den Hals. »Jeder, der solch eine einflussreiche Persönlichkeit zu seinem Freundeskreis rechnen darf, kann sich glücklich schätzen.« Er legte eine kurze Pause ein, um dem Nachfolgenden eine noch größere Bedeutung zu verleihen. »Wir spielen gemeinsam Golf, gehen zusammen auf die Jagd und gehören derselben Partei und demselben Rotary-Club an. Und deshalb kann ich guten Gewissens behaupten, dass er mein Freund ist.«

Wolfram Tannenberg produzierte merkwürdige Geräusche. Es hörte sich an, als ob er durch einen Knebel im Mund am Sprechen gehindert würde.

»Ach, daher weht also der Wind, möchte mein Freund sagen«, übersetzte der Rechtsmediziner die unverständlichen Töne.

Obwohl es ihm erkennbar schwerfiel, verkniff sich Dr. Hollerbach einen deftigen Kommentar. »Deshalb hat die Aufklärung dieses heimtückischen Attentats allerhöchste Priorität. Ist das klar?«

Brav nickten alle Anwesenden.

»Gut, dann haben wir uns ja verstanden«, sagte der Oberstaatsanwalt und warf einen geschäftigen Blick auf seine goldene Rolex. »Oh, mein Termin bei Kriminaldirektor Eberle. Ich werde dafür sorgen, dass er Ihnen anständig Feuer unter dem Hintern macht, darauf können Sie sich verlassen.« Dann verschwand er ebenso plötzlich, wie er aufgetaucht war.

Nun war kollektives Aufatmen angesagt. Tannenberg entfernte seinen Maulkorb und zischte: »Denzer undHollerbach, diese Kotzbrocken passen richtig gut zusammen.«

6

»Karl hat mir erzählt, du hättest heute Morgen Bauklötze gestaunt, als du meine tolle Rothenberg-Nachbildung gesehen hast«, sagte Jacob Tannenberg anstatt einer Begrüßung.

»Jo«, erwiderte sein jüngster Sohn einsilbig. Er gähnte wie ein Löwe, durchfurchte seine Haare mit den Fingern und reckte die Arme nach oben. »Mann, ich bin so kaputt«, stöhnte er und ließ sich schlaff auf einen Küchenstuhl sinken.

»Ach, wie schön, dass du zum Abendessen zu uns kommst, Wolfi«, seufzte Margot. Sie stellte Tannenberg eine Flasche Kristallweizen und ein Glas hin, auf dessen Rand eine Zitronenscheibe steckte.

»Das macht er ja gar nicht freiwillig, sondern bloß, weil Johanna noch in Dresden ist und ihm deswegen nix kochen kann«, giftete der Senior, ohne von seiner Bildzeitung aufzublicken.

Tannenberg wollte zuerst protestieren, winkte dann aber ab. Er hatte keine Lust auf irgendwelche Streitereien. Er wollte nur schnell in Ruhe etwas Gutes essen und trinken und sich anschließend in seine Wohnung auf die gemütliche Ledercouch verziehen. Er schenkte sich Weizenbier ein und nahm einen tiefen Schluck. »Oh, das tut so gut«, sagte er schmatzend und wischte sich mit dem Handrücken den Schaum von den Lippen.

Jacob zupfte grinsend an seinem grauen Schnurrbart. »Warum hast du Schnarchnase denn so lange gebraucht, bis du endlich kapiert hast, dass eigentlich die gesamte Familie dieses Saubären draufgehen sollte?«

»Ich hab's sofort durchschaut, wollte nur deinem Karl eine kleine Freude machen«, retournierte sein Sohn. »Hast wohl in unserem Dreckschnüffler einen neuen Freund gefunden, wie?«

»Ja, das kann man schon so sagen. Im Gegensatz zu dir ist Karl wirklich ein ausgesprochen netter Kerl.« Mit einem verschmitzten Lächeln fügte er hinzu: »Und vor allem ist er sehr zugänglich und auskunftsfreudig. Nicht so abweisend wie du.«

»Na, warte, mein Junge, dich nehme ich mir gleich morgen früh mal anständig zur Brust«, grummelte der Kriminalbeamte, an den abwesenden Mertel gerichtet. »Verrat von Dienstgeheimnissen ist kein Kavaliersdelikt.«

Der Senior verlagerte seinen Oberkörper nach vorne und deutete mit dem Besteckmesser auf seinen Sohn. »Das wirst du schön bleiben lassen.«

Wolfram Tannenberg lehnte sich schmunzelnd zurück. »Willst du mir etwa verbieten, meinen Mitarbeiter auf seine Verschwiegenheitspflicht besonders gegenüber neugierigen Rentnern hinzuweisen?«

»Verbieten hab ich doch gar nicht nötig«, flachste Jacob und zog die Augenbrauen nach oben. »Nein, wir beide machen ein Tauschgeschäft: Meine ermittlungsrelevanten Informationen gegen dein Versprechen, Karl in Ruhe zu lassen.«

»Aha, unser Sherlock Holmes aus der Beethovenstraße hat mal wieder seinen Tchibo-Kumpels brandheiße, ermittlungsrelevante Neuigkeiten entlockt.«

Jacob grinste über beide Backen. »So ist es.«

»Gut, von mir aus. Dann rück mal raus damit.«

»Handschlag drauf!«

Grinsend packte Tannenberg die faltige Hand seines Vaters.

»Also«, begann Jacob gedehnt. Er presste die schmalen Lippen fest aufeinander und wiegte den Kopf hin und her. »Nein, also ich weiß nicht, ob ich diese Informationen wirklich preisgeben soll, schließlich habe ich versprochen, niemandem ...«

»Vater«, knurrte Tannenberg so bedrohlich, dass Kurt zu seinem Herrchen getrottet kam und sich jaulend an ihn drückte. Erst als sich die imposante Mischung aus Langhaarschäferhund und Leonberger von beiden Männern die Streicheleinheiten abgeholt hatte, verzog er sich wieder auf seine Hundedecke und streckte sich der Länge nach aus.

»Hast du gewusst, dass der nette Herr Denzer letzte Woche beim Notar war, um ein Testament aufzusetzen?« Die Frage schwebte ein paar Sekunden lang unbeantwortet durch die Wohnküche. »Nee, das hast du nicht gewusst, gell?«, legte der Senior nach.

Tannenberg zuckte scheinbar teilnahmslos mit den Schultern.

»Und schon gar nicht weißt du, was in dem Testament steht. Woher auch?« Jacob grinste triumphierend. »Also, dann spitz mal die Ohren, Junior: Der alte Denzer hatte ernsthaft vor, seine Familie quasi zu enterben. Die drei Söhne sollten nach dem Testamentsentwurf nur den Pflichtteil erhalten. Seine Frau hätte bei einer Scheidung oder im Falle seines Todes gar nichts vom Vermögen abgekriegt, denn Toni Denzer hat sie damals gezwungen, einen ganz fiesen Ehevertrag mit Gütertrennung zu unterschreiben.«

Jacob schlurfte zum geklappten Küchenfenster und verschloss es. Dann beugte er sich zu seinem Sohn hinunter und flüsterte: »Und das Allertollste an der ganzen Sache: Seine Söhne wissen nichts davon und werden sich wohl auch weiterhin von ihm drangsalieren lassen, weil sie Angst haben, enterbt zu werden.« Er kicherte genüsslich. »Dabei sind sie es fast schon. Nächste Woche will er das Testament unterschreiben.«

»Woher willst denn ausgerechnet du so etwas streng Vertrauliches wissen?«

Jacob nahm wieder Platz und antwortete mit einer Gegenfrage: »Hast du schon einmal den Begriff ›Informantenschutz‹ gehört?«

»Informantenschutz, dass ich nicht lache«, stieß sein Sohn sarkastisch aus. »Deine Tchibo-Kumpel tratschen doch nur irgendwelche Gerüchte weiter, die sie auf dem Wochenmarkt oder in der Fußgängerzone irgendwo aufgeschnappt haben.«

Der Senior wedelte mit der Hand. »Nee, nee, mein

Lieber, die besorgen mir Informationen, die du in keiner deiner modernen Polizei-Datenbanken finden wirst.« Jacobs Gesicht war mit Lachfalten durchsetzt. »Ich hab nämlich noch etwas Interessantes.«

»Und was?«

»Du hast doch sicherlich auch nicht gewusst, dass dein alter Freund, dieser unsympathische Förster Kreilinger, ganz dicke mit dem alten Denzer befreundet ist. Der hat sogar die Festrede bei Denzers offizieller Geburtstagsfeier in der Köhlerbacher Turnhalle gehalten und ihn dabei über den grünen Klee gelobt. Den solltet ihr euch mal richtig vorknöpfen. Der weiß garantiert einiges über den alten Denzer und seine Familie, was viele andere nicht wissen.«

»Warum übernimmst du denn eigentlich nicht gleich die Ermittlungen?«

»Das wäre gar nicht so schlecht«, meinte Jacob. Selbstbewusst richtete er sich auf und tippte sich auf die Brust. »Schließlich habe ich in der Vergangenheit mehr zur Lösung deiner Fälle beigetragen als du. Deshalb wäre es nur gerecht, wenn du mir ab sofort jeden Monat die Hälfte deines Gehalts überweist.«

»An Größenwahn leidest du nicht zufälligerweise?«

»Ruhe, ihr beiden! Hört auf zu streiten, jetzt wird gegessen«, sprach Margot ein energisches Machtwort. Sie hatte Gulasch gekocht und servierte dazu rohe Kartoffelklöße, die bei den Einheimischen ›hoorische Knepp‹ genannt wurden.

»Ah, da komme ich ja gerade richtig«, freute sich

Heiner Tannenberg. Er trug verwaschene Jeans und ein weißes Sweatshirt, auf dem in fetten roten Lettern ›Luhmann!‹ geschrieben stand.

»Du kommst doch auch nur deshalb, weil Elsbeth auf Klassenfahrt ist und du zu Hause nichts zu essen kriegst«, frotzelte Jacob.

»Ja, Vater, nagender Hunger hat mich aus meiner einsamen, kalten Poetenstube zu euch in die behagliche Wärme der Großfamilie getrieben.«

»Ach, wie schön«, seufzte Margot mit verklärtem Blick. »Jetzt ist es fast so gemütlich wie früher, als ihr noch kleine Buben wart und wir vier immer pünktlich um 18 Uhr am Tisch saßen und miteinander Abendbrot gegessen haben, gell Jacob?« Sie trottete gedankenversunken zum Fenster und klappte es auf.

Heiner sank vor seinem Vater auf die Knie und faltete die Hände wie zum Gebet: »Bitte, oh edler Herr, gewährt mir Speis und Trank. Ich werd's vergelten mit Fleiß und Dank.« Er sprang in die Höhe und nahm eine theatralische Rednerpose ein. »Diesmal erklingt kein lieblicher Minnegesang, sondern Kriminalpoesie mit hartem Klang.«

»Reim dich oder ich fress dich«, kommentierte sein Bruder und rollte die Augen. Jacob stöhnte leidend auf, wogegen Margot übers ganze Gesicht strahlte.

»Seid ihr bereit, ihr holden Recken?«, schmetterte Heiner so laut in die Küche, dass Kurt ein Protestgeheul anstimmte. »Ruhe – du dicker Monsterhund! Nun schlag' es zur Poetenstund!«

»Komm, leg endlich los, sonst werden die Knödel kalt«, zeterte Tannenberg.

Sein älterer Bruder räusperte sich ausgiebig und rezitierte anschließend sein neuestes kriminalpoetisches Meisterwerk:

»Es stand einmal, man glaubt es kaum,
In einem Wald ein großer Baum.
Tagaus, tagein in vollem Saft,
Hielt er mit seiner Wurzelkraft,
Den Felsen, riesengroß und rund.

Doch irgendwann wurd's dem zu bunt.
Er riss sich los – oh weh, oh weh,
Hinab ins Tal mit vollem Dreh.
Egal, was ihm im Weg auch war,
Wurd' plattgemacht, das ist doch klar.

Ob Stein, ob Strauch, ob Stamm, ob Haus,
Er fegt's hinweg mit Saus und Braus.
Menschen reißt er aus dem Schlummer;
Wo er einschlägt: Tod und Kummer.

Wieso exakt zu dieser Stund
Trifft zielgenau der Höllenhund?
Hier das Geheimnis – spitzt das Ohr:
Er nutzte ein Kanonenrohr!«

»Bravo, bravissimo!«, tönte es aus Richtung des Bürgersteigs, untermalt von frenetischem Applaus.

Tannenberg öffnete das Fenster. »Also du hast mir jetzt gerade noch gefehlt«, grummelte er. »Als ob ich mit diesen beiden komischen Gestalten hier drin nicht schon genug gestraft wäre.«

Kurz darauf saß Dr. Schönthaler am Küchentisch und wedelte mit einem Fünf-Euro-Schein herum. »Den hab ich eben in der Glockenstraße gefunden.«

»Gib mal her, Rainer«, forderte Jacob und prüfte den Geldschein, indem er ihn in den Lichtschein der Hängelampe hielt. »Der sieht echt aus. Den hat einer bestimmt nicht gerne verloren.«

»Was für ein blöder Spruch«, spottete Tannenberg. »Wer verliert schon etwas gerne?«

»Eine klassische verbale Paradoxie«, ergänzte der Rechtsmediziner.

»Klugscheißer«, zischte sein Freund leise.

Margot trocknete sich die Hände an ihrer karierten Kittelschürze ab und säuselte: »Ach, Rainer, jetzt wo du auch noch da bist, ist es wirklich fast so schön wie früher.«

»Ja, ich glaube, ich habe damals häufiger bei euch gegessen als bei uns zu Hause.«

»Die Rechnung dafür geht dir in den nächsten Tagen auf dem Postweg zu«, sagte Jacob. »Die Anzahlung hast du ja schon mal mitgebracht.« Er steckte den Fünf-Euro-Schein in die Hosentasche und verzog keine Miene dabei.

Margot servierte die Schüssel mit den dampfenden rohen Kartoffelknödeln und gleich darauf die Gulasch-Terrine. Wie ausgehungerte Wölfe machten sich die vier gestandenen Männer über das Abendessen her, wobei sich Tannenberg wie immer als Erster den Teller randvoll lud.

»Rainer, hast du eigentlich irgendetwas Besonderes bei der Obduktion der drei Frauen entdeckt?«, wollte der Senior schmatzend wissen.

Margot fiel fast die Gabel aus der Hand.

Ihr Ehemann ignorierte den entsetzten Blick und legte nach: »Ich denke da zum Beispiel an eine Schwangerschaft oder eine schwere Erkrankung, die Auswirkungen auf unsere Ermittlungen haben könnten.«

»Unsere Ermittlungen«, wiederholte der Leiter des K1 und rang wie ein Asthmatiker nach Luft. »Oh Herr, lass Gleichmut vom Himmel regnen.«

»Nee, Herr Tannenberg, eigentlich keine auffälligen Befunde«, erwiderte der Pathologe. »Alles ziemlich unspektakulär. Bis auf die Leber von Anton Denzers Frau.«

»Wieso, was ist mit der?«

»Na ja, die hat im Laufe ihres Lebens anscheinend schon einige Hektoliter Alkohol verkraften müssen.«

»Die hat also gesoffen wie ein Loch«, schlussfolgerte Jacob.

»Sieht so aus«, entgegnete der Rechtsmediziner.

»Kein Wunder bei dem Ehemann.«

Dr. Schönthaler zerteilte einen Kartoffelknödel und drückte ihn in die Soße. »Als ich vorhin ihre Leber kleingeschnitten habe ...«

»Rainer, bitte!«, flehte Margot mit schriller Stimme.

»Oh, Entschuldigung, Frau Tannenberg, bei Tisch sollte ich wirklich nicht …« Den Rest ließ der Pathologe unausgesprochen und tupfte sich verlegen mit der Serviette die Mundwinkel ab.

Nach dem Essen und den obligatorischen Mirabellenschnäpsen verzogen sich die drei Freunde in die darüberliegende Wohnung des Kriminalbeamten, um dort eine Partie Skat zu spielen. Doch Wolfram Tannenberg war nicht so recht bei der Sache. Er machte gravierende Fehler, gab die Karten falsch aus oder überreizte sich. Von Seiten seiner Mitspieler hagelte es deshalb Kritik und hämische Bemerkungen.

»Was ist denn eigentlich los mit dir?«, fragte Dr. Schönthaler, dem sein Freund allmählich ein wenig leidtat.

»Ach, mir geht dieser Anschlag einfach nicht mehr aus dem Kopf. Wenn es stimmt, was Vater behauptet, und Denzer tatsächlich vorhatte, nächste Woche seine Söhne testamentarisch aufs Pflichtteil zu setzen, dann hätten doch alle drei ein Mordmotiv. Vielleicht haben sie ja von der Testamentsänderung irgendwie Wind bekommen.«

»Sicher, Wolf, theoretisch ist das möglich. Aber zwei Dinge sprechen dagegen: Erstens wurde dieser Anschlag schon lange vorher geplant. Die nötigen Vorbereitungen dafür nahmen wohl Monate in Anspruch. Und zweitens saßen die Brüder um 18 Uhr an der Festtafel. Wäre der Felsen nicht durch einen puren Zufall von seinem Weg abgelenkt worden, hätte es doch auch sie erwischt. Erinnere dich an Karls Modell.«

»Ja, das ist mir schon klar«, erwiderte Tannenberg mit verkniffenem Gesicht. So als hätte er Juckpulver zwischen den Pobacken, rutschte er unruhig auf seinem Stuhl herum. Er legte sein bereits dezimiertes Skatblatt offen auf den Tisch. »Komm, lass uns nach Köhlerbach fahren.«

»Was, jetzt noch? Es ist gleich neun Uhr.«

»Das ist genau die richtige Zeit, um der Dorfkneipe einen Besuch abzustatten und die Ohren ein wenig offenzuhalten. Fährst du mit, Heiner?«

»Klar, ich hab nichts Besseres vor. Außerdem können wir dort genauso gut wie hier Skat spielen. Und wenn du weiterhin schwächelst, suchen wir uns einfach einen anderen dritten Mann.«

Im Verlauf der letzten Stunden hatten die beiden Tannenberg-Brüder die zum Führen eines PKWs erlaubte Promillegrenze bereits deutlich überschritten und kamen deshalb als Chauffeure nicht mehr in Frage. Dr. Schönthaler dagegen hatte nur ein einziges Glas Weizenbier getrunken. Seine mit vier Zusatzscheinwerfern ausgestattete laubfroschgrüne Ente stand direkt vor der Haustür.

Der 2 CV 6 hatte zwar nur 28 Pferdestärken unter der gefalteten Haube, dafür aber eine Stereoanlage unter dem Rolldach, die jede Nobelkarosse vor Neid erblassen ließ. Wenn man in sein Schaukelgefährt einstieg, gewann man unmittelbar den Eindruck, in einem Hi-Fi-Studio gelandet zu sein. Dr. Schönthalers Luxus-Autoradio war mit allen elektronischen Finessen ausgestattet und wurde von einem Bose-Soundsystem veredelt, das mit 12 Mittel- und Hochtönern sowie vier 30-cm-Tieftönern aufwartete.

»Darf ich euch ein bisschen mit der besten Rockmusik aller Zeiten zudröhnen?«, lautete einer der Standardsprüche des Rechtsmediziners, wenn er Mitfahrer in sein ungewöhnliches Auto gelockt hatte. Obwohl er sich auch durch eine ablehnende Reaktion nicht an seinem Musikgenuss hätte hindern lassen, freute er sich sehr, wenn er breite Zustimmung erfuhr. Und das war natürlich bei den Tannenberg-Brüdern der Fall, schließlich hatten auch sie ihre wilde Jugendzeit in den späten 60er- und 70er-Jahren des vergangenen Jahrhunderts verbracht.

»Na, logo darfst du das«, sagte Heiner, der auf der Rückbank Platz genommen hatte.

Per Knopfdruck startete Dr. Schönthaler den 2 CV und schob seine Lieblings-CD in den Player. Noch bevor die drei Freunde die Rudolf-Breitscheid-Straße erreicht hatten, schien das gesamte Auto im Takt des Pink-Floyd-Songs ›Wish-you-were-here‹ zu vibrieren. Lauthals sangen die Männer den Text mit:

»So, so you think you can tell
Heaven from Hell,
Blue skys from pain.
Can you tell a green field

From a cold steel rail?
A smile from a veil?
Do you think you can tell?

And did they get you to trade
Your heroes for ghosts?
Hot ashes for trees?
Hot air for a cool breeze?
Cold comfort for change?
And did you exchange
A walk on part in the war
For a lead role in a cage?

How I wish, how I wish you were here.
We're just two lost souls
Swimming in a fish bowl,
Year after year,
Running over the same old ground.
What have we found?
The same old fears.
Wish you were here.«

Die nächtliche Fahrt führte sie stadtauswärts über die Trippstadterstraße zur Universität. Von dort aus folgten sie der L 503 nach Süden, durchquerten Stelzenberg und bogen nach einer steilen Abfahrt an der sogenannten Eisenschmelz in Richtung Johanniskreuz ins Moosalbtal ab.

Die Hauptscheinwerfer bohrten grelle Löcher in die zähe Nebelsuppe, aber erst als Dr. Schönthaler zusätzlich die Nebellampen einschaltete, gestalteten sich die Sichtverhältnisse einigermaßen akzeptabel. Als das Köhlerbacher Ortsschild wie ein gelbes Gespenst aus dem Einheitsgrau auftauchte, drehte der Rechtsmediziner die Musik leiser und fluchte: »Elendes Mistwetter. Da jagt man ja keinen Hund vor die Haustür. Und Menschen erst recht nicht. Die Kneipe hat bestimmt schon geschlossen. Diese Waldschrate hocken bestimmt alle zu Hause vor der Glotze.«

»Ja, hier in dem Kaff sieht's ziemlich nach toter Hose aus«, stimmte ihm Heiner zu.

»Wohl eher nach totem Rock beziehungsweise drei toten Röcken«, präsentierte Dr. Schönthaler eine Kostprobe seines makaberen Pathologenhumors.

»Späßle g'macht – koiner g'lacht«, frotzelte Tannenberg.

»Quatsch, was erzähl ich denn da. Die Frauen auf meinen Tischen hatten ja alle Hosen an«, korrigierte sich der Rechtsmediziner.

»Stopp!«, befahl Heiner. »Da ist es. Und es brennt sogar noch Licht.«

»Zur dicken Eiche«, las der Leiter des K1 vor. »Whow, wie originell.«

Dr. Schönthaler stellte sein Auto auf der gegenüberliegenden Straßenseite ab. Auf dem Weg zur Dorfkneipe wehte ein böiger Wind den Skatbrüdern den Nieselregen ins Genick. Obwohl Tannenberg den Kragen seiner Lederjacke hochgeschlagen hatte, jagten ihm eiskalte Schauer den Rücken hinunter.

Alle Tische in der urigen Gaststätte waren rund

und erinnerten auf den ersten Blick an überdimensionierte Champignons. Sie hatten keine Standbeine, sondern waren aus einem dicken Stamm und einer großen Eichenholzscheibe, die als Tischplatte fungierte, zusammengesetzt. Gut zwei Dutzend Männer unterschiedlichen Alters hielten sich in der rustikalen Einraumkneipe auf, in der es markant nach altem Fett und kaltem Rauch roch.

»Guten Abend«, grüßten die Besucher im Chor.

Sie erhielten jedoch keine Antwort, sondern wurden mit gleichermaßen neugierigen wie abweisenden Blicken taxiert. Nur der Wirt, ein etwa 60-jähriger, untersetzter Mann, nickte ihnen knapp zu.

Tannenberg und seine Begleiter bestellten Weizenbier und ließen sich an dem einzigen noch freien Tisch neben der Eingangstür nieder, der von einer Garderobe und zwei flimmernden Geldspielautomaten eingerahmt wurde.

Während Heiner die Karten mischte und austeilte, wurden die vom Auftauchen der Fremden erstickten Gespräche wieder aufgenommen. Allerdings so leise, dass der Kriminalbeamte in der Folgezeit nur ab und an einige Wortfetzen aufschnappen konnte. Die Gespräche hatten allerdings nicht den Anschlag auf Denzer und seine Familie zum Inhalt, sondern drehten sich um das letzte Spiel des 1. FCK, um Autos oder um Themen aus der Forstwirtschaft und der Jagd.

»Ist das nicht komisch, dass die nicht über den Mordanschlag in ihrem Dorf sprechen?«, flüsterte Tannenberg nach gut einer halben Stunde.

»Wolf, das ist die berühmt-berüchtigte Omertà, die Pflicht zu schweigen«, raunte ihm Dr. Schönthaler zu. »Wobei hinter diesem ungeschriebenen Gesetz ausnahmsweise mal nicht die sizilianische Mafia steckt, sondern Toni Denzer, der einzige Arbeitgeber weit und breit.« Mit einer Kopfbewegung wies er auf den mächtigen Stammtisch, um den die meisten Gäste herumgruppiert waren. »Ich bin mir sicher, dass die meisten dieser Männer so etwas wie Leibeigene dieses Ausbeuters sind.«

Tannenberg beugte sich nach vorne und entgegnete mit gesenkter Stimme: »Ich glaube, wir müssen entweder den Täter im Umfeld der Denzers suchen, schließlich wusste er über die Familienfeier sehr genau Bescheid ...«

»Vor allem darüber, dass alle Familienmitglieder um Punkt 18 Uhr am Esstisch beisammensitzen würden«, fiel ihm sein Freund ins Wort.

»Er wusste also ganz genau, wann er zuschlagen muss, um den größten Schaden anzurichten.« Wie Lehrer Lämpel streckte Tannenberg den Zeigefinger in die Höhe. »Zudem musste der Täter über die Räumlichkeiten in der Villa bis ins Detail Bescheid wissen.«

»Oder?«, fragte Dr. Schönthaler.

Tannenberg blickte ihn verdutzt an. »Oder was?«

»Na ja, du hast eben ›entweder‹ gesagt, also musst du auch ›oder‹ sagen.«

Plötzlich ging dem Kriminalbeamten ein Licht auf und er erinnerte sich an den Wortlaut seines unterbrochenen Satzes. »Oder Denzer steckt selbst hinter dem Anschlag. Schließlich war er der Einzige, der sich ausgerechnet zu dem Zeitpunkt, als der Felsen hoch oben im Kanonenrohr auf seine mörderische Reise geschickt wurde, in Sicherheit befand.«

»Weil er vor der Villa telefonierte.«

»Ein merkwürdiger Zufall, wie ich finde«, sagte Heiner und führte sein Weizenbierglas an die Lippen.

»Wisst ihr inzwischen, wer ihn angerufen hat?«, wollte der Rechtsmediziner wissen.

»Nee, Rainer, die Verbindungsdaten seines Handys liegen uns leider noch immer nicht vor.«

»Aber es ist schon wirklich mehr als auffällig, dass der alte Denzer genau im richtigen Moment das Haus verließ.«

»Vielleicht hat ja ein Handlanger den Baum umgezogen«, spekulierte Heiner.

Tannenberg brummte zustimmend. »Könnte sein. Ja, vielleicht hat er ein Zeichen Denzers abgewartet und dann die Kiefer umgezogen.«

»Ein aufflackerndes Feuerzeug zum Beispiel. Das hat der Zigarrenqualmer ja immer am Mann«, sagte der Rechtsmediziner.

»Hab ich dir eigentlich schon das Ergebnis unserer Datenbankrecherche bezüglich möglicher Vorstrafen unseres lieben Herrn Denzers mitgeteilt?«, fragte Tannenberg scheinbar nebenbei.

Dr. Schönthalers Augen blitzten vor Neugierde. »Nein, mach mal.«

»Der Kerl hat einiges auf dem Kerbholz: Körperverletzung, Nötigung, mehrfacher Führerscheinentzug wegen Trunkenheit am Steuer, Verleumdung. Außerdem Strafanzeigen wegen Wirtschaftsdelikten: illegale Beschäftigung, Dumpinglöhne und Steuerhinterziehung.«

»Das ist ja eine ganze Menge«, meinte Heiner.

Sein Bruder grinste schief. »Aber merkwürdigerweise wurden die Verfahren entweder gegen Zahlung von Geldbußen eingestellt oder es wurde gleich ganz auf eine Anklage verzichtet.« Schmunzelnd zuckte er mit den Schultern. »Anton Denzer muss wohl einen Schutzengel bei der Staatsanwaltschaft haben.«

»Ich weiß auch, wie der heißt: Hohl-Hohl-Hollerbach«, versetzte der Pathologe. »Trotzdem mag ich irgendwie nicht daran glauben, dass Denzer hinter dem Anschlag auf seine eigene Familie steckt.«

»Wieso?«

Dr. Schönthaler winkte ab. »Ach, Wolf, der stößt uns doch nicht mit der Nase auf sein Tatmotiv. Als wir ihn in seiner Fabrik aufsuchten, hat er ja ganz offen eingeräumt, dass ihm der Tod seiner Ehefrau und die Zerstörung der Villa gar nicht ungelegen kämen. Nun könne er endlich dieses neblige Kaff verlassen und mit seiner jungen Freundin in den warmen Süden ziehen.«

»Vielleicht ist das ja gerade seine Strategie.«

»Du meinst, uns glauben zu lassen, dass einer doch gar nicht so doof sein kann, selbst sein mögliches Tatmotiv auf dem Präsentierteller zu servieren. Dabei weiß er doch aufgrund seiner kriminellen Vergangenheit nur zu gut, dass die Polizei irgendwann sowieso alles über ihn rauskriegt. Mich würde es nicht wundern, wenn diese ominöse Freundin die Anruferin gewesen wäre.«

Die Kneipentür öffnete sich schwungvoll und ein ganz in dunkelgrün gekleideter Mann blökte »Guten Abend, ihr versoffenen Waldschrate« in die Dorfkneipe hinein.

Der Wirt reagierte umgehend: »Wie immer, Manfred?«

»Jo.«

Tannenberg hatte das Gefühl, dass sich seine Körpertemperatur binnen Sekundenbruchteilen um einige Grad absenkte. Was allerdings nicht an dem feuchtkalten Luftzug lag, der den Gast begleitete, sondern vielmehr an der Person selbst.

»Ach, du Scheiße«, zischte der Leiter des K1, als er seinen Busenfreund erspähte, mit dem er in den letzten Jahren schon mehrmals heftig aneinandergeraten war. Reflexartig verbarg er sein Gesicht hinter der hohlen Hand.

Doch es war bereits zu spät, denn Förster Kreilinger hatte ihn bereits bemerkt. »Ja, wen haben wir denn da?«, fragte er in einem Tonfall, in dem man ansonsten nur mit kleinen Kindern redet. Er stemmte seine Arme auf die Hüftknochen und rief über die Schulter hinweg: »Freunde, wisst ihr eigentlich, welche Prominenz hier mitten unter uns sitzt?«

Neugierige Mienen, aber nur Kopfschütteln zur Antwort.

»Nein?«, fragte der Revierförster. »Dann will ich euch die Herren mal vorstellen.« Weil er gerade keinen Zeigestock zur Hand hatte, bediente er sich seiner Jagdflinte, wobei er allerdings nicht mit dem Lauf, sondern mit dem Gewehrkolben auf die einzelnen Männer wies.

»Da haben wir zuerst einmal den Kriminalhauptkommissar Wolfram Tannenberg, seines Zeichens Leiter der Kaiserslauterer Mordkommission. Der Herr neben ihm ist sein Bruder Heiner, Deutschlehrer und erfolgloser Schriftsteller. Und ihm gegenüber sitzt Dr. Rainer Schönthaler, von Beruf Gerichtsmediziner.«

Obwohl Tannenbergs Körper noch immer tiefgefroren war, erholte sich sein Kopf erstaunlich schnell von diesem gewaltigen Schock. Mit einem Mal war er geistig wieder hellwach.

»Schön, mein lieber Herr Kreilinger, dass wir Sie hier antreffen«, ging er in die Offensive. »Wir wollten Sie sowieso zum Verhör ins Kommissariat vorladen. Durch unseren Ausflug nach Köhlerbach hat das Land Rheinland-Pfalz gerade 55 Cent Porto gespart.«

Nun war sein Kontrahent seinerseits sichtlich irritiert. »Wie, wieso denn ich?«, stammelte er.

»Na ja, nach meinem Kenntnisstand hat sich dieses Attentat in Ihrem Revier ereignet. Das stimmt doch, oder?«

»Ja, schon, aber …«

»Kommen Sie, leisten Sie uns doch bitte ein wenig Gesellschaft«, schnitt ihm Tannenberg das Wort ab.

»Dadurch ersparen Sie sich möglicherweise sogar den weiten Weg zu unserer Dienststelle.« Er machte eine vage Geste. »Je nachdem, wie ich mit Ihren Auskünften zufrieden bin, kann ich vielleicht auf Ihr Erscheinen verzichten.«

Kreilinger hängte zuerst seine Flinte und anschließend die Jacke an die Garderobe, die aus mehreren Geweihen bestand. Dann legte er den Filzhut auf die Ablage und ließ sich an dem runden Eichentisch nieder. Der Wirt, dessen braune Lederschürze seinen gewaltigen Bauch, statt ihn zu verdecken, nur noch deutlicher in Szene setzte, stellte Bier und Korn vor ihn hin und knurrte »Wohl bekomm's, Manfred.«

»Wo haben Sie sich am Montag um 18 Uhr aufgehalten?«, legte der Leiter des K1 umgehend mit der Befragung los.

»Ähm«, machte Kreilinger und strich sich nachdenklich über seine Glatze, die, von spärlichen Haarresten besäumt, bis ins Genick hinabreichte. »Diesen Montag?«, fragte er mit geschürzten Lippen.

»Ja, diesen Montag«, antwortete Tannenberg, wobei er seinen Satz wie einen Kaugummi in die Länge zog.

»Da war ich zu Hause.«

»In Ihrem Forsthaus auf dem Antonihof?«

Kreilinger nickte.

»Zeugen?«

Der Revierförster schob die buschigen Augenbrauen zusammen und dachte angestrengt nach. »Meine Mutter«, sagte er nach gut zwanzig Sekunden. »Mit der habe ich wie immer um Punkt 18 Uhr zu Abend gegessen.«

»Anscheinend schiebt sich jeder richtige Pfälzer Punkt 18 Uhr sein Hausmacherbrot rein«, brabbelte Dr. Schönthaler vor sich hin.

Wolfram Tannenberg ignorierte die Bemerkung. »Tolles Alibi!«, höhnte er, an Kreilinger adressiert. »Wenn ich mich richtig an unseren letzten Besuch bei Ihnen erinnere, leidet Ihre Mutter an Alzheimer, nicht wahr?«

Die Miene des Försters verfinsterte sich. »Nur manchmal.« Er zupfte an seinem dünnen, grauen Schnurrbart. »Benötige ich denn ein Alibi?«

»Ein Alibi hat noch nie jemandem geschadet«, versetzte Dr. Schönthaler grinsend. »Sagen Sie mal, vom Antonihof aus ist es doch nur ein Katzensprung bis zum Rothenberg, nicht wahr?«

Wieder ein Nicken zur Antwort.

»Wie lange brauchen Sie denn mit Ihrem Jeep für diese Strecke?«

»Fünf Minuten.«

»Ist Ihr Geländewagen mit einer Seilwinde ausgerüstet?«, fragte Tannenberg.

»Ja.«

»Sind Sie mit Ihrem Jeep hier?«

»Ja.«

Die beiden Freunde hatten Kreilinger mit ihrem Kreuzverhör völlig überrumpelt. Mit weit aufgerissenen Augen reagierte er einsilbig und mechanisch auf weitere Fragen. Als Tannenberg ihm eröffnete, dass sein Geländewagen ab sofort konfisziert sei und morgen früh von der Kriminaltechnik abgeholt und untersucht werde, händigte er Tannenberg wortlos den Autoschlüssel aus.

»Und wie komme ich nachher nach Hause?«, fragte er eingeschüchtert.

»Übernachten Sie doch einfach bei Ihrem alten Freund Toni Denzer«, schlug der Kriminalbeamte vor. »Wie man hört, sind Sie doch ganz dicke mit ihm. Sie sollen sogar die Festrede bei seiner offiziellen Geburtstagsfeier gehalten haben. Stimmt das?«

Manfred Kreilingers Miene entspannte sich wie auf Knopfdruck. »Ja, das ist richtig«, antwortete er voller Stolz. »Toni hat mich darum gebeten.«

Da hat der gute alte Sherlock Holmes aus der Beethovenstraße mit seinen Spekulationen doch wieder einmal voll ins Schwarze getroffen, musste Tannenberg neidlos anerkennen. Vielleicht sollte ich ihn doch noch zum Hilfssheriff ernennen.

»Als zuständiger Revierförster müssten Sie eigentlich darüber Bescheid wissen, was in Ihrem Wald so alles abgeht, oder?«, fragte er in scharfem Ton.

»Klar weiß ich das«, behauptete Kreilinger.

»Und wieso haben Sie dann nicht mitbekommen, dass irgendwer wochen- oder vielleicht sogar monatelang direkt hinter Denzers Villa den Hang präpariert hat?«

»Wieso präpariert? Die Schneise ist schon ewig da.«

»Der Felsen auch?«

Manfred Kreilinger lupfte die Schulterblätter. »Keine Ahnung. Mir ist der jedenfalls noch nie aufgefallen. Vielleicht war er ja im Waldboden versteckt und irgendwer hat ihn ausgebuddelt.« Er drehte sich um und rief in die Gastwirtschaft hinein: »Ist jemandem von euch dieser Scheißfelsen früher schon mal aufgefallen?«

»Nee«, kam es vielstimmig zurück.

»Selbstverständlich hätte ich diese Gefahrenstelle sofort beseitigen lassen, wenn ich davon gewusst hätte. Sie war schließlich eine enorme Bedrohung für die Villa.«

»Wollen Sie etwa andeuten, dass der Felsen an dieser Stelle vorher nicht vorhanden war, sondern erst dorthin transportiert wurde?«, fragte Tannenberg.

»Quatsch, das ist doch unmöglich«, behauptete Kreilinger. »Eher hat ihn einer ausgebuddelt«, wiederholte er.

Dr. Schönthaler schlug die Beine übereinander und murmelte: »Nichts ist unmöglich. Schon gar nicht im Pfälzer Wald.«

7

3. September 1974

Anfang August feierten Rolf Kleemann und Heike Schmitt im kleinen Familienkreis Hochzeit. Noch am selben Tag bezogen sie eine Zweizimmerwohnung, die ihnen Heikes Eltern im ausgebauten Dachgeschoss ihres Hauses zum eher symbolischen Mietpreis von 50 Mark zur Verfügung stellten.

Die Wohnungseinrichtung des jungen Ehepaares bestand vorwiegend aus Ikea-Möbeln, für die Rolf einen Großteil seiner Ersparnisse geopfert hatte. Gemeinsam mit seinem Schwiegervater hatte er aus einer Arbeitsplatte, Holzständern und Regalen eine recht einfache, aber zweckmäßige Küche zusammengebastelt. Die Anschaffung der notwendigen Elektrogeräte finanzierten sie mit den Geldgeschenken der Freunde und Verwandten.

Heike und ihre Mutter waren für die Feinarbeiten zuständig. Mit einer geschmackvollen Auswahl der Tapeten, Teppiche und Vorhänge zauberten sie aus der vorher unansehnlichen Mansardenwohnung ein kleines, gemütliches Schmuckkästchen.

Ein frecher Sonnenstrahl kitzelte Rolf auf der Nase. Blinzelnd schlug er die Augen auf und schaute auf den Radiowecker. Es war erst kurz nach 6 Uhr, also blieb ihm noch gut eine Viertelstunde, bis er aufstehen musste. Heike hatte ihm das Gesicht zugewandt und atmete ruhig und tief. Sie lächelte im Schlaf. Rolf wurde ganz warm ums Herz. Er hätte sie gerne gestreichelt und mit ihr geschmust, aber er traute sich nicht.

Seitdem er wusste, dass er in acht Monaten Vater werden würde, behandelte er sie wie ein rohes Ei. Am liebsten hätte er seine Traumfrau den ganzen Tag auf Händen durchs Leben getragen. Heike lachte ihn immer aus, wenn er mit besorgter Miene jeden ihrer Schritte, jede ihrer Bewegungen beobachtete.

»Ich bin doch nicht krank, sondern nur schwanger. Das ist doch das Natürlichste auf der Welt«, klangen ihre Worte in seinem Ohr.

Trotzdem spürte er häufig den kalten Atem der Angst in seinem Nacken, wenn er an die Zukunft dachte. Eine Zukunft, in der nach seiner Meinung überall Gefahren lauerten. Obwohl er ein kraftstrotzender junger Mann war, der mutig und selbstbewusst das Leben bei den Hörnern packte, war er auch ein sehr sensibler Mensch, der sich über alles und jedes viel zu viele Gedanken machte. Rolf seufzte tief.

Wird diese wunderbare Frau wirklich ihr ganzes Leben bei mir bleiben, wie sie es mir am Traualtar versprochen hat? Bis dass der Tod uns scheidet?, fragte er sich ein ums andere Mal. Ich glaube, sie weiß gar nicht, wie wunderschön sie ist. Was für ein zauberhaftes Wesen.

Aber was ist, wenn sie mal nicht mehr so total

in mich verknallt ist wie jetzt? Wenn sie sieht, was andere Frauen sich alles leisten können? Urlaub, Auto, Schmuck und was weiß ich noch alles. Ich kann ihr doch nichts bieten. Ich schufte jeden Tag wie ein Berserker, trotzdem kommt am Monatsende kaum etwas rüber.

Weiter auf die Schule gehen kann ich auch nicht. Wer soll das denn bezahlen? Meine Mutter kann mich nicht unterstützen. Sie hat doch selbst nichts, nur eine mickrige Witwenrente. Und dass Heikes Eltern uns alle durchfüttern, will ich nicht.

Rolf Kleemann verschränkte die Arme hinter dem Kopf, legte sich auf den Rücken und starrte schweratmend an die Decke.

»Was bedrückt dich denn, mein Schatz?«, flüsterte eine sanfte Stimme.

Erschrocken fuhr sein Kopf herum. Ein höllischer Schmerz jagte ihm ins Genick. »Ach, ich hab nur schlecht geschlafen, weil mir mein Rücken ein bisschen wehtut«, flüchtete er sich in eine Notlüge. Demonstrativ knetete er die Nackenmuskulatur und streckte anschließend den Oberkörper durch.

Heike schmiegte sich an ihn. »Du armer Kerl musst immer so hart arbeiten.«

»Tja, ich hab eben leider nichts anderes gelernt als Waldarbeiter.«

»Aber du besitzt doch das Fachabi. Du könntest doch auf die Landesforstschule gehen. Die ist ja in Trippstadt und somit fast direkt vor unserer Haustür. Nach drei Jahren wärst du Förster. Wenn der Kreilinger Manfred das schafft, schaffst du das schon lange.«

»Der hat's doch viel leichter, denn sein Vater ist Förster und kann ihm wichtige Tipps geben.«

»Aber du kriegst das auch so hin, da bin ich mir ganz sicher. Die Arbeit als Förster ist körperlich bei Weitem nicht so anstrengend wie die, die du zur Zeit machst. Und sie würde dir bestimmt viel mehr Spaß machen. Du müsstest nicht bei Wind und Wetter raus in den Wald und Bäume fällen, sondern könntest zu Hause Büroarbeiten erledigen. Förster ist ein bedeutend ungefährlicherer Job und du wärst außerdem Beamter. Dann hätten wir mehr Geld zur Verfügung und du könntest nie arbeitslos werden.«

Da haben wir's schon, sah Rolf seine Befürchtungen bestätigt. Na ja, jetzt ist es wenigstens raus und ich weiß, woran ich bin, grollte er im Stillen. Doch sein Unmut legte sich schnell. Eigentlich gar keine schlechte Idee, sagte er sich. Darüber sollte ich wirklich mal ernsthaft nachdenken.

»Zutrauen würde ich es mir auf alle Fälle«, verkündete er und nahm seine schwangere Frau in den Arm. »Und Lust, wieder auf die Schule zu gehen, hätte ich eigentlich auch. Mir geht dieser anstrengende, eintönige Job nämlich ganz gewaltig auf den Wecker. Schließlich bin ich noch jung und kann ruhig noch etwas anderes ausprobieren.«

Heike strahlte übers ganze Gesicht und stemmte sich in die Höhe. »Toll! Dann mach das doch.«

»Es gibt da nur ein klitzekleines Problem.«

»Und welches?«

»Wie sollen wir in den drei Jahren Forstschule finanziell über die Runden kommen?« Vorsichtig schob er die Hand auf Heikes Bäuchlein. »Wir können den armen kleinen Kerl da drin schließlich nicht verhungern lassen.«

»Keine Sorge, der wird gestillt und das kostet uns keinen Pfennig«, lachte Heike. »Wieso eigentlich der? Und wenn's eine die gibt?«

»Das Geschlecht unseres Babys ist mir total egal. Die Hauptsache, der kleine Kerl ist gesund«, gab Rolf ein wenig säuerlich zurück. »Aber ich kann ja schlecht die arme kleine Kerlin sagen, oder?«

»Nein, das hört sich wirklich ziemlich doof an«, stimmte Heike zu. Sie versuchte, die Sorgenfalten von Rolfs Stirn wegzuküssen. »Mach dir keine Gedanken über das Geld. Wir schaffen das schon.«

Rolf machte immer noch einen ziemlich zerknirschten Eindruck. »Und wie?«, fragte er mit dünner Stimme.

»Eigentlich wollte ich es dir erst erzählen, wenn es auch tatsächlich so weit ist.«

»Was?«

»Am 25. Juli 1975, also an meinem 21. Geburtstag, erbe ich ein Mehrfamilienhaus in der Kaiserslauterer Innenstadt.«

Rolf war sprachlos.

»Besser gesagt: Ich habe es eigentlich schon vor fünf Jahren geerbt, aber meine verstorbene Großmutter hat testamentarisch festgelegt, dass ich erst an meinem

21. Geburtstag darüber verfügen darf. Die monatlichen Mieteinnahmen reichen dicke für uns ...« Sie brach ab und legte ihre Hand auf die des werdenden Vaters, »... drei. Wir wohnen hier ja fast umsonst und brauchen nicht viel zum Leben.«

Der Radiowecker schaltete sich ein. Es ertönte der ABBA-Song ›Waterloo‹, mit dem die schwedische Popgruppe im April 1974 den europäischen Schlagerwettbewerb gewonnen hatte und der seitdem quasi ununterbrochen von den Radiosendern rauf- und runtergespielt wurde.

Angewidert verzog Rolf das Gesicht und drückte schnell die Aus-Taste. »Bäh, ich kann diesen Schmalzkram einfach nicht ertragen«, schimpfte er. »Was für ein unglaublich stumpfsinniger Schrott im Gegensatz zu unserer Musik.«

Heike nickte eifrig. Wie ein Dirigent hob sie die Hände und gab den Einsatz.

»She came to me one morning, one lonely sunday morning, her long hair flowing in the mid-winter wind«, sangen sie im Duett die Anfangsstrophen der Uriah-Heep-Ballade ›Lady in Black‹. Es war ihr Song. Eine Liveband hatte ihn im Sommer bei der Unifete gespielt. Sie hatten engumschlungen im strömenden Regen getanzt und sich dabei den ersten richtigen Kuss gegeben.

Während Rolf sich in dem kleinen, mintgrün gekachelten Badezimmer rasierte, brühte seine junge Ehefrau Filterkaffee auf, deckte den Tisch, schob Weißbrotscheiben in den Toaster und belegte mehrere Roggenbrotscheiben dick mit Schwartenmagen, Blut- und Leberwurst – Kraftfutter für Holzfäller.

Nach dem Frühstück schärfte Rolf Kleemann im Werkzeugkeller des Hauses die Kette seiner Motorsäge und füllte Kettenöl sowie Benzin nach. Im Hof packte er Proviant, Stiefel, Schnittschutzkleidung, Helm und Reservekanister in die Satteltaschen. Die Kettensäge schnallte er mit Spanngurten auf dem Gepäckträger fest.

Dann startete er sein Kreidler Moped und schaute hinauf zu Heike, die aus dem Fenster lehnte und ihm zuwinkte. Er warf ihr ein Handküsschen zu, das sie ihm lächelnd zurückschickte. Während er knatternd losfuhr, formte sie aus ihren Händen einen Trichter und rief: »Pass bitte gut auf dich auf! Und denk dran: Wir zwei lieben dich und wir zwei brauchen dich!«

»Ja, das mach ich ganz bestimmt!«, brüllte Rolf zurück.

8

November 2011

Kommissar Schauß saß in seinem Büro und versuchte, Jürgen Denzer telefonisch zu erreichen. Zuerst probierte er es an dessen Arbeitsstelle. Der Leiter der Kreisverwaltung erklärte, dass sein Mitarbeiter nach den schrecklichen Ereignissen noch nicht wieder zum Dienst erschienen sei.

Daraufhin wählte der Kriminalbeamte Jürgen Denzers Privatnummer. Es dauerte eine Weile, aber dann meldete sich eine verschlafene Stimme. Michael Schauß ließ sich die Adresse durchgeben und glich sie mit den Daten ab, die er kurz zuvor vom Einwohnermeldeamt erhalten hatte. Er steckte sein Notizbuch in die Lederjacke, kippte den Espresso hinunter und machte sich auf den Weg zum nördlichen Stadtrand.

Natürlich verfügte der silberne Dienst-Mercedes über ein Navigationssystem, aber der junge Kommissar benutzte es in seiner Heimatstadt aus Prinzip nicht. Deshalb musste er auch ein wenig suchen, bis er das betreffende Mietshaus in der Alex-Müller-Straße entdeckte, in dem Anton Denzers Sohn im zweiten Obergeschoss wohnte.

Gleich nach dem ersten Läuten summte der Türöffner. Im Treppenhaus roch es stark nach chlorhaltigem

Putzmittel. Schauß hielt den Atem an und rannte die Stufen hoch. Denzers Wohnungstür war angelehnt. Der Ermittler klopfte, wartete einen Augenblick und schob dann vorsichtig das Türblatt nach innen.

»Kommen Sie ins Wohnzimmer«, tönte eine melancholisch klingende Männerstimme. »Einfach geradeaus durch den Flur.«

Michael Schauß folgte der Anweisung. Die Wohnung war zweckmäßig, aber lieblos eingerichtet. Gleich auf den ersten Blick war unverkennbar, dass hier ein Mann alleine lebte. Zwar war es einigermaßen sauber und aufgeräumt, aber die Vorhänge waren vergilbt und es roch ausgesprochen muffig.

»Guten Morgen, Herr Denzer«, grüßte Schauß und drückte die schlaffe Hand des 38-jährigen Mannes, der wie ein Häuflein Elend auf einem Cordsessel saß.

Jürgen Denzer trug einen zweifarbigen, ballonseidenen Trainingsanzug und blaue Badelatschen. Seine Haare waren braun, kurzgeschnitten und hatten offensichtlich schon seit einigen Tagen kein Shampoo mehr gesehen. Der hagere Mann war blass, seine Wangen eingefallen und die Lippen waren schmal und farblos.

»Ich bin gerade die Treppe hochgespurtet und brauche dringend Frischluft. Darf ich bitte kurz die Balkontür öffnen?«, bat der Kriminalbeamte, dem die stickige Luft fast den Atem raubte.

Der Angesprochene nickte, legte ein Bein über das andere und verschränkte die knochigen Hände über dem Knie. Schauß trat hinaus auf den kleinen Balkon, von dem aus man direkt auf die stark befahrene A 6 blicken konnte. Unmittelbar hinter der Autobahn erstreckte sich ein breiter Waldgürtel, der hinunter ins Eselsbachtal und bis zum Naturfreibad Waschmühle reichte, dem größten Wasserbecken unter freiem Himmel in Europa.

Schauß kehrte ins Wohnzimmer zurück. »Leben Sie hier alleine?«, wollte er wissen.

»Ja«, kam es kurz und knapp zurück. Jürgen Denzers Haltung war scheinbar lässig, aber die Adern an seiner Schläfe pulsierten, und er schob nervös den Unterkiefer vor.

»Schon immer?«, legte der junge Kommissar nach.

Wieder dieselbe einsilbige Antwort.

»Sie sehen ziemlich mitgenommen aus, wenn ich mir die Bemerkung erlauben darf.«

Jürgen Denzer starrte auf seine Hände und seufzte tief: »Ich bin völlig fertig mit den Nerven.«

»Das ist auch kein Wunder«, entgegnete Schauß in einfühlsamem Ton.

Denzer sackte noch mehr in sich zusammen. »Ich habe in den letzten Tagen kaum ein Auge zugemacht. Selbst Schlaftabletten nutzen bei mir fast nichts. Erst in der Morgendämmerung bin ich eingenickt.«

»Und ich habe Sie aufgeweckt. Tut mir echt leid«, sagte Schauß, während er sich im dem spartanisch möblierten Wohnzimmer umschaute.

In dem höchstens 15 Quadratmeter großen Raum

befanden sich lediglich zwei Sessel, ein Fernsehgerät und mehrere Bücherregale, kein Schrank, kein Tisch und auch keine Couch.

»Sie sind ziemlich bescheiden eingerichtet«, stellte der Mitarbeiter des K1 nüchtern fest. Er räusperte sich und verschränkte die Arme vor der Brust. »Entschuldigen Sie, wenn ich Sie so direkt frage, aber wieso leisten Sie sich keine größere, schönere Wohnung? Ihr Vater ist schließlich ein wohlhabender Unternehmer. Der kann doch seinen Söhnen finanziell unter die Arme greifen, nicht wahr?«

Die Frage hing eine Weile in der Luft. Jürgen Denzer wiegte monoton den Kopf hin und her. Dann stieß er zischend einen Schwall Luft durch die geschlossenen Zahnreihen.

»Sie haben vielleicht eine Ahnung, Mann«, giftete er. »Unser Alter ist ein unglaublicher Geizkragen. Freiwillig würde der für seine Söhne keinen einzigen Cent lockermachen.«

Schauß nickte verständnisvoll.

»Außerdem gefällt es mir in meiner kleinen Wohnung sehr gut. Die Nachbarn sind nett und ruhig. Von hier aus sind es nur ein paar Minuten bis zur Kreisverwaltung, meiner Arbeitsstelle. Und wenn ich spazieren gehen möchte, muss ich nur zur Tür raus, unter der Autobahnbrücke durch und schon bin ich mitten im Wald.«

»Wenn man in Köhlerbach aufgewachsen ist, hat man wahrscheinlich ein sehr inniges Verhältnis zur Natur.«

»Ja, das kann man sagen.«

»Warum arbeiten Sie eigentlich nicht in der Fabrik Ihres Vaters?«

»Mit uns beiden hat das nicht funktioniert. Wir mussten schon als kleine Jungs im Betrieb mitarbeiten. Und als ich älter wurde, haben wir uns irgendwann fürchterlich in die Wolle gekriegt. Im Gegensatz zu Walter und Kuno habe ich mir von diesem Choleriker nämlich nicht alles gefallen lassen.«

»Ihr Chef hat mir erzählt, dass Sie sich krankgemeldet haben.« Schauß setzte eine betroffene Miene auf. »Aus mehr als nachvollziehbaren Gründen, wie ich finde. Mit dem, was Sie Fürchterliches erlebt haben, muss man ja erst mal«, er tippte sich an die Stirn, »hier oben zurechtkommen.« Er schob die Hände in die Hosentaschen und wanderte ein paar Schritte zur Balkontür. Dann machte er auf dem Absatz kehrt und nahm Jürgen Denzer forsch ins Visier. »Ihre Brüder hingegen sind bereits am Morgen nach dem Felsabgang schon wieder zur Arbeit erschienen. Was halten Sie denn davon?«

»Also, mich überrascht ihr Verhalten überhaupt nicht«, bemerkte Jürgen Denzer trocken. »Der Alte hat uns von Kindesbeinen an eiserne Disziplin eingetrichtert.« Er schnaubte und schob nach: »Und eingeprügelt. ›Jungs, merkt euch eins‹, hat er immer wieder betont: ›Egal, was passiert, auch wenn an diesem Tag die Welt untergeht, die Denzers gehen in ihre Fabrik arbeiten.‹ Diesen Quatsch haben wir alle quasi mit der Muttermilch eingesogen.«

Als Schauß diesen Begriff hörte, wurde ihm schlagartig bewusst, dass er Denzer noch gar nicht kondoliert hatte. »Es tut mir übrigens sehr leid, was mit Ihrer Mutter und Ihren Schwägerinnen passiert ist«, sagte er verlegen.

»Danke«, kam es gepresst zurück.

»Sie und Ihre Brüder hatten ja unglaubliches Glück, dass der Felsen nicht im Wohnzimmer der Villa eingeschlagen ist, sondern in der Küche. Sonst hätte es garantiert noch weit mehr Tote gegeben.« Der junge Ermittler fuhr sich über die Augenbraue und legte die Stirn in Falten. Anschließend zog er sein Notizheft aus der Jackentasche, schlug es auf und hielt es Denzer unter die Nase.

»Hier habe ich den Esstisch aufgemalt, an dem Sie, Ihre Brüder und Ihre Neffen und Nichten saßen«, erläuterte Michael Schauß, während er auf die Kreise deutete. »Ich habe die Anfangsbuchstaben der Vornamen Ihrer Familienmitglieder reingeschrieben. Ihre Brüder haben uns gegenüber angegeben, dass zu dem Zeitpunkt, als der Felsen ins Haus gedonnert ist, diese Personen genau so um den Tisch herum verteilt waren. Stimmt die Anordnung, wie ich sie eingezeichnet habe?«

»Ja, ja, die ist richtig«, bestätigte Denzer. Plötzlich kehrte die Spannung in seinen schlaffen Körper zurück und er richtete sich auf. »Darf ich mir Ihre Skizze bitte mal genauer anschauen?«, bat er und streckte die Hand aus.

»Na klar«, erwiderte Schauß und reichte ihm den Notizblock.

Jürgen Denzer schloss die Augen, um sich diese Situation in Erinnerung zu rufen. Dann huschte sein flackernder Blick über die Namen der Kinder hinweg. »Ja, auch das ist richtig. Die Kleinen saßen exakt auf diesen Stühlen.«

»Sehr schön, dass Sie die Angaben Ihrer Brüder bestätigen«, bemerkte der Ermittler. »Wir begnügen uns mit den Aussagen der Erwachsenen. Die Kinder wollen wir mit derartigen Fragen besser in Ruhe lassen. Sie sind mit diesem traumatischen Erlebnis und dem Verlust ihrer Mütter psychisch schon genug belastet.«

Sein Gegenüber schnäuzte sich geräuschvoll die Nase. Anschließend verschränkte er die Hände so, dass seine Daumen ein Kreuz bildeten, und seufzte. »Die armen Kleinen. Was sie an diesem Abend miterleben mussten, war so was von fürchterlich.« Er betrachtete Schauß mit einem traurigen Blick. »Wie sollen diese zarten Kinderseelchen nur solch einen Schock verkraften?«

Michael Schauß fächerte die Arme zu einer hilflosen Geste auf. »Tja, das weiß ich leider auch nicht«, seufzte er. Der junge Kommissar drückte sich von seinem Sessel in die Höhe. »Gut, Herr Denzer, das war's dann auch schon. Ich will Ihnen nicht länger auf die Nerven fallen.«

Denzer erhob sich ebenfalls. »Ich bringe Sie zur Tür.«

Der Ermittler winkte ab. »Nicht nötig. Ich finde alleine raus.«

»Gut.«

An der Wohnzimmertür drehte sich Schauß noch einmal zu ihm um. »Eine Frage hätte ich noch, Herr Denzer: Erinnern Sie sich daran, was direkt nach dem Einschlag geschah?«

Der Angesprochene schüttelte den Kopf und trommelte mit den Fingerkuppen auf die Schläfen. »Nein, Herr Kommissar, hier oben drin ist es stockfinster.« Er raufte sich die fettigen Haare. »Das muss wohl am Schock liegen. Das Erste, woran ich mich nach dem Einschlag erinnern kann, ist, dass ich vor der Villa im Gras saß und fassungslos auf das Loch in der Küchenwand gestarrt habe. Irgendwann hat mich dann ein Sanitäter zum Krankenwagen gebracht, wo mich ein Arzt untersucht und mir eine Spritze gegeben hat.«

»Ja, ja, der Schock«, murmelte Michael Schauß vor sich hin. Er kratzte sich an der Stirn, so als sei diese gerade von einem plötzlichen Juckreiz befallen worden. Dann schnippte er mit den Fingern. »Ach, fast hätte ich es vergessen. Wären Sie bitte so nett und würden mir die Handynummer Ihres Vaters sagen?«

»Die habe ich leider nicht im Kopf«, bedauerte Denzer. Er wies mit dem Arm zum Flur hin. »Aber auf der Kommode liegt ein kleines Ringbuch. Dort finden Sie seine Nummer. Allerdings unter K – wie Kotzbrocken.«

»Jürgen Denzer hat der Tod seiner Familienangehörigen ganz schön mitgenommen, kann ich euch flüstern«, begann Michael Schauß, als ihm eine Stunde später bei der Dienstbesprechung im K1 das Wort erteilt wurde. »Außerdem schiebt er einen gewaltigen Hals auf seinen Vater.« In den folgenden zwei Minuten fasste er die Ergebnisse seiner Zeugenbefragung stichwortartig zusammen.

»So, Leute, von nun an ist Systematik angesagt«, verkündete Tannenberg, nachdem sein Mitarbeiter geendet hatte. Er wandte sich an Sabrina: »Bitte notiere unsere genialen Geistesblitze auf Pappkärtchen. Ich hefte sie dann an die Pinnwand und halte sie dadurch für die Nachwelt fest.«

Die attraktive Endzwanzigerin lächelte verschmitzt und legte wie bei einem militärischen Gruß die Fingerkuppen an die Schläfe. »Wird erledigt, El Commandante.«

»Na ja, Sabrina, mit Che Guevara hab ich nun wirklich nicht viel am Hut.«

»Weiß ich doch. Keine Ahnung, wie ich …«

»Bestimmt, weil wir hier in einem Kommissariat sind«, schnitt ihr Armin Geiger das Wort ab.

Tannenberg rollte gequält die Augen und seufzte tief. »Vielen Dank für den konstruktiven Hinweis, Herr Kollege. Leider können wir nicht näher darauf eingehen. Damit du auf andere Gedanken kommst, geht die erste Frage an dich: Was haben wir bis jetzt?«

»Drei tote Frauen«, antwortete der Kriminalhauptmeister wie aus der Pistole geschossen.

»Die deshalb gestorben sind, weil sie zufällig in der Küche waren, als der Felsen die Villa traf«, ergänzte sein Vorgesetzter.

»Aber, die hätte es doch auch erwischt, wenn sie im Wohnzimmer gewesen wären«, gab Geiger zu bedenken. »Also, ich meine, wenn der Felsen nicht abgelenkt worden wäre.«

»Ja, davon müssen wir ausgehen«, stimmte Tannenberg zu. »Denn mit hoher Wahrscheinlichkeit war das eigentliche Anschlagsziel der Esstisch, an dem um Punkt 18 Uhr alle Familienmitglieder versammelt sein sollten.«

Er drehte seinen Kollegen den Rücken zu und befestigte ein Schild mit der Aufschrift ›Opfer‹ und den Namen der ermordeten Frauen an der Korkwand.

»Somit hatte es der Täter auf die gesamte Familie Denzer abgesehen«, fasste Sabrina Schauß zusammen.

»Aber wieso?«, schob der diensteifrige Kriminalhauptmeister schnell nach. »Das verstehe ich einfach nicht.«

Der Leiter des K1 ging über diese Bemerkung hinweg. »Damit wären wir beim Tatmotiv angelangt. Vorschläge.«

»Habgier«, warf Michael in die Runde.

»Begründung«, forderte sein Chef.

»Anton Denzer hat es selbst gesagt: Versicherungssumme kassieren und mit der jungen Freundin in den warmen Süden abdüsen.«

Tannenberg verschränkte die Arme vor der Brust und klopfte nachdenklich mit dem Fuß auf den Boden. »Okay, von mir aus. Dann nehmen wir einmal an, dass

Anton Denzer hinter dem heimtückischen Anschlag auf seine Familie steckt. Dafür spräche, dass Denzer als Einziger rechtzeitig die Villa verlassen hat und ihm deshalb nichts passiert ist.«

»Und auch dann nichts passiert wäre, wenn der Felsen an der geplanten Stelle eingeschlagen wäre«, ergänzte Sabrina.

Der Leiter des K1 brummte zustimmend. »Dagegen spricht allerdings die Tatsache, dass die Parkettfabrik wirtschaftlich ausgesprochen gesund dasteht und Anton Denzer zudem über ein beträchtliches Privatvermögen verfügt. Mit anderen Worten: Angesichts seiner finanziellen Verhältnisse hätte er einen Versicherungsbetrug überhaupt nicht nötig gehabt.«

»Vielleicht kriegt einer wie der ja nie den Hals voll«, polterte Geiger mit barscher Stimme dazwischen.

Michael Schauß warf ihm einen abschätzigen Blick zu und ignorierte den Einwurf. »Vielleicht wollte uns der alte Denzer mit seinem blöden Gequatsche auch nur veräppeln.«

»Oder auf eine andere Fährte lenken«, brachte seine Ehefrau eine andere Variante ins Spiel.

»Aber warum?«, fragte Michael.

Tannenberg zuckte mit den Schultern. »Keine Ahnung. Womöglich wollte er uns wirklich auf eine falsche Fährte locken.«

»Also mir erscheint das weniger abwegig als die Vorstellung, dass er selbst hinter dem Anschlag steckt«, versetzte die junge Kommissarin.

»Sagen wir mal so: Von vornherein ausschließen

sollten wir diese Möglichkeit nicht. Diesem Kerl traue ich wirklich einiges zu.«

»Auch das Auslöschen seiner gesamten Familie, Wolf?«, fragte Sabrina mit skeptischem Unterton.

Tannenberg machte eine vage Handbewegung und wandte sich an ihren Ehemann: »Es ist übrigens sehr hilfreich für die Ermittlungen, dass du uns die Handynummer des alten Denzer besorgt hast«, lobte er. »Über den Verbindungsnachweis kriegen wir nun endlich raus, wer ihn am Montagabend genau zum richtigen Zeitpunkt angerufen hat.«

»Ja, hoffentlich dauert es nicht mehr so lange, bis wir diese Daten von der Telekom kriegen. Ich mache denen nachher noch mal anständig Druck.«

»Gute Idee. Vielleicht war die Anruferin ja seine Freundin«, spekulierte Tannenberg und fügte nach einem tiefen Atemzug hinzu, »deren Name und Adresse wir leider immer noch nicht in Erfahrung bringen konnten. Sabrina, du hast dich doch gestern in Köhlerbach umgehört. Hast du tatsächlich keinen einzigen Hinweis auf ihre Identität erhalten?«

Sabrina schüttelte derart heftig den Kopf, dass ihre schulterlangen Haare wie ein Vorhang vor dem Gesicht herumbaumelten. Mit beiden Händen legte sie die leicht gewellten, nussbraunen Haare hinter die Ohren und antwortete:

»Nein, sobald ich dieses Thema angeschnitten habe, war bei den Köhlerbachern plötzlich totale Funkstille. Entweder wissen diese Leute wirklich nichts darüber oder sie halten alle strikt den Mund. Als ich gefragt habe, ob sie irgendwelche Auffälligkeiten in diesem Kanonenrohr beobachtet hätten, war es ganz genauso. Niemand wollte etwas Auffälliges bemerkt haben. Ich habe den Eindruck, dass die alle unter einer Decke stecken.«

»Kein Wunder«, mischte sich Armin Geiger ein. »Die haben alle Schiss vor dem alten Denzer.«

»Das ist zu vermuten«, pflichtete ihm sein Chef bei. »Dann wollen wir mal hoffen, dass wir über die Verbindungsdaten seines Handys die Telefonnummer der betreffenden Dame erfahren.«

»Wenn es die überhaupt gibt«, wandte Michael ein. »Vielleicht hat er uns da ja auch einen Bären aufgebunden.«

»Ja, das ist möglich«, kommentierte Tannenberg. »Kann uns im Moment aber auch egal sein.« Er heftete ein weiteres Pappkärtchen an die Wand und malte ein großes rotes Fragezeichen hinter das Wort ›Habgier‹. »Weitere mögliche Tatmotive?«, fragte er in die Runde.

»Liebe«, formulierte Geiger eine neue Idee. »Wenn's mit Frauen zu tun hat, geht's bei uns Männern ja meistens um Liebe.« Aus seinen schmalen Schweinsäuglein heraus taxierte er Sabrina mit einem lüsternen Blick.

Kollektives Aufstöhnen. Nur Wolfram Tannenberg beteiligte sich nicht an der Missfallensbekundung, sondern forderte eine Begründung ein.

»Vielleicht wollte er seine Frau loswerden, damit er es diesem jungen, gutgebauten Häschen in aller

Ruhe richtig besorgen kann.« Dazu machte er eine obszöne Geste.

»Von so was träumst du wohl jede Nacht, du geiler alter Sack«, giftete Michael Schauß. »Du bist einfach das größte …« Den Rest verschluckte er.

»Mein lieber Geiger, hast du nicht von mir die eindeutige Anweisung erhalten, dich an deiner Dienststelle mit sexistischen Anspielungen völlig zurückzuhalten?«

Geiger reagierte mit einem knappen Nicken.

»Dann halte dich auch gefälligst daran, sonst kannst du wieder bei den FCK-Spielen den Verkehr regeln«, rüffelte Tannenberg. »Das ist meine letzte Warnung an dich. Ist das klar?«

Geiger nahm den Kopf zwischen die Schultern, nickte noch einmal kurz und schmollte vor sich hin.

Trotzdem schrieb Tannenberg dessen Vorschlag auf. Allerdings versah er ihn gleich mit drei Fragezeichen. »So, wie ich diesen Toni Denzer kennengelernt habe, kann ich mir nicht vorstellen, dass er zu so etwas wie Liebe überhaupt fähig ist. Ich bin mir ziemlich sicher, dass dieser grobschlächtige, egoistische Macho seit jeher alles so arrangiert, wie es ihm am besten in den Kram passt. Für den sind seine Ehefrau und seine sonstigen Mitmenschen doch nur Schachfiguren, die er genau dort hinrückt, wo er sie haben will.«

Der Leiter des K1 räusperte sich hinter vorgehaltener Hand. »Habt ihr noch andere Vorschläge parat?«

»Habgier II«, brachte Michael Schauß ein weiteres mögliches Tatmotiv ins Spiel. »Durch den Mordanschlag wollten die Söhne verhindern, dass ihr Vater sie in seinem revidierten Testament quasi enterbt.«

Von seinem eigenen Vater hatte Tannenberg inzwischen den Namen des Notars in Erfahrung gebracht, bei dem Anton Denzer Klient war. Da er diesen Juristen von der gemeinsamen Schulzeit am Rittersberg-Gymnasium her sehr gut kannte, hatte der ihm unter dem Siegel der strikten Verschwiegenheit mitgeteilt, dass Denzer tatsächlich vorhatte, sein Testament zu ändern. Mit welchem Inhalt, wollte er ihm jedoch partout nicht verraten.

Trotz dieser Information mimte Tannenberg den Unwissenden und verkündete: »Das kann ich mir nicht vorstellen, Michael. Die Brüder saßen doch alle am Tisch und hätten folglich damit rechnen müssen, selbst von dem Felsen getötet zu werden.«

»Ja, stimmt, Wolf. Das war wohl ein ziemlicher Quatsch, was ich eben gesagt habe«, gestand der junge Kommissar ein. »Aber wie wär's mit Rache als Motiv?«

»Rache wofür?«, stellte Tannenberg in den Raum.

»Für irgendetwas, das Anton Denzer irgendjemandem angetan hat«, bemerkte Sabrina.

»Es muss aber schon etwas ausgesprochen Schlimmes gewesen sein, das solch einen unglaublichen Hass auf eine ganze Familie erzeugt hat«, ergänzte ihr Ehemann.

»Genau an dem Punkt waren wir gestern auch

schon, als wir uns Karls Modell angeschaut haben«, erklärte der Leiter des K1. »Hat sich der Herr Oberdreckschnüffler eigentlich inzwischen bei einem von euch gemeldet?«

Allseitiges Kopfschütteln.

»Der buddelt wahrscheinlich immer noch in diesem Kanonenrohr rum«, grummelte Geiger schadenfroh.

»Und du fährst jetzt zur Kreisverwaltung und stöberst so lange in deren Archiven, bis du alles gefunden hast, was irgendwie mit der Familie Denzer zu tun hat«, ordnete Tannenberg an. »Vielleicht liegt der Schlüssel für diesen mysteriösen Mordanschlag in irgendeinem alten, verstaubten Aktenordner verborgen.«

9

3. September 1974

Nachdem Rolf mit seinem Moped zur Arbeit gefahren war, kehrte Heike an den Küchentisch zurück und stöberte in aller Ruhe in der Pfälzischen Volkszeitung. Seit dem Beginn ihrer Schwangerschaft interessierte sie sich besonders für die standesamtlichen Mitteilungen. Die abgedruckten Geburtsanzeigen lieferten wertvolle Anregungen für die Suche nach passenden Vornamen für ihr ungeborenes Kind. Der Mädchenname stellte die werdenden Eltern vor keine großen Probleme. Da ihre Lieblingsgroßmütter beide Charlotte hießen und ihnen dieser Vorname sehr gut gefiel, war die Entscheidung schnell gefällt.

Auf einen Jungennamen konnten sie sich dagegen nicht einigen. Beide hatten zwar einen Favoriten, aber der sagte dem Ehepartner überhaupt nicht zu. Also musste nach einem Kompromissvorschlag gesucht werden, mit dem sich beide anfreunden konnten. Doch der war auch an diesem Morgen nicht in Sicht, denn alle aufgelisteten Vornamen wurden bereits diskutiert und als ungeeignet verworfen.

Nach dem Mittagessen fuhr Heike mit ihrer Mutter zum Einkaufsbummel in die sogenannte Westpfalz-Metropole Kaiserslautern. Ihren VW-Käfer parkten sie in der Nähe der Pfalzgalerie. Von hier aus bot sich ihnen ein herrlicher Panoramablick über das in einer flachen Mulde ausgerollte Stadtgebiet. Auf der gegenüberliegenden Seite der Stadt ragte der Humbergturm wie ein mahnender Zeigefinger aus der dunklen Silhouette der bewaldeten Bergrücken heraus.

»Ich bin schon total aufgeregt wegen dem Spiel gegen den MSV-Duisburg«, sagte Heike mit Blick auf das Betzenbergstadion, das wie eine mittelalterliche Trutzburg über der Stadt thronte.

»Dieses Spiel müssen wir unbedingt gewinnen, sonst hängen wir ganz tief unten drin in der Tabelle«, entgegnete ihre Mutter, ebenfalls leidenschaftlicher Fan des 1. FC Kaiserslautern und wie die gesamte Familie Westkurven-Dauerkarteninhaberin.

Vom Einsiedlerhof her schoben sich erste dunkle Wolken heran und leiteten den seit Tagen angekündigten Wetterumschwung ein. Obwohl der Wind bereits spürbar auffrischte, ließen die beiden Frauen ihre Schirme im Auto zurück und machten sich auf den Weg in die Innenstadt. Die erste Station ihres Einkaufsbummels war das am Stiftsplatz gelegene Kaufhaus Wertheim. In der Babyabteilung inspizierten sie jedes Regal, jeden Wühltisch und jeden Kleiderständer.

»Dieser Strampler ist ja so was von putzig«, jauchzte Heike, während sie den weichen Frotteestoff streichelte.

»Und diese winzigen Söckchen erst«, schwärmte ihre Mutter. Sie legte den Arm um Heike, zog sie zu sich heran und flüsterte: »Ich freue mich so unheimlich auf euer Baby.« Sie schniefte ergriffen und tupfte sich die Feuchte aus den Augenwinkeln.

»Und ich erst, Mama. Ich kann es wirklich kaum mehr erwarten, bis ich diesen kleinen Fratz endlich von oben bis unten abschnuseln kann.« Heike seufzte. »Obwohl es noch einige Monate bis dahin sind.«

Ihre Mutter machte eine beschwichtigende Geste. »Ach was, mein Schatz. Du wirst sehen, die Monate gehen wie im Flug vorüber.«

Heikes Gesicht nahm plötzlich einen bekümmerten Ausdruck an. »Glaubst du, Rolf und ich schaffen das alles?« Nachdenklich nestelte sie am Saum ihrer Jacke herum. »So ein kleiner Wurm ...« Sie hatte das Gefühl, als ob ein dicker Kloß in ihrem Halse steckte und sie am Weitersprechen hinderte. Ein hilfesuchender Blick zu ihrer Mutter. Als diese aufmunternd lächelte, konnte Heike mit einem Mal wieder sprechen. »Wir haben doch dann eine riesengroße Verantwortung. Wir können so viel falsch machen.«

»Papperlapapp, mein Schatz. Mach dir doch keine unnötigen Gedanken. Ihr schafft das genauso gut wie Millionen andere Eltern vor euch. Außerdem habt ihr ja auch noch uns. Wir werden euch helfen, wo wir können.« Ein noch breiteres Lächeln. »Ich bin mir übrigens ausgesprochen sicher, dass ihr zwei Turteltäubchen sehr gute und liebevolle Eltern sein werdet. Nebenbei bemerkt, finde ich es richtig super, dass Papa und Rolf sich so gut verstehen. Ich glaube, dein

Vater ist heilfroh, endlich noch einen Mann im Haus zu haben.«

»Kein Wunder, bei seinen vier wilden Weibern«, lachte Heike mit Anspielung auf ihre beiden jüngeren Schwestern.

Ein süffisantes Schmunzeln umspielte die Lippen ihrer sportlich gekleideten Mutter. »Hab ich dir eigentlich schon erzählt, dass wir unserem ersten Enkel gerne einen Kinderwagen und ein Bettchen spendieren würden?«

»Au, klasse, Mama, danke«, freute sich Heike.

»Papa hat gemeint, wir könnten uns heute schon mal danach umschauen.«

»Ist das nicht noch ein bisschen früh?«

»Also, ich finde, wir sollten es sofort ausnutzen, wenn dein Vater in seiner Opa-Vorfreude die Spendierhosen anhat.«

»Stimmt eigentlich, Mama.«

Sie hakte ihre strahlende Tochter unter. »Dazu gehen wir aber am besten ins Hertie, die haben eine größere Auswahl.«

Die beiden Frauen schlenderten an der Stiftskirche vorbei und bogen in die Marktstraße ein. Wie stets um diese Uhrzeit wurde der Haupteingang des Hertie-Warenhauses von mehreren Rentnergruppen flankiert, die sich als selbsternannte Toptrainer lautstark über das letzte Spiel des 1. FCK unterhielten, welches der Kaiserslauterer Traditionsverein am Samstag 2:0 gegen den Hamburger Sportverein verloren hatte.

Als Heike den Softeisautomaten im Eingangsbereich entdeckte, konnte sie der Verlockung nicht widerstehen. Für zwei Mark erhielten die beiden Frauen riesige Eisportionen, über die sie sich sogleich gierig hermachten. Wie zwei ausgelassene Schulfreundinnen flanierten sie die Fackelstraße entlang, passierten die Tchibo- und Eduscho-Filialen und machten am Pfalztheater kehrt.

Im Hertie-Warenhaus suchten sie zuerst die Spielwarenabteilung auf, die sie am liebsten mit einem Schubkarren voll Kuscheltieren verlassen hätten. Schweren Herzens beschränkten sie sich auf den Kauf eines flauschigen Stoffbären. Dann begaben sie sich eine Etage höher in die Babyabteilung, wo sie in aller Ruhe die Kinderwagen, Wiegen und Bettchen begutachteten. Nach langem Hin und Her entschieden sie sich für einen mit marineblauem Veloursstoff bezogenen Original Princess Kinderwagen und für eine aus massivem Buchenholz gefertigte Schaukelwiege.

Als sie das Kaufhaus verließen, begann es bereits zu tröpfeln. Der Himmel über der Stadt hatte sich inzwischen in ein schwarzgraues, bedrohliches Gewölbe verwandelt. Ein böiger Westwind wirbelte Staub, Blätter, Mülltüten sowie Papierfetzen auf und trieb sie durch die Straßen und Gassen. Die dicke Wolkendecke verschluckte das Sonnenlicht und schien das Leben in der Barbarossastadt vollständig ersticken zu wollen.

Gerade noch rechtzeitig erreichten die Frauen ihren VW-Käfer. Sie hatten sich noch nicht richtig angeschnallt, da begann es schon wie aus Kübeln zu schütten. Der Westwind nahm weiter an Stärke zu und peitschte die Regenmassen nahezu waagrecht vor sich her.

An der Rothen Hohl waren die Sichtverhältnisse derart schlecht, dass sie nur im Schritttempo vorankamen. Zwischen Stelzenberg und Trippstadt lag eine riesige Fichte quer über der Landstraße. Heike und ihre Mutter mussten fast eine Stunde warten, bis die freiwillige Feuerwehr das Hindernis beseitigt hatte. Im Moosalbtal schossen Sturzbäche von den Berghängen herab, spülten Schlamm auf die Straßen und verwandelten sie in gefährliche Aquaplaningseen.

»Gott sei Dank sind wir endlich daheim«, stöhnte Heikes Mutter erleichtert auf, als sie vor ihrem Fachwerkhaus in Köhlerbach eintrafen. »Die Fahrt hat mindestens dreimal so lange gedauert wie sonst.«

Heike hörte gar nicht richtig hin. Mit angstvollem Blick stierte sie in die offene Garage, in der ihr Ehemann für gewöhnlich sein Kleinkraftrad abstellte. »Oh Gott, Rolf ist ja noch gar nicht da«, keuchte sie und riss entsetzt die Hand vor den Mund.

»Er wartet bestimmt in aller Ruhe im Wald ab, bis dieses Mistwetter durchgezogen ist«, meinte ihre Mutter gelassen. »Oder er wärmt sich mit seinen Kumpels in der Wirtschaft auf.«

»Hoffentlich ist ihm nichts passiert«, wisperte Heike. Sie packte die rechte Hand ihrer Mutter, die den Schalthebel umschloss, und drückte sie so fest, dass ihre eigenen Handknöchel weiß wurden. »Mama, ich hab so fürchterliche Angst um ihn.«

»Das kommt wahrscheinlich daher, weil du den lieben Rolf so unheimlich gern hast«, entgegnete die Fahrerin mit einem verschmitzten Lächeln. »Du musst dir aber wirklich keine Sorgen um ihn machen. Rolf ist zwar noch ziemlich jung, trotzdem ist er ein erfahrener Waldarbeiter, der genau weiß, wann und wo er sich vor einem Unwetter in Sicherheit bringen muss. Außerdem ist ja sein Kollege bei ihm. Die beiden wissen, was sie tun und was sie lassen müssen.«

In diesem Augenblick öffnete sich die Haustür und Heikes Vater trat an den VW-Käfer heran. »Da seid ihr ja endlich«, blaffte der kräftige, hochgewachsene Mann, der braune Cordhosen und einen Parka trug. »Ich brauche dringend mein Auto.«

Das blanke Entsetzen packte Heike im Genick und rüttelte sie kräftig durch. »Was, was ist denn los, Papa?«, stammelte sie. »Ist Rolf etwas zugestoßen?«

»Nein, bestimmt nicht«, beschwichtigte er. »Ich möchte nur mal schnell nachschauen, wo er steckt. Wir waren vor über einer Stunde verabredet. Jetzt ist es sieben Uhr durch und er ist noch immer nicht da. Normalerweise ist er sehr pünktlich.«

»Vielleicht hat er eine Panne mit seinem Moped«, spekulierte seine Ehefrau, noch immer die Gelassenheit in Person. »Oder er sitzt in der Dorfkneipe und trinkt einen Glühwein.«

»Nee, da war ich schon. Da ist er nicht.« Er wandte sich an seine Tochter, die sich an ihre Mutter klammerte. »Hast du eine Ahnung, wo er heute gearbeitet hat?«

Heike schüttelte den Kopf.

»In der Wirtschaft weiß das auch keiner. Ich hab schon versucht, den alten Kreilinger anzurufen, der teilt ja jeden Morgen die Waldarbeiter ein. Aber der war nicht zu Hause. Seine Frau hat gesagt, er wäre bei Denzer in der Fabrik. Und da fahr ich jetzt hin.« Mit einer energischen Geste bedeutete er seiner Ehefrau, den Fahrersitz freizugeben.

»Ich will mit, Papa«, flehte seine Tochter mit tränenerstickter Stimme.

Edgar Schmitt schlüpfte ins Auto und erklärte: »Nein, Heike, in deinem Zustand kommt das gar nicht infrage. Du kannst nicht mit mir über holprige Waldwege fahren. Du musst dich schonen.« Seine Stimme wurde mit einem Mal bedeutend einfühlsamer. »Garantiert ist mit Rolf alles in Ordnung. Ich will nur sichergehen. Vielleicht hat ja sein Moped einen Defekt und er steckt irgendwo fest.«

»Papa, ich möchte mit«, beharrte Heike.

Da Edgar Schmitt seiner ältesten Tochter noch nie einen Wunsch abschlagen konnte, stimmte er zähneknirschend zu und sie fuhren los.

Förster Kreilinger und der Parkettfabrikant Hubertus Denzer begutachteten zufrieden die am Nachmittag angelieferten Eichenstämme, die tags zuvor in Kreilingers Revier geschlagen wurden. Da nur ein Teil des wertvollen Hartholzes offiziell abgerechnet wurde, hatten die alten Kumpane mal wieder ein zwar illegales, dafür aber für beide Seiten recht lukratives Geschäft getätigt.

Als Heikes Vater mit quietschenden Reifen um die Ecke schoss und mit Vollbremsung vor den verdutzten Männern stoppte, stießen sie gerade mit Mirabellenschnaps auf ihren einträglichen Deal an. Edgar Schmitt konnte die beiden alten Kumpane nicht ausstehen und ging ihnen ansonsten aus dem Weg. Aber diesmal musste er sich zusammenreißen, schließlich wollte er von Kreilinger eine wichtige Information einholen.

»Guten Abend, die Herren«, knurrte er, ohne dabei die Zähne auseinanderzukriegen. »Kreilinger, weißt du, wo ich Rolf Kleemann finden kann?«

Der Revierförster grinste von einem Ohr zum andern. »Ach, der werte Herr Schwiegersohn ist abgängig«, erwiderte er in sarkastischem Ton. »Hat sich der junge Stecher etwa aus dem Staub gemacht, nachdem er deiner hübschen Tochter den Bauch aufgeblasen hat?« Obwohl ihn Heike am liebsten angespuckt hätte, wich sie seinem lüsternen Blick aus und versank in ihrem Autositz.

Edgar Schmitts Blutdruck stieg bedrohlich an und die Röte schoss ihm wie Feuer ins Gesicht. »Wo hat er heute gearbeitet?«, stieß er abgehackt aus.

Obwohl er sich auf der Fahrt hierher eisern vorgenommen hatte, sich nicht provozieren zu lassen, verriet das Zittern in seiner Stimme seinen explosiven Gemütszustand.

»Der war mit Fritz Braun ganz hinten im Wolfs-Dell. Die haben heute Morgen Kiefern geschlagen.«

»Und heute Nachmittag?«

»Da war der Kleemann alleine, weil dem Braun in der Mittagspause plötzlich schlecht wurde. Und da hab ich ihn nach Hause geschickt.«

»So ein großzügiger Chef bist du?«, frotzelte Hubertus Denzer. »In meiner Fabrik gäbe es solch eine Verpisserei nicht.«

»Was? Rolf hat alleine Bäume gefällt?«, blökte Heikes Vater empört. »Das ist doch streng verboten.«

»Ach Gott, nun hab dich mal nicht so. Wie langweilig wäre doch unsere Welt, wenn man nicht ab und an diese vielen überflüssigen Verbote missachten würde.«

»Ja, das stimmt«, grölte Denzer und schenkte die Schnapsgläser voll.

Noch während Edgar Schmitt die Scheibe hochkurbelte, gab er Vollgas und brauste davon. Dabei blickte er in den Rückspiegel und bedachte die beiden Freunde mit einer wahren Schimpfworttirade. Erst jetzt schien er sich wieder der Anwesenheit seiner Tochter bewusst zu werden. »Entschuldige, mein Schatz ...«

Heike war mit ihren Gedanken ganz woanders. »Papa, weißt du, wo dieses Waldgebiet liegt?«, würgte sie ihn brüsk ab.

»Ja, klar. In der Gegend kenne ich mich gut aus. Da habe ich schon ein paarmal Brennholz gemacht.«

Etwa einen Kilometer hinter dem Ortsschild der Gemeinde Köhlerbach zweigte ein geschotterter Forstweg von der Kreisstraße in südlicher Richtung ab. Der Sturm war zwischenzeitlich merklich abgeflaut und kam nur noch als laues Lüftchen daher. Zudem hatte es aufgehört zu regnen, aber dafür waberten nun schier undurchdringliche Nebelbänke über den schwarzglänzenden Asphalt.

Nach der Einfahrt in das enge Seitental erinnerten nur noch große Pfützen und abgerissene Zweige, Äste und Fichtenzapfen an das erst vor Kurzem abgezogene Unwetter. Doch je tiefer die beiden in den nächtlichen Wald eindrangen, umso offensichtlicher wurde der von den Orkanböen angerichtete Schaden.

Edgar Schmitt musste mehrmals sein Auto anhalten und Hindernisse aus dem Weg räumen. Am Ende eines langen Hohlweges tauchte plötzlich ein Waldarbeiterwagen in den milchig-trüben Lichtkegeln der Fernscheinwerfer auf.

»Dort, dort steht Rolfs Moped«, stotterte Heike.

»Dann ist dein Mann bestimmt auch nicht mehr weit«, atmete ihr Vater erleichtert auf und stoppte den VW-Käfer. Um die Autobatterie zu schonen, ließ er bei eingeschaltetem Licht den Motor weiterlaufen.

»Glaubst du?«

»Ja, ganz bestimmt, Heike. Rolf hat garantiert in der Hütte gewartet, bis das Unwetter vorübergezogen ist«, ein dezentes Schmunzeln huschte über sein Gesicht, »und ist dabei eingeschlafen.«

Doch Heike ließ sich davon nicht beruhigen. Geradezu hysterisch zerrte sie an der Autotür und stieß sie auf. Im Scheinwerferlicht rannte sie hinüber zu dem Waldarbeiterwagen, der unter dem herbstbunten Blätterdach einer majestätischen Buche aufgebockt war.

»Rolf, Rolf!«, rief sie unentwegt in den finstren Wald hinein.

Aber sie erhielt keine Antwort. Auch nicht, als sie mit einem Ruck die Schuppentür öffnete.

Edgar Schmitt folgte ihr mit einer Taschenlampe. Obwohl das entsetzte Gesicht seiner Tochter die entscheidende Frage bereits hinlänglich beantwortete, leuchtete er trotzdem den Innenraum der Blechhütte gründlich aus. Rolfs Brotbox und seine Thermoskanne standen auf dem schmalen Holztisch, sein Rucksack und die Motorsäge lagerten neben dem noch warmen Ofen. Eine Notiz mit einem Hinweis auf seinen Aufenthaltsort oder auf eine Querfeldein-Route zurück nach Köhlerbach fand sich jedoch nicht.

Heike riss ihrem Vater die Taschenlampe aus der Hand und stürmte an ihm vorbei hinaus in die dunkle Nacht. Edgar Schmitt hastete derweil zu seinem VW-Käfer und fuhr ihr nach.

»Komm zu mir ins Auto«, rief er durch das offene Seitenfenster. »In der Dunkelheit brichst du dir sonst noch die Knochen.«

Genau im selben Augenblick, als Heike plötzlich herzzerreißend aufschrie, beleuchteten die Lichtkegel der Autoscheinwerfer eine umgestürzte morsche Kiefer, die, circa zwanzig Meter von dem Waldarbeiterwagen entfernt, parallel zum Forstweg lag.

»Schnell, schnell, Papa«, rief Heike aus Leibeskräften und fuchtelte wild mit der Taschenlampe herum. »Vielleicht liegt er unter dem Baum.«

Edgar Schmitt steuerte sein Auto noch ein Stück weiter auf eine Wildwiese. Die Scheinwerfer beleuchteten zuerst den kurz über dem Wurzelteller abgebrochenen Baumstamm und wanderten anschließend den Stamm nach oben. Als der Lichtschein die kahle Baumkrone erreichte, entdeckte Heike ihren vermissten Mann. Verzweifelt warf sie sich auf die Erde und schlug ihre Finger in den feuchten Waldboden. Dann schleuderte sie die Arme nach oben.

»Neeeein!«, brüllte sie mit weit aufgesperrtem Mund in den blauschwarzen Nachthimmel hinein.

Dieser leidgetränkte Urschrei jagte Edgar Stromschläge durch Mark und Bein. Zitternd rannte er zu seiner Tochter. In diesem Moment kippte Heike ohnmächtig zur Seite. Gerade noch rechtzeitig konnte er sie an der Schulter packen und abfangen. Sonst wäre ihr Kopf auf einem Sandstein aufgeschlagen.

Der gespenstische Anblick raubte Heikes Vater fast den Atem. Das Einzige, was er von seiner Sitzposition aus erkennen konnte, war die schwarze Profilsohle eines Sicherheitsstiefels, die unter der Kiefernkrone hervorlugte. Während er hechelnd nach Luft schnappte, presste er die Hand auf seine linke Brust. Mit einem Mal wurde ihm schwarz vor Augen. Doch dann ging ein Ruck durch seinen Körper und er schlug die Augen wieder auf. Aber das grauenvolle Bild war noch immer da.

Edgar Schmitt zog die Jacke aus und schob sie unter seine bewusstlose Tochter. Anschließend nahm er die Taschenlampe, die Heike aus der Hand gerutscht war, vom Waldboden auf und stemmte sich ächzend in die Höhe.

Auf wackeligen Knien bewegte er sich einen Schritt in die Baumkrone hinein. Vorsichtig drückte er die dürren Kiefernäste zur Seite. Was er sah, ließ ihn erschaudern: Rolf Kleemann lag ausgestreckt auf dem Rücken, der Kiefernstamm hatte seine Hüfte zerschmettert. Drei abgebrochene Äste steckten in seinem blutüberströmten Oberkörper und hatten ihn regelrecht aufgespießt. Seine blauen, leblosen Augen starrten hinauf in die eingeschwärzten Baumkronen.

Behutsam legte Heikes Vater die zitternden Fingerkuppen auf Rolf Kleemanns Augenlider und zog sie sanft nach unten. Edgars Mund war völlig ausgetrocknet und die Zunge klebte an seinem Gaumen fest.

Obwohl er nicht den geringsten Zweifel daran hatte, dass sein Schwiegersohn tot war, tastete er an Rolfs Hals nach einem Pulsschlag.

Doch da war nichts mehr, nur nasse, kalte Haut.

10

November 2011

Am frühen Nachmittag dieses trüben Herbsttages kam Bewegung in die festgefahrenen Ermittlungen. Auf massiven staatsanwaltlichen Druck hin übermittelte die Telekom endlich den Verbindungsnachweis des von Anton Denzer angeblich seit dem Mordanschlag vermissten Mobiltelefons.

Die Kriminalbeamten beschränkten sich auf die Gesprächsdaten der letzten vier Wochen und arbeiteten die Telefonnummern chronologisch ab. Sie konnten die meisten der aufgelisteten Anrufer erreichen und notierten deren Namen und Adressen sowie die Art ihrer persönlichen oder geschäftlichen Beziehung zu dem Parkettfabrikanten.

Tannenberg ließ sich die Zettel reichen und heftete sie an die Korkwand.

»Ja, wen haben wir denn da so alles?«, murmelte er amüsiert vor sich hin. »Das ist ja so etwas wie ein kommunales Prominenten-Verzeichnis, ein Who-is-Who des Pfälzer Waldes. Den Herrn Bürgermeister von Köhlerbach, den Herrn Landrat, zwei Beigeordnete aus der Stadt, die Frau Landtagsabgeordnete und noch einige andere, weithin bekannte Honoratioren.«

»Die mit Denzer auf die Jagd gehen oder mit ihm Golf spielen«, bemerkte Sabrina Schauß.

»Wie zum Beispiel ein gewisser Dr. Siegbert Hollerbach, seines Zeichens Oberstaatsanwalt«, konnte sich ihr Ehemann nicht verkneifen.

Sein Chef hob spöttisch die Augenbrauen. »Der sich nach eigenen Angaben sehr glücklich schätzt, solch einen einflussreichen und verlässlichen Freund zu besitzen.« Er streckte den Zeigefinger in die Höhe. »Und wir haben last, but not least, den letzten Anrufer, mit dem Anton Denzer unmittelbar vor dem Einschlag des Felsens telefoniert hat. Und zwar exakt um 17 Uhr 58: Meinen speziellen Freund, den sympathischen, allseits so hochgeachteten und beliebten Revierförster Manfred Kreilinger. Was der nur von ihm gewollt haben mag?«

Sabrina zuckte mit den Schultern. »Mir wollte Kreilinger den Grund seines Anrufs jedenfalls nicht verraten. Er hat nur gesagt, es sei etwas sehr Persönliches gewesen, das niemanden etwas anginge.«

Tannenberg setzte ein schalkhaftes Lächeln auf. »Anton Denzer das Leben zu retten, ist schon etwas sehr Persönliches, wie ich finde«, meinte er. Voller Vorfreude knetete er die Hände. »Diesen arroganten Mistkerl knöpfen wir uns heute noch vor«, verkündete der Leiter des K1 und zeigte auf den Einzelverbindungsnachweis, den er in der linken Hand hielt.

»Mich interessiert auch brennend, was die beiden ausgerechnet kurz vor dem Einschlag des Felsens miteinander zu bequatschen hatten«, sagte die junge Kommissarin.

Sie trug eine rote Strickjacke mit Kapuze, einen schwarzen Stretch-Cordrock und Stulpen mit Strickmuster, die sie weit über ihre weißen Buffallos gezogen hatte. Ihre langen, nussbraunen Haare waren zu einem Pferdeschwanz zusammengebunden, wodurch sie noch einen Tick sportlicher und dynamischer wirkte.

»Aber vorher möchte ich unbedingt noch das Geheimnis lüften, wer von diesen Damen Denzers Geliebte ist.« Tannenberg pinnte mehrere mit Frauennamen beschriftete Notizzettel untereinander.

»Vielleicht hat so ein toller Hecht wie der alte Denzer ja auch mehrere Geliebte«, orakelte Sabrina Schauß.

»Tja, die Geschmäcker von euch Frauen sollen ja bekanntermaßen sehr verschieden sein«, meinte ihr Vorgesetzter schmunzelnd.

Sabrina bedachte ihren Mann mit einem zärtlichen Blick und entgegnete: »Gott sei Dank ist das so, mein lieber Wolf. Mir imponiert dieser Denzer überhaupt nicht. Ich finde ihn, ehrlich gesagt, ziemlich ordinär, abstoßend und widerlich.«

»Hat eigentlich irgendeine der von dir befragten Damen zugegeben, ein Verhältnis mit Anton Denzer zu haben?«

»Nein, alle haben es bestritten.«

Wolfram Tannenberg machte eine vage Geste mit der freien Hand. »Am Telefon ist das vielleicht auch ein wenig zu viel verlangt.« Er zwinkerte seiner Mitarbeiterin so auffällig zu, dass Michael Schauß es auch garantiert mitbekam. »Du würdest einer wildfremden Anruferin gegenüber doch auch nichts über deinen neuen Lover erzählen, oder?«

Michael boxte seinem Chef und väterlichen Freund leicht auf den Oberarm. »Wenn man solch einen Trauzeugen hat, muss eine Ehe einfach ewig halten.«

Lächelnd richtete Tannenberg seinen Blick zur Pinnwand. »Dann gehen wir doch am besten die Namen nacheinander durch und schauen mal, welche von den Damen wir in die engere Wahl nehmen.« Er drehte die ersten drei Zettel um und heftete sie übereinander. »Seine Ehefrau und die Schwiegertöchter scheiden ja wohl aus mehreren Gründen als Geliebte aus«, behauptete er.

»Wieso aus mehreren?«, stutzte Sabrina.

»Na ja, zum einen, weil die drei Frauen tot sind, und wir sie folglich nicht mehr befragen können. Und zum anderen, weil es sich dabei um enge Familienangehörige handelt.« Grinsend legte er den Kopf schief. »Und die eigene Frau kann man ja wohl nicht als Geliebte bezeichnen.«

»Ich schon«, sagte Michael.

»Anwesende Traumpaare selbstverständlich ausgenommen«, schob der Leiter des K1 geschwind nach.

»Also ich bin mir nicht so sicher, ob man von vornherein ausschließen kann, dass ein Macho wie dieser Denzer ein Verhältnis mit der eigenen Schwiegertochter eingeht«, gab Kommissar Schauß zu bedenken. »Für solche alten Säcke ist vielleicht gerade das der totale Kick.«

Tannenberg nickte. »Ja, Michael, das stimmt. Bei diesem Typ ist auch das denkbar. Trotzdem wollen wir diese Möglichkeit zunächst einmal vernachlässigen. Wenn wir bei den anderen Damen nicht fündig werden, kommen wir darauf zurück.«

»Okay, dann mach mal weiter.«

»Gerda Schnittger ist seine Sekretärin und damit potenzielle Chef-Geliebte Nummer eins, zumindest statistisch gesehen. Außerdem hat sie am häufigsten mit ihm telefoniert. Einwände?«

Sabrina schien Tannenbergs Meinung nicht zu teilen. Auf ihrem ebenmäßigen Gesicht machte sich Skepsis breit. »Ist es nicht eher normal für eine Sekretärin, dass sie häufig mit ihrem Chef telefoniert?«

»Doch, eigentlich schon«, stimmte Tannenberg zu. »Aber wir nehmen sie trotzdem in die engere Wahl«, entschied er. »Schließlich sind solche Büro-Liebschaften weit verbreitet. Aber vielleicht bestätigt sich mein Vorurteil gegenüber Sekretärinnen in diesem Fall ja auch gar nicht.«

»Du hast doch auch kein Verhältnis mit Flocke, oder?«, fragte Kommissar Schauß unter besonderer Betonung des letzten Wortes.

Mit einem verschmitzten Lächeln ignorierte Tannenberg den Einwurf und deutete nacheinander auf weitere Frauennamen. »Dagegen können wir diese fünf Damen vorläufig außen vor lassen. Alle hatten mit Denzer nur ein beziehungsweise zwei Telefonkontakte während eines gesamten Monats, eindeutig zu wenig für eine Liebesbeziehung.«

»Wie oft rufst du denn Hanne an?«, frotzelte Sabrina.

Wolfram Tannenberg zog die Augenbrauen hoch und ließ sie oben verharren, während er betont akzentuiert antwortete: »Bedeutend öfter.«

Michael legte eine flache Hand an den Mund und raunte seiner Ehefrau zu: »Außerdem schreibt er ihr täglich mehrere SMS mit heißen Liebesschwüren.«

»Ha, ha«, gab Tannenberg zurück und wandte sich wieder dem eigentlichen Thema zu. »Diese Anruferinnen kommen ebenfalls nicht in die engere Wahl«, entschied er. »Wieder irgendwelche Einwände?«

Nur Kopfschütteln zur Antwort.

Der Kommissariatsleiter räusperte sich und trank einen großen Schluck Mineralwasser. »Dann bliebe aus dieser Liste nur noch eine gewisse Walburga Spangenberger übrig«, stellte er fest und fügte nach einer kleinen Pause hinzu: »Walburga Spangenberger. Whow – ein Name wie ein Keulenhieb. Sie hat es in den letzten vier Wochen auf sage und schreibe 49 Anrufe gebracht. Sie ist meine Top-Favoritin für die zweifelhafte Ehre, Toni Denzers Geliebte zu sein.«

»Na, ich weiß nicht, ob du mit dieser Hypothese richtigliegst«, zweifelte Sabrina die Aussage ihres Chefs an. »Vielleicht ist diese Walburga eine Wirtin, an die er illegal Wildbret verscheuert. Oder sie ist seine Putzfrau, an der er ständig etwas herumzunörgeln hat.«

Tannenberg runzelte skeptisch die Stirn. »Wie kommst du denn auf die Idee?«

Die attraktive Ermittlerin blies die Backen auf und ließ die Atemluft zischend entweichen. Ihr durchtrainierter Oberkörper pendelte geschmeidig hin und her. »Also, ich habe vorhin kurz mit dieser Frau gesprochen, Wolf. Sie hat eine Stimme wie ein Reibeisen und zudem eine ziemlich deftige Ausdrucksweise. Meines Erachtens gehört sie nicht gerade zu dem Frauentyp, auf den solche abgehalfterten Casanovas wie der alte Denzer abfahren. Diese Typen stehen doch garantiert mehr auf junge, aufgemotzte Barbi-Püppchen, mit denen sie ihre Altersneurosen bekämpfen können.«

So schnell ließ sich Tannenberg von seiner Meinung nicht abbringen. Trotzig schüttelte er den Kopf und pickte den Zettel von der Korkwand. »Wer weiß, vielleicht hat Toni Denzer gerade ein Faible für solche kernigen Weiber«, sagte er eher zu sich selbst. Dann nahm er seine junge Kollegin ins Visier. »Sabrina, du hast hier aufgeschrieben, dass Walburga Spangenberger in Pirmasens wohnt. Ich denke, wir zwei sollten uns diese Dame einmal aus der Nähe anschauen.«

»Nimm sicherheitshalber deine Dienstwaffe mit, falls sie dir an die Wäsche will«, schlug Kommissar Schauß grinsend vor.

»Brauch ich nicht, ich hab ja Sabrina und ihren Karate-Schwarzgurt dabei.«

»Na, dann kann ja nichts schiefgehen«, sagte Michael und reichte Tannenberg dessen Lederjacke.

Der Leiter der Kaiserslauterer Mordkommission bedankte sich mit einem kleinen Lächeln und wandte ihm den Rücken zu. Als er Sabrina erreichte, legte er ihr einen Arm um die Schultern und eröffnete ihr: »Als Krönung des heutigen Tages fahren wir auf dem Heimweg am Antonihof vorbei und starten meinem alten Freund Kreilinger einen Überraschungsbesuch ab.«

»Willst du nicht doch lieber deine Dienstwaffe mitnehmen, Wolf?«, fragte Michael Schauß.

Tannenberg blieb stehen, schaute auf seine Armbanduhr und drehte sich zu seinem jungen Mitarbeiter um. »Sei so gut und richte Kreilinger aus, dass er gegen 18 Uhr zu Hause sein soll. Falls er sich querstellt, drohst du ihm einfach damit, dass er ansonsten morgen früh um 7 Uhr im K1 antreten muss. Das wirkt garantiert.«

»Okay, Wolf, mach ich sofort. Aber an deiner Stelle würde ich wirklich die Waffe mitnehmen, allein schon wegen Kreilingers scharfen Jagdhunden«, rief der Kriminalbeamte seinem Vorgesetzten hinterher, doch der war bereits im Treppenhaus verschwunden.

Die Dienstfahrt führte die beiden Kaiserslauterer Ermittler zuerst durch Hohenecken, dann am Strandbad Gelterswoog und der Gemeinde Schopp vorbei. Auf der B 270 ließen sie Waldfischbach-Burgalben links liegen und folgten den Serpentinen hinauf nach Pirmasens, dem ehemaligen Zentrum der deutschen Schuhindustrie.

Den silbernen Mercedes-Kombi parkten sie in der Nähe des Exerzierplatzes und schlenderten zur Fußgängerzone. Während Tannenberg genüsslich eine Laugenbrezel verzehrte, sprach Sabrina mehrere Passanten an und fragte nach dem Weg zu der von Walburga Spangenberger angegebenen Adresse. Doch erst ein weißhaariger Pfeifenraucher, der schmauchend auf einer Metallbank saß, konnte ihnen den richtigen Tipp geben.

In einer Nebenstraße der Fußgängerzone stießen die Kriminalbeamten endlich auf das gesuchte Haus. Die Vorderfront des alt eingesessenen Pirmasenser Tabakladens bestand aus zwei Schaufenstern und einer älteren Holztür mit Glaseinsatz. Auf der Scheibe klebte von innen ein Plakat, auf dem in roten Lettern der Hinweis ›Vorsicht – Hier werden Sie geduzt!‹ zu lesen war. Über der Tür prangte ein breites buntes Reklameschild mit der Aufschrift ›Wallys Räucherkammer – Betreten auf eigene Gefahr!‹ Die beiden Ermittler warfen sich einen amüsierten Blick zu und öffneten die knarzende Tür. Sie schauten sich um, entdeckten aber niemanden.

»Dieses Lädchen macht seinem Namen wirklich alle Ehre«, raunte Tannenberg seiner Begleiterin zu, als ihnen dicke Rauchschwaden entgegenwehten. »Das ist eine richtige Räucherkammer.« Demonstrativ legte er die Hand vor die Nase und hustete gekünstelt.

»Wenn du keinen Tabakqualm verträgst, bist du hier drin aber total falsch, mein Junge«, dröhnte eine tiefe Frauenstimme hinter dem Tresen.

Walburga Spangenberger hatte gerade eine neue Zigarrenlieferung ausgepackt und in die gläserne Auslage eingeräumt. Nun richtete sie sich zu voller Körpergröße auf. Tannenberg blieb die Spucke weg. Auch Sabrina bekam zunächst keinen Ton heraus.

Die Inhaberin von Wallys Räucherkammer war über 1,80 Meter groß, brachte mindestens 100 Kilogramm auf die Waage und hatte ein Kreuz wie ein Kleiderschrank.

»Glotzt dein Vater immer so blöd, wenn er einer tollen Frau begegnet, mein Herzchen?«, fragte Walburga in einer ungewöhnlich dunklen Stimmlage. Ein dumpfes, bellendens Lachen löste sich aus der Tiefe ihres enormen Resonanzkörpers und ließ die verqualmte Luft erzittern.

Wenn tatsächlich so etwas wie eine Fleischwerdung des Begriffs ›herbe Schönheit‹ existierte, dann stand diese gerade vor den Kaiserslauterer Kriminalbeamten und grinste sie herausfordernd an.

Walburga Spangenberger war Mitte vierzig und hatte wallendes, schwarzes Haar, das an eine Löwenmähne erinnerte. Ihre tiefliegenden dunklen Augen sprühten vor Energie und musterten die Besucher mit herausfordernden Blicken. Das Markanteste an ihrer imposanten Erscheinung aber waren ein auffälliger Damenbart und eine Hakennase, die zwar überdimensioniert und deplatziert wirkte, andererseits aber diesem Antlitz seine besondere Note verlieh.

»Na, mein Süßer, was willst du denn hier drin,

wenn du etwas gegen Räucherkammern hast? Mich nur angaffen, he? Oder vielleicht'n Autogramm?«

»Nein, nein, Frau Spangenberger«, erwiderte Tannenberg in förmlichem Ton. Er zückte seinen Dienstausweis und stellte sich und seine Begleiterin vor.

Walburga straffte die Schultern, schob ihren mächtigen Busen nach vorne und legte ihre kräftigen Arme darauf ab. »Was wollen denn die Bullen von mir?«, spie sie förmlich aus. Anschließend zog die Ladenbesitzerin grunzend die Nase hoch und schürzte ihre fleischigen Lippen.

Tannenberg und seine Kollegin warfen sich einen vielsagenden Blick zu.

Walburga verzog den Mund zu einem schiefen Grinsen. »Mordkommission?«, fragte sie. »Also soweit mir bekannt ist, hab ich in den letzten Tagen keinen umgebracht. Obwohl es in meinem Bekanntenkreis einige mehr als verdient hätten.« Wieder dieses herzhafte, dröhnende Lachen.

Sabrina Schauß ließ sich von dieser Bemerkung nicht irritieren. »Wir haben heute Morgen miteinander telefoniert, Frau Spangenberger. Sie haben mir …«

»Ach, du warst das, Herzchen«, fiel ihr die Ladenbesitzerin ins Wort. »Ich hab dich ganz schlecht verstanden.«

»Ja, die Verbindung war wirklich sehr schlecht.«

Walburga nickte und kniff dabei die Augen so zusammen, als würde sie etwas blenden. »Kein Wunder, denn ich bin gerade mit meiner Harley durchs

Rinntal gedonnert«, erklärte sie. »Und extrem schlechtes Timing war es auch. Zwei Minuten vorher musste ich nämlich einer kapitalen Wildsau ausweichen. Mann, war das haarscharf. Ich hab am ganzen Leib gezittert.«

Die kernige Pirmasenserin fletschte wütend die Zähne. »So eine dumme Sau!«, fluchte sie ungehalten. Dann bückte sie sich, zog eine Zigarrenkiste aus einem Regal und hielt sie den verdutzten Ermittlern hin. »Probiert mal eine von meiner Hausmarke. Zigarren sind extrem gut für die Nerven.«

Die beiden Kriminalbeamten lehnten dankend ab.

Walburga Spangenberger schenkte ihnen ein herablassendes Lächeln. »Da kann man nichts machen, ihr elenden Genuss-Ignoranten«, polterte sie und breitete die Arme zu einer bedauernden Geste aus. »Wie sagt man so treffend: Wer nicht will, der hat gehabt. Man muss die Menschen ja auch nicht unbedingt zu ihrem Glück zwingen, nicht wahr?«

Grinsend steckte sie sich eine der angebotenen Zigarren in den Mund und zündete sie mit einem langen Streichholz an. Nachdem sie tief inhaliert hatte, blies sie Tannenberg den Rauch absichtlich direkt ins Gesicht.

Der wedelte hektisch mit der Hand, so als wolle er einen Schwarm aufdringlicher Wespen verscheuchen. Dann machte er einen großen Schritt zur Außentür und öffnete sie sperrangelweit.

»Mann, mach sofort das Loch zu! Das zieht ja wie Hechtsuppe«, schimpfte die Ladenbesitzerin. »Ruck, zuck krieg ich einen Frischluftschock und werd ohnmächtig. Und dann musst du mich mit Mund-zu-Mund-Beatmung wiederbeleben.« Ihr Lachen erinnerte ein wenig an den satten Klang einer Harley Davidson.

»Keine Chance, meine liebe Wally. Zwei Minuten lang wird durchgelüftet«, konterte Tannenberg scharf.

»Wenn ich mir jetzt den Tod hole, seid ihr dran schuld«, grinste die Raucherin. »Dann verklagen euch meine Anwälte auf vorsätzlichen Mord, herbeigeführt durch Sauerstoffvergiftung.«

»Dieser Prozess würde bestimmt sehr interessant werden«, meinte Tannenberg amüsiert.

»So, Leute, Schluss jetzt mit diesem Gelaber«, blaffte Walburga. »Ihr macht euch jetzt gefälligst wieder auf die Socken.« Sie wies auf die protzige Herrenarmbanduhr an ihrem Handgelenk. »Ich hab nämlich jetzt gleich einen wichtigen Termin und deshalb leider keine Zeit mehr für euch.«

»Die paar Minuten wirst du dir aber nehmen müssen, sonst kannst du morgen um 8 Uhr bei uns auf der Dienststelle antanzen«, raunzte der Kaiserslauterer Ermittler.

Walburga Spangenberger war von Tannenbergs forscher Retourkutsche offensichtlich beeindruckt, denn sie zeigte ihre tellergroßen Handflächen und sagte in versöhnlicherem Tonfall: »Okay, okay, Chef. Wie heißt es so schön: Ein bisschen Frischluft hat noch niemandem etwas geschadet.«

»So ist es.«

»Und die paar Minütchen hole ich wieder raus, indem ich ein bisschen schneller fahre. Also, dann mal endlich raus mit der Sprache. Warum habt ihr den weiten Weg in die Schlappenflicker-Metropole überhaupt auf euch genommen? Doch nicht, um bei mir Zigarren für die Verwandtschaft zu kaufen, oder?«

»Nein«, erwiderte die junge Kommissarin. »Ich werde Ihnen nun noch einmal dieselbe Frage stellen wie heute Morgen: Sind Sie Anton Denzers Geliebte?«

Um Zeit zu gewinnen, neigte Walburga den Kopf zur Seite und lockerte die baumelnde Haarpracht mit den Fingern auf. »Das ist nach wie vor eine ziemlich indiskrete Frage, mein Herzchen.«

»Bei Mordversuch gibt es keine indiskreten Fragen«, stellte Tannenberg unmissverständlich klar.

In Walburga Spangenbergers Mimik spiegelte sich ehrliche Betroffenheit wider. »Ihr glaubt also wirklich, dass dieser Scheiß-Felsen meinen Toni töten sollte?«, sagte sie bedeutend sanfter.

»Zum gegenwärtigen Zeitpunkt der Ermittlungen können wir diese Möglichkeit nicht ausschließen«, erwiderte der Leiter des K1. »Und deshalb recherchieren wir sowohl in Anton Denzers geschäftlichem als auch in seinem privaten Umfeld. Dafür haben Sie doch sicherlich Verständnis, oder? Schließlich wollen wir den Täter so schnell wie möglich ermitteln, bevor er es vielleicht noch einmal versucht.«

Wie auf Knopfdruck versteifte sich der Körper dieser imposanten weiblichen Erscheinung. Wallys rosige Gesichtshaut verlor merklich an Farbe. Urplötzlich akzeptierte sie nicht nur, dass sie von den Kriminalbeamten gesiezt wurde, sondern wechselte nun selbst in die zwischen Fremden übliche Anredeform: »Sie glauben also, Toni befindet sich immer noch in Lebensgefahr?«

»Wie schon erwähnt: Wir ermitteln in alle Richtungen und können zum gegenwärtigen Zeitpunkt nichts, aber auch rein gar nichts ausschließen.«

»Natürlich helfe ich Ihnen, wo ich kann«, zeigte sich Walburga Spangenberger mit einem Mal kooperativ. Sie räusperte sich verlegen und schluckte so hart, als steckte ihr eine Zigarre quer im Schlund. »Sie werden es mir vielleicht nicht glauben, aber ich hab meinen Toni wirklich sehr, sehr gern.«

»Wie kommen Sie darauf, dass wir Ihnen das nicht glauben könnten?«, wollte der Chef-Ermittler wissen.

Walburga kniff ihre fleischigen Lippen zu einem schmalen Strich zusammen und seufzte: »Meinen Sie denn, ich weiß nicht, was die meisten Leute über Toni denken?«

»Was denn?«, hakte Sabrina nach.

»Das Falsche«, kam es postwendend zurück.

Für ein paar Sekunden breitete sich Stille in Wallys Räucherkammer aus.

Tannenberg brach als Erster das Schweigen: »Seit wann sind Sie denn schon seine Geliebte?«

»Geliebte«, wiederholte die Ladenbesitzerin in pikiertem Ton. »Wie sich das anhört. Total bescheuert!«

»Entschuldigen Sie, aber wieso reagieren Sie denn so heftig auf diesen Begriff?«, fragte Tannenberg.

»Ganz einfach. Geliebte klingt nach Wegwerffrau, die man wie ein Tempotaschentuch nach Gebrauch in den Mülleimer schmeißt. Bei Toni und mir ist es aber völlig anders. Uns verbindet eine langjährige, tiefe und ehrliche Liebe, die man eigentlich nicht mit Worten beschreiben kann.«

»Versuchen Sie es doch einfach mal«, schlug der Kriminalbeamte vor.

»Nee, nee, Herr Kommissar. Dazu hab ich keinen Bock«, entgegnete Wally barsch. »Unsere Beziehung würden Sie sowieso nicht verstehen.«

»Schade, denn wir möchten sehr gerne mehr über die Persönlichkeit von Herrn Denzer erfahren«, meinte Sabrina enttäuscht. »Diese Informationen könnten uns dabei helfen, den Attentäter schneller zu fassen und weiteres Unheil zu verhindern.« Sie hob und senkte scheinbar gelangweilt die Schultern.

Schwer atmend schob Walburga Spangenberger die Brauen zusammen. Zwei tiefe Falten zeigten sich über ihrer Nasenwurzel. Sie nahm einen silbernen Zigarrenabschneider auf und spielte kurz mit ihm herum. Dann legte sie ihn zurück auf den Tresen und betrachtete ihn nachdenklich.

»Toni ist sicherlich ein Mann mit vielen Ecken und Kanten«, sagte sie mit rauchiger Stimme. »Aber unter der harten Schale verbirgt sich ein weicher Kern.« Ihre Gesichtszüge entspannten sich, während sie ihren Blick erhob. »Sie glauben ja gar nicht, wie höflich, rücksichtsvoll und sanftmütig er ist, wenn wir zusammen sind.«

Tannenberg konnte diese Aussage nur schwerlich mit dem groben Holzklotz in Verbindung bringen, den er kennengelernt hatte. »Dann hat er sich uns gegenüber also nur verstellt, meinen Sie?«, entgegnete er spitz.

»Ich weiß, dass ihn viele für einen arroganten, herrischen Kotzbrocken halten, aber in Wirklichkeit ist er ganz anders«, beteuerte die Frau, auf deren Antlitz sich nun noch weichere Züge abzeichneten. »Er ist ein richtig lieber, gutmütiger Kuschelbär.«

»Das freut mich ja richtig für Sie«, bemerkte der Kriminalbeamte, wobei der Unterton seiner Stimme seine Ungläubigkeit verriet. Er entschloss sich, ein wenig Pfeffer in die gerade ins Seichte abdriftende Befragung zu streuen.

»Uns gegenüber hat ihr lieber Toni behauptet, dass ihm der Tod seiner Ehefrau und die Zerstörung seiner Villa nicht ungelegen kämen, denn mit dem Geld der Versicherung könne er nun endlich in den warmen Süden ziehen und dort das Leben in vollen Zügen genießen.« Tannenberg stockte und wählte mit Bedacht die nächsten Worte: »Gemeinsam mit seiner jungen, knackigen Freundin.«

»Und Sie sind sich sicher, dass er mich damit nicht gemeint haben kann, gell?« Walburga Spangenberger grölte so laut, dass ein Passant, der gerade seinen Hund ausführte, neugierig durch die Glasscheibe starrte.

»Alle Affen glotzen«, brüllte sie dem verdutzten Mann entgegen, der sich daraufhin sofort zurückzog. Dann lachte sie herzhaft weiter. Nach gut einer Minute schnaubte sie wie ein Walross und wischte sich mit dem Ärmel ihres Sweatshirts die Lachtränen aus den Augenwinkeln.

»Würden Sie uns gnädigerweise an Ihrer Heiterkeit teilnehmen lassen?«, fragte Sabrina genervt.

»Machst du gerade einen Laberkurs an der Volkshochschule, Herzchen?«, frotzelte Walburga und klopfte mit der Faust auf den Tresen. »Aber der Witz war wirklich gut.«

»Das war kein Witz, Ihr Toni hat uns das selbst gesagt«, beharrte Tannenberg.

Die Inhaberin von Wallys Räucherkammer schnaubte vor Erheiterung. »Und ich sage Ihnen, dass er Sie damit granatenmäßig verarscht hat.«

»Das behaupten Sie.«

»Nein, das weiß ich«, erwiderte Walburga Spangenberger. »Und zwar hundertprozentig.« Sie zog kräftig an ihrer Zigarre, legte den Kopf ins Genick und blies den Rauch wie aus einem Schornstein an die Decke.

»Sie scheinen sich sehr sicher zu sein.«

»Natürlich bin ich das«, tönte Wally. »Sie kennen meinen Toni wirklich überhaupt nicht. Es gibt garantiert niemanden in der gesamten Pfalz, der so heimatverbunden und bodenständig ist wie Toni. Er kann Hitze nicht ertragen und hasst diesen angeblich so tollen warmen Süden wie der Teufel das Weihwasser. Außerdem würde er niemals seinen über alles geliebten Pfälzer Wald verlassen. Er hat ja schon Heimweh, wenn wir übers Wochenende mit meiner Harley zur Jagd in die Vogesen donnern.«

»Sie fahren wirklich eine Harley?«, hakte Sabrina ungläubig nach.

»Sicher, Herzchen, der einzig wahre Untersatz für einen heißen Ofen wie mich.« Walburga zeigte ihre makellosen Zähne. »Wir fahren übrigens immer zu dritt.«

Tannenberg zog irritiert die Nase kraus. »Wie, zu dritt? Eine Harley-Davidson mit Seitenwagen?«

»Dass es so etwas Affengeiles gibt, hätten Sie nicht gedacht, gell?«

»Nein.«

»Und wen nehmen Sie da immer mit?«, wollte die Kommissarin neugierig wissen.

»Natürlich Wotan«, antwortete die Tabakladen-Betreiberin, sichtlich erheitert über diese Nachfrage. »Oder haben Sie etwa gemeint, dass Tonis Alte mitfahren darf?«

»Denzers Schäferhund?«, fragte Tannenberg, der sich gerade an den Besuch in Denzers Büro erinnerte.

»Wotan ist ein toller Gespannfahrer«, grinste Walburga Spangenberger. »Toni würde ihn nie zu Hause bei dieser hundefeindlichen Bagage lassen.«

»Sie gehen gemeinsam auf die Jagd?«, wechselte der Ermittler das Thema.

»Aber klar doch, Herr Kommissar«, antwortete Walburga geistesabwesend. »Junge, knackige Freundin«, prustete sie erneut los. »Toni hat überhaupt keinen Bock auf diese aufgetakelten, hysterischen Hühner. Der fährt total auf seine alte Glucke Wally ab.«

»Sind Sie sich dessen so sicher?«, bemerkte Sabrina.

»Aber hundertprozentig, mein Herzchen, eigentlich sogar hundertfünfzigprozentig. Toni kann diese affektierten Schnepfen, so wie seine Schwiegertöchter welche sind, auf den Tod nicht ausstehen.«

»Waren«, warf Tannenberg dazwischen.

»Was, waren?«

»Denzers Schwiegertöchter leben nicht mehr.«

»Natürlich waren«, korrigierte sich Walburga. »Als sie noch am Leben waren, haben sie nichts anderes getan, als sich den ganzen Tag zu stylen, die Fingernägel zu lackieren, shoppen zu gehen und sich dabei in jeder Schaufensterscheibe zu posen.«

Walburga Spangenberger wedelte energisch mit dem Zeigefinger. »Nee, nee, mein Toni steht auf kernige, fetzige Granatenweiber, so wie ich eine bin.«

»Ach was, das glaube ich Ihnen einfach nicht«, provozierte der Leiter des K1. »Anton Denzer ist doch auch nur ein Mann und in Bezug auf knackige junge Damen garantiert kein Kostverächter.« Auf Sabrinas irritierten Seitenblick hin ergänzte er: »Ich bin ja gegen solche Reize immun, aber bei Denzer kann ich mir das beim besten Willen nicht vorstellen.«

Die Zigarrenfetischistin lupfte die Schultern und kehrte die Handflächen nach außen. »Wissen Sie was, mein lieber Herr Kommissar. Mir ist total egal, was Sie glauben und was Sie sich vorstellen können. Ich weiß, dass mein Toni eine grundehrliche, treue Seele ist. Er steht nicht auf diese aufgedonnerten Playboy-Häschen mit Silikon-Titten. Mein Toni steht auf Natur pur.«

Die leidenschaftliche Harleyfahrerin presste ihre gespreizten Hände auf ihren wogenden Busen. »Wegen dieser verfluchten Schwerkraft hängen meine Möpse zwar ein bisschen, dafür ist aber auch alles echt an ihnen.« Ein kecker Blick traf Sabrina. »Und bei dir, Herzchen? Bestehen deine Möpse noch den Bleistifttest?«

Sabrina lief rot an und schnappte wie ein an Land geworfener Fisch nach Luft.

Bei Wally richteten sich derweil unter ihrem engen Sweatshirt wie auf Kommando zwei haselnussgroße Nippel auf und drückten sich durch den Baumwollstoff. Ihre abgesenkte Position überzeugte den Betrachter augenblicklich vom Wahrheitsgehalt dieser physikalischen Gesetzmäßigkeit. Tannenberg konnte seine staunenden Äuglein nicht davon losreißen.

»Na, mein Süßer, wie gefällt dir das, was du da gerade siehst?«, raunte Walburga in laszivem Ton. Ehe Tannenberg reagieren konnte, schob sie ihm ihren imposanten Vorbau entgegen, wodurch ihre stattliche

Oberweite noch beeindruckender, um nicht zu sagen bedrohlicher wirkte.

So als ob in diesem Moment eine Flamme aus ihrem Oberkörper hervorschießen würde, machte Tannenberg einen Satz nach hinten. Dabei stieß er mit dem Rücken an einen Zeitungsständer, der krachend zur Seite kippte.

»Scheiße«, fluchte er, während seine Arme wie beim Rückenschwimmen nach hinten ruderten.

»Lass liegen, mein Junge, das tritt sich fest«, meinte Walburga Spangenberger und saugte gelassen an ihrer Zigarre. »Wollt ihr nicht doch eine habe? Das ist wirklich Balsam für die Seele.«

»Nein, danke«, erwiderte Sabrina und zupfte ihren Chef am Ärmel. »Wolf, wir müssen jetzt los. Unser nächster Gesprächspartner sitzt bestimmt schon auf glühenden Kohlen.«

»Stimmt, den hätte ich ja fast vergessen.«

»Tja, wenn man sich mit einer tollen Frau unterhält, vergeht die Zeit eben wie im Flug«, grinste Wally.

Die beiden Ermittler verabschiedeten sich. Tannenberg öffnete die Tür und ließ seiner Kollegin galant den Vortritt.

»Whow, ein Kavalier der alten Schule«, spottete Walburga. »Und das mitten in meinem Laden. Dass ich das noch erleben durfte.«

»Tja, Wunder gibt es immer wieder«, versetzte Tannenberg über die Schulter hinweg.

»Passt ja auf, ihr beiden Super-Bullen, dass euch bei

der Heimfahrt kein Playboy-Häschen ins Auto rennt. Kaputte Silikon-Titten bezahlt die Versicherung nämlich nicht«, gab ihnen die Besitzerin von Wallys Räucherkammer mit auf den Nachhauseweg.

Im Auto dröhnte den beiden Kaiserslauterer Ermittlern noch minutenlang Walburgas schallendes Gelächter im Ohr. Um dieses nervtötende Geräusch aus dem Hirn zu verscheuchen und sich ein wenig akustische Ablenkung zu verschaffen, schaltete Tannenberg das Autoradio ein.

Obwohl nun laute Musik den Innenraum des Dienst-Mercedes erfüllte, war Sabrina Schauß gedanklich noch eine Weile mit der Verarbeitung der vielfältigen Eindrücke beschäftigt, die der Besuch bei dieser ungewöhnlichen Frau bei ihr hinterlassen hatte. Weil ihr Chef für die Fahrt zum Antonihof auf eine andere Route bestand, setzte sie kurz vor Ruppertsweiler den Blinker und verließ die B 10 in Richtung Johanniskreuz.

»Und, was hältst du von diesem aparten weiblichen Wesen?«, fragte sie, nachdem sie die Lautstärke heruntergedreht hatte.

»Also mal abgesehen davon, dass diese Frau unzweifelhaft den Charme einer Kreissäge besitzt, hat sie schon etwas, das Männer anspricht.«

Die junge Kommissarin zog verdutzt das Kinn zum Hals. »Und das wäre?«

»Na ja, das …, das ist einer Frau nur schwer zu erklären, befürchte ich«, wich Tannenberg aus.

»Dann versuch's bitte. Dieses Thema interessiert mich nämlich brennend, schließlich bin ich mit einem Mann verheiratet ...«

»Dessen Abgründe und geschlechtsspezifische Geheimnisse du liebend gerne erfahren möchtest?«, warf Tannenberg ein.

»So ist es, Wolf. Komm schon, klär mich bitte mal darüber auf, was Männer so alles anturnt«, bettelte Sabrina.

Wolfram Tannenberg kehrte entschuldigend die Handflächen nach außen. »Das würde ich wirklich gerne tun, Sabrina. Aber ich kann es nicht, denn der Mann ist und bleibt das größte Mysterium der Natur.«

»Puh«, machte Sabrina und schüttelte die rechte Hand so, als ob sie sich gerade verbrannt hätte. »Eingebildet bist du ja gar nicht, gell?«

»Nein«, entgegnete ihr Beifahrer gedehnt. »Jedenfalls nicht, dass ich wüsste. Aber zurück zu unserer Zigarren-Wally. Ich kann mir auf alle Fälle gut vorstellen, dass sie und Denzer prächtig miteinander auskommen. Sie haben anscheinend gemeinsame Interessen, brettern mit ihrer Harley durch die Gegend und gehen zusammen auf die Jagd. Außerdem stehen sie sich hinsichtlich ihrer rustikalen Persönlichkeit bestimmt in nichts nach.«

»Du glaubst inzwischen also auch, dass Denzer uns mit seiner Story von der jungen, knackigen Freundin und der Flucht in wärmere Gefilde einen Bären aufgebunden hat?«

»Und zwar einen ganz gewaltigen. Ich bin sehr gespannt darauf, welche Überraschungen wir bezüglich dieses Herrn noch erleben werden.«

Auf der Höhenstraße zwischen Leimen und Johanniskreuz überquerte in einer unübersichtlichen Kurve eine Wildschweinrotte die Landstraße. Sabrina reagierte geistesgegenwärtig, trat voll auf die Bremse und verhinderte dadurch Schlimmeres. Sie kam gerade mal einen halben Meter vor einer Handvoll Frischlingen zum Stillstand, die sich laut quiekend aus dem Staub machten.

»Das war aber haarscharf«, stöhnte Tannenberg und raufte sich die Haare.

Sabrina war kreidebleich und zitterte wie Espenlaub. »Gott sei Dank hat es noch gereicht. Nicht auszudenken, wenn ich diese goldigen Frischlinge getötet hätte.«

Besser die als wir, dachte Tannenberg. Der Pfälzer Wald ächzt eh unter einer Wildschweinplage. Das kommt übrigens davon, wenn man immer so rast.

Da Sabrina der Schrecken in alle Glieder gefahren war, übernahm er das Steuer und chauffierte den silbernen C-Klasse-Mercedes mit deutlich moderaterer Geschwindigkeit zum Antonihof, wo Manfred Kreilinger gemeinsam mit seiner altersdementen Mutter das Forsthaus bewohnte.

Bei der Einfahrt in den mit Kopfsteinpflaster ausgelegten Hof flammten Halogenscheinwerfer auf. Sie tauchten die Freifläche zwischen dem alten Sandsteinhaus und der offenen Doppelgarage, in der ein protziger Range Rover mit Bullenfänger stand, in grelles Licht.

Unmittelbar an die Garagenwand grenzte eine circa fünfzig Quadratmeter große Zwingeranlage mit mehreren Hundehütten. Fünf ausgewachsene Große Münsterländer rannten an den Maschendrahtzaun und sprangen kläffend an ihm hoch. Sabrina hatte ihren letzten Besuch noch gut in Erinnerung, deshalb öffnete sie sicherheitshalber das Halfter ihrer Pistole und legte die Hand an die Waffe.

Die beiden Kriminalbeamten hatten gerade die Autotüren zugeworfen, als sich die mit aufwendigen Schnitzereien verzierte Eichentür öffnete und Manfred Kreilinger auf die Sandsteinempore trat. Er trug waidmännische Kleidung und einen grünen Filzhut. Seine Jagdflinte hing lässig über der Schulter. Demonstrativ streckte der Revierförster den Arm in die Höhe und deutete auf sein Handgelenk.

»Es wird ja auch Zeit«, blaffte er sogleich los. »Sie sind bereits über eine Viertelstunde zu spät. In fünf Minuten wäre ich zur Jagd aufgebrochen.«

»Dann hätten Sie morgen früh um 7 Uhr im Kommissariat antanzen können«, konterte Sabrina.

»Damit hat mir Ihr Mann vorhin auch schon gedroht«, erklärte der Förster und wandte sich an Tannenberg. »So gut müsstet ihr mich doch inzwischen alle kennen, dass ich mich von nichts und niemandem einschüchtern lasse. Vor allem nicht von irgendwelchen Provinzbullen, die mir andauernd irgendwas anhängen wollen. Also, was wollt ihr schon wieder von einem unbescholtenen Bürger und braven Steuerzahler?«

Wolfram Tannenberg hatte sich eisern vorgenommen, Kreilingers Provokationen zu ignorieren und die Befragung so schnell und konzentriert wie möglich über die Bühne zu bringen.

»Könnten wir bitte kurz reingehen, Herr Kreilinger?«, fragte er deshalb betont förmlich und emotionslos.

»Nee, ohne richterlichen Durchsuchungsbeschluss kommt mir von euch keiner in mein Haus. Also noch mal: Was wollt ihr von mir?«

Du blöder Depp, polterte Tannenberg im Stillen und warf damit schon nach wenigen Sekunden seine vermeintlich eisernen Vorsätze über den Haufen. Er hätte sich so gerne in die warme Küche oder ins Wohnzimmer an den Kachelofen gesetzt, denn hier oben auf dem Berg blies ihm ein schneidiger Ostwind die Kälte in die Kleider.

»Gut, dann eben hier draußen«, akzeptierte der Kriminalbeamte zähneknirschend. »Am besten kommen wir gleich zur Sache.«

»Sehr gute Idee.«

»Wie lange kennen Sie Anton Denzer schon?«, wollte der Leiter des K1 von seinem Widersacher wissen.

Manfred Kreilinger schob die Unterlippe vor und legte den Kopf schief. »Genau kann ich das nicht sagen. Seit unserer Kindheit eben.«

»Wie würden Sie Ihre Beziehung zu dem alten Denzer bezeichnen?«

»Beziehung?«, höhnte der Förster mit geschürzten Lippen. »Was soll'n das heißen? Wir sind doch nicht schwul.«

Während Tannenberg versuchte, seinen Ärger wie eine giftige Kröte hinunterzuschlucken, übernahm seine Mitarbeiterin die Gesprächsführung. »Seien Sie doch nicht albern, Herr Kreilinger, Sie wissen genau, worauf Hauptkommissar Tannenberg hinauswill.«

»Dann soll er das doch auch sagen, und nicht so'n Scheiß labern.«

Sabrina formulierte die Frage um. »Sind Sie mit Anton Denzer befreundet?«

Kreilinger vergrub die Hände in den Hosentaschen und lächelte selbstzufrieden. »Jo, das kann man wohl so nennen.«

»Wie lange schon?«

Der Revierförster machte eine wegwerfende Handbewegung. »Auch schon ewig.«

»Wenn Sie mit ihm befreundet sind, kennen Sie doch bestimmt Frau Spangenberger aus Pirmasens.«

»Ei, klar kenn ich die Wally«, grinste der Waidmann. »Das ist vielleicht ein Teufelsweib.« Kreilinger nickte beeindruckt. »So eine hätte ich auch gern.« Er seufzte. »Schade, dass sie keine Schwester hat.«

Innerlich musste Tannenberg schmunzeln. Eigentlich bist du ja eine arme Sau. So wie du aussiehst, hast du wahrscheinlich noch nie in deinem Leben eine Frau abgekriegt. Die einzige Frau, die es mit dir ausgehalten hat, ist deine alte Mutter.

Seine Stimmung besserte sich schlagartig und er mischte sich wieder in die Befragung ein: »Wie lange sind die beiden denn schon ein Paar?«

»Schon ewig.«

»Hatte Denzers Frau denn nichts gegen diese Beziehung einzuwenden?«, wollte Sabrina wissen.

»Ach, Quatsch«, zischte der Förster abschätzig. »Seiner Alten musste das wohl oder übel egal sein. Toni hat ihr bereits vor vielen Jahren klargemacht, dass sie die Koffer packen kann, wenn sie ihm nicht seine Freiheiten lässt.« Wieder diese anerkennende, ehrerbietende Kopfbewegung. »Toni weiß eben, wie man mit Frauen richtig umgeht.«

Sabrina verengte die Augen zu schmalen Schlitzen und feuerte glühende Blitze in Kreilingers Richtung ab. Tannenberg drückte ihre Hand. Daraufhin warf sie ihm einen Blick zu und nickte.

»Die Verbindungsdaten von Denzers Handy belegen eindeutig, dass Sie ihn am Montagabend exakt um 17 Uhr 58 angerufen haben«, erklärte der Leiter des K1. »Ist das richtig?«

»Ja«, kam es gedehnt zurück.

»Was war der Grund Ihres Anrufs?«

Kreilinger zeigte auf Sabrina. »Ich hab's Ihrem Zuckerpüppchen doch schon am Telefon gesagt. Der Inhalt unseres Gesprächs war rein privat. Deshalb geht er auch niemanden außer uns beiden etwas an.«

»Was halten Sie davon, wenn ich Ihnen Folgendes unterstelle: Sie hatten vom alten Denzer den Auftrag, ihn kurz vor 18 Uhr anzurufen, damit er sich gerade noch rechtzeitig vor dem Felseinschlag in Sicherheit bringen konnte. Es sollte so aussehen, als ob nur ein glücklicher Zufall sein Leben gerettet hätte. Dabei war der Anschlag auf seine Familie eine abgekartete Sache.«

»Dann beweisen Sie das mal«, sagte Kreilinger und schlenderte grinsend zum Zwinger, wo eine jaulende Hundemeute ihr Herrchen empfing.

11

Nur ungefähr vier Kilometer Luftlinie vom Forsthaus Antonihof entfernt trafen sich etwa zur gleichen Zeit Anton Denzer und seine drei Söhne im Büro des Parkettfabrikanten. Die Staatsanwaltschaft hatte am Morgen die Leichname der getöteten Familienangehörigen zur Bestattung freigegeben. Somit konnten nun die Details der Beerdigung festgelegt werden.

Von seinem altdeutschen Schäferhund mit Argusaugen bewacht, thronte Anton Denzer hinter seinem massiven Eichenholz-Schreibtisch auf einem Ledersessel. Jürgen, Kuno und Walter hatten ihm direkt gegenüber Platz genommen. Allerdings saßen sie weit weniger komfortabel, denn die einfachen Besucherstühle waren ungepolstert. Natürlich war dies ein vorsätzliches Arrangement, schließlich sollten es sich Denzers Vasallen hier nicht gemütlich machen, sondern ihre Befehle entgegennehmen und schleunigst wieder zu ihrer Arbeit zurückkehren.

»Mich haben schon«, sagte Toni mit herrischer Stimme und spreizte die erhobene Hand, »fünf Bestattungs-Aasgeier aus der Stadt angerufen.« Er schnaubte vor Verachtung. »Die wollten sich doch tatsächlich an mir eine goldene Nase verdienen. Ausgerechnet an mir. Das müsst ihr euch mal vorstellen.«

Seine grapefruitgroße Faust donnerte auf die Schreibtischplatte nieder. »Aber die kriegen von mir keinen einzigen Cent, das verspreche ich euch. Die Särge werden morgen früh in unserer Schreinerei zusammengezimmert und das Blumengedöns steht bei einer saarländischen Gärtnerei auf Abruf bereit.«

Anton Denzer grinste hämisch und schob den mächtigen Oberkörper nach vorne. »Den Preis hab ich so weit runtergehandelt, dass es diesen Rucksackfranzosen fast schlecht geworden ist. Tja, der gute alte Toni schlägt eben überall die besten Angebote raus. Von eurem Vater könnt ihr euch wirklich eine Scheibe abschneiden.«

»Sollten wir nicht doch besser Profis damit beauftragen, die …«, meldete Walter dezenten Protest an.

»Profis? Dass ich nicht lache«, fiel ihm sein Vater ins Wort. Anton Denzer wischte den Einwurf mit einer energischen Geste beiseite. »Die sind vielleicht Profis im Angehörigen-Ausnehmen«, spottete er und tippte sich auf die Brust. »Bei mir funktioniert das aber nicht. Die hab ich erst anständig in den Senkel gestellt und sie dann eiskalt abblitzen lassen.«

Selbstzufrieden leckte er sich die Lippen und ließ dabei einen Bleistift über die Fingerkuppen tanzen. »Warum steigen wir eigentlich nicht in die Sargproduktion ein?«, fragte er, ohne allerdings eine Antwort zu erwarten. »Das ist ein absolut krisensicheres Geschäft, denn gestorben wird immer.«

Toni hielt sich vor Lachen den Bauch. »Bei uns fällt doch eine Menge Abfallholz an. Daraus könnten wir Billig-Särge zu Dumpingpreisen auf den Markt

werfen.« Er stemmte die Handflächen auf die Tischplatte, aber gleich darauf nahm er den Oberkörper
wieder zurück und verschränkte die Arme vor der
Brust. »Darüber hinaus könnten wir im Hochpreis-
segment exklusive Parkettsärge anbieten.«

Die versteinerten, ungläubigen Gesichter seiner
Söhne spornten ihn geradezu an. »Ihr müsst euch
das ungefähr so vorstellen«, sagte er in herrischem
Ton, »als exklusive Auftragsarbeiten für gutbetuchte
Kunden würden wir maßgeschneiderte Särge aus
Parkettdielen anfertigen. Dabei könnten wir diesen
Geldsäcken fast jeden Wunsch erfüllen. Der Kunde
hätte neben der Auswahl verschiedener Holzarten
die Möglichkeit, den betreffenden Sarg individuell
zu kreieren: Mit unterschiedlich gefärbten Hölzern
oder mit Mustern und Namenseinsätzen versehen.
Das wäre bestimmt die Marktlücke.«

Toni klatschte in die Hände und knetete sie vol-
ler Tatendrang. »Ich hab noch eine viel bessere Idee:
Ganz verrückten Leuten könnten wir sogar anbieten,
Teile ihres eigenen Wohnzimmer-Parketts für den
Sarg zu verwenden. Individueller geht's nun wirk-
lich nicht. Das wäre doch der Hammer, was?«

Seine Söhne starrten ihn immer noch völlig entgeistert an.

»Jetzt glotzt doch nicht so bescheuert aus der
Wäsche, ihr alten Pappnasen. Seid doch froh, dass
ihr solch ein einfallsreiches Genie als Vater habt. Im
Gegensatz zu euch bin ich nämlich immer am Puls
der Zeit und liefere ständig neue Produktideen. Ohne

die hätte ich unsere Firma schon längst dichtmachen müssen.«

Toni musterte jeden seiner Söhne mit einem höhnischen Blick. »Falls ihr es noch nicht bemerkt haben solltet: Ich erteile euch gerade eine kostenlose Lehrstunde in klassischem deutschem Unternehmertum. Und wie lautet die erfolgreiche Devise eines erfolgreichen Unternehmers, he?«

Keine Reaktion, nur betretenes Schweigen.

»Ihr seid mir vielleicht unfähige Schnarcher«, provozierte Anton Denzer und schüttelte den Kopf. »Also, dann sperrt mal die Lauscher auf: Besonders in Krisenzeiten darf sich ein Unternehmer nicht unterkriegen lassen, sondern muss den Launen des Schicksals mit unternehmerischem Mut und kreativer Produktpalette entgegentreten. Deshalb nennt man ihn schließlich auch Unternehmer – weil er etwas unternimmt!«

Kuno erweckte einen geradezu verzweifelten Eindruck. »Können wir Mutter und unsere Frauen nicht doch auf dem Köhlerbacher Friedhof beerdigen?«, bettelte er.

»Nein, die werden im Friedwald bei Johanniskreuz verbuddelt – basta! Das ist weitaus billiger und zudem naturnaher.«

»Aber unsere Frauen hatten doch mit Natur überhaupt nichts am Hut«, jammerte Kuno.

»Eben«, entgegnete Toni, wobei er das Wort genüsslich in die Länge zog.

»Vater, bitte«, flehte Kuno weiter. »Denk doch mal

an uns und an deine Enkel. Hier im Dorf könnten wir die Gräber öfter besuchen und sie auch besser pflegen. Wie sollen die Kinder denn nach Johanniskreuz kommen?«

»Mit ihren Vätern zum Beispiel.« Toni winkte ab. »Oder von mir aus auch mit dem Fahrrad oder mit dem Bus. Ins Trippstadter Schwimmbad schaffen sie es ja auch ohne Chauffeur, wenn sie es unbedingt wollen. Wie heißt es so schön: Wo ein Wille ist, da ist auch ein Weg.« Er grinste breit. »Apropos Willi. Wollt ihr auch einen?«

Im Gleichtakt schüttelten die Söhne den Kopf.

Anton Denzer zauberte eine Flasche Williams Christ aus seinem Schreibtisch hervor und schenkte sich einen doppelten Schnaps ein. Dann hielt er das Glas in die Höhe. »Auf unsere Weiber, prost! Der HERR sei ihren armen Seelen gnädig.«

Ohne dabei die Miene zu verziehen, kippte er den Obstbrand die Kehle hinunter. Er rülpste wie ein röhrender Hirsch. Anschließend verzog er das Gesicht zu einem hämischen Grinsen: »Übrigens findet die Drückjagd wie geplant am Samstag statt. Und ihr nehmt daran teil«, stellte Anton Denzer unmissverständlich klar.

»Wir können doch nicht einen Tag nach Mutters Beerdigung auf die Jagd gehen«, protestierte Walter.

Sein Vater wischte den Einwand mit einer energischen Geste beiseite. »Natürlich können wir das, wir müssen es sogar. Schließlich nehmen die Wild-

schweine keine Rücksicht auf euer blödes Pietäts-
gedöns. Diese Drecksviecher verwüsten die jungen
Baumkulturen und unsere Gärten. Und deshalb geht
das Sterben weiter – aber zur Abwechslung mal das
der Wildschweine.« Anton Denzer klopfte sich feixend auf die Oberschenkel und lachte schallend. Seinen Söhnen dagegen entgleisten die Gesichtszüge.

»Wenn ihr nicht zur Drückjagd erscheint, schmeiße
ich euch aus der Firma«, stellte der alte Denzer unmissverständlich klar. »Dann könnt ihr stempeln gehen.
Und für dich, mein lieber Jürgen, lasse ich mir dann
auch etwas Nettes einfallen. Wie du ja weißt, ist dein
oberster Chef ein alter Kumpel von mir.«

Plötzlich stieß Wotan hochtönige Laute aus und
sprang jaulend zur Tür. Nur Sekunden später wussten auch die vier Männer, weshalb der Schäferhund
so heftig reagierte, denn der satte, dumpfe Harley-
klang ließ nur eine einzige Interpretation zu: Walburga Spangenberger war im Anmarsch, besser gesagt,
bei der Anfahrt auf den Hof der Denzerschen Parkettfabrik.

Während Toni schmunzelte, verdüsterten sich die
Mienen seiner Söhne noch weiter. Doch urplötzlich
kehrte das Leben in die Brüder zurück. Um der ver-
hassten Geliebten ihres Vaters nicht zu begegnen,
erhoben sie sich von ihren Stühlen und wollten flucht-
artig das Weite suchen.

»Nichts da, ihr bleibt schön sitzen«, befahl Anton
Denzer. »Wally und ich haben euch nämlich etwas
Wichtiges mitzuteilen.«

Widerwillig gehorchten die Männer und sackten schlaff zurück auf die harten Buchenholzstühle.

Anton Denzer öffnete die Bürotür und ging seiner Freundin ein paar Schritte entgegen. Wotan zwängte sich an ihm vorbei und kam noch vor seinem Herrchen in den Genuss einiger Streicheleinheiten. Walburga trug eine schwarze Lederkombi und gleichfarbige Motorradstiefel. In der linken Armbeuge baumelte ein ebenfalls rabenschwarzer Integralhelm, dessen Rückseite ein weißer Totenschädel zierte. In ihrer rechten Hand hielt sie eine Zigarrenkiste mit Tonis Lieblingsmarke.

Der alte Denzer begrüßte sie mit ausgebreiteten Armen. »Toll, dass du an den Nachschub gedacht hast. Vielen Dank, mein Schätzchen.«

»Klaro, für dich tu ich doch ziemlich alles«, erwiderte Walburga. Dann warf sie sich Toni an die Brust und drückte ihm einen dicken Kuss auf den Mund.

»Hallo, meine lieben Jungs«, schmetterte sie provozierend laut in Denzers Büro hinein, denn die tiefsitzende Abneigung zwischen ihr und Tonis Söhnen beruhte durchaus auf Gegenseitigkeit. Erwartungsgemäß erntete sie als Echo nur ein unüberhörbar abschätziges Grunzgeräusch.

»In Zukunft erwarte ich von euch, dass ihr euch Wally gegenüber wie Gentlemen benehmt.«

»Das sagt ja gerade der Richtige«, grummelte Jürgen durch die geschlossenen Zahnreihen.

»Hast du was dagegen einzuwenden?«, blaffte Toni, der die Worte nicht verstanden hatte. »Dich betrifft diese Anordnung eh nur am Rande, du hast dich ja in die Stadt abgeseilt.« Er wandte sich an seine beiden anderen Söhne. »Ihr dagegen müsst euch damit arrangieren, dass Wally bei mir einziehen wird, sobald die Villa wieder bewohnbar ist.«

»Was?«, kam es wie aus einem Munde.

»Da seid ihr jetzt aber baff, gell?«, frotzelte der alte Denzer und räusperte sich ausgiebig. »Jeder im Dorf weiß ja, dass Wally und ich schon lange ein Paar sind. Und ab heute ist Wally auch ganz offiziell die Frau an meiner Seite. Aber keine Sorge, Mama müsst ihr nicht zu ihr sagen.«

Walburga kicherte hinter vorgehaltener Hand.

»Mutter ist noch nicht unter der Erde und du ...«

»Halt die Schnauze, Walter!«, brüllte Toni. Seine Halsschlagadern quollen zu dicken Regenwürmern auf. »Du und deine nichtsnutzigen Brüder habt hier überhaupt nichts zu melden. Wenn es euch nicht passt, könnt ihr noch heute eure Papiere abholen und von meinem Gelände verschwinden. Ich weine euch Versagern garantiert keine Träne nach.« Demonstrativ legte er Walburga Spangenberger den Arm um die Schulter. »Übrigens werde ich Wally noch in diesem Jahr heiraten.«

Die herbe Schönheit an seiner Seite reagierte völlig anders als von ihm erwartet: »Von wegen, mein lieber Freund und Kupferstecher, zum Heiraten gehören immer noch zwei«, polterte sie los. »Und ich werde doch nicht freiwillig mit solch einem unverbesserlichen Macho vor den Traualtar treten. Womöglich auch noch in Weiß.« Sie tippte sich an die Stirn. »Ich bin doch nicht bekloppt. Am Schluss soll ich dich wohl auch noch beerben, he?«

Bei diesem Thema spitzten die Söhne sofort die Ohren.

»Ja, genau so war das eigentlich gedacht, Wally«, sagte Anton Denzer mit belegter Stimme.

Die beiden kernigen Gestalten fetzten sich oft in dieser derben, provozierenden Art und schockten damit ihre Mitmenschen. Normalerweise handelte es sich dabei aber um spielerische Kabbeleien, die keinen ernsthaften Hintergrund hatten. Nur diesmal wusste Toni die harsche Reaktion seiner Freundin nicht einzuordnen.

»Ich hab dich bereits testamentarisch zu meiner Alleinerbin bestimmt und wollte dich in den nächsten Monaten in der Firma als meine Nachfolgerin einarbeiten.« Seine Stimme schwoll an, während er eine ausladende Handbewegung über die Köpfe seiner Söhne hinweg machte. »Keinem dieser Versager werde ich meine Fabrik überschreiben. Dann könnte ich sie ja gleich dichtmachen.«

»Mensch, Toni, über so etwas Wichtiges muss ich erst einmal in aller Ruhe nachdenken«, sagte Walburga. »Du kannst doch nicht einfach über mich und mein weiteres Leben verfügen, ohne mich zu fragen.«

Anton Denzer reagierte sichtlich betroffen. »Entschuldige, Wally, ich wollte dich nicht überfahren. Ich hab gedacht, du freust dich darüber.«

Walburga Spangenberger lächelte verschmitzt. »Natürlich freue ich mich über deinen Heiratsantrag, Toni. Auch wenn er ungewöhnlich direkt und unromantisch ist.« Sie seufzte. »Aber so bist du nun mal.«

»Tut mir leid, dass du dich von mir überfahren fühlst, aber ich hab's wirklich nicht böse gemeint«, beteuerte der Fabrikant.

»Weiß ich doch, mein Bärchen«, säuselte seine Freundin und streichelte sanft über seine dichtbehaarte Wange. »Wir beide wissen ja, dass Gefühle zu zeigen nicht unbedingt eine deiner Paradedisziplinen ist.« Sie senkte die Stimme und flüsterte ihm ins Ohr: »Ein Tipp unter Freunden: Auch das Herz einer Harleyfahrerin lässt sich mit Blumen und einem Kerzenlicht-Dinner erobern. Wenn du das hinkriegst, überlege ich es mir vielleicht doch noch.«

»Was, ehrlich?«

»Hm«, summte Wally und lächelte Toni verliebt an.

»Also mir ist dieses Gesülze jetzt echt zu blöd«, knurrte Jürgen vor sich hin. Wie von einem Katapult geschossen, schnellte er in die Höhe und stürmte aus dem Büro. Mit kurzer Zeitverzögerung folgten ihm seine Brüder.

»Bah, das war echt nicht mehr zum Aushalten«, stöhnte Kuno auf dem Weg hoch zur zerstörten Villa. »Der Alte flippt von Tag zu Tag mehr aus.«

»Das verzeihe ich ihm nie«, schimpfte Walter und kickte einen kleinen Stein hinunter auf den Holzlagerplatz.

»Der Alte war ja schon immer irre, aber das hier war jetzt die Krönung. Hat der doch tatsächlich vor, uns zu enterben und uns seine langjährige Geliebte als Chefin vor die Nase zu setzen«, empörte sich Kuno. »Glaubt ihr, der hat das notariell schon geregelt? Oder meint ihr, er blufft nur?«

Lediglich Schulterzucken als Antwort. Zwei, drei Minuten lang schauten die drei Brüder schweigend über das von mehreren Straßenlaternen in fahles Licht getauchte Firmengelände.

Jürgen warf einen Blick auf die große Bahnhofsuhr, die schräg gegenüber Denzers Büro an der anderen Fabrikhalle hing. »Eigentlich müsste der Alte gleich zu seinem allabendlichen Rundgang aufbrechen, oder hat er seine Gewohnheiten etwa geändert?«, fragte Jürgen Denzer, der nur noch äußerst selten zu Gast in Köhlerbach war.

»Nee, danach kann man immer noch jeden Abend die Uhr stellen«, behauptete Kuno. »Punkt 20 Uhr dreht er mit seinem Scheiß-Köter die Runde, pafft seine bescheuerte Zigarre und geht anschließend in die Kneipe.«

»Vielleicht hat ihm Wally das ja verboten«, meinte Jürgen.

»Quatsch«, zischte Walter. »Die geht garantiert mit. Gerade jetzt, wo er sie als seine neue Frau hier überall rumzeigt.«

Kuno fletschte die Zähne. »Und das auch noch vor Mutters Beerdigung. So ein elender Scheiß-kerl!«

»Ich könnte ihm den Hals umdrehen«, knurrte Walter.

»Gar keine schlechte Idee«, stimmte Jürgen zu.

Etwa hundert Meter von den Brüdern entfernt, öffnete sich quietschend die Außentür des Firmengebäudes, in dem Anton Denzers Büro untergebracht war. Wotan drückte sich durch den Türspalt und verschwand auf dem weitläufigen Gelände. Zigarrenschmauchend flanierten Toni und seine Freundin zu dem elektrischen Schiebetor, das Wally vorhin per Fernbedienung bereits wieder verschlossen hatte. Nach einer Weile kehrte der altdeutsche Schäferhund-Rüde zu seinem Herrchen zurück und wich ihm fortan nicht mehr von der Seite.

Für seinen allabendlichen Kontrollgang benutzte Anton Denzer immer ein und denselben Rundweg. Dieser führte ihn zuerst zum Haupteingang, wo er nach links abbog und dem hohen Metallzaun folgte, bis er fünf Minuten später wieder seinen Ausgangspunkt erreichte. Anschließend inspizierte er die Außentüren der Fabrikgebäude und die Garagenhalle, in der die Firmenfahrzeuge und die Gabelstapler untergebracht waren. Zum Schluss sah er routinemäßig auf dem Holzlagerplatz nach dem Rechten, wo die Parkettrohlinge auf die Weiterverarbeitung warteten.

Die aufgeschichteten Eichenbohlen stapelten sich bis zu einer Höhe von gut vier Metern. Da das Holz je nach Luftfeuchte und Außentemperatur ständig seine Form und Dicke veränderte, mussten die Stapel regelmäßig auf Standfestigkeit hin kontrolliert werden.

»Irgendwie tun mir deine Jungs ja auch leid«, sagte Walburga Spangenberger, während sie mit ihrem Freund Hand in Hand durch den kaum zwei Meter breiten Korridor zwischen den Holzstapeln schlenderte.

»Ach, Wally, diese Waschlappen haben es doch gar nicht anders verdient«, entgegnete Toni. »Ich kann Weicheier und Versager eben auf den Tod nicht ausstehen.«

»Aber sie sind doch dein eigen Fleisch und Blut.«

»Gerade das macht es ja noch viel schlimmer. Keiner von denen hat auch nur ein bisschen was von mir geerbt. Die haben weder Mumm in den Knochen noch Ehrgeiz, noch Durchsetzungsvermögen. Ganz zu schweigen von den nicht vorhandenen Führungsqualitäten, die man aber als Firmenchef unbedingt haben muss.«

»Ist doch eigentlich komisch, dass sie nichts von deinen Fähigkeiten geerbt haben.«

»Wieso?«

»Na ja, schließlich bist du ihr Vater und hast ihnen deine Gene mitgegeben.« Walburga Spangenberger kratzte sich am Kopf und schob schmunzelnd nach: »Weißt du, Toni, wenn die Jungs wenigstens alle dieselbe Mutter hätten, könnte man es ja auf die arme Frau schieben. Aber weil das nicht der Fall ist, bleibst eigentlich nur du als Verursacher übrig.«

Der alte Denzer seufzte. »Ich versteh's ja auch nicht, Wally. Mein Vater und mein Opa waren genauso pfiffige, energische und belastbare Mistkerle wie ich.« Toni schüttelte deprimiert den Kopf. »Deshalb konnte jeder meiner Vorfahren unbesorgt die Fabrik an die jeweils nächste Generation weitergeben.« Er zeigte seine tellergroßen, schwieligen Handflächen. »Weil es starke, zupackende Hände waren, in die unsere Firma …«

Plötzlich bellte Wotan so ungewöhnlich hell und hysterisch, dass Toni mitten im Satz abbrach und verdutzt hinunter zu seinem Schäferhund schaute. Doch der war nicht mehr da. Als er wieder den Kopf hob, sah Anton Denzer das drohende Unheil im wahrsten Wortsinne auf sich einstürzen, aber er konnte nicht flüchten, seine Füße wurden wie von starken Magneten an Ort und Stelle festgehalten.

Im Gegensatz zu ihrem Freund machte Walburga Spangenberger geistesgegenwärtig einen Stemmschritt nach hinten, als sie den immer schiefer werdenden Holzturm über ihrem Kopf bemerkte.

»Toniiiiii!«, brüllte sie wie von Sinnen.

Doch es war bereits zu spät. Hilflos musste sie mit ansehen, wie Toni unter den zahllosen Eichenbohlen begraben wurde. Im ersten Moment war sie wie tiefgefroren, aber Wotans jaulendes Kläffen riss sie schnell aus ihrer Schockstarre. Der Schäferhund versuchte zu seinem Herrchen vorzudringen, aber er verfügte natürlich weder über die nötige Kraft noch über das erforderliche Geschick, um die schweren Holzscheite beiseite zu räumen.

Wally schrie, so laut sie konnte, um Hilfe, dann zückte sie ihr Handy und wählte die Notrufnummer. Als sie anfing, die Parkettrohlinge, die wie überdimen-

sionierte Mikadostäbchen übereinanderlagen, wegzu-
schaffen, erreichten Denzers Söhne die Unglücksstelle
und legten mit Hand an.

Es dauerte eine Weile, bis die Helfer endlich zu
dem verschütteten Parkettfabrikanten vordrangen.
Ihnen bot sich ein schrecklicher Anblick: Scheinbar
leblos lag Toni Denzer flach auf dem Bauch, Arme
und Beine hatte er weit von sich gestreckt. Die Haare
auf seinem Hinterkopf waren blutverklebt, und auf
der rechten Stirnseite klaffte eine etwa fünf Zentimeter lange Wunde, aus der hellrotes Blut über die Nase
rann und auf die Pflastersteine tropfte.

Wally blieb fast das Herz stehen. Vorsichtig tastete sie mit zittrigen Fingern Anton Denzers Hals ab.
»Der Puls ist schwach, aber Toni lebt«, stieß sie mit
sich überschlagender Stimme aus.

»Das hat nicht viel zu sagen. Der Alte hat garantiert eine schwere Schädelverletzung«, orakelte Kuno.
»Und das bedeutet Koma.«

»Und Pflegefall«, brummelte Walter. »Wenn er
nicht jetzt gleich ins Gras beißt.«

»Dann wohl besser das«, murmelte Jürgen. »Ich
kümmere mich jedenfalls nicht um ihn.«

»Ich auch nicht«, sagte Kuno.

»Ich auch nicht«, sagte Walter.

»Elende Saubande!«, zischte Wally.

So als ob Wotan die bitterbösen Bemerkungen der
Söhne verstanden hätte, stellte er die Nackenhaare auf
und knurrte sie derart bedrohlich an, dass sie ängstlich
ein paar Schritte zurückwichen. Dann setzte er sich

wieder neben sein Herrchen und leckte ihm winselnd die Hand. Als endlich die Sanitäter am Unglücksort erschienen, musste Walburga den Schäferhund mit Gewalt vom alten Denzer wegzerren, sonst hätte er den Notarzt nicht an ihn herangelassen.

»Los, helft mir, dass ich mich aufsetzen kann«, grummelte Anton Denzer plötzlich. Seine Stimme war zwar etwas dünner als sonst, aber der Tonfall war schon wieder der gewohnt herrische. Der Notarzt und seine Helfer gehorchten. Sie drehten Denzer vorsichtig um und trugen ihn die wenigen Meter zu einer Steinmauer und lehnten ihn an.

»Ich hab jeden Ton gehört, ihr verfluchten Scheißkerle«, blaffte der Fabrikant in Richtung seiner Söhne. »Geht mir aus den Augen, ich kann euch nicht mehr sehen. Das werdet ihr mir noch büßen, darauf könnt ihr jetzt schon einen lassen!«

Kuno, Walter und Jürgen verzogen sich wie geprügelte Hunde zum Parkplatz, wo ihre Autos standen.

»Mann, hör sofort auf, mir an der Birne rumzufummeln«, fuhr Denzer den jungen Notarzt an.

Der versuchte es mit seiner Amtsautorität. »Blöken Sie hier mal nicht so rum. Ich bin der Arzt und Sie sind der Patient«, stellte er klar. »Die Wunde muss fachgerecht versorgt, sprich genäht werden.«

»Das kann man auch mit Pflastern klammern«, bellte Anton Denzer zurück. Dann schlug er heftig um sich, so als wolle er aufdringliche Stechmücken verscheuchen. »Geh weg! Los, Wally, hilf mir auf die Beine.«

»Toni, ich denke, der Arzt hat recht. Du musst anständig untersucht werden.«

»Deshalb bringen wir Sie nun auch ins Krankenhaus«, erklärte einer der Rettungssanitäter.

»Mach jetzt endlich, Wally«, befahl der Verletzte. »Und du hilfst ihr dabei«, schob er, an den Sanitäter adressiert, nach.

Die beiden packten Toni unter den Achseln und hievten ihn in die Höhe. Auf klapprigen Beinen stand er nun vor der mit Efeu bewachsenen Sandsteinmauer. Zuerst stützte er die Arme auf die Knie und atmete ein paarmal kräftig durch. Dann untersuchte er seine Gliedmaßen und klopfte an mehreren Stellen seinen Brustkorb ab.

»Alles okay«, sagte Anton Denzer eher zu sich selbst als an seine nach wie vor besorgt dreinblickenden Beobachter. Anschließend tastete er seinen malträtierten Schädel ab. »Krankenhaus? Untersuchungen? Papperlapapp! Ich hab nur ein bisschen Kopfweh.« Als er das Blut an seinen Händen entdeckte, fügte er schnaubend an: »Und ein paar Platzwunden. Ja und? Früher hab ich nach Schlägereien noch viel schlimmer ausgesehen.«

»Das kann ich nicht verantworten. Sie müssen unbedingt ins Krankenhaus, fachmännisch versorgt und von oben bis unten durchgecheckt werden«, versuchte es der Notarzt noch einmal.

Der Parkettfabrikant fand überraschend schnell zu alter Stärke zurück. Mit seinen geröteten Augen fixierte er den Mediziner. »Merk dir mal eins, mein lieber Junge«, tönte er. »Der alte Denzer macht immer nur das, was er will. Kapiert?«

Der perplexe Arzt wich seinem stechenden Blick aus und starrte betreten auf seine Schuhe. Du lässt dir ganz schön schnell den Schneid abkaufen, höhnte Denzer in Gedanken. In versöhnlicherem Ton legte er nach: »Also gut, von mir aus. Wenn du unbedingt den barmherzigen Samariter spielen musst, kleb mir halt ein paar Pflaster auf die Birne. Aber danach machst du dich mit deiner albernen Trachtengruppe ganz schnell vom Acker. Klar?«

»Mann, sind Sie ein sturer Hund«, schimpfte der Notarzt. »Okay, wenn Sie es nicht anders wollen, dann verzichten Sie eben auf eine angemessene medizinische Versorgung. Sie tragen dafür aber die Verantwortung. Ist Ihnen das klar?«

»Jo«, grinste Anton Denzer und forderte die Sanitäter mit einer entsprechenden Geste zum Verschwinden auf.

Wortlos drückte der Mediziner Toni Pflaster, Mullbinden und ein Desinfektionsspray in die blutverschmierten Hände, dann schnappte er sich seinen Metallkoffer und folgte kopfschüttelnd seinen Kollegen.

Kurz nachdem der Rettungswagen das Gelände der Parkettfabrik verlassen hatte, trafen Tannenberg und seine Kollegin ein. Zuerst verschafften sie sich bei der Streifenwagenbesatzung, die unmittelbar hinter dem Notarztwagen auf dem Firmengelände erschienen war, einen Überblick über die Geschehnisse.

Anschließend ging der Leiter des K1 zu Walburga Spangenberger, die vor Toni stand und ihn mit Verbandsmaterial regelrecht zupflasterte. Die Erleichterung über Denzers Glück im Unglück war ihr deutlich anzumerken.

»Dass dein alter Dickschädel selbst mit Eichenholzprügeln nicht kleinzukriegen ist, war mir eigentlich schon vorher klar«, pflaumte sie ihn zum Spaß an. »Trotzdem hab ich fast einen Herzschlag gekriegt, als wir dich platt wie eine Flunder unter dem Holz gefunden haben. Ich dachte, du bist tot.«

»Ich war aber leider nur scheintot«, brummelte Anton Denzer. Er hob den Kopf und feuerte einen hasserfüllten Blick hinüber zum Parkplatz, an dem seine Söhne nach wie vor beisammenstanden. »Zum Leidwesen dieser Teufelsbrut.« Erst jetzt bemerkte er den Kriminalbeamten, der in Begleitung seiner Mitarbeiterin hinter Walburga stand und interessiert dem Gespräch lauschte. »Was wollt ihr denn schon wieder hier? Habt ihr denn nichts Besseres zu tun, als mir andauernd auf den Keks zu gehen? Lasst mich doch endlich in Ruhe, ihr unfähigen Provinzbullen.«

Wolfram Tannenberg verschlug es angesichts dieser Dreistigkeit die Sprache. Derweil drehte sich Wally zu ihm um und säuselte: »Ach, wie schön, der Herr Kommissar und sein hübsches Häschen. Schon lange nicht mehr gesehen.«

Der Chef-Ermittler überging die Bemerkung. »Nach Ihrer Meinung besteht kein Anlass, dass die Kriminalpolizei bei Ihnen aufkreuzt, Herr Denzer?«

»Nee«, kam es kurz und bündig zurück.

»Sie gehen also nicht von einem neuerlichen Mordanschlag auf Sie aus?«, versetzte Sabrina spitz.

»Nee, das war ein Unglück, sonst nix«, behauptete der Parkettfabrikant. »Irgendein Depp hat das Holz nicht richtig aufgesetzt und dann ist der Stapel eben zusammengerutscht. Reiner Zufall, dass ich gerade in dem Moment an dem instabilen Turm vorbeigekommen bin.«

Der Leiter des K1 grunzte höhnisch. »Sagen Sie mal, Herr Denzer, sind Sie eigentlich so blöd, oder tun Sie nur so? Das war nun schon das zweite heimtückische Attentat innerhalb einer Woche und Sie machen daraus zwei Zufallsereignisse ohne jeglichen Bezug zu Ihrer Person?«

»Jo.«

»Sehen Sie das auch so locker, Frau Spangenberger?«, wollte Sabrina wissen. »Haben Sie denn keine Angst, dass Ihr Freund beim nächsten Mal nicht mehr so viel Glück haben könnte? Es ist nicht unwahrscheinlich, dass es der Attentäter so lange versuchen wird, bis er sein Ziel erreicht hat.«

»Und das hat er erst, wenn Ihr Freund tot ist«, ergänzte ihr Vorgesetzter.

Wallys Stimmung hatte sich inzwischen gravierend verschlechtert. Mit sorgenvollem Blick auf Toni keuchte sie: »Doch, natürlich hab ich Angst um ihn, große sogar.«

Anton Denzer winkte beschwichtigend ab. »Ach, mein Schätzchen, mach dir doch keinen Kopf. Mir passiert schon nichts. Ich bin nicht kleinzukriegen. Wie eine Katze habe auch ich sieben Leben – mindestens.«

»Dein Wort in Gottes Ohr«, seufzte Walburga Spangenberger und klebte ihm das nächste Pflaster auf die Stirn.

Denzer streckte die gespreizte Hand in die Höhe. »Das wären dann noch fünf Anschläge, die ich überstehen werde«, schob er mit einem schiefen Grinsen nach. Er zog Wallys Kopf so nahe an seinen Mund heran, dass die Kriminalbeamten ihn nicht verstehen konnten, und wisperte: »Und bis dahin habe ich mir diesen Saukerl schon lange geschnappt, das verspreche ich dir. Dazu brauche ich diese blöden Bullen nicht.«

»Wolf, kommst du bitte mal zu mir!«, rief Mertel.

»Ich bin gleich wieder da, Herr Denzer. So schnell werden Sie uns nämlich nicht wieder los.« Nun beugte sich Tannenberg zu ihm herab und raunte ihm ins Ohr: »Sie sind mir zwar alles andere als sympathisch, aber trotzdem werde ich mit allen mir zur Verfügung stehenden Mitteln versuchen, Ihnen das Leben zu retten – und sei es mit Schutzhaft.«

»Schutzhaft?«, zischte Denzer. »Sie spinnen doch. Es war ein Unglück, das auf menschliches Versagen zurückzuführen ist. So etwas passiert auf der Welt zigtausendfach am Tag. Ich hab's Ihnen doch schon erklärt: Da hat einer meiner unfähigen Arbeiter die Bohlen nicht richtig aufgestapelt. Durch die Witterungseinflüsse hat sich der Turm verschoben und ist deshalb umgestürzt.«

Der Kriminaltechniker empfing seinen Kollegen mit einem breiten Lächeln auf den Lippen. »Schau mal, Wolf, was ich hinter einem dieser Holzstapel gefunden habe. War nicht gerade genial versteckt.«

»Wieder eine mechanische Seilwinde«, brummelte Tannenberg.

»Ja, genau«, bestätigte Mertel. »Es handelt sich dabei um das gleiche Fabrikat, wie wir es im Kanonenrohr sichergestellt haben.«

»Bist du dir da sicher?«

Mertel verzog genervt das Gesicht. »Natürlich bin ich das. Meinst du etwa, du hast es mit einem Anfänger zu tun?«

»Pardon, Karl, ich wollte keineswegs an deiner Fachkompetenz zweifeln.«

»Hast du aber.«

»Mimose«, schimpfte Tannenberg.

»Selber.«

Der Leiter der Kaiserslauterer Mordkommission stieß ein Geräusch aus, das an einen tuckernden Rasenmähermotor erinnerte. Dann wandte er seinem dünnhäutigen Kollegen den Rücken zu und kehrte zum alten Denzer zurück. Er stemmte die Arme in die Seiten und verkündete mit ernster Miene: »Sie hatten recht, wir haben es hier definitiv mit menschlichem Versagen zu tun.«

»Na, sehen Sie, das hab ich doch gleich gesagt.«

»Das menschliche Versagen bestand allerdings

nicht darin, dass irgendein unfähiger Arbeiter das Holz nicht richtig aufgesetzt hat, sondern darin, dass der Attentäter die Seilwinde einen Tick zu früh oder zu spät bedient hat.«

Entsetzt legte Walburga Spangenberger eine Hand auf den Mund. »Dann war es also doch wieder ein Anschlag?«, kam es gepresst durch die Finger.

»Ja, es sieht ganz danach aus.«

»Toni, du brauchst unbedingt Polizeischutz.«

»Quatsch, mein Schätzchen, mach dir mal keine unnötigen Gedanken. Dieses Problem regle ich auf meine Art und Weise.«

»Selbstjustiz?«, schoss es aus Sabrina förmlich hervor.

Anton Denzers Gesicht strotzte geradezu vor Arroganz. »In meiner Familie wurden in der Vergangenheit schon einige Dinge erledigt, ohne dabei Staub aufzuwirbeln«, verkündete er mit einem dreckigen Grinsen.

»Sie meinen, ohne dass man Ihnen etwas nachweisen konnte?«, fragte Tannenberg in Anbetracht der erfolglosen kriminalpolizeilichen Ermittlungen gegen den Fabrikanten.

Keine Reaktion.

»Wenn Sie es selbst regeln wollen, müssen Sie ja wissen, wer hinter dieser Anschlagserie steckt? Wissen Sie das etwa?«

Auch Sabrina erhielt keine Antwort.

12

November 2011

»Was war denn eigentlich gestern Abend mit dir los, Karl?«, fragte Tannenberg, als er im Eingangsbereich der Cafeteria auf seinen Kollegen von der Spurensicherung traf. »Warum warst du denn so angefressen?«

»Ach, nichts Besonderes«, winkte der Kriminaltechniker ab und zuckte mit den Schultern. »Das Übliche eben: Wir hatten uns mit Bekannten zum Essen verabredet, saßen am Tisch, tranken guten Wein, freuten uns auf den ersten Gang des Menüs – und dann kam der Anruf …« Den Rest verschluckte er seufzend.

Sein Kollege klopfte ihm verständnisvoll auf die Schulter. »Wir haben uns wirklich einen Scheiß-Job ausgesucht.«

»So ist es«, pflichtete Mertel bei. Er schaute aus dem Fenster und beobachtete zwei Spatzen, die sich um einen Brotfetzen stritten. Dieser Anblick verscheuchte den Frust aus seinem Gesicht. »Auf der anderen Seite gibt es wohl kaum einen anderen Beruf, bei dem man so intensiv seiner Spiel- und Bastelleidenschaft frönen …«

»Und den ganzen Tag im Dreck beziehungsweise im Waldboden herumwühlen kann«, vollendete sein Kollege.

»Womit wir beim Thema wären.«

»Sag bloß, du hast etwas Neues für mich?«, fragte Tannenberg neugierig.

Schmunzelnd fing Mertel den erwartungsvollen Blick auf. Dann legte er den Kopf schief und leckte sich die Lippen. »Ich glaube schon. Du kommst am besten gleich mit ins Labor und schaust dir die Sache selbst an. Ich bin sehr gespannt, welche Schlüsse du daraus ziehen wirst.«

Der Spurenexperte hatte in seinem Arbeitskeller mehrere große Tische zusammengeschoben und dadurch die Grundfläche seiner Modellkonstruktion beträchtlich erweitert. Zusätzlich zu den Miniaturausgaben des Rothenbergs und der Sandsteinvilla befanden sich nun auch eine maßstabsgetreue Darstellung des Fabrikgeländes mitsamt Gebäuden und Holzlagerplatz auf der Unterlage. Den für den neuerlichen Mordanschlag relevanten Holzstapel hatte er aus Bauklötzchen konstruiert, die er sich im nahegelegenen Kindergarten ausgeborgt hatte.

»So, Wolf, stell dich mal genau hierhin«, forderte Mertel und wartete, bis Tannenberg seine Anweisung befolgt hatte. »Du stehst nun exakt dort, wo sich die drei Söhne nach ihren übereinstimmenden Aussagen zum Tatzeitpunkt aufhielten, nämlich von dir aus gesehen rechts, also westlich neben der Villa.«

»Da stehen sie ja tatsächlich«, sagte Tannenberg mit Fingerzeig auf drei Playmobilfiguren. »Klasse Idee.«

Der altgediente Kriminaltechniker freute sich über das Lob. Lächelnd kniete er hinter dem Tisch nieder und hantierte unter seinem Modell an irgendetwas herum, das sein Kollege jedoch nicht sehen konnte.

Tannenbergs Finger hüpfte zum Miniatur-Lagerplatz. »Und das da sollen wohl der alte Denzer und seine Wally sein. Wirklich originell.« Er beugte sich ein Stück nach vorne. »Ach, und an seinen Hund hast du auch gedacht. Toll. Eigentlich fehlt jetzt nur noch Wallys Harley.«

»Ist zwar keine Harley, aber immerhin ein Motorrad«, entgegnete sein Kollege und stellte das Plastikspielzeug auf den Parkplatz. »Ihre Maschine hatte sie neben den Autos von Denzers Söhnen abgestellt, nicht wahr?«

»Puh«, machte der Chef-Ermittler und breitete die Arme aus. »Also darauf hab ich, ehrlich gesagt, nicht geachtet.«

»Macht nichts, Wolf. Wir haben gestern Abend genügend Fotos geschossen. Ist jetzt auch nicht so wichtig. Das dagegen schon.« Der Kriminaltechniker warf Tannenberg einen Blick zu und fragte: »Kann ich loslegen?«

Der Angesprochene nickte.

Karl Mertel wartete noch einen Augenblick, dann zog er abrupt an einer Angelschnur. Krachend stürzte der Holzturm ein. Wie beabsichtigt, wurde der Playmobil-Denzer unter den Bauklötzchen begraben, wogegen die beiden Plastikfigürchen, die zehn Zentimeter entfernt aufgebaut waren und Walburga Spangenberger sowie Denzers altdeutschen Schäferhund darstellen sollten, den Einsturz unberührt überstanden.

»Gelungene Darbietung«, lobte Tannenberg und klatschte demonstrativ Applaus.

Der Spurenexperte erhob sich und betrachtete zufrieden sein Werk. »Danke für die Blumen, Wolf.« Er machte eine ausladende Handbewegung über die Modellkonstruktion hinweg. »Nun aber zur entscheidenden Frage: Worin besteht die kriminalistische Pointe dieses Arrangements?«

Tannenberg wusste nicht so recht, was er antworten sollte, und strich sich nachdenklich über den Adamsapfel. »Die kriminalistische Pointe?«

»Oder anders ausgedrückt: Welche wichtige Erkenntnis drängt sich dem Betrachter meines Demonstrationsobjekts förmlich auf?«

Außer einem tiefen Brummgeräusch zeigte der Leiter des K1 keinerlei Reaktion.

»Mann, Wolf, jetzt stell dich doch nicht noch begriffsstutziger an, als du eh schon bist«, zeterte der Spurenexperte und gab seinem Kollegen einen entscheidenden Tipp: »Die Pointe befindet sich direkt vor deinen Augen, besser gesagt vor deinem Bauch. Mach deine Äuglein halt mal richtig auf!«

Tannenberg kniff die Brauen so fest zusammen, dass sich zwei tiefe, senkrechte Falten auf seiner Stirn zeigten. »Meinst du Denzers Söhne?«, fragte er verunsichert.

»Ja, das auch«, stöhnte Mertel. »Aber eigentlich eher etwas anderes.« Mit der flachen Hand zerteilte er senkrecht die Luft.

»Die direkte Sichtverbindung vom Standort der Söhne zum alten Denzer?«, unterbreitete Tannenberg einen weiteren Vorschlag.

»Und zu seiner Freundin.«

»Klar«, bemerkte sein Kollege. »Aber was ist daran so Besonderes?«

»Das hier, Wolf«, entgegnete der Kriminaltechniker und zeichnete mit dem Finger eine unsichtbare Linie über sein Modell hinweg. »Im Gegensatz zum Anschlagsopfer und seiner Begleiterin hatten die Söhne außerdem auch noch freie Sicht auf den Bereich hinter den Holzstapeln. Die Distanz zwischen den beiden Punkten beträgt übrigens in der Realität knapp 100 Meter Luftlinie.«

Endlich fiel bei Tannenberg der Groschen. »Und damit konnten sie den Standort des Attentäters einsehen.«

»Genau das ist der springende Punkt, Wolf.«

»Dann haben sie womöglich den Täter dabei beobachtet, wie er die Seilwinde bedient hat.«

»So ist es«, bestätigte Mertel nickend.

Der Spurensicherer eilte zu einem Regal, in dem zwei identisch aussehende Seilwinden sowie die dazugehörigen Drahtseile getrennt voneinander lagerten. Anschließend kehrte er zum Leiter des K1 zurück, legte das in einer Plastiktüte befindliche neuere Asservat auf den als Parkplatz ausgewiesenen Teil seines

Modells. Mertel war nun ganz in seinem Element und dozierte gestenreich:

»Etwa acht Meter von dem umgeworfenen Holzturm entfernt haben wir diese Seilwinde hier entdeckt. Es handelt sich dabei um ein handelsübliches Fabrikat der Firma König & Heieck, das du in jedem gutsortierten Baumarkt kaufen kannst. Diese Seilwinde ist ein Profimodell mit verzinktem Gehäuse, doppeltem Sperrklinkensystem, abnehmbarem Hebel und eingebauter Lastdruckbremse. Sie ist für Hublasten zwischen 400 und 1200 kg geeignet und kostet circa 300 Euro.«

Normalerweise hätte Tannenberg diesen ausführlichen Fachvortrag schon längst unterbrochen, aber nach seinen gestrigen Erfahrungen mit dem dünnhäutigen Kollegen verzichtete er lieber darauf.

Der Leiter der kriminaltechnischen Abteilung wies mit dem Finger auf die betreffende Stelle. »Die Seilwinde war ungefähr hier an einem massiven Längsbalken festgeschraubt. Durch diese Verankerung konnte der Täter die Winde problemlos mit der Handkurbel bedienen. Das Drahtseil hat er so geschickt an den Holzbohlen angebracht, dass es gleich mehrere Parkettrohlinge auf der Denzer zugewandten Seite ruckartig herauszog und so den Turm einstürzen ließ.«

»Ruckartig? Dann muss er ja gekurbelt haben wie ein Irrer.«

»Hat er bestimmt auch, schließlich musste er auf den Überraschungseffekt setzen. Wenn diese

Aktion eine halbe Minute gedauert hätte, wäre Denzer genügend Zeit geblieben, sich in Sicherheit zu bringen.«

»Aber das muss doch Lärm gemacht haben.«

»Nee, Wolf, das glaube ich nicht. Ich hab's ausprobiert. Diese perfekten modernen Maschinen arbeiten nahezu geräuschlos. Zudem fungierten die Holztürme ja quasi als Lärmschutzwand für Denzers Ohren.«

Wolfram Tannenberg brummte nachdenklich.

»Ich hab aber auch noch etwas anderes für dich: Auf den Pflastersteinen unterhalb der Seilwinde haben wir Fußabdrücke entdeckt. Es sieht ganz danach aus, als ob sich an dieser Stelle jemand längere Zeit aufgehalten hätte. Die Fußspuren stammen von Wander- oder Trekkingschuhen der Größe 44 oder 45 mit grobem Profil. Die Abdruckspur führt zum Zaun, wo wir auf der Zaunkrone olivfarbene Faserreste sicherstellen konnten.«

»Vielleicht von einem Parka oder irgendwelcher Outdoor-Bekleidung?«, spekulierte Tannenberg.

»Ja, das könnte gut hinkommen.«

»Oder von dem Grünzeug, wie es Förster tragen?«

Der Kriminaltechniker nickte. »Auch das ist möglich.«

»Interessant«, sagte Tannenberg und rieb sich voller Vorfreude die Hände. »Na, da haben wir doch wenigstens mal was Greifbares.« Er krauste die Stirn. »Noch mal zurück zu deiner Pointe, die ich inzwischen hoffentlich richtig verstanden habe. Du bist also der Meinung, dass die Söhne den Täter bei seiner Arbeit eigentlich hätten beobachten müssen.«

»Genau so lautet die Pointe.«

Tannenberg schüttelte den Kopf. »Nein, Karl, das ist nicht zwingend. Schließlich war es bereits Abend und somit stockfinster hinter den Holztürmen. Da konnten die Söhne ihn doch gar nicht sehen.«

Ohne Kommentar wanderte Mertel zu seinem Schreibtisch. Er nahm die Spurenakte, klappte sie auf und reichte seinem Kollegen mehrere Fotos, auf denen der gut beleuchtete Standort der Seilwinde abgelichtet war.

»Das Licht stammt übrigens nicht von unseren Scheinwerfern«, erläuterte er, »sondern von den Straßenlaternen, die sich neben und auf dem Parkplatz befinden.«

»Okay. Dann haben die Brüder also doch mit hoher Wahrscheinlichkeit den Attentäter gesehen.«

»Davon können wir meines Erachtens ausgehen. Zudem muss den Brüdern von ihrem Standort aus diese hektische Kurbelei aufgefallen sein. Ich kann mir einfach nicht vorstellen, dass sie es nicht bemerkt haben.«

»Warum?«

»Weil die dafür notwendigen dynamischen Körperbewegungen garantiert sehr auffällig waren. Solche Dinge registriert man selbst dann, wenn man ein wenig abgewandt davon steht. Stichwort ›peripheres Sehen‹.«

»Okay, mein lieber Karl, das leuchtet mir ein. Tja, somit stellt sich uns eine entscheidende Frage: Weshalb behaupten Denzers Söhne stock und steif, vor und kurz nach dem Attentat keine weitere Person auf dem Firmengelände gesehen zu haben?«

»Dafür gibt es eigentlich nur eine einzige logische Erklärung«, behauptete Mertel.

Der Leiter des K1 grinste, denn er ahnte natürlich, was sein Kollege nun sagen würde. Trotzdem spielte er den Ahnungslosen. »Welche denn?«, fragte er in hoher Tonlage.

»Die Brüder stecken mit dem Täter unter einer Decke.«

»Du meinst, sie haben einen Auftragskiller angeheuert, um ihren Vater zu beseitigen?«

»Ja, warum nicht?«

Wolfram Tannenberg nagte nervös auf dem Ballen seines Zeigefingers herum. Dann presste er die Lippen zu einer schmalen Linie zusammen und schüttelte energisch den Kopf. »Nein, nein, Karl, das ergibt alles irgendwie keinen Sinn.«

»Wieso?«

Der Chef-Ermittler machte eine beschwörende Geste: »Weil sich die drei Brüder beim ersten Attentat doch selbst unter den Opfern befunden hätten, wenn der Felsen nicht durch einen unglaublichen Zufall abgelenkt worden wäre. Die bezahlen doch keinen Auftragskiller, um sich von ihm töten zu lassen.«

»Stimmt.« Mertel klatschte sich an die Stirn. »Entschuldige, Wolf, irgendwie bin ich heute Morgen noch nicht in Höchstform.« Er zog geräuschvoll die Nase hoch. »Die Tatsache, dass sie gemeinsam am Esstisch saßen, befreit Denzers Söhne natürlich von jeglichem Tatverdacht.«

»Das sehe ich genauso. Zumal sie sich ja nicht nur gegenseitig ein Alibi für die Anschläge geben, sondern ihr Alibi für den zweiten Anschlag darüber hinaus von einer glaubwürdigen Zeugin bestätigt wird. Walburga Spangenberger hat mir gegenüber versichert, dass sie unmittelbar vor dem Einsturz zur Villa hochgeschaut und dort die drei Brüder gesehen hätte. Somit kommt auch keiner der drei Söhne als Täter für den zweiten Mordanschlag in Betracht. Basta!«

»Was für eine verzwackte Sache«, seufzte Mertel. »Bin ich froh, dass ich nur der Dreckschnüffler und nicht der Analytiker bin.«

Tannenberg war so sehr in Gedanken versunken, dass er beim zweiten Satz nicht richtig hingehört hatte. »Dazu gesellt sich auch noch die ernüchternde Erkenntnis, dass wegen des zweiten Anschlags der alte Denzer wohl definitiv als Strippenzieher des Felssturzes wegfallen dürfte.«

Mertel schien davon nicht überzeugt. »Warum?«, fragte er. »Vielleicht hat er den zweiten Anschlag selbst inszeniert, quasi als geschickten Ablenkungsversuch.«

»Und lässt sich freiwillig unter einem Stapel schwerer Eichenholzbohlen begraben?«, wandte Tannenberg ein. »Nee, also das erscheint mir nun doch ein wenig abwegig. Der alte Denzer hätte bei diesem Anschlag schließlich draufgehen können.«

»Der Kerl muss einen sehr guten Schutzengel haben.«

In diesem Augenblick stürmte Kriminalhauptmeister Geiger ins Labor der Spurensicherung. »Da sind Sie ja endlich, Chef«, rief er schnaubend wie ein Rennpferd. »Ich suche Sie überall. Wieso haben Sie Ihr Handy denn nicht eingeschaltet?«

Wolfram Tannenberg fixierte seinen kecken Mitarbeiter mit einem durchdringenden Blick. »Jetzt mach aber mal halblang, du Pfeife. Ich muss mich weder bei dir abmelden noch per Handy für dich erreichbar sein. Ich bin hier der Häuptling und du der Indianer«, stellte er den stark schwitzenden, untersetzten Kriminalbeamten in den Senkel.

»Entschuldigung, Chef«, keuchte Geiger. Hechelnd wischte er sich Schweißperlen von der geröteten Stirn.

»Was ist denn überhaupt los, du Chaot?«

»Sie haben mich doch ins Archiv geschickt, erinnern Sie sich?«

»Meines Wissens leide ich noch nicht unter Altersdemenz«, entgegnete Tannenberg trocken und warf Mertel einen gequälten Blick zu.

»Dort hab ich aber leider nichts entdeckt, was unsere Ermittlungen voranbringen könnte.«

»Schade.«

»Und da hab ich mir gesagt: Armin, geh doch einfach mal zum Einwohnermeldeamt.« Geiger klatschte in die Hände. »Das war eine Superidee, Chef, denn ich hab dort etwas entdeckt, etwas geradezu Sensationelles.«

»Und was?«, fragte sein Vorgesetzter gelangweilt, denn sein Mitarbeiter hatte in der Vergangenheit schon des Öfteren eine kriminalistische Mücke zu einem Elefanten aufgeblasen.

»Also, erstens, Chef: Einer von Denzers Söhnen hat eine andere Mutter ...« Um es noch ein wenig spannender zu machen, ließ er den Rest zunächst unausgesprochen.

»Und zweitens«, drängte Tannenberg.

»Und zweitens haben die anderen beiden dieselbe, aber eben andere Mutter.«

Seine Kollegen stöhnten auf und rollten die Augen.

13

Mai 2009

Nur ausgesprochen widerwillig pilgerte Denzers
Sohn nach Dienstschluss in die südliche Innenstadt.
Normalerweise machte er um Pflegeheime immer
einen riesigen Bogen. Zu deprimierend empfand er
die Vorstellung, selbst einmal in solch einer Senio-
ren-Verwahranstalt zu landen. Den ganzen Nachmittag über hatte er mit sich gerungen, doch schließlich
hatte die Neugierde gesiegt. Nun stand er im Erdgeschoss des Hildegardis-Pflegeheims und sehnte den
Aufzug herbei.

Die Hände tief in den Hosentaschen vergraben,
verlagerte er sein Körpergewicht von einem Fuß auf
den anderen. Was will der alte Winter bloß von mir?,
fragte er sich kopfschüttelnd. Wenn ich nur wüsste,
warum er mich unbedingt sprechen will. Ich kenne
ihn doch eigentlich nur oberflächlich und habe ihn
seit mindestens einem Jahr nicht mehr gesehen. Wieso
schickt er mir diesen sehr persönlichen Brief, in dem
er schreibt, dass er todkrank ist und unbedingt so
schnell wie möglich mit mir reden muss. Weil er mir
etwas ganz, ganz Wichtiges zu sagen hat, etwas, das
mein Leben radikal verändern wird.

Was kann das nur sein? Ich habe keinen blassen
Schimmer. Der hat bestimmt nicht mehr alle Tassen

im Schrank. Er seufzte und zuckte mit den Schultern. Na ja, was soll's, wenn ich jetzt schon mal hier bin, kann ich mir auch anhören, was er zu sagen hat. Wenn's mir zu blöd wird, kann ich ja einfach wieder gehen.

Mit einem schmatzenden Geräusch öffnete sich die Lifttür. Obwohl er weiterhin seinen Gedanken nachhing, registrierte Denzers Sohn aus den Augenwinkeln heraus einen Senioren-Konvoi, der sich, von rechts kommend, dem Aufzug näherte. Reflexartig streckte er ein Bein in die Tür und wartete geduldig, bis zwei Pfleger die mit Greisen besetzten Rollstühle in den Aufzug geschoben hatten.

Der vordere der beiden Altenpfleger bedankte sich mit einem Nicken für die Freundlichkeit, dann zog er sein Handy hervor, las schmunzelnd eine SMS und tippte eine Antwort in die Tastatur. Die von ihm betreute alte Dame starrte aus leeren, glasigen Augen apathisch auf die Kabinenwand. Der andere Pfleger streichelte einem klapperdürren Greis, der monoton vor sich hinwimmerte, sanft über den fast haarlosen Hinterkopf.

So will ich nicht enden, da jage ich mir lieber rechtzeitig eine Kugel in den Kopf, entschied der Besucher. Als er aus dem Lift stieg und in einen langen Flur trat, wehte ihm ein aufdringlicher Desinfektionsmittelgeruch entgegen. Er konnte kaum mehr atmen. Reflexartig legte er eine Hand über die Nase. Seine Schritte wurden immer schleppender. Er blieb stehen, überlegte, ob er doch nicht besser gleich wieder umkehren sollte. Dann ging er erneut ein paar Schritte.

Das ertrag ich nicht. Dieser fürchterliche Gestank, diese halbtoten Menschen und diese unerträglich morbide Atmosphäre. Denzers Sohn hatte plötzlich ein Gefühl, als ob eine eiserne Faust sein Herz umklammerte. Und dann soll ich mich auch noch ans Sterbebett eines Todgeweihten setzen, sein Händchen halten und mir irgendwelche tröstenden Worte aus den Rippen drücken?

Er schüttelte energisch den Kopf. Nee, das muss ich mir nun wirklich nicht antun. Der alte Winter ist Vaters Freund, ich hab doch mit ihm nichts am Hut. Warum bin ich überhaupt hierhergekommen? Er tippte sich an die Stirn. So ein Blödsinn! Ich bin doch nicht bescheuert!

Gedankenversunken schlenderte er an einem offenen Fenster vorbei. Ein krächzendes Geräusch schreckte ihn auf. Er riss den Oberkörper herum und entdeckte im Geäst einer Platane eine Schar Elstern, die sich gerade eine wilde Verfolgungsjagd lieferten.

Wahrscheinlich hat Winter keine Angehörigen mehr und will deshalb nicht alleine sein, sagte er zu sich selbst. Er hat garantiert eine Heidenangst vor dem Tod. Das verstehe ich ja durchaus, aber helfen kann ich ihm dabei nicht.

Ein beklemmendes Gefühl schnürte ihm die Kehle zu und er hatte Angst zu ersticken. Erschrocken fasste er sich an die Kehle. Jetzt reicht's!, entschied er und entschloss sich spontan zum Rückzug.

Er vollführte eine Drehung auf dem Absatz und stürmte erleichtert los. »Sie sind bestimmt der Besuch, auf den Herr Winter schon den ganzen Tag über so sehnsüchtig wartet«, hörte er plötzlich eine tiefe Frauenstimme in seinem Rücken.

Denzers Sohn blieb stehen und wandte sich um.

Eine schätzungsweise 60 Jahre alte, stämmige Pflegerin reichte ihm die Hand und schüttelte sie fest. »Schön, dass Sie doch noch gekommen sind.« Die Frau senkte die Stimme zu einem Flüstern ab. »Herr Winter wird nicht mehr lange unter uns sein. Sie erfüllen ihm damit einen Herzenswunsch.«

»Aber, aber ich weiß doch gar nicht, was, was er von mir will«, stammelte der Besucher, so als sei er gerade in flagranti bei einem Diebstahl erwischt worden.

Die resolute Altenpflegerin legte ihm eine Hand auf die Schulter und schob ihn in die andere Richtung. »Ich glaube, er will etwas loswerden, das ihn schon sehr lange bedrückt«, wisperte sie. »Wahrscheinlich wird er Ihnen etwas beichten.«

»Beichten?«, fragte der Mann verdutzt. »Was könnte er mir schon beichten?«

Die Frau zuckte die Achseln. »Das weiß ich leider nicht. Aber Sie werden es jetzt sicherlich gleich erfahren.«

Inzwischen waren die beiden vor Winters Zimmertür angelangt. Die Pflegerin klopfte, drückte die Klinke nach unten und raunte Denzers Sohn lächelnd zu: »Nur Mut, Herr Winter beißt nicht.«

Das Einzelzimmer, in dem der Todgeweihte in einem Krankenhausbett vor sich hinvegetierte, war trist und steril. Die Jalousien waren zugezogen, wodurch milchiges Licht das Sterbezimmer mit Tristesse flutete. Nirgendwo war auch nur ein Hauch von Leben zu entdecken: Keine Blumen, kein Obst, keine Kleider, keine Schuhe, keine Zeitung, noch nicht einmal ein medizinisches Gerät, mit dem versucht wurde, menschliches Leben zu verlängern oder die letzten Tage oder Stunden erträglicher zu gestalten. Lediglich eine Sprudelflasche und ein Wasserglas standen auf dem Schränkchen neben dem Bett.

Albert Winter war 63 Jahre alt, wirkte aber bedeutend älter. Der grauhaarige Moribundus lag auf dem Rücken. Bis auf Kopf und Hals war der gesamte Körper unter einer weißen Bettdecke versteckt. Sein Gesicht war eingefallen, die Haut aschgrau, dünn wie Pergamentpapier und faltig.

»Komm, setz dich zu mir«, krächzte eine dünne Männerstimme, der gänzlich die Modulation fehlte.

Als Denzers Sohn seine Beine in Bewegung setzen wollte, hinderten ihn magische Kräfte am Vorwärtsgehen. Doch mit einem gewaltigen Ruck überwand er den unsichtbaren Widerstand und ließ sich schweigend auf dem Besucherschemel nieder.

Winters linke Hand schob sich langsam unter der Decke hervor. Widerwillig ergriff der Besucher die schlaffe, erschreckend kalte Hand und drückte sie kurz. »Guten Tag, Herr Winter, es tut mir leid, dass es Ihnen nicht so gut geht«, sagte er und zog seine Hand geschwind wieder zurück.

»Quatsch, mein Junge, ich hab mich noch nie besser gefühlt«, versuchte der Todkranke zu scherzen, doch der Versuch misslang gründlich, genauso wie ein angedeutetes Lächeln. Mit weit aufgerissenen Augen rang er nach Atem und hustete.

Sein verwelktes Gesicht verwandelte sich in eine schmerzverzerrte Grimasse. Nach ein, zwei Minuten schwoll endlich das stakkatoartige, qualvolle Husten ab. Winter schluckte mehrmals trocken und keuchte: »Vielen Dank, dass du gekommen bist.«

»Aber das war doch selbstverständlich«, log Denzers Sohn.

Bleierne Stille legte sich über die beiden Männer und man konnte nur noch deren Atemgeräusche vernehmen. Die einen waren kaum hörbar, rhythmisch und schwebten federleicht durch den Raum. Bei Albert Winter dagegen gewann man den Eindruck, dass jeder einzelne seiner rasselnden Atemzüge mit hohem Kraftaufwand in die todkranken Lungen eingesogen und anschließend wieder herausgepresst werden musste.

Der ungeduldige Besucher brach als Erster das unerträgliche Schweigen. »Allerdings würde ich sehr gerne wissen, warum Sie mich so dringend sprechen wollten«, sagte der Mann, während er nervös auf dem Schemel herumrutschte.

»Willst du mich nicht endlich duzen?«, fragte Winter mit traurigem Blick. »Wir kennen uns doch schon so lange.«

Keine Reaktion, nur betretenes Schweigen.

»Ich weiß, dass Toni seinen Söhnen grundsätzlich verboten hat, Leute zu duzen, die älter sind als sie selbst«, fuhr Albert Winter fort.

Er wartete ein paar Sekunden auf eine Antwort, doch der Besucher an seinem Bett blieb stumm.

»Gut, dann belassen wir es eben dabei«, sagte Winter mit unverhohlener Enttäuschung in der Stimme und ergänzte nach einer kleinen Pause: »Tonis Macht reicht also bis hierher in mein Sterbezimmer.«

»Nein, es ist nur …«

»Weniger Tonis Macht als vielmehr die sogenannte Macht der Gewohnheit?«, vollendete Winter.

Denzers Sohn nickte.

»Nun gut, von mir aus. Du möchtest also gerne wissen, warum ich unbedingt mit dir sprechen wollte, bevor ich …« Der Todkranke brach ab und atmete schwer. »Ist ja auch mehr als verständlich, dass du das wissen möchtest.«

Warum redet er nur so lange um den heißen Brei herum?, fragte sich der Besucher. Warum kürzt er die Sache nicht einfach ab und sagt klipp und klar, was er von mir will? Ich hab keine Lust, hier auch nur eine Minute länger als unbedingt nötig rumzuhocken.

»Ich hoffe, du hast genug Zeit mitgebracht«, fragte Winter, als ob er diese Fluchtgedanken erraten hätte.

»Ja, sicher habe ich Zeit«, schwindelte Denzers Sohn, doch die Klangfärbung seiner Stimme verriet, dass eher das genaue Gegenteil der Fall war.

Entweder nahm Winter diesen Unterton nicht bewusst wahr oder er ignorierte ihn, jedenfalls ließ er sich nicht im Geringsten davon beeindrucken. »Es ist nämlich eine lange, lange Geschichte, mein lieber Junge«, seufzte er, während sein Zuhörer innerlich aufstöhnte.

»Und ich weiß nicht so recht, wo ich anfangen soll«, fuhr Winter fort. Er schaute sich suchend in dem abgedunkelten Sterbezimmer um und wies mit dem Kinn neben die Fensterfront. »Komm, hol dir doch den bequemeren Stuhl mit der Rückenlehne. Auf dem Hocker kriegst du ja Kreuzweh.«

Gehorsam erhob sich sein Gast und tauschte die beiden Sitzgelegenheiten aus.

»So ist es doch bedeutend gemütlicher, oder?«

»Ja«, kam es einsilbig zurück.

»Du musst mir versprechen, dass du dir das, was ich dir zu sagen habe, bis zum Ende anhörst. Sonst macht das alles keinen Sinn. Versprichst du mir das?«

Der Mann fing Winters flehenden Blick auf – und resignierte. Er schaffte es nicht, diesem sterbenden Menschen seinen letzten Willen abzuschlagen. Also erklärte er mit fester, geradezu feierlicher Stimme: »Ja, das verspreche ich Ihnen.«

Albert Winter schnaufte erleichtert durch. Für einen winzigen Augenblick leuchtete sein Gesicht und ein Lächeln umspielte seine Lippen. »Es ist mir

nämlich unheimlich wichtig, dass du endlich die ungeschminkte Wahrheit erfährst.«

»Die Wahrheit worüber?«, stieß der Mann aus. Er
straffte sich und sondierte Winter mit einem fordernden Blick.

»Über Anton Denzer.« Der Todkranke legte beide
Arme auf die Bettdecke und verschränkte die Hände
so, dass die beiden Daumen ein Kreuz bildeten. »Ich
kann und will dieses Geheimnis nicht mit ins Grab
nehmen.«

»Welches Geheimnis?«

»Du wirst es gleich erfahren«, versprach Winter, der
nach wie vor große Mühe mit dem Sprechen hatte.
»Aber zuerst musst du dir die ganze Geschichte anhören. Und zwar von Anfang an. Damit du verstehst,
wie es überhaupt zu diesem schrecklichen Drama
kommen konnte.«

Denzers Sohn platzte fast vor Neugierde, doch er
verschluckte die eindringlichen Worte, die ihm wie
ätzende Bonbons auf der Zunge lagen und unbedingt
ausgespien werden wollten. Zähneknirschend legte
er ein Bein über das andere und umfasste das oben-
liegende Knie. Seine auf- und abwippende Fußspitze
war ein unübersehbares Indiz für die enorme innere
Anspannung, mit der er zu kämpfen hatte.

»In meiner Kindheit und Jugend war Köhlerbach
noch ein ziemlich abgelegenes Waldarbeiterdorf, in
das sich kaum ein Fremder verirrt hat«, fuhr der Todkranke fort. »Hubertus Denzers Holz- und Parkettfabrik war das einzige Unternehmen in der näheren

Umgebung. Viele Köhlerbacher haben dort ihr tägliches Brot verdient und mit dem kargen Lohn ihre Familien ernährt. Die Köhlerbacher, die nicht bei deinem Großvater unterkamen, mussten jeden Tag in die Stadt zur Arbeit bei PFAFF oder ins Guss- und Armaturenwerk fahren.«

Albert Winter schmatzte wie ein Verdurstender in der Wüste. »Mein Mund ist ganz ausgetrocknet. Gib mir bitte etwas zu trinken.«

Der Besucher erhob sich, schenkte das Wasserglas halb voll und führte es vorsichtig an die spröden, zitternden Lippen des Moribundus. Albert Winter trank in kleinen Schlucken. »Danke, mein Junge, das reicht.«

Während Denzers Sohn das Glas zurückstellte und wieder Platz nahm, atmete Winter ein paarmal durch, wobei er jedes Mal hüstelte. Anschließend wischte er sich mit dem Handrücken, auf dem sich die dunkelblauen Adern abzeichneten, die Feuchtigkeit vom Mund.

»Die Köhlerbacher Kinder kannten sich natürlich schon von Kindesbeinen an«, sprach er weiter. »Wir wurden damals alle in unserer kleinen Dorfschule unterrichtet und waren eine eingeschworene Gemeinschaft. Natürlich kam es auch ab und zu mal zu Streitereien oder auch zu Prügeleien. Aber diese Konflikte haben wir immer unter uns geregelt. Nicht wie heute, wo die Eltern gleich zur Polizei oder zum Rechtsanwalt rennen.«

»Ja, das ist heutzutage leider so«, stimmte der Besucher zu. Allerdings weniger, um dem Todkranken seine Zustimmung zu bekunden, als ihn vielmehr dezent darauf hinzuweisen, dass er gerade dabei war, ziemlich weit vom eigentlichen Thema abzuschweifen. »Also lieber wieder zurück zu den guten alten Zeiten, wo wirklich vieles besser war.«

Albert Winter hatte den Wink mit dem Zaunpfahl verstanden. »Ja, das kann man wohl so sagen. Der Zusammenhalt unter den Dorfbewohnern hat noch sehr gut funktioniert und jeder hat jedem geholfen. Diese Tugend haben wir quasi mit der Muttermilch in uns aufgesogen.«

Hoffentlich will er mir jetzt nicht seine gesamte Lebensgeschichte und dazu auch noch die Köhlerbacher Dorfchronik erzählen, stöhnte Denzers Sohn im Stillen auf.

Sein Gesprächspartner schien abermals diese Gedanken erraten zu haben, denn er übersprang einen größeren biografischen Zeitraum. »Als Jugendliche waren Toni und ich in der wildesten Köhlerbacher Clique«, sagte Winter. Ein seltsamer silberner Glanz schimmerte in seinen Augen. »Was wir damals so alles getrieben haben. Ach Gott, das darf man wirklich niemandem erzählen.« Plötzlich sackte sein Oberkörper, der sich einen Moment lang gestreckt hatte, wieder in sich zusammen. »Manchmal haben wir es auch übertrieben«, sagte er und ergänzte seufzend: »Leider.«

Albert Winter schloss die Augen und wiegte sanft den Kopf hin und her. »Es ist schon merkwürdig, mein Junge«, murmelte er mit verklärtem Blick.

»Jetzt, wo ich auf dem Sterbebett liege, sehe ich plötzlich mein Leben mit einer Klarheit, wie es mir vorher nicht möglich war. Wenn ich die Augen zumache, tauchen auf meiner inneren Leinwand sofort Bilder auf. Manchmal sind es nur kurze Episoden oder Momentaufnahmen mit Ereignissen. Ein anderes Mal sind es richtige kleine Filme. Das Faszinierendste daran ist, dass ich immer Teil des Geschehens bin.« Der Todkranke verstummte.

»Sie sehen sich also selbst in diesen Einspielungen?«, paraphrasierte Denzers Sohn, um seinen Monolog wieder in Gang zu bringen.

»Ja, mein Junge, so ist es. Und ich bin auch auf jedem Bild, das in meinem Kopf auftaucht, zu sehen. Manchmal nur klein oder wie bei einer Fotomontage in das Gesamtbild reingeklebt, aber ich bin immer dabei.«

»Das ist wirklich merkwürdig.«

Winters Lider zuckten und unter der Haut bewegten sich die Augäpfel, so als würde der Sterbenskranke tatsächlich gerade einen spannenden Kinofilm betrachten.

Denzers Sohn gaffte ihn fasziniert an.

»Jetzt zum Beispiel sehe ich, wie Toni, Rolf, Peter, Kurti, Heike, Claudia, Marianne und ich am Lagerfeuer sitzen, Würstchen grillen und Bier trinken«, schwelgte Albert Winter in Erinnerungen. »Peter hat die Klampfe dabei und schlägt gerade die ersten Takte von ›Blowing in the wind‹ an.«

Winters Brauen schoben sich zusammen und er

fragte, ohne dabei die Augen zu öffnen: »Kennst du dieses tolle Lied?«

»Na klar. Zu Hause ist es oft gelaufen.«

»Ja, Toni war schon damals ein großer Bob-Dylan-Fan.« Winter schmunzelte zufrieden. »Jetzt schauen wir alle in das prasselnde Feuer und singen im Chor«, versetzte er. »Komm du auch.«

»Ich?«, fragte Denzers Sohn verblüfft.

Ohne zu antworten, begann Winter mit dünner Stimme zu singen. Sein Besucher stimmte mit ein:

»How many roads must a man walk down,
before you call him a man?
How many seas must a white dove sail,
before she sleeps in the sand?
Yes and how many times must a cannon ball fly,
before they're forever banned?

The answer my friend is blowing in the wind,
the answer is blowing in the wind.
How many years can a mountain exist,
before it is washed to the sea?
How many years can some people exist,
before they're allowed to be free?
How many times can a man turn his head,
and pretend that he just doesn't see?

The answer my friend is blowing in the Wind,
the answer is blowing in the wind.

»How many times must a man look …«, intonierte Denzers Sohn den Anfang der nächsten Strophe. Allerdings alleine, denn sein Begleiter war nach dem Refrain urplötzlich verstummt.

Winter riss die Augen auf und zischte: »Stopp!«

Der Mann schaute ihn verdutzt an.

»How many times can a man turn his head, and pretend that he just doesn't see?«, krächzte Albert Winter.

»Warum wiederholen Sie ausgerechnet diese Strophe?«, fragte der Besucher mit gekrauster Stirn.

»Übersetz den Text doch einfach«, schlug Winter vor.

Der verdutzte Besucher tat wie ihm geheißen. »Wie oft kann ein Mann seinen Kopf abwenden und behaupten, er sähe nichts?«

Albert Winter schniefte, dicke Tränen kullerten die aschgrauen, eingefallenen Wangen hinunter und versiegten auf der Bettdecke. »Genau das ist der springende Punkt.«

Denzers Sohn wandte den Blick von diesem Häuflein Elend ab und starrte verlegen auf seine Hände. Zwar empfand er diese Situation als immer unerträglicher, aber er brachte es einfach nicht übers Herz, den Druck auf das menschliche Wrack neben ihm weiter zu erhöhen. Außerdem wuchs seine Neugierde und er hoffte inständig, dass Winter endlich die Katze aus dem Sack ließ.

»Was haben Sie damals gesehen?«, fragte er leise nach. »Wovon haben Sie den Kopf abgewendet?«

Winter zog noch einmal schniefend die Nase hoch. Anschließend wischte er sich mit fahrigen Bewegungen die Nässe aus seinem Gesicht. »Heike war so ein tolles Mädchen, eine richtige Traumfrau«, verkündete er ohne erkennbaren Zusammenhang zur gestellten Frage. »Alle jungen Köhlerbacher waren total in sie verschossen.«

Sein Brustkorb hob und senkte sich in schnellem Rhythmus. Dann wurde die Atmung wieder flacher und ein Schmunzeln huschte über sein Antlitz. »Ich natürlich auch. Ja, selbst die alten Männer haben ihr nachgegafft, wenn sie durchs Dorf gelaufen oder mit ihrem Fahrrad herumgefahren ist.«

»Welche Heike?«, fragte Denzers Sohn in einem barschen Ton, der ihn selbst erschreckte. Bedeutend sanfter schob er nach: »Der Name sagt mir im Moment nichts.«

Albert Winter schluckte so hart, als steckte ihm etwas Sperriges in der Kehle. Sein verklärter Blick arbeitete sich Stück für Stück am Hemd des Besuchers empor, bis er die Augen des bedeutend jüngeren Mannes erreichte. »Na, welche wohl?«, fragte er mit ironischem Unterton. »Es gab damals nur ein einziges junges Mädchen in Köhlerbach, das Heike hieß: Es war natürlich Heike Schmitt, später Denzer, deine Mutter.«

Als Denzers Sohn den Namen seiner schon lange verstorbenen Mutter hörte, umklammerte Wehmut sein Herz und er war einen Augenblick lang wie gelähmt. An diese Heike hatte er nun wirklich nicht gedacht.

»Du hast sie ja leider nicht lange gekannt. Wie alt

warst du noch mal, als sie starb?«, wollte Albert Winter wissen.

»Ich war gerade drei Jahre alt geworden«, kam es mit belegter Stimme zurück. »Sie starb zwei Tage nach meinem dritten Geburtstag.«

»Dann hast du wohl kaum eine Erinnerung an sie.«

Denzers Sohn presste die Lippen zu einem schmalen Strich zusammen und schüttelte stumm den Kopf.

Der Todkranke seufzte tief. »Ja, das war damals wirklich ein großes Drama. So eine tolle Frau. Und dann ist sie so plötzlich verstorben. Einfach morgens nicht mehr wachgeworden. Herzstillstand, obwohl sie doch noch so jung war.« Winter strich mit beiden Händen das Bettlaken über seinem Bauch glatt. »Ich persönlich bin ja immer noch der Meinung, dass Toni damals mitverantwortlich für ihren frühen Tod war.«

»Wieso denn das?«, stieß der Besucher verwundert aus.

»Na ja, Toni hat immer alles Mögliche angestellt, um das zu bekommen, was er wollte. Wenn er das jeweilige Objekt seiner Begierde dann in den Fingern hatte, verlor er stets ziemlich schnell das Interesse daran. Egal, ob es sich dabei um das neueste Moped, das schickste Auto oder um die hübscheste Frau weit und breit handelte.

Bei deiner Mutter war es genauso. Erst hat er heftigst um sie geworben und sie dann ganz schnell geheiratet, damit sie ihm kein anderer mehr vor der Nase wegschnappen konnte. Aber bereits wenige Monate später hat er sie mehr oder weniger links liegen lassen. Und als sie gestorben war, hat er ihr nicht lange nachgetrauert, sondern sich gleich die nächste Schönheit geangelt. Ruck, zuck hat er seiner neuen Frau zwei Söhne gemacht und anschließend auch sie wie ein altes Spielzeug in den Müll weggeworfen. Deine Stiefmutter ist ja schließlich nicht ohne Grund zur Alkoholikerin geworden.«

Denzers Sohn senkte das Kinn und schürzte ungläubig die Lippen. »Ist das etwa die sensationelle Neuigkeit, die Sie mir mitteilen wollten?«

»Nein, selbstverständlich nicht.«

»Würde mich auch sehr wundern, denn Sie wissen ja sicherlich, dass meine Brüder und ich nicht gerade ein besonders inniges Verhältnis zu unserem Vater haben. Uns ist nämlich nicht entgangen, wie schlecht er seine zweite Frau seit vielen Jahren behandelt. Und wie brutal und rücksichtslos er mit Menschen umgesprungen ist, weiß ich ja aus eigener Erfahrung nur zu gut.«

Winter seufzte bekümmert. »Ja, du und deine Mutter haben wirklich ganz schön unter ihm zu leiden gehabt.«

In diesem Augenblick klopfte es an der Tür und die Pflegerin trat an Winters Bett. Sie schraubte eine kleine Glasflasche auf, träufelte etwas Flüssigkeit auf einen Löffel und führte ihn in den leicht geöffneten Mund des Todkranken. Winter schlürfte die Tropfen gierig auf und leckte den Esslöffel ab. Während die Altenpflegerin ihrem Patienten das Wasserglas an den Mund führte, drehte sie den Kopf und raunte dem Besucher mit einem Augenzwinkern zu: »Morphium. Das Einzige, was in seinem Stadium noch hilft.«

Denzers Sohn nickte verständnisvoll.

»Und bitte nicht aufregen, mein lieber Herr Winter«, mahnte die Pflegerin und streichelte ihm sanft über die eingefallene Wange. »Kann ich mich darauf verlassen?«

»Ja«, kam es gepresst zurück.

Nachdem die Frau verschwunden war, hob der Sterbenskranke den Kopf an und giftete: »Das ist vielleicht ein alter, scheinheiliger Drachen, kann ich dir flüstern.« Seine Miene entspannte sich. »Aber ihre Medizin wirkt wahre Wunder.«

Das starke Schmerzmittel ließ Albert Winter regelrecht aufblühen. »Bitte stell mir das Kopfteil ein wenig höher«, bat er mit bedeutend festerer Stimme.

Denzers Sohn erfüllte ihm den Wunsch.

»Wo waren wir stehengeblieben?«, fragte Winter und gab sogleich selbst die Antwort: »Ach ja, bei Toni.« Er stockte, zog einen Mundwinkel hoch und ergänzte: »Deinem lieben, herzensguten Herrn Vater.«

Der Mann neben seinem Bett wurde urplötzlich von schmerzlichen Kindheitserinnerungen heimgesucht. Er fletschte die Zähne und schimpfte los: »Von wegen lieb. Dieser cholerische Mistkerl hat meine Brüder und mich wegen jeder Kleinigkeit verhöhnt, gedemütigt und verprügelt. Nicht selten hat er uns mit seinem verfluchten Ledergürtel grün und blau geschlagen. Wegen irgendwelcher Kleinigkeiten. Wir hatten immer eine Scheiß-Angst vor ihm.« Erst nach dem nächsten Atemzug sprach er weiter. »Wenn er so richtig in Rage geriet, hatte ich nicht den geringsten Zweifel daran, dass er jemanden umbringen könnte.«

»Das hat er bereits getan.«

Denzers Sohn meinte, sich verhört zu haben. »Bitte?«, fragte er mit geschürzten Lippen.

»Anton Denzer hat 1974 einen Menschen auf brutalste Art und Weise ermordet«, erklärte Winter in einem ähnlich neutralen Tonfall, mit dem ein Nachrichtensprecher den Wetterbericht verkündet.

Der Besucher verengte die Augen zu schmalen Schlitzen, schob die Brauen zusammen und rümpfte angeekelt die Nase, so als habe er gerade an einem mit Ammoniak befülltem Glasfläschchen gerochen.

»Ich glaube, ich habe Sie eben nicht richtig verstanden«, sagte Denzers Sohn.

Albert Winter grinste breit. »Doch, das hast du, mein Junge, dessen bin ich mir hundertprozentig sicher.«

»Wollen Sie tatsächlich allen Ernstes behaupten, mein Vater sei ein Mörder?«

»Ja, das tue ich.«

Der konsternierte Mann schüttelte den Kopf und breitete die Arme zu einer fordernden Geste aus. »Woher wollen Sie das wissen?«

»Ganz einfach: Ich war dabei.« Winter räusperte sich und schluckte so hart, als müsse er eine giftige Kröte hinunterwürgen. »Ich habe ihm sogar dabei geholfen.« Er presste die Kiefer zusammen, aber die Augen bewegten sich unruhig hin und her.

Der Besucher schnellte in die Höhe und stapfte wie Rumpelstilzchen durchs Zimmer. Dann ging er zum Fenster, schob die Jalousien beiseite und warf einen kurzen Blick hinunter in den Park, wo gut ein Dutzend Besucher und Heiminsassen herumflanierten oder auf Parkbänken beisammensaßen.

»Leider«, keuchte eine gebrochene Stimme in seinem Rücken.

Denzers Sohn stellte sich vor das Krankenbett und umfasste die silberne Metallstange mit beiden Händen. Während ihm die Kälte in die Finger kroch, beugte er sich nach vorne und erklärte: »Wissen Sie, Herr Winter, ich hasse zwar meinen Vater und traue ihm wirklich einiges an Gemeinheiten und Brutalitäten zu. Aber einen Mord?«

Er brach ab und wiegte den Kopf energisch hin und her. »Nee, dafür liebt er viel zu sehr das Leben. Sein schönes, egoistisches Leben im Allgemeinen und seine Scheiß-Fabrik im Speziellen. Die würde er niemals im Stich lassen.« Das Kopfschütteln wurde noch heftiger. »Nee, nie und nimmer würde er etwas tun, für das er jahrelang in den Knast wandern müsste. Trotz seines unglaublichen Jähzorns.«

»Dieser Mord war keine Tat im Affekt, sondern sie war eiskalt geplant.«

Denzers Sohn winkte ab. »Und gerade das glaube ich Ihnen aus besagten Gründen noch viel weniger.«

»Es war aber so, wie ich es dir eben gesagt habe«, beteuerte Winter. »Übrigens musste Toni damals nicht befürchten, für diesen Mord ins Gefängnis zu müssen.« Er schaute zur Tür. Offenbar wollte er überprüfen, ob sie auch tatsächlich verschlossen war und folglich niemand dem delikaten Gespräch der beiden Männer lauschen konnte.

»Und heute muss er das erst recht nicht mehr«, fuhr er anschließend fort. »Denn schon damals existierten keinerlei Beweise, die ihn hätten überführen können. Wir haben nämlich alle Beweise vernichtet. Und da ich nun leider bald sterben muss, werde ich mein Geheimnis mit ins Grab nehmen.«

Diese verrückte Geschichte nehme ich dir nicht ab, urteilte der jüngere Mann vor seinem Bett in Gedanken. Ich weiß zwar immer noch nicht, wieso du mir diesen Quatsch erzählst. Irgendetwas bezweckst du doch damit, aber was?

Du warst doch Tonis Freund, warum behauptest du so etwas über ihn? Hast du vielleicht noch eine alte Rechnung mit ihm offen? Aber warum erzählst du das alles ausgerechnet mir? Wieso behältst du euren angeblichen Mord nicht für dich? Was willst du von mir? Soll ich etwa Toni für dich ans Kreuz nageln? Wieso hast du plötzlich solch einen Hass auf ihn? Was spielst du nur für ein merkwürdiges Spiel? Leg doch endlich die Karten offen auf den Tisch.

»Hat die Polizei denn damals keine Ermittlungen aufgenommen?«, fragte Denzers Sohn eher beiläufig.

»Ach, Quatsch, mein Junge, die sind uns doch total auf den Leim gegangen. Wir haben den Mord als Unglücksfall arrangiert und jeder hat es akzeptiert«, höhnte Winter und richtete sich noch stärker auf. »Keiner hat kritisch nachgefragt oder eine andere Möglichkeit ins Spiel gebracht, keiner.« Er schob die Unterlippe vor und nickte anerkennend. »Eigentlich hat Toni den perfekten Mord begangen.«

»Wenn Sie unbedingt Ihr Gewissen erleichtern wollen, sollten Sie vielleicht ein schriftliches Geständnis verfassen. Darin könnten Sie ausführlich schildern, welche kriminellen Untaten Sie und mein Vater damals angeblich begangen haben. Oder Sie könnten die Polizei darüber informieren und im Beisein der Staatsanwaltschaft eine eidesstattliche Erklärung abgeben.«

Ein amüsiertes Lächeln umspielte Winters farblose Lippen. »Trotzdem würde meine Aussage gegen Tonis Aussage stehen.« Er wedelte mit der Hand. »Und Toni ist so abgebrüht und ausgebufft, dass ihm keiner etwas anhaben kann. Der lügt unter Eid, ohne dabei auch nur ein einziges Mal mit der Wimper zu zucken.«

Der Besucher lachte herzhaft. »Ja, damit hätte er garantiert keine Probleme.« Denzers Sohn hatte nun genug gehört. Demonstrativ warf er einen Blick auf seine Armbanduhr und klatschte anschließend in die

Hände. »Okay, mein lieber Herr Winter, dann mache ich mich jetzt mal wieder auf die Socken, denn ich habe noch etwas Wichtiges zu erledigen.« Er hob die Schulterblätter und fächerte die Arme zu einer entschuldigenden Geste auf. »Und da ich ihm eh nichts beweisen kann, schert mich ehrlich gesagt diese Angelegenheit auch nicht weiter.«

»Sollte sie aber.«

»Wieso?«, kam es amüsiert zurück.

»Weil Toni«, Albert Winter stach mit dem Zeigefinger in Richtung der Brust seines aufbruchwilligen Besuchers, »deinen Vater ermordet hat.«

»Meinen Vater?«, entgegnete der Mann ungläubig. Die Silben krochen ihm abgehackt über die Lippen.

»Ja, dein vermeintlicher Vater hat deinen richtigen Vater ermordet.«

Das Gesicht des Mannes sprach Bände über seine augenblickliche Verwirrung.

»Nicht Toni Denzer, sondern Rolf Kleemann ist dein leiblicher Vater«, legte Winter nach.

Wie paralysiert verharrte der Besucher einige Sekunden regungslos in derselben Körperhaltung. Im Gegensatz zu seinem eingefrorenen Körper brodelte es jedoch unter seiner Schädeldecke. Die Gedanken schossen wie wildgewordene Flipperkugeln durcheinander.

Toni – nicht mein Vater?

Mein richtiger Vater – ermordet?

Winter – Mittäter?

Warum? Wann? Wie?

Mitten in diesem chaotischen mentalen Gebrodel erhob Albert Winter erneut die Stimme: »Damit du ehelich geboren wirst, hat Toni deine Mutter noch vor deiner Geburt geheiratet und dich als seinen leiblichen Sohn ausgegeben.« Er grinste schief. »Das war doch richtig nett, großmütig und edel von ihm, nicht wahr?«

Schlaff sank der Mann auf den Besuchersessel nieder. Er hatte das Gefühl, als ob gerade die Zimmerdecke und die Wände auf ihn einstürzten und ihn unter sich begruben. Mit zitternder Hand umfasste er sein Kinn.

»Warum hat Mutter das nur getan?«, fragte er, wobei er die Worte in die einzelnen Silben zerlegte.

»Du meinst, den Mörder ihres Verlobten zu heiraten?«, hakte Winter emotionslos nach.

Der Besucher nickte in Zeitlupentempo.

Albert Winter legte die Handflächen aneinander und führte die Fingerspitzen an die schmalen, blutleeren Lippen. Nach einem flachen Atemzug entfernte er die Finger wieder und sagte in geradezu feierlichem Ton: »Das ist einfach zu erklären, mein lieber Junge. Sie wusste nicht, dass dein Vater ermordet wurde. Sie glaubte, er sei bei einem Arbeitsunfall verstorben. Außerdem hat sich Toni danach unheimlich liebevoll um deine Mutter gekümmert.« Der Todkranke schnaubte voller Verachtung. »Es war schon mehr als grotesk, dass ausgerechnet er der schwangeren Heike in dieser schweren Zeit als treuer Freund zur Seite stand.«

»Dieser elende Scheißkerl!«, zischte der Mann so energisch, dass sich in seinen Mundwinkeln weißer, fädriger Schaum bildete.

Albert Winter seufzte tief. »Auch ich hatte damals Heike meine Hilfe angeboten, aber die hat sie leider abgelehnt. Aber das war keine neue Erfahrung für mich, denn im Gegensatz zu mir hatte der reiche Sunnyboy und Fabrikantensohn Anton Denzer bei den Weibern schon immer einen dicken Stein im Brett. In der Beziehung konnte ihm damals keiner von uns das Wasser reichen.«

Der Moribundus grunzte abschätzig. »Außer Rolf natürlich, denn der hat sie Toni ja quasi vor der Nase weggeschnappt. Und diese Zurückweisung hat Toni nicht verkraftet. Ja, ja, Männer und ihre verletzte Eitelkeit. Obwohl ich, ehrlich gesagt, bis heute nicht verstehe, was Heike an Rolf gefunden hat. Na ja, egal, jedenfalls hat Rolf Kleemann sich nicht nur unser aller Traumfrau geangelt, sondern mit ihr auch das getan, wovon wir anderen leider alle nur geträumt haben: Er hat sie flachgelegt.«

Winter schien über den Inhalt seines letzten Satzes selbst erschrocken zu sein, denn er räusperte sich ausgiebig und senkte den Blick. In einfühlsamem Ton fügte er an: »Entschuldige, mein Junge, das ist mir eben nur so rausgerutscht. Ich hatte einen Moment vergessen, dass Heike deine Mutter ist.«

Albert Winter forschte im Gesicht des Besuchers nach einer Reaktion, doch der Mann an seiner linken Bettseite stierte nach wie vor mit ausdrucksloser Miene Löcher in die Bettdecke. Wie ein greller Schmerzblitz leuchtete immerzu dieselbe ungeklärte Frage in seinem Kopf auf.

»Warum habt ihr das getan?«

Vorsichtig versuchte Winter den Brustkorb aufzublähen, doch seine lädierten Lungen reagierten mit einem Hustenanfall. Diesmal war er so heftig, dass der Sterbenskranke blau anlief und sich ans Herz fasste. Das Röcheln riss Denzers Stiefsohn aus seiner bleiernen Lethargie.

»Soll ich einen Arzt holen?«, stieß er betroffen aus.

»Nein, nein«, keuchte Winter. Er legte seine kalte Hand auf die des Mannes und warf ihm einen flehenden Blick zu: »Bitte nicht. Ich hab dir noch so viel zu erzählen. Du willst doch bestimmt die ganze Geschichte …« Er schluckte mehrmals und nickte mit dem Kinn zur Wasserflasche hin. Nachdem er etwas zu trinken bekommen hatte, leckte er sich die Lippen und ergänzte: »… die ganze Wahrheit von mir erfahren, oder?«

Wieder nur ein stummes Nicken als Antwort.

Albert Winter schloss die Augen und zog die Nase kraus. Sein markanter Adamsapfel hüpfte mehrmals auf und ab. »In den letzten Tagen und Monaten habe ich so oft an diesen Tag zurückgedacht«, begann er mit dünner Stimme. »Mit der Zeit entstanden aus diesen Gedanken Bilder. Zuerst habe ich nur einzelne Episoden, Bruchstücke in meinem Kopfkino gesehen. Aber nach und nach hat sich daraus ein zusammenhängender Film entwickelt.«

Der Bettlägrige schob die Lider auseinander und fixierte den jüngeren Mann mit einem durchdringenden Blick. »Du wirst es mir vielleicht nicht glauben, aber ich habe es wirklich geschafft. Ich kann diesen Film quasi auf Knopfdruck abrufen. Soll ich dir erzählen, was ich gleich sehen werde? Es sind die unretuschierten Bilder der Ereignisse, wie sie sich damals zugetragen haben. Wenn du willst, kannst du live mit dabei sein, wie dein leiblicher Vater ermordet wird.« Eiskalte Schauer jagten seinen Rücken hinunter und er schüttelte sich. »Was ich dir gerade vorgeschlagen habe, ist eigentlich ganz schön makaber, nicht wahr?«

Keine Reaktion.

»Willst du das überhaupt? Glaubst du, du erträgst die brutale, ungeschminkte Wahrheit?«

»Ja, ich will alles wissen, alles, was damals mit meinem richtigen Vater passiert ist«, kam es mehr gehaucht als gesprochen zurück.

»Also gut«, erwiderte Winter. Er kniff die Augenlider zusammen und konzentrierte sich. Nach gut einer Minute fing er an zu erzählen:

»Es ist Dienstag, der 3. September 1974. Der Tag beginnt mit strahlendem Sonnenschein. Für Anfang September ist es ungewöhnlich heiß und schwül. Der Wetterbericht hat für den Abend schwere Gewitter angekündigt. Toni und ich haben in dieser Woche Urlaub. Ich stehe vor unserem Haus und warte auf Toni. Wie immer kommt er zu spät. Mit quietschenden Reifen rast der feuerrote Fiat Spider um die Ecke und legt direkt vor meinen Füßen eine Vollbremsung hin. Toni hat das Verdeck geöffnet und die Musik bis zum Anschlag aufgedreht. Er hat einen großen weißen Cowboyhut auf. In seinem Mund steckt eine dicke Zigarre.

›Los, rein mit dir‹, grölt er über die Radiomusik hinweg. ›Wir fahren zum Gelterswoog und gehen schwimmen. Und dann düsen wir in die Stadt und kurven um den Nonnenbunker und die HWB herum. Vielleicht finden wir ja zwei heiße Mini-rock-Püppchen, die wir nach Hause kutschieren dürfen.‹

Dann dieses lüsterne, dreckige Grinsen, als er sagt: ›Auf der Fahrt machen wir einen kleinen Abstecher ins Grüne. Wir suchen uns ein schönes Plätzchen, laden die Häschen zu einem Glas Sekt ein und dann grapschen wir ein bisschen an ihnen herum. Und wenn sie sich nicht richtig wehren, besorgen wir es ihnen mal anständig.‹«

Albert Winter öffnete die Augen und bat um einen Schluck Wasser. »Aber wie so oft ist auch diesmal aus Tonis Wunschträumen nichts geworden«, fuhr er, nachdem er getrunken hatte, fort.

»Wie Motten ums Licht sind wir um die beiden Mädchenschulen herumgeschwirrt, aber die jungen Damen haben uns entweder ignoriert oder ausgelacht. Bei diesen höheren Töchtern konnte Toni mit seinem großspurigen Gehabe nicht landen. Und daran hatte er gehörig zu knabbern. Solche Abfuhren konnte Toni überhaupt nicht ertragen. Das hat ihn richtig wild gemacht. Und wenn er in solch einer miesen Stimmung auch noch Alkohol getrunken hat, ist er oft total ausgeflippt.«

Wie ein Asthmatiker zog Albert Winter nach Luft. »Tja, und an diesem Tag kam es dann eben zur schicksalhaften Begegnung mit deinem Vater«, sagte er hechelnd. »Als wir nach Köhlerbach zurückkehrten, kam uns Rolf Kleemann mit seinem Moped entgegen. Wie ich erst später erfuhr, hatte er gerade seinen Kollegen nach Hause gefahren, dem es beim Baumfällen plötzlich schlecht geworden war.«

Der Todkranke räusperte sich, hustete ein paarmal und schloss die Augen. Nach einigen Sekunden, die seinem Zuhörer wie Minuten erschienen, sprach Winter endlich weiter.

»Toni bremst so stark, dass ich fast einen Herzschlag kriege. Mit durchdrehenden Reifen wendet er sein Auto und rast Rolf hinterher. Er überholt ihn und drängt ihn an den Straßenrand. Rolf schlingert, kann sein Moped aber gerade noch abfangen.

›Was soll der Scheiß, Denzer?‹, flucht er mit hochrotem Kopf. ›Bist du verrückt geworden?‹

›Halts Maul, du armseliger Waldarbeiter‹, brüllt ihm Toni ins Gesicht und ballt die Faust. ›Lass deine Dreckfinger von Heike oder ich mach dich fertig. Ich schlag dir die Fresse kaputt.‹

Rolf, der Toni körperlich überlegen ist, lehnt sich ins Auto, packt Toni am Kragen und will ihm eine reinhauen. Ich greife ihm in den Arm. Dadurch gelingt es mir, ihn ein wenig zu beruhigen.

›Ein einziges Wort von mir und mein Vater schmeißt dich hochkant raus‹, provoziert Toni weiter.

Plötzlich entspannt sich Rolf, er verschränkt lässig die Arme vor der Brust und grinst: ›Das kann er gar nicht, das kann höchstens der Kreilinger.‹

Toni wendet sich an mich. ›Hast du das eben gehört, Albert, das Bürschchen wird auch noch frech. Ein Wort von meinem Vater und Kreilinger schmeißt dich raus. Der frisst meinem Vater nämlich aus der Hand.‹

Rolf ist richtig in Rage. ›Soll ich dir mal was sagen, du aufgeblasener, verwöhnter, Affenarsch‹, brüllt er Toni ins Gesicht. ›Das kann er ruhig machen, ich hab sowieso die Schnauze voll von diesem schlechtbezahlten Knochenjob.‹

›Und was will der Herr Holzfäller dann machen, wenn er arbeitslos ist, he?‹, spottet Toni.

›Ich gehe auf die Forstschule‹, erklärt Rolf. In diesem Augenblick hupt hinter uns ein Holztransporter. Toni muss die Straße freigeben und tritt aufs Gaspedal. Ich höre noch, wie Rolfs Moped knatternd losfährt.

In einem Höllentempo brettert Toni nach Johanniskreuz und dreht auf dem unbefestigten Parkplatz ein paar Runden. Der Lärm und die riesige Staubwolke schrecken in den Hotels die Bediensteten auf. Einige kommen angerannt und schreien Zeter und Mordio. Da hauen wir doch lieber ab und fahren zurück ins Moosalbtal. Toni hält an einer Wiese. Wir steigen aus. Toni macht den Kofferraum auf.

›Wenn diese saudummen Stadt-Schlampen unseren Sekt nicht haben wollen, dann saufen wir ihn eben selbst‹, tönt er und öffnet mit einem lauten Knall die erste Flasche. Er dreht die Musik noch lauter und zündet sich seine obligatorische Zigarre an. Doch der Alkohol dämpft Tonis Wut nicht, sondern putscht sie eher noch hoch.

›Dieser Scheiß-Kleemann!‹, schimpft er in dieser Stunde bestimmt zwanzigmal vor sich hin. ›Dem Heike-Rammler sollten wir mal eine anständige Lektion erteilen. Na, was hältst du davon?‹, fragt er mich.

›Gar nichts‹, antworte ich. ›Es gibt doch noch so viele andere tolle Mädchen. Warum sollen wir uns an Kleemann die Hände schmutzig machen und uns eine Anklage wegen Körperverletzung einhandeln. Denn Heike würde uns hundertprozentig anzeigen.‹

›Das könnte sie doch nur, wenn sie beweisen könnte, dass wir ihn verprügelt haben. Wir müssten es eben geschickt anstellen.‹ Toni reibt sich voller Vorfreude die Hände. ›Und zwar so geschickt, dass uns keiner auf die Schliche kommen kann.‹

Albert Winter riss die Augen auf und fixierte Denzers Adoptivsohn mit einem durchdringenden Blick. »Und nun kommt etwas, das ich seitdem nie mehr vergessen habe: Dieses Grinsen. Tonis teuflisches, hundsgemeines, hinterhältiges Grinsen, als er verkündet:

›Warum bringen wir ihn denn eigentlich nicht gleich um? Dann kann er nicht mehr gegen uns aussagen. Außerdem schlagen wir damit zwei Fliegen mit einer Klappe: Diesen Scheißkerl sind wir für alle Zeit los und Heike ist wieder frei.‹

Denzers Stiefsohn verfolgte die Erzählung derart gebannt, dass er nach seinem letzten Atemholen vergessen hatte, den Mund zu schließen.

»Natürlich habe ich mit allen Mitteln versucht, ihn von diesem irrsinnigen Vorhaben abzubringen, aber er hat es sich einfach nicht ausreden lassen«, fuhr Winter fort. »So war es immer, wenn Toni sich etwas in den Kopf gesetzt hatte: Er hat so lange alle Hebel in Bewegung gesetzt, bis er das erreicht hat, was er wollte.«

Der Todkranke bat seinen Besucher, das Kopfteil ein wenig höher zu stellen, damit er sich noch etwas mehr aufrichten konnte. Nach einem Schluck Wasser sprach er endlich weiter:

»Innerhalb der folgenden halben Stunde heckte Toni einen wahrlich teuflischen Mordplan aus.« Albert Winter stieß einen Schwall Luft durch die Nase und schüttelte den Kopf. »Wenn es nicht so makaber wäre, müsste man sogar behaupten, dass es ein genialer Plan war.«

Winter schnaubte erneut. »Na ja, dass er perfekt funktioniert hat, sieht man schließlich auch daran, dass bis heute niemand auf die Idee kam, eine andere Version in Erwägung zu ziehen. Alle haben ein Trugbild für die Wirklichkeit gehalten. Einfach unglaublich.«

»Was habt ihr getan?«, fragte Denzers Adoptivsohn in scharfem Ton. »Wie habt ihr meinen Vater ermordet?«

»Du solltest mich nicht so stark unter Druck setzen, mein Junge. Schließlich erzähle ich dir diese Geschichte aus freien Stücken. Ich kann auch alles für mich behalten. Dann nehme ich mein Geheimnis mit ins Grab.«

Der bedeutend jüngere Mann zeigte beschwichtigend seine Handflächen. »Okay, okay. Ich bin ja froh, dass mir endlich jemand die Wahrheit sagt.« Er verzog sein Gesicht zu einer grimmigen Maske. »Man hat mich lange genug belogen und betrogen.«

Mahnend hob Winter den Zeigefinger. »Bei allem, was du jetzt über mich denkst, solltest du dir immer darüber im Klaren sein, dass ich nur ein sturzbetrunkener Mitläufer war. Ich war kein Täter, sondern war und bin selbst ein Opfer. Das Opfer eines brutalen, selbstherrlichen Tyrannen, der mich gnadenlos für seine kriminellen Zwecke missbraucht hat. Toni hat deinen Vater auf dem Gewissen, ich war nur ein Beobachter und …«

»Sie machen es sich ziemlich einfach«, warf sein Zuhörer dazwischen.

Der Bettlägrige ließ sich durch diese kritische Bemerkung nicht aus dem Konzept bringen. »Ein mehr oder weniger zufälliger Helfer«, vollendete Winter seinen Satz. »Anton Denzer ganz allein hat den Mordplan entwickelt und die Tat ausgeführt. Ich war nur dabei.«

Die flache Atmung erzeugte ein röchelndes Geräusch. »Ich weiß, mein Junge, es ist schlimm genug, dass ich den Mord nicht verhindern konnte, aber ich hatte keine Chance gegen Toni«, kam es Winter nur mühsam über die Lippen. »Wenn ich mich ihm in den Weg gestellt hätte ... Ich bin mir ziemlich sicher, dass er mich in seinem Blutrausch ebenfalls getötet hätte.«

»Aber versuchen hätten Sie es doch wenigstens können.«

»Habe ich doch, mehrmals sogar«, beteuerte Winter schniefend. »Doch es hat nichts genutzt. Meine Worte sind überhaupt nicht zu ihm vorgedrungen. Er war wie von Sinnen.« Er seufzte und atmete schneller. »Ich weiß, dass ich trotzdem große Schuld auf mich geladen habe.« Sein trauriger Blick bat um Vergebung, doch sein Gesprächspartner wich dem Blick aus und starrte an die kahle Wand. »Deshalb wollte ich unbedingt mit dir sprechen. Es tut mir aus ganzem Herzen leid, mein Junge. Das musst du mir glauben. Ich würde alles dafür geben, wenn ich mein damaliges Versagen ungeschehen machen könnte, wirklich alles. Kannst du mir verzeihen?«

Der Mann auf dem Besucherstuhl verengte die Augen und feuerte einen hasserfüllten Blick ab. Er beantwortete nicht die gestellte Frage, sondern wiederholte mit eisiger Stimme: »Was habt ihr getan? Wie habt ihr meinen Vater ermordet?« Er zog geräuschvoll die Nase hoch und fügte mit flehender Stimme hinzu: »Bitte, schließen Sie wieder die Augen und erzählen Sie mir endlich alles, was damals passiert ist.«

Der Todkranke nickte.

»Wir fahren zur Holzfabrik seines Vaters. Toni

besorgt sich in der Werkstatt eine Seilwinde, alte Handtücher, Stricke, zwei Paar Arbeitshandschuhe und noch einige andere Dinge. Er lädt alles in den alten Landrover seines Vaters. Ein Gewitter zieht auf. Als wir in den Wald hineinfahren, regnet es bereits dicke Tropfen. Toni ist total aufgeregt.

›Hoffentlich ist der Scheißkerl noch nicht nach Hause gefahren‹, brabbelt er vor sich hin, während wir mit hohem Tempo über den Waldweg brettern. Ich habe das Gefühl, dass er völlig vergessen hat, dass ich neben ihm sitze. Er hat nur ein einziges Ziel vor Augen, alles andere blendet er aus. Er ist wie besessen von dem, was er vorhat. Ich habe richtig Angst vor ihm.

Zuerst sehen wir die Waldarbeiterhütte, gleich darauf entdecke ich Rolfs Moped, es steht neben dem Bauwagen. Ich weise Toni darauf hin. Erst jetzt registriert er mich wieder. Toni bremst scharf ab, seine Hand krallt sich so fest in meinen Oberschenkel, dass ich vor Schmerzen aufschreien könnte. Doch ich beiße die Zähne zusammen.

›Und du hältst die Schnauze, Albert, ist das klar? Wenn nicht, wirst du deines Lebens nicht mehr froh.‹

Ich bin total eingeschüchtert und nicke brav.

›Ehrenwort darauf?‹ Toni streckt mir seine schweißnasse Pranke entgegen.

›Ehrenwort‹, sage ich und schlage ein.

Das, was nun passiert, ist so schrecklich und gemein, dass ich es kaum auszusprechen wage.«

»Los, weiter«, knurrte Denzers Stiefsohn. Es hörte sich an, als ob es in seiner Kehle brodelte. »Ich will alles wissen, alles.«

»Okay«, entgegnete Albert Winter. Sein aschgraues Gesicht verwandelte sich in eine schmerzverzerrte Fratze. »Das, was Toni getan hat, war so fürchterlich, so grauenvoll, so menschenverachtend.«

»Weiter«, drängte der Mann an seinem Bett.

»Ich sehe die Szene noch genau vor mir, als wenn es erst gestern geschehen wäre: Toni parkt den Landrover neben dem Bauwagen. Wir steigen aus. Rolf hört das Auto, öffnet die Holztür und schaut uns verdutzt an. Es ist weder ein ängstlicher noch ein aggressiver, sondern ein erstaunter Blick. Toni geht zu ihm hin und sagt in einem scheinheiligen, sanften Ton, so als ob er gerade Kreide gefressen hätte: ›Ich möchte mich bei dir für meinen Ausraster vorhin entschuldigen.‹

Rolf ist konsterniert und sagt kein Wort.

Toni zieht eine Flasche Weißwein aus seinem Rucksack. ›Ich habe Friedenswein mitgebracht. Lass uns zur Versöhnung ein Glas zusammen trinken. Bitte verzeih mir, du weißt doch, dass manchmal die Pferde mit mir durchgehen.‹

Man sieht Rolf an, dass er Tonis überraschender Kehrtwende nicht so richtig traut, aber Rolf ist eben ein gutmütiger, manchmal leider auch ziemlich naiver Mensch. Also akzeptiert er die Entschuldigung und schüttelt seinem Nebenbuhler sogar die Hand.

Wir setzen uns in den Bauwagen und trinken die Flasche Wein leer und anschließend noch eine. Als Rolf einmal kurz rausgeht zum Pinkeln, schüttet ihm Toni ein Schlafmittel ins Glas. Er hat es seiner medikamentenabhängigen Mutter aus dem Arzneischränkchen geklaut. Die Ehefrauen der Denzers hatten es schon früher nicht gerade leicht mit ihren cholerischen Männern.«

»So ein hinterhältiger Saukerl«, zischte Denzers Adoptivsohn. »Weiter!«

»Es dauert nicht lange und Rolf schläft ein.«

Albert Winter brach ab. Die Erinnerungen an die damaligen Ereignisse belasteten ihn anscheinend sehr. Er legte die Hände aufs Gesicht und schniefte. »Es war so schrecklich.«

Doch sein Besucher kannte kein Erbarmen mehr. »Hören Sie auf mit dem Gejammer und sagen Sie mir endlich die ganze Wahrheit«, erhöhte er den Druck.

Nach einem neuerlichen Hustenanfall kam Winter der Aufforderung nach.

»Toni sucht eine Weile nach der richtigen Stelle. Als er sie gefunden hat, tragen wir Rolf aus der Hütte und schleppen ihn zu einem kleinen Erdhügel. Dort legen wir ihn auf den Rücken. Seine Augen sind offen, verdreht und glasig.«

Wieder eine Pause und wieder der eindringliche Appell fortzufahren.

»Toni hatte sich das alles vorher genau ausgedacht, und sein Plan hat auch tatsächlich perfekt funktioniert.« Winter zog die Unterlippe ein, lutschte darauf herum. »Diesen Anblick habe ich seitdem nie mehr vergessen können. Wie ein Brandzeichen hat er sich in mein Gehirn hineingebrannt: diese starren Augen, dieser hilflose Mensch.«

Winters Kopf kippte nach vorne. Denzers Stiefsohn hatte Angst, dass sein Informant einschlafen oder gar sterben würde. Er packte ihn am Arm und rüttelte fest daran. Der Todkranke hob das Kinn, hustete und sprach krächzend weiter.

»Toni befestigt das Drahtseil der Winde an einer morschen Kiefer. Und zwar über einer Lage Handtücher, damit keine verräterischen Spuren am Stamm zurückbleiben. Dann nimmt er genau Maß, denn der Stamm soll schließlich exakt auf Rolfs querliegendem Körper einschlagen und ihn zerschmettern.

Anschließend platziert er die Seilwinde so hinter einem Langholzstapel, dass er in sicherer Entfernung das Seil spannen und die morsche Kiefer umziehen kann. Alles funktioniert so, wie er es geplant hat. Eigentlich sogar noch besser, denn Rolfs Körper wird nicht nur zertrümmert, sondern auch noch von Kiefernästen aufgespießt.«

»Wahnsinn!«, keuchte Rolf Kleemanns Sohn.

»So ist es«, stimmte Winter zu.

»Und was haben Sie die ganze Zeit über getan?«

»Ich habe unsere Spuren vernichtet«, gestand Albert Winter kleinlaut ein. »Eine Weinflasche habe ich im Rucksack verstaut, die andere habe ich zurückgelassen, damit es aussah, als ob Rolf sie alleine geleert und sich danach zum Schlafen auf den Erdhügel gelegt hätte. Dann habe ich unsere Fußspuren und Fingerabdrücke beseitigt. Und zwar zuerst im Bauwagen und anschließend auch im Freien. Danach habe ich den Landrover in den nächsten Waldweg gefahren und die Reifenspuren mit einer Astgabel verwischt.«

Ein bitteres Lächeln umspielte seine Lippen. »Wenn ich gewusst hätte, welches schwere Unwetter kurz darauf tobt, hätte ich mir den ganzen Aufwand sparen können. Übrigens hatte Toni das Gewitter in seinem Plan von vornherein mit einkalkuliert. So sah es aus, als ob ein Sturm die morsche Kiefer umgeworfen hätte. Und wie gesagt: Kein Mensch hat auch nur eine Sekunde lang eine andere Möglichkeit in Erwägung gezogen. Jeder hat gemeint, dass es sich um einen tragischen Unglücksfall gehandelt hat.«

»Wo waren Sie denn, als der Baum umstürzte?«

»Ich stand neben Rolfs Moped und konnte mich kaum auf den Beinen halten, so stockbesoffen war ich«, erklärte Winter.

»Hat die Polizei damals eigentlich nicht Ihre Alibis überprüft?«

»Wieso hätten sie das denn tun sollen?«, fragte Winter. »Es hat doch niemand Verdacht geschöpft. Deshalb wurden ja auch weder Ermittlungen aufgenommen noch wurde eine Autopsie angeordnet.«

Eine Weile legte sich bleierne Stille wie ein schwarzes Tuch über die beiden Männer.

Albert Winter brach als Erster das Schweigen: »Ich hab noch etwas für dich.«

»Ihr Geständnis?«, brach es förmlich aus Rolf Kleemanns Sohn heraus. »Damit dieser Drecksack endlich zur Rechenschaft gezogen wird?«

Winter schüttelte den Kopf. »Nein, ein Geständnis werde ich niemals unterschreiben, niemals. Und ich werde niemals wieder ein Wort über diese Sache sprechen.«

»Warum nicht?«

Eisernes Schweigen.

»Soll dieser Sauhund denn ungeschoren davonkommen?«, blökte der Mann mit sich überschlagender Stimme.

»Mein Junge, es ist ganz allein deine Sache, wie du nun mit diesen Informationen umgehst. Ich habe diesen unheimlichen Leidensdruck nicht mehr ertragen und wollte dir unbedingt noch die Wahrheit sagen, bevor ich sterbe.« Albert Winter röchelte und fasste sich an die Kehle. »Außerdem weiß ich, warum deine Mutter so früh gestorben ist.«

»Warum?«

»Weil sie den Verlust deines Vaters nicht verkraftet hat. Sie hat ihn nämlich abgöttisch geliebt.«

So als ob sich der Mann den Beistand einer göttlichen Instanz erbeten wollte, warf er den Kopf ins Genick und blickte flehend zur Decke empor.

»Zieh mal die Schublade auf«, forderte Winter.

Der Mann gehorchte. »Sind das meine Eltern?«, wisperte er, als er ein Farbfoto in Händen hielt. Darauf war ein eng umschlungenes, strahlendes Liebespaar abgebildet, das fröhlich in die Kamera winkte.

»Ja, das sind Heike und Rolf, nur ein paar Tage, bevor Toni deinen Vater ermordet hat«, kam es Albert Winter gepresst über die Lippen.

Es waren die letzten Worte seines Lebens.

14

November 2011

Die Bewohner des Pfälzer Waldes ächzten unter einer Wildschweinplage, wie man sie seit Menschengedenken nicht erlebt hatte. Durch die starke Vermehrung des Schwarzwildes erhöhte sich die Gefahr der Verbreitung von Wildseuchen, insbesondere der Schweinepest. Durch enormen Wildfraß erlitten die Waldbesitzer beträchtliche wirtschaftliche Schäden. Zudem hatten sich in den letzten Jahren auf den Landstraßen rund um Köhlerbach vermehrt Wildunfälle ereignet, bei denen mehrere Dorfbewohner verletzt und ihre Autos demoliert wurden, schließlich brachte ein ausgewachsener Keiler gut und gerne 150-200 kg auf die Waage.

Die Wildschweinrotten wurden im Laufe der Zeit immer dreister und verschonten inzwischen weder Spielplätze, Grünanlagen, Vorgärten noch Fußballplätze. Am vergangenen Wochenende musste das Kreisliga-Spitzenspiel des FC Köhlerbach gegen die TSG Trippstadt wegen Unbespielbarkeit des Platzes abgesagt werden. Die wilden Sauen hatten sich noch nicht einmal von einem Elektrozaun abhalten lassen. Nach diesem vorsätzlichen Landfriedensbruch erinnerte der ehemalige gepflegte Rasenplatz an einen frisch umgepflügten Kartoffelacker.

Die Köhlerbacher liebten sowohl ihren Fußball-
platz als auch ihre Vorgärten über alles. Deshalb war
es auch nicht verwunderlich, dass man bereits einen
Tag nach der feierlichen Beisetzung der weiblichen
Mitglieder des Denzer-Clans wieder zur Tagesord-
nung überging, zumal an diesem Samstag eine Drückjagd zur Eindämmung der Wildschweinplage ganz
oben auf der Agenda stand. Anton Denzer und Förster Kreilinger hatten das Jagdspektakel schon vor
Wochen angesetzt und alle notwendigen Vorbereitungen getroffen. Folglich musste die Sauenjagd nun
auch termingerecht durchgeführt werden.

Pünktlich um 8 Uhr in der Frühe erschienen die
Jäger und Treiber am vereinbarten Treffpunkt. Kein
einziger Teilnehmer hatte aus Pietätsgründen abgesagt. Zu wichtig war der Anlass, schließlich musste
dem aufdringlichen Borstenvieh endlich klargemacht
werden, wer im Moosalbtal das Sagen hatte.

Als gastgebender Kreisjagdmeister begrüßte Anton
Denzer die Teilnehmer und hielt eine kurze Anspra-
che. Nach dem Jagdhornblasen, den obligatorischen
Schnäpsen und den gegenseitigen Waidmanns-Heil-
Wünschen ging es ins Revier, wo die Zuteilung der
Jägerstände erfolgte. Jedem Schützen wurde eine feste
Position zugewiesen, die er oder sie im Verlauf der
etwa fünfstündigen Drückjagd nicht verlassen durfte,
zu groß war die Gefahr für Leib und Leben der Jagd-
teilnehmer.

Als menschlicher Platzhirsch hatte Toni Denzer
natürlich für sich und seine Freundin Walburga die

besten Plätze reserviert. Von ihren Ansitzen aus bot sich beiden eine hervorragende Sicht auf eine Wildwiese, die auf allen vier Seiten von einem niedrigen Mischwald begrenzt wurde. Hier hatte Toni schon oft Wild erlegt, es war quasi sein waidmännisches Wohnzimmer. Wallys Ansitzstelle befand sich etwa zehn Meter rechts von Toni im dichten Unterholz und war kaum auszumachen.

Anton Denzer setzte sein Jagdglas an und inspizierte die Umgebung. Seine Söhne waren circa einhundert Meter Luftlinie von ihm entfernt rechts am Waldrand postiert. Die drei standen noch kurz beisammen und redeten miteinander, dann trennten sie sich und nahmen die ihnen zugewiesenen Plätze ein.

Da Toni sich stets seine eigenen Gesetze machte und die gemeinhin gültigen ohne jeglichen Skrupel ignorierte, winkte er Walburga Spangenberger herbei und vesperte erst einmal in aller Ruhe mit ihr.

»Ich hätte nicht gedacht, dass die drei heute tatsächlich zur Jagd antanzen«, sagte Wally und schlug ihre kräftigen Zähne in ein Leberwurstbrot. Dann setzte sie die Bierflasche an den Mund und trank gierig wie ein durstiger Bauarbeiter.

»Die hätten mal wagen sollen, meine Anweisung nicht zu befolgen«, entgegnete Toni schmatzend. »Denen hätte ich das Fell über die Ohren gezogen – wie nachher der erlegten Sau.« Er warf einen Blick auf seine Armbanduhr. »Eigentlich müsste schon bald das erste Wild hier auftauchen.«

»Hast du denn auch genügend Treiber eingesetzt?«

»Ja, ja, die reichen dicke. Wenn das Wild in Panik vor den Krachmachern flüchtet, nimmt es eh immer dieselben Wechsel. Und hier direkt vor uns auf der Wildwiese kreuzen sich zwei ihrer Trampelpfade. Wir müssen die Viecher nur ins Visier nehmen und abdrücken.« Voller Vorfreude rieb er sich die Hände und stieß Wally leicht in die Seite. »Bin sehr gespannt, was du heute so alles erlegen wirst.«

»Ich auch, mein Schätzchen«, erwiderte die burschikose Jägerin und wischte sich mit dem Jackenärmel Bierschaum von ihrem Damenbart.

»Dann hoffen wir mal, dass du nicht zu oft danebenschießt«, frotzelte Toni.

Wally grinste breit und konterte: »Pass du blindes Huhn besser auf, dass du aus purem Übereifer heraus nicht eine Sau mit einem Menschen verwechselst.«

»Ja, ja, ich hab davon gehört, dass so etwas ab und an vorkommen soll.«

»Damit anstatt der wilden Sau nicht ein braver Jägersmann ins Gras beißt«, ergänzte seine Freundin.

»Ach, Wally, du bist einfach ein Teufelsweib«, schwärmte Toni Denzer und drückte ihr einen herzhaften Schmatzer auf den immer noch feuchten Mund.

»Und du ein Höllenhund«, erwiderte Walburga Spangenberger.

»Deswegen passen wir zwei ja auch so gut zusammen.«

»So ist es, mein Lieber«, sagte Wally, während sie mit beiden Händen Tonis bärtige Wangen tätschelte. »Das Leben mit dir ist ein Höllenritt, und zwar ein saumäßig spannender.« Anschließend hauchte sie ihm einen Kuss auf die Nasenspitze und verzog sich in ihren Unterstand.

Ihr Freund legte seine Büchsflinte an und nahm Kreilinger ins Visier. Der Revierförster erweckte einen ziemlich gestressten Eindruck. Unruhig trippelte er auf der Stelle herum, ab und an zog er den grünen Filzhut ab und trocknete sich mit einem Taschentuch die schweißnasse Stirn und Glatze. Alle paar Sekunden schaute er durch seinen Feldstecher und beobachtete die Waldränder.

Toni schwenkte die Waffe und richtete sie nacheinander auf seine drei Söhne. Jedem von ihnen stand die Unlust förmlich ins Gesicht geschrieben. Jürgen lehnte gelangweilt mit dem Rücken an einer Buche. Sein rechtes Bein war angewinkelt und diente ihm als Ablage für sein Jagdgewehr. Walter Denzer lud gerade die Flinte, als sein Vater zu ihm herüberschaute. Eigentlich war er ein leidenschaftlicher und sehr erfolgreicher Jäger. Doch an diesem kühlen Novembertag schien auch er alles andere als begeistert zu sein. Zu guter Letzt richtete Toni das Fadenkreuz seines Zielfernrohrs auf Kuno. Der Rotschopf saß auf einem Felsbrocken und schmauchte in aller Ruhe eine Zigarette.

Na, wenigstens hast du das Rauchen von deinem Vater geerbt, du Versager, dachte Anton Denzer und spuckte angewidert aus. Er zog seinen silbernen Flachmann aus der Jackentasche und schraubte den Verschluss ab. Der Birnenschnaps brannte zwar wie Feuer in der Kehle, aber im Magen löste er einen wohligen Schauer aus. Toni nahm noch einen tiefen Schluck, dann blickte er durch buntes Herbstlaub hinauf in den strahlendblauen Himmel.

Konntest du göttlicher Mistkerl mir denn nicht wenigstens einen einzigen fähigen Nachkommen schenken? Was soll ich denn mit dieser hinterfotzigen Bande anfangen? Gemeinsam mit ihrer geldgeilen, verlogenen Mutter haben sie ein Komplott geschmiedet und wollten mich aus der Firma drängen. Mich, aus meiner eigenen Firma. Das muss man sich mal vorstellen.

Mit einem Grunzgeräusch, das jedem Keiler zur Ehre gereicht hätte, zog er die Nase hoch. Wie ein Zielspucker visierte er einen Farn an und platzierte den Schleimpfropfen auf der Spitze des verwelkten Farnwedels, der sich daraufhin anerkennend vor ihm verneigte.

»Elende Saubande!«, fluchte Toni vor sich hin.

Und dann versucht auch noch einer von euch, mich umzubringen. Anton Denzer presste derart heftig die Kiefer aufeinander, dass die Zähne knirschten. Du kleiner Scheißkerl hast wohl gemeint, du bist ein ganz Schlauer. Aber du hast die Rechnung ohne den Wirt gemacht.

Diese blöden Bullen konntest du ja noch täuschen, mich aber nicht. Ich hab dich nämlich durchschaut.

Ich weiß, was du gemacht hast, und ich weiß, wie du es gemacht hast. Aber ich sag dir eins, mein Junge: Es haben schon ganz andere Leute versucht, den alten Denzer aufs Kreuz zu legen. Aber keiner von ihnen hat es geschafft. Und du wirst es auch nicht schaffen. Er ballte die linke Faust in der Hosentasche. Na warte, du verfluchter Sauhund, dir werd ich's zeigen.

Anton Denzers Wut steigerte sich immer mehr. Er riss seine Büchsflinte hoch und presste den Gewehrkolben fest an sein Schulterblatt. Dann drückte er das rechte Auge ans Zielfernrohr und suchte nach dem mutmaßlichen Attentäter. Als er ihn im Visier hatte, schob er langsam den Zeigefinger auf den Abzugsbügel.

Die Kälte des Metalls kroch in seine Fingerkuppe und jagte ihm einen eisigen Schauer über den Rücken. Nach dieser kurzen Irritation war er wieder hochkonzentriert. Millimeter um Millimeter bewegte sich sein Finger nach hinten, bis er den Druckpunkt spürte. Ein berauschendes Machtgefühl durchflutete ihn. So, mein Junge, dein letztes Stündlein hat geschlagen.

»Mein ist die Rache, sprach der HERR«, murmelte Toni.

Zu diesem Zeitpunkt waren die Treiber noch etwa fünfhundert Meter von der Waldlichtung entfernt. Mit gemächlichen Schritten durchstreiften sie das Unterholz. Dabei verursachten sie nur wenig Lärm, schließlich fand keine Treibjagd statt, bei der das Wild aufgeschreckt und zur panikartigen Flucht veranlasst werden sollte. Der Sinn und Zweck einer Drückjagd bestand ja gerade darin, das Wild langsam aus den Wäldern auf Lichtungen, Wiesen oder Waldränder ›herauszudrücken‹ und es so der honorigen Jägerschaft quasi auf dem Präsentierteller zu servieren.

Es dauerte nicht mehr lange und das erste Wildschwein betrat grunzend die Abschusswiese. Die Jäger machten sich bereit. Auch Denzers Sohn griff zur Waffe, hob sie hoch und legte sie an. Ein paar Minuten später hatten sich sieben Sauen, zehn Überläufer und gut zwei Dutzend Frischlinge zu ihrer Henkersmahlzeit versammelt. Nun musste Kreilinger nur noch den vereinbarten Startschuss geben.

Toni Denzer ließ das Wild kalt, denn er hatte nach wie vor den vermeintlichen Attentäter im Visier. Der Gewehrlauf seines Sohnes war auf die Waldlichtung gerichtet. Doch urplötzlich schwenkte die Jagdflinte herum, und mit einem Mal schaute Toni in das glänzende Okular eines Zielfernrohrs.

Sekundenbruchteile später peitschte ein Schuss durch die Luft.

15

»Gmoin«, grummelte Tannenberg, als er gemeinsam mit Johanna von Hoheneck und seinem Hund in der elterlichen Wohnküche erschien. Der bärenartige Vierbeiner verzog sich zu seinem Lieblingsplatz an der Heizung und fläzte sich in den überdimensionierten Hundekorb, den sein massiger Körper bis auf den letzten Millimeter ausfüllte.

»Was da drinsteht, ist wirklich der Hammer«, stieß Jacob anstatt einer Begrüßung aus. Er wedelte mit der Bildzeitung und schob knurrend nach: »Obwohl, eigentlich passt das genau zum alten Denzer.«

»Worüber regst du dich denn jetzt schon wieder auf, Vater?«, fragte sein ältester Sohn gähnend. »Ach Gott, bin ich noch so hundemüde.«

»Kein Wunder, wenn man tagelang im Stockdunkeln rumtappt.«

»He?«, machte Tannenberg und setzte sich an den gedeckten Frühstückstisch.

Jacob legte die Zeitung auf den Tisch, tippte mit der Fingerspitze auf einen reichlich bebilderten Artikel und las mit dröhnender Stimme vor: »Die Kaiserslauterer Kriminalpolizei tappt noch immer völlig im Dunkeln. Bislang gibt es weder eine heiße Spur noch ein Mordmotiv oder einen Tatverdächtigen. Aus purer Verzweiflung nehmen Hauptkommissar T. und seine Mitarbeiter an der Beerdigung der Mordopfer teil. Hoffen sie, dort den heimtückischen Attentäter anzutreffen? Der brutale Mörder befindet sich nach wie vor auf freiem Fuß. Stammt er aus dem Umfeld der Familie? Wann wird er erneut zuschlagen? Viele, viele Fragen – auf die Kommissar T. keine einzige Antwort hat.«

Der Senior reckte seinen Zeigefinger in die Höhe. »Aufgepasst, jetzt kommt der Hammer: Anton D. zeigt keine Spur von Trauer oder Pietät. Er ist der Ehemann der von einem ferngesteuerten Felsen erschlagenen Fabrikantin. Am Rande der Beisetzung hakt er auf einer Liste Namen von Jägern und Treibern ab. Er benötigt sie für seine Wildschwein-jagd, die am Tag nach der Beerdigung stattfindet. Na, denn – Halali!«

»Davon weiß ich ja gar nichts«, murmelte der Kriminalbeamte.

»Wundert mich überhaupt nicht«, spottete Jacob und klopfte sich auf die Brust. »Ich dagegen weiß es schon seit gestern. Im Tchibo steht nämlich einer bei uns am Tisch, dessen Neffe wohnt in Köhlerbach und …«

»Wirklich ein starkes Stück, dass dieser herz-lose Geselle kein bisschen um die Frauen trauert«, schnitt ihm seine empörte Ehefrau das Wort ab. Sie goss gerade kochendheißes Wasser über das frischge-mahlene Kaffeepulver.

»Vielleicht trauert er ja, aber eben auf seine Weise«, gab Hanne zu bedenken.

»Wildschweine abknallen als Trauerarbeit? Na, das ist schon eine ziemlich merkwürdige Art von Trauer, wie ich finde«, höhnte Tannenberg und strich Kastanienhonig auf eine Brötchenhälfte.

Hanne zuckte mit den Schultern. »Vielleicht braucht er diese Ablenkung, um mit diesem schrecklichen Schicksalsschlag fertig zu werden.«

»Schicksalsschlag?« Tannenberg prustete derart heftig los, dass sich Kaffeespritzer auf der Bildzeitung verteilten.

Jacob warf ihm einen tadelnden Blick zu und brachte seine Zeitung in Sicherheit.

»Der alte Sack ist doch heilfroh, dass er seine Frau und die Schwiegertöchter endlich los ist«, behauptete sein Sohn.

Margot seufzte. »Ach, Wolfi, ich weiß nicht, ob du ihm so etwas Bösartiges unterstellen darfst.«

Tannenberg lehnte sich zurück. »Aber sicher darf ich das, Mutter. Schließlich hat er uns gegenüber unumwunden zugegeben, dass er keiner der getöteten Frauen auch nur eine einzige Träne nachweint.«

Die alte Dame legte betroffen die Finger auf die Lippen. »Wirklich?«

»Sag mal, Wolfram, willst du denn nicht endlich mal mein lukratives Angebot annehmen?«, fragte Jacob dazwischen.

Tannenberg zog die Nase kraus. »Welches lukrative Angebot?«

»Gegen einen monatlichen Beitrag von 20 Euro, die ich selbstverständlich für dich investieren ...«

»Ins Glücksspiel, wie ich annehme«, warf sein Sohn dazwischen.

Der Senior wedelte mit dem Finger. »Nein, nein, nix Glücksspiel, sondern eine hundertprozentig seriöse Investition.«

»Seriöse Investition?«

»Ja, ich handele seit ein paar Wochen mit ETFs.«

»Womit handelst du?«

Jacob rollte gequält die Augen und machte eine beschwörende Geste. »Oh, HERR, lass Hirn vom Himmel regnen«, flehte er mit Blick an die Holzdecke. »Du bist und bleibst eben ein typischer deutscher Beamter: Keinen blassen Schimmer von Online-Brokerage und investmentmäßig absolut nicht up to date, wie der Pfälzer sagt. ETFs sind börsennotierte Fonds, die einen bestimmten Index abbilden, zum Beispiel den DAX, den NIKKEI oder den HANG SENG.« Er winkte ab. »Einzelheiten brauchen dich eigentlich auch gar nicht zu interessieren. Na, wie wär's: Mit läppischen 20 Euro im Monat bist du dabei. Da stecken mordsmäßige Renditechancen drin.«

»Mords-Renditechancen«, wiederholte Tannenberg schmunzelnd. »Und was bekomme ich dafür?«

Jacobs Augen leuchteten auf. Er zog seine Lesebrille ab und verkündete in feierlichem Ton: »Du erhältst dafür ein exklusives News-Abonnement, das dir Zugriff auf brandheiße Tchibo-Informationen ermöglicht.«

Sein Sohn blies die Backen auf. »Okay, von mir aus, du alte Nervensäge. Hast du außer der Wildsaujagd noch etwas anderes Brandheißes für mich?«

»Nee, tut mir leid, Herr Hauptkommissar. Für diesen Monat ist es nun leider zu spät. Du hättest mich eben gestern fragen sollen.« Jacob hielt ihm fordernd die offene Hand hin. »Aber die 20 Euro Abonnementgebühr sind natürlich trotzdem fällig.«

Kopfschüttelnd zog Tannenberg einen blauen Schein aus dem Geldbeutel und reichte ihn seinem triumphal lächelnden Vater.

»Hier ist der Einkaufszettel für den Markt«, sagte Margot und streichelte zärtlich über den Hinterkopf ihres jüngsten Sohnes. »Ach, Wolfi, du warst als kleiner Bub ja so süß«, seufzte sie ergriffen, »wirklich so süß.«

Eine Stunde später stellte Wolfram Tannenberg drei schwere Einkaufstüten auf einen freien Stuhl. Für besonders hartgesottene Kaiserslauterer standen vor dem Eiscafé Dolomiten auch im Winter ein paar Tische im Freien bereit, ein Angebot, das er als Frischluftfetischist gerne annahm. Die kühlen Temperaturen konnten ihm nichts anhaben, schließlich hatte er jahrzehntelang im Fritz-Walter-Stadion selbst hohen Minustemperaturen getrotzt.

Der Leiter des K1 orderte einen Pfefferminztee und machte es sich gemütlich. Er musste auf Johanna von Hoheneck warten, die ein paar wichtige Dinge erledigte, für die sie die Woche über keine Zeit gefunden hatte. Genau in dem Augenblick, als er den Teebeutel aus dem Glas zog, begann im Glockenturm der Stiftskirche das Carillon zu spielen. Es dauerte nur ein paar Takte, bis er die Melodie erraten hatte. Ohne darüber nachzudenken, sang er leise mit:

>>Ein Jäger aus Kurpfalz,
Der reitet durch den grünen Wald,
Er schießt das Wild daher,
Gleich wie es ihm gefällt.
Juja, Juja, gar lustig ist die Jägerei
Allhier auf grüner Heid',
Allhier auf grüner Heid.<<

>>Was für ein Zufall<<, hörte er plötzlich eine wohlbekannte Stimme in seinem Rücken.

Wolfram Tannenberg warf reflexartig den Kopf herum. Ein höllischer Schmerz jagte ihm wie ein Stromschlag ins Genick. >>Oh, Mist, tut das weh<<, fluchte er, während er mit verzerrtem Gesicht die Nackenmuskulatur knetete.

>>Entschuldige, dass ich dich erschreckt habe<<, Johanna von Hoheneck legte ihrem Freund von hinten die Hände auf die Schulterblätter, >>aber ich konnte ja nicht ahnen, dass du auf einmal so schreckhaft bist.<<

>>Ach, ich war nur in Gedanken<<, erklärte der Kriminalbeamte und schnaufte ein paarmal tief durch.

>>Und hast ein bisschen vor dich hingesungen.<< Sie spitzte die Lippen und grinste. >>Vielleicht solltest du dich einem Männerchor anschließen.<<

»Gott bewahre. Ich bin doch völlig unmusikalisch«, wehrte Tannenberg ab. »Wegen meiner Misstöne durfte ich schon in der Grundschule nicht mitsingen.«

»Och, du Armer«, säuselte Hanne und nahm Platz. »Als Kinder haben wir das Liedchen vom Jäger aus Kurpfalz oft geträllert, wenn wir mit unseren Eltern durch den Pfälzer Wald gewandert sind. Weißt du eigentlich, wie der Text weitergeht?«

»Nee, ehrlich gesagt kenne ich nur die erste Strophe und den Refrain.«

Johanna wartete, bis die Melodie des Carillons ihren Einsatz ermöglichte, und intonierte:

»Hubertus auf der Jagd,
Der schoss ein'n Hirsch und einen Has'.
Er traf ein Mägdlein an,
Und das war achtzehn Jahr.«

Hanne verstummte, doch Tannenberg wiederholte noch einmal den Refrain:

»Juja, Juja, gar lustig ist die Jägerei
Allhier auf grüner Heid',
Allhier auf grüner Heid.«

Ein süffisantes Lächeln huschte über sein Gesicht. »Ganz schön makaber, dieser Text. Aber irgendwie passt das Lied zu Denzer.«

»Und zu deinem neuen Fall«, ergänzte Johanna.

Als die freundliche Bedienung nach ihrem Wunsch fragte, bestellte Hanne einen Cappuccino. »Ach, übrigens habe ich heute Nacht von einem tollen Mann geträumt«, verkündete sie.

»Du träumst nachts von mir, obwohl ich neben dir liege?«

»Nicht von dir«, erklärte Hanne mit provokantem Unterton.

Tannenberg verengte die Augen zu schmalen Schlitzen. »Sondern?«, knurrte er wie ein aggressiver Hofhund.

Lächelnd schnippte Johanna von Hoheneck einen imaginären Krümel von ihrer Jeans. Dann schaute sie ihrem Freund tief in die Augen und sagte: »Ich habe heute Nacht von Toni Denzer geträumt.«

»Was? Du hast vom alten Denzer geträumt? Na, das war dann ja wohl ganz sicher ein fürchterlicher Albtraum«, giftete der Kriminalbeamte. Angewidert zog er die Mundwinkel nach unten. »Toni Denzer – ein toller Mann?«

»Ja, ich weiß, dass du ein ganz anderes Bild von ihm hast. Und deshalb wirst du mir garantiert nicht glauben, dass ich ihn wirklich einmal als unheimlich netten, hilfsbereiten und selbstlosen Menschen erlebt habe.«

»Es muss sich wohl um eine Verwechslung handeln«, war alles, was Tannenberg dazu einfiel.

»Du und deine Vorurteile«, bemerkte Hanne kopfschüttelnd.

»Ein Mann ohne Vorurteile ist wie ein Baum ohne Äste.«

»Toller Vergleich. Den Spruch hast du bestimmt von Rainer.«

»Du und deine Vorurteile«, konterte Tannenberg.

Johanna von Hoheneck zeigte ihre Lachgrübchen. »Nein, es handelt sich nicht um eine Verwechslung«, stellte sie unmissverständlich klar. »Mein Traum hat etwas in mein Gedächtnis zurückgerufen, das ich völlig vergessen hatte. Es muss etwa 20 Jahre her sein. Meine beste Freundin war damals Heidrun Grundmann. Wir sind oft zusammen ausgeritten. Irgendwann in den Weihnachtsferien hat sie ein paar Tage bei mir übernachtet. Nach dem Mittagessen haben wir unsere Pferde gesattelt und wollten noch eine Stunde durch den verschneiten Wald reiten.«

Hanne seufzte. »Aber dann bin ich leider auf einer Eisplatte ausgerutscht und habe mir das Steißbein verstaucht. Mein Hintern war grün und blau.«

»Schöne Vorstellung«, kommentierte Tannenberg mit einem verschmitzten Lächeln.

Johanna von Hoheneck warf ihm einen Blick zu und fuhr fort: »Heidrun ist dann alleine ausgeritten, aber nicht mehr zurückgekehrt.«

»Ist ihr etwas zugestoßen?«

»Nicht so ungeduldig, mein liebes Wölfchen«, rüffelte Hanne. Sie steckte sich einen Keks in den Mund und nippte an ihrem Cappuccino. »Zufälligerweise hat an diesem Nachmittag Anton Denzer meinen Vater besucht.«

»Die beiden kennen sich?«

»Ja, klar. Schließlich besitzt meine Familie einige Hektar Wald.«

Tannenberg kehrte die Handflächen nach außen. »Pardon, Gräfin Johanna, ich vergaß für einen Moment die Tatsache, dass der deutsche Adel nach wie vor über einen beträchtlichen Grund-, Land- und Waldbesitz verfügt.«

»Höre ich da gerade wieder einmal die neidgetränkte Stimme des deutschen Proletariats, das zur Enteignung des deutschen Adels aufruft?«, konterte Hanne.

»Mitnichten, denn dadurch würde ich mir ja selbst schaden.«

Hanne stutzte. »Wieso?«

»Na ja, insgeheim hoffe ich ja immer noch, dass ich irgendwann durch eine Einheirat ebenfalls in den Adelsstand erhoben werde.« Der Chef-Ermittler streckte seinen Oberkörper und sagte in theatralischem Ton: »Klingt eigentlich gar nicht schlecht: Wolfram von Hoheneck.«

»Um edel zu empfinden, lasst Scham nicht aus der Seele schwinden – Wolfram von Eschenbach«, rezitierte Hanne und nahm ihren Freund lächelnd ins Visier. »War das eben vielleicht so etwas wie ein versteckter Heiratsantrag?«

Tannenberg schob die Unterlippe vor und legte den Kopf schief. »Womöglich sollte ich einmal ernsthaft darüber nachdenken.«

»Du weißt aber schon, dass man für eine Eheschließung zwei Menschen benötigt, oder?«

»Ja, sicher weiß ich das. Aber diejenige, die ich mir dafür ausgeguckt habe, würde niemals meinen Heiratsantrag ablehnen.«

»Bist du dir da ganz sicher?«

Tannenberg grinste wie ein Honigkuchenpferd. »Ja, das bin ich.«

Johanna von Hoheneck schmiegte ihren Kopf an Tannenbergs Wange und hauchte ihm den warmen Atem so ins Ohr, dass es ihm abwechselnd warm und kalt wurde. »Das kannst du auch. Vorausgesetzt, ich darf wie vereinbart deinen Nachnamen tragen. Du weißt, ich will unbedingt Vollmitglied in deiner verrückten Familie werden.«

»Von mir aus«, erbarmte sich ihr Lebensgefährte und drückte ihr einen zärtlichen Kuss auf eines ihrer Lachgrübchen. »So, und nun Schluss mit dem Ablenkungsmanöver. Ich möchte jetzt endlich wissen, was aus deiner Freundin Heidrun geworden ist und was der alte Denzer mit dieser Geschichte zu tun hat.«

Johanna räusperte sich dezent und schob eine Haarsträhne hinters Ohr. »Nachdem meine beste Freundin auch nach drei Stunden noch nicht von ihrem Ausritt zurückgekehrt war, organisierten Denzer und mein Vater eine große Suchaktion«, erzählte sie, während sie mit dem Fuß eine aufdringliche Taube verscheuchte.

»Schließlich wurde es bald dunkel und in den Nächten war es bitterkalt. Denzer raste nach Köhlerbach und trommelte in Windeseile eine Suchmannschaft zusammen. Darunter war auch die gesamte Belegschaft seiner Parkettfabrik. Die Arbeiter mussten alles stehen und liegen lassen und wurden für die Suchaktion abgestellt.

Toni Denzer fuhr mit seinem Geländewagen die ganze Gegend ab und fand sie Gott sei Dank noch rechtzeitig. Heidruns Pferd hatte vor einem streunenden Hund gescheut und sie dabei abgeworfen. Meine Freundin war unglücklich gestürzt und fiel mit dem Kopf auf einen Stein. Dadurch verlor sie das Bewusstsein.«

Johanna seufzte tief. »Als Toni sie entdeckte, war sie bereits stark unterkühlt und hatte nur noch einen schwachen Puls. Ohne sein Engagement hätte Heidrun diese Nacht sehr wahrscheinlich nicht überlebt.« Sie presste die Lippen zusammen und nickte. »Tja, solch eine humane und soziale Ader hättest du Denzer nie und nimmer zugetraut, oder täusche ich mich da?«

»Eine Schwalbe macht noch lange keinen Sommer«, bemerkte Tannenberg trocken.

»Ich denke eher, dass bei Toni unter der harten Schale ein weicher Kern verborgen liegt.«

Tannenberg war noch lange nicht von seiner Einschätzung abzubringen. »Anton Denzer soll ein Gutmensch sein?«, spottete er. »Also, das kann ich mir beim besten Willen nicht vorstellen. Vielleicht hatte er einfach nur ausnahmsweise einen guten Tag. So etwas soll selbst bei Tyrannen und Despoten schon ab und an mal vorgekommen sein.«

»Also, mir gegenüber hat sich Toni damals sehr nett und höflich verhalten.«

»Ach was, der alte Weiberheld wollte dich bestimmt nur anbaggern.«

»Quatsch, Wolf, ich war damals ein junges Mädchen.«

»Gerade deshalb.« Wolfram Tannenberg beugte sich zu seiner Begleiterin. »Sag mal, ist das da vorne nicht dieser komische Krimiautor aus Mölschbach?«, raunte er hinter vorgehaltener Hand.

»Der Mann neben dem Spinnrädl, der gerade auf seinem Handy herumtippt?«

»Ja, genau.«

»Doch, das ist er.«

»Ein komischer, unsympathischer Typ. Außerdem hat er von Polizeiarbeit nicht die geringste Ahnung.« Tannenberg machte eine abschätzige Geste. »Der sollte besser statt Kriminalromane Artikel für einen Schrebergartenverein oder ein Gemeindeblättchen schreiben.« Sein Handy klingelte.

»Vielleicht ist es ja der Herr Krimiautor, weil er bei dir einen Monat lang hospitieren möcht«, meinte Hanne grinsend.

»Gott bewahre!«, stöhnte Tannenberg und drückte die grüne Taste. »Was, Sabrina? … Ach, du Scheiße … Ja, ich komme zur Bushaltestelle am Schillerplatz.«

»Was ist denn passiert?«, fragte Hanne.

Der Chef-Ermittler schaute sich nach allen Seiten um und flüsterte: »Ein neuer Anschlag auf Denzer. Ich muss sofort los.«

Auf der rasanten Fahrt ins Moosalbtal begegnete ihnen kurz hinter dem Trippstadter Ortsschild ein Notarztwagen.

»Glaubst du, da liegt der alte Denzer drin?«, fragte Tannenberg, während sein Blick dem kreisenden Blaulicht folgte.

»Ja, das ist ziemlich wahrscheinlich, würde ich behaupten«, antwortete die junge Kommissarin und setzte den Blinker. »Wenn hier in der Gegend nicht zufällig zur gleichen Zeit noch ein weiterer NAW angefordert wurde.«

»Nichts Genaues weiß man nicht«, murmelte Tannenberg. Sabrina wusste nicht so recht, was sie mit diesem paradoxen Karl-Valentin-Zitat anfangen sollte, also schwieg sie.

Am Köhlerbacher Ortseingang wartete ein Streifenwagen, der den Kaiserslauterer Kriminalbeamten den Weg zum Jagdrevier wies. Nach zwei Kilometern Autofahrt auf holprigen Waldwegen erreichten sie endlich den Tatort: Eine in der Gemarkung ›Saupferch‹ gelegene, etwa ein Hektar große Waldlichtung. Mehrere Streifenwagenbesatzungen und die Kriminaltechniker waren bereits vor Ort und gingen geschäftig ihrer Arbeit nach.

Die uniformierten oder in durchsichtige Plastik-Overalls gehüllten Beamten hatten inzwischen den Tatort weiträumig abtrassiert, die Jagdwaffen sichergestellt und die Personalien aller anwesenden Jäger und Treiber aufgenommen. In Absprache mit dem Leiter des K1 wurden nun intensive Befragungen durchgeführt, mit deren Hilfe unter anderem eine genaue Tatortskizze mit den exakten Standorten der Waidmänner zum Tatzeitpunkt angefertigt werden konnte.

»Da sitzt ja der alte Denzer«, stieß Tannenberg entgeistert aus, als der Mercedes zum Stillstand kam. In seiner Stimme schwang unverhohlene Enttäuschung mit.

»Ja, das wundert mich jetzt aber auch«, pflichtete Sabrina bei.

»Hast du mir nicht erzählt, der Kollege hätte von Denzers lebensbedrohlicher Schussverletzung gesprochen?«

»Doch, das hat er ja auch«, behauptete seine Mitarbeiterin und schlug die Autotür zu. »Aber offenbar hat er nicht Anton Denzer gemeint, sondern einen Denzer.«

»Also einen seiner Söhne.«

Sabrina Schauß nickte und folgte ihrem Chef zu Toni Denzer, der auf einem Baumstumpf saß und gerade seinen Flachmann ansetzte.

»Na denn, zum Wohl«, konnte sich Tannenberg nicht verkneifen. »Schön, dass Sie sich offensichtlich bester Gesundheit erfreuen.«

Sabrina warf ihrem Chef einen maßregelnden Blick zu, den er jedoch ignorierte.

»Das finden Sie ziemlich bedauerlich, gell?«, grinste der Parkettfabrikant. »Es wäre Ihnen doch sicherlich viel lieber, wenn ich ins Gras gebissen hätte, oder?«

»Welchen Denzer hat es denn diesmal erwischt?«, legte ihr Vorgesetzter unbeeindruckt nach.

Toni grinste breit. »Leider nur den Jürgen. Der Schütze hätte auch gleich die anderen beiden mit umnieten können. Dann wäre ich diese elende Bagage ein für alle Mal losgewesen.«

Angesichts dieser deftigen Sprüche blieb Sabrina die Spucke weg. Tannenberg dagegen musste unwillkürlich schmunzeln, denn er erinnerte sich gerade an Hanne, die noch vor einer halben Stunde den alten Denzer als ›unheimlich netten, hilfsbereiten und selbstlosen Menschen‹ beschrieben hatte. Da hat sich meine adlige Gestütsbesitzerin und leidenschaftliche Reiterin wohl anständig vergaloppiert, dachte er.

Angewidert wandte seine Mitarbeiterin den Blick von Toni Denzer ab. Auf der Lichtung entdeckte sie die toten Wildschweine. »Och, die armen kleinen, süßen Frischlinge«, seufzte die Tierfreundin.

»Aus jedem dieser armen kleinen, süßen Frischlinge«, wiederholte der Parkettfabrikant mit gespitzten Lippen und senkte die Stimme ab, »wird ein stattlicher Keiler oder eine kapitale Sau. Diese gefräßigen Mistviecher richten in unseren Wäldern und in der Landwirtschaft einen immensen wirtschaftlichen Schaden an.«

»Solchen Leuten wie Ihnen geht es doch immer nur ums Geld«, schimpfte Sabrina.

»Um was denn sonst, mein süßes, kleines Herzchen?«, höhnte Toni. Er machte eine wegwerfende

Handbewegung. »Obwohl, das könnt ihr verwöhntes, unkündbares Beamtenpack eh nicht verstehen.«

Er schob beide Füße vor und zeigte auf seine Hirschlederschuhe. »Ihr Bürokratenärsche müsstet erfolgreichen Unternehmern wie mir jeden Morgen die Füße küssen, schließlich finanzieren wir mit unserem sauer verdienten Geld eure Luxusjobs.«

»Jetzt machen Sie aber mal halblang«, herrschte Tannenberg den alten Denzer an. »Sagen Sie mir lieber endlich, was hier überhaupt passiert ist.«

Sein Gegenüber zuckte scheinbar gelangweilt mit den Schultern. Da er keinerlei Anstalten machte, die Frage zu beantworten, wandte sich der Kriminalbeamte an Walburga Spangenberger. Sie war ebenfalls von oben bis unten waidmännisch gekleidet, wobei ihr dunkelgrüner Rock nicht unbedingt zu diesem Begriff passte. Sie stand neben ihrem Freund und reichte ihm gerade den Flachmann zurück. »Wären Sie vielleicht etwas auskunftsfreudiger?«, fragte er.

»Na klar, Herr Kommissar«, entgegnete Wally und stellte den rechten Fuß auf den Baumstumpf, auf den sich ihr Freund niedergelassen hatte. Der tätschelte die stramme Wade und ließ die Hand nach oben wandern.

»Man hilft den lieben Gesetzeshütern doch, wo man kann«, flötete Wally, während sie Toni auf die Finger klopfte.

»Dann mal los.«

Walburga Spangenberger fächerte die Arme zu

einer entschuldigenden Geste auf. »Sachdienliche Hinweise kann ich Ihnen allerdings keine geben.«

»Wieso? Haben Sie denn nichts gesehen?«, mischte sich Sabrina ein.

Wally lachte herzhaft. »Doch, natürlich hab ich etwas gesehen: Wildschweine, massenweise Wildschweine sind in meinem Zielfernrohr herumgehüpft. Nachdem der Startschuss gefallen war, hab ich versucht, möglichst viele dieser elenden Sauviecher abzuknallen.«

»Und danach?«, fragte Tannenberg.

»Nach dieser affengeilen Ballerei?«

Der Ermittler nickte.

»Da sind natürlich sofort alle Schützen raus auf die Lichtung und haben die Fangschüsse gesetzt. Wir sind ja schließlich keine Unmenschen.«

Sabrina Schauß arbeitete seit einigen Jahren ehrenamtlich beim Kaiserslauterer Tierschutzverein mit. Verständlicherweise brachten sie diese Bemerkungen an die Grenze ihrer Belastbarkeit. Sie konnte ihre Wut kaum mehr zurückhalten und schien gleich zu explodieren. Tannenberg wusste von ihrem Engagement und konnte sich deshalb sehr gut in seine Mitarbeiterin hineinversetzen. Es war an der Zeit, sie von dieser Qual zu erlösen.

»Sei so gut und frage Mertel, ob er schon etwas für uns hat«, bat er und bedeutete ihr mit einer Handbewegung, sich umgehend aus dem Staub zu machen.

Sabrina nickte dankbar und stapfte durch das bunte Herbstlaub hinüber zum Leiter der Kriminaltechnik, der gerade an einer Buche eine Markierung anbrachte.

»Und nach den Fangschüssen?«, fragte Tannenberg so leise, dass seine Mitarbeiterin es nicht hören konnte. »Ist Ihnen da irgendetwas Besonderes aufgefallen?«

Wally schob die Unterlippe vor und wiegte den Kopf hin und her. »Nee.«

Tannenberg brummte nachdenklich. »Was genau haben Sie nach den Fangschüssen gemacht?«

»Gemeinsam mit meinen Jagdkameraden habe ich eine Strecke gelegt.«

Der Kriminalbeamte schürzte die Lippen. »Was haben Sie?«

»Wir haben eine Strecke gelegt«, wiederholte Walburga augenrollend. »Kurz und knapp für einen Laien: Dieser Ausdruck stammt aus der Jägersprache. Damit ist der Brauch gemeint, bei Gemeinschaftsjagden das erlegte Wild nebeneinander aufzureihen.«

»So was wie ein Kadaver-Showroom«, sprudelte es Wolfram Tannenberg ungeprüft über die Lippen.

Anton Denzer und seine Freundin warfen sich einen Blick zu.

»Ist denn niemandem aufgefallen, dass einer der Jäger fehlte?«

Wally verschränkte die Arme über ihrem wogenden Busen. »Nein, zunächst nicht. Erst als Kuno beim Ausweiden einer Sau das Messer abbrach, hat er nach Jürgen gesucht. Weil er wusste, dass dieser Perfektionist immer ein Ersatzmesser im Rucksack hat. Und der hat ihn dann ja auch gefunden. Wir sind natürlich alle sofort hin und haben auch gleich den Notarzt verständigt. Obwohl sicherlich jedem klar war, dass da wohl nicht mehr viel zu machen ist, so wie der aussah.«

»Wie sah er denn aus?«, wollte Tannenberg wissen.

»Na ja, wie man eben nach einem soliden Blattschuss aussieht: ziemlich tot halt«, erwiderte Wally emotionslos.

»Wo genau wurde er denn getroffen?«

Die Jägerin presste ihre Hand zwischen linke Brust und Schlüsselbein. »Da hat er geblutet.«

»Hat er noch gelebt, als der Notarzt eintraf?«

»Jo, ich glaube schon. Aber ich denke nicht, dass er noch lange gemacht hat. Der ist bestimmt noch auf dem Weg in die Klinik abgenibbelt«, brachte Walburga Spangenberger ihr tief empfundenes Mitgefühl zum Ausdruck.

»Na, hoffentlich«, grummelte Toni und steckte sich gleich zwei Zigarren in den Mund.

Mit der Fußspitze schob Wolfram Tannenberg einen Kiefernzapfen zur Seite. Anschließend fixierte er sein Gegenüber mit einem stechenden Blick. »Haben Sie irgendeine Erklärung für das Attentat auf Ihren Sohn?«

»Nee«, kam es von Toni Denzer einsilbig zurück.

»Wie kommen Sie eigentlich auf die Idee, dass es ein Attentat war?«, fragte Wally. »Viel wahrscheinlicher ist doch wohl ein Jagdunfall. Da hat einer auf eine Sau angelegt, eine Bremse oder eine Wespe hat ihn in den Hals gestochen, er hat seine Büchse verrissen und dabei hat sich der Schuss gelöst.«

»Interessante Theorie«, meinte Tannenberg, »aber ziemlich abwegig nach dieser Vorgeschichte.«

»Wieso? Was hat denn dieser Unfall mit den Anschlägen auf Toni zu tun? Das waren nämlich Mordanschläge.«

»Ich bin mir ziemlich sicher, dass zwischen diesen Vorfällen ein enger Zusammenhang besteht.«

»Quatsch«, zischte Toni und reichte seiner Begleiterin eine angezündete Zigarre.

Walburga Spangenberger klemmte sich die Zigarre zwischen die Backenzähne und fragte: »Wie wollen Sie denn beweisen, dass Jürgen nicht Opfer eines Jagdunfalls, sondern eines gezielten Anschlags war?«

Tannenberg grinste. »Och, das lassen Sie mal ganz unsere Sorge sein. Die Kriminalpolizei verfügt durchaus über gewisse Möglichkeiten.«

»Na, da sind wir jetzt aber richtig gespannt«, meinte Wally. Sie nahm einen tiefen Zug und blies den Rauch nach oben weg.

»Noch mal zu Ihnen, Herr Denzer«, startete der Leiter des K1 einen weiteren Versuch, »haben Sie vielleicht jetzt eine Idee, wer es auf Ihren Sohn abgesehen haben könnte?«

»Jürgen ist nicht mein Sohn.«

»Bitte?«

»Sie haben schon richtig gehört. Jürgen ist ein waschechter Bastard. Großmütig, wie ich nun von

Natur aus einmal bin, habe ich den Balg und seine Mutter nach dem Unfalltod seines leiblichen Vaters in mein Haus aufgenommen und dieser Brut meinen Namen gegeben.«

»Toni hat Heike, so hieß seine erste, allerdings schon lange verstorbene Frau, geheiratet und Jürgen adoptiert. Jürgen ist der Sohn von Heike Schmitt und Rolf Kleemann. Als Kleemann dieses Unglück passierte, war Heike schwanger und natürlich völlig fertig. Toni hat sich damals liebevoll um sie gekümmert.«

»Es reicht jetzt, Wally«, fauchte der alte Denzer. »Ich will nicht, dass du vor den Bullen meine ganze Familiengeschichte ausbreitest.«

16

»Wie ist sein Zustand?«, wollte Tannenberg von Dr. Schönthaler wissen, als dieser im Türrahmen seines Büros auftauchte.

»Unverändert ernst, aber stabil«, antwortete der Rechtsmediziner. »Der junge Denzer befindet sich nach wie vor im künstlichen Koma. Aber meine Kollegen von der Frischfleischabteilung haben die Narkosedosis bereits reduziert. Aller Wahrscheinlichkeit nach wird er noch heute aufwachen.«

»Dann kann ich ihn endlich befragen«, atmete der Leiter des K1 erleichtert auf.

»Ich hab dich Nervensäge schon avisiert.«

»Ausgesprochen nett von dir.«

»Keine Ursache, alter Junge. Man greift einem begriffsstutzigen Provinzbullen doch gerne unter die Arme.« Dr. Schönthaler setzte eine besorgte Miene auf. »Vor allem, wenn dieser unter einer altersbedingten Ganzkörper-Muskelatrophie leidet.«

Wolfram Tannenberg rollte genervt die Augen.

»Aber mach dir mal keine allzu großen Hoffnungen, dass du den armen Kerl stundenlang mit Fragen bombardieren kannst«, sagte der Pathologe, während er sich die Lippen mit einem Fettstift eincremte. »Die behandelnden Ärzte werden dich höchstens zwei, drei Minuten zu ihm lassen. Übrigens haben meine Kollegen inzwischen weitere Untersuchungen durchgeführt. Sie sind sich nun sicher, dass das Projektil eine irreversible Querschnittslähmung hervorgerufen hat.«

»Ach, du Scheiße«, zischte der Kriminalbeamte.

»Die neuronalen Schädigungen sind anscheinend zu gravierend. Er wird wohl den Rest seines Lebens im Rollstuhl verbringen müssen.«

»Oh je, was für eine niederschmetternde Diagnose. An seiner Stelle würde ich mir gleich die Kugel geben«, murmelte Tannenberg mit zerknirschtem Gesichtsausdruck.

»Na, die hat er ja schon abgekriegt«, kommentierte Dr. Schönthaler mit seinem berühmt-berüchtigten Pathologenhumor.

Sein Freund schüttelte den Kopf. »Spar dir doch einfach mal diese blöden Bemerkungen«, rüffelte er.

»Warum denn? Du bist doch nur neidisch, weil du nicht so gedankenschnell und sprachkreativ bist wie ich.«

»Kreativ?«, polterte Tannenberg los. »Primitiv ist das.«

»Das sagt ja gerade der Richtige.«

»Schluss jetzt mit dem albernen Quatsch, wir haben wirklich Wichtigeres zu tun. Schließlich befindet sich der Täter noch immer auf freiem Fuß. Wir müssen so schnell wie möglich den Drecksack ermitteln, der dem jungen Denzer das angetan hat. Hoffentlich liefert uns unser Ober-Dreckschnüffler bald etwas Greifbares.«

»Apropos Karl. Der ist mir eben vor der Cafeteria über den Weg gelaufen. Du sollst zu ihm ins Labor kommen. Er hat offenbar einige Neuigkeiten für dich.«

Wie von einem Katapult abgeschossen, schnellte der Leiter des K1 in die Höhe und fuhr seinem Freund gehörig in die Parade: »Mensch, Rainer, du bist vielleicht eine Pfeife«, schimpfte er ungehalten. »Ich sitze hier wie auf glühenden Kohlen und du sagst mir nicht, dass Karl etwas Aufschlussreiches für mich hat, sondern laberst mich mit irgendwelchem Blödsinn voll.«

»Erstens labere ich keinen Blödsinn, sondern bringe dein seniles Hirn etwas in Fahrt. Und zweitens hab ich es dir ja gerade gesagt. Außerdem weiß ich nicht, ob dich seine Erkenntnisse unbedingt erfreuen werden, denn er hat einen ziemlich deprimierten und abgespannten Eindruck auf mich gemacht.«

Dr. Schönthaler hatte mit seiner Vermutung voll ins Schwarze getroffen. Als er gemeinsam mit seinem Freund das Labor der Spurensicherung betrat, lehnte Karl Mertel an einer Wand und gähnte mit weit aufgerissenem Mund.

Der Leiter der kriminaltechnischen Abteilung schien in den letzten Tagen um Jahre gealtert. Seine Wangen waren eingefallen, die Haut fast so weiß wie sein Laborkittel. Die hinter einer schmutzigen Brille versteckten kleinen Augen waren stark gerötet. Pralle Tränensäcke, graue, fettige Haare und zerzauste Augenbrauen rundeten das Erscheinungsbild eines Menschen ab, der die letzten Nächte auch auf einer Parkbank hätte verbracht haben können.

»Seit diesem bescheuerten Mordanschlag hab ich kaum mehr ein Auge zugekriegt«, erklärte Mertel und gähnte erneut.

»Dann leg dich halt mal ein paar Stunden aufs Ohr, damit du endlich wieder fit wirst«, blaffte Tannenberg, im Umgang mit seinen Mitmenschen bekanntermaßen eher Grobmotoriker denn Filigrantechniker.

Der Kriminaltechniker hob drohend die Brauen. »Wenn du mich jetzt auch noch anmotzt, kannst du gleich wieder verschwinden. Und wenn du weg bist, packe ich meinen Kram zusammen und gehe. Und zwar zum Arzt. Ich brauche nur mit dem Finger zu schnippen und schon schreibt er mich zwei Wochen krank. Dann könnt ihr euren Scheiß hier ganz alleine machen.«

Wolfram Tannenberg hob die Hände so, als ob ihn der Spurenexperte gerade mit einer Schusswaffe bedrohte. »Schon gut, Karl, wir wissen doch alle, wie extrem stressig dein Job manchmal ist.«

»Manchmal? Stressig?«, wiederholte Mertel, wobei er die beiden Worte regelrecht ausspuckte. »Das ist wirklich schamlos untertrieben! Wobei mein Job gar nicht so schlimm wäre, wenn ich nur in Ruhe arbeiten könnte. Aber das ist in diesem Sauladen völlig unmöglich. Andauernd fallen mir Hollerbach und Eberle auf den Wecker. Von dir ganz zu schweigen. Alle wollen wissen, ob ich endlich etwas entdeckt habe, das die festgefahrenen Ermittlungen voranbringt.«

Der Spurenexperte fletschte die Zähne. »Mann, ihr habt doch alle überhaupt keine Ahnung von unserer Arbeit. Eigentlich interessiert sie euch ja auch gar nicht. Ihr wollt immer nur Ergebnisse, Ergebnisse, Ergebnisse.« Seine Finger krallten sich in die schlaffe Haut über den Hüftknochen. »Ja, soll ich mir die denn aus den Rippen schneiden?«, blökte er mit sich überschlagender Stimme.

Tannenberg entdeckte auf Mertels Schreibtisch eine Tüte mit gefüllten Berlinern, die sich sein Kollege kurz zuvor in der Cafeteria gekauft hatte. »Komm, Karl, bevor du uns jetzt gleich zusammenbrichst, setzt du dich da hin und frühstückst erst mal anständig.«

Wie einen Tattergreis führte er seinen echauffierten Kollegen zum Schreibtischstuhl und drückte ihn auf den Sitz. Anschließend ging er zur Kaffeemaschine, füllte eine Tasse voll, gab einen Schuss Milch hinzu und stellte sie vor Mertel hin.

»Was hier seit Tagen abgeht, ist wirklich die Hölle«, keuchte der Kriminaltechniker. Er stemmte die Ellbogen auf die Schreibtischplatte und stützte den Kopf mit den Handflächen ab. »Diesen Stress halte ich nicht mehr länger aus.«

»Komm, futter jetzt mal was und trinke den starken Kaffee dazu. Dann geht's dir bestimmt gleich wieder besser.«

Mertel schnaufte ein paarmal kräftig durch, dann stopfte er sich den ersten Berliner in den Mund und trank einen großen Schluck Milchkaffee dazu. Mit den dicken Backen sah er aus wie ein Hamster. In Windeseile vertilgte er den zweiten Krapfen und leerte die Tasse.

Tannenberg sorgte für Kaffeenachschub und der Kriminaltechniker schaffte auch noch den dritten Berliner in Rekordtempo. Schmatzend leckte er sich die Marmelade und den Puderzucker von den Lippen.

»Mann, war das gut«, schwärmte er. »Ich hab schon ewig nicht mehr so was Gutes gegessen.«

»Und schon sind deine müden Hirnzellen wieder zum Leben erweckt«, freute sich Dr. Schönthaler. »Wie dir unser begnadeter Mentaltrainer und Fitnessexperte prognostiziert hat.«

»Na ja, wenigstens einigermaßen.«

»Schön für dich, mein Lieber. Dann nutzen wir die Chance deiner kurzzeitigen Genesung und konfrontieren dich sofort mit der Frage aller Fragen«, grinste Tannenberg. »Hast du etwas Neues für uns?«

»Also gut, du penetranter Blutsauger, dann ab an die Arbeit, bevor ich mir's anders überlege«, sagte Mertel und drückte sich widerwillig in die Höhe.

Er führte seine Kollegen in denselben Nebenraum, in dem er ihnen anhand zweier Miniatur-Modelle die Rekonstruktion der ersten beiden Anschläge vorgeführt hatte. Der Spurenexperte schlurfte zu einer Wand, an der eine große Skizze angebracht war.

»Ah, das ist die Waldlichtung mit der Position der einzelnen Jäger«, bemerkte der Rechtsmediziner mit Fingerzeig auf die Abbildung.

»Will der Herr Leichenschinder übernehmen?«, giftete der Spurenexperte. »Kannst du gerne machen, dann verziehe ich mich in die Cafeteria.«

»Pardon, Karl, ist mir einfach nur so rausgerutscht.«

Mertel griff einen dünnen Rohrstock und erklärte die Zeichnung: »Hier seht ihr die Essenz unserer bisherigen Arbeit.«

»Systematisch wie immer. Super, Karl«, lobte Tannenberg.

»Die Schleimerei kannst du dir sparen, Wolf. Hör besser genau zu, was ich euch jetzt erzähle, denn ich werde es nicht wiederholen. Kapiert?«

»Kapiert.«

»Gut. Ich habe die Aussagen der Jagdteilnehmer mit der vorliegenden Spurenlage verknüpft und in dieser Tatortskizze komprimiert«, erläuterte Mertel. »Fangen wir mit diesem roten Strichmännchen an. Es symbolisiert das Anschlagsopfer. Seinen Namen habe ich, wie bei allen anderen Jägern auch, direkt neben die entsprechenden Personenkreuze geschrieben.«

Der Kriminaltechniker malte mit dem Stock einen unsichtbaren großen Kreis in die Mitte der Zeichnung. »Das hier ist die Lichtung. Jedes blaue Kreuz steht für eines der 28 erlegten Wildschweine.«

»Die ich in der Pathologie nach Projektilen durchsuchen durfte«, warf Dr. Schönthaler dazwischen. Nur schwerlich konnte er einen Lachanfall unterdrücken: »Die Putzfrau hat vielleicht geklotzt, als sie die Viecher auf den Sektionstischen liegen sah.«

Mertel riss einen Arm in die Höhe. »Stopp!«, rief er, wobei das Kommando für ihn selbst galt. »Bevor ich weitermache, muss ich euch noch schnell etwas

Wichtiges erläutern: Normalerweise werden für die Wildschweinjagd Teilmantelgeschosse verwendet. Sie besitzen die Eigenschaft, sich im Körper des Tieres in Einzelteile zu zerlegen und große Verletzungen hervorzurufen.«

»Die meistens sofort tödlich sind«, ergänzte der Leiter des K1.

»Richtig. Dadurch erspart man den Tieren unnötige Qualen«, bestätigte Mertel. »Aber bei den von Anton Denzer und Kreilinger organisierten Gesellschaftsjagden benutzen die Jäger ausschließlich Vollmantelgeschosse.« Er zuckte mit den Schultern. »Fragt mich nicht, warum. Ich weiß es nicht. Es ist mir aber auch egal.«

»Für uns hat dieser Umstand aber einen entscheidenden Vorteil, schließlich können wir dadurch die nicht zerstörten, sondern nur deformierten Projektile den Waffen zuordnen«, schlussfolgerte der Leiter der Kaiserslauterer Mordkommission.

»Könnten«, korrigierte der Spurenexperte.

»Was meinst du damit?«

»Dazu gleich, Wolf. Zuerst noch etwas anderes.« Mertel wies mit seinem Zeigestock auf den wie immer mit Anzug und Fliege bekleideten Rechtsmediziner. »Wie viele Projektile hast du insgesamt aus den Wildschweinen herausgeschnitten?«

»Sieben.«

»He?«, fragte Tannenberg und zog einen Mundwinkel hoch, »28 tote Wildschweine und nur 7 Kugeln?«

»Die Erklärung ist ziemlich einfach, mein liebes Wölfchen«, erwiderte der Pathologe. »Die Sauen standen direkt hintereinander und eine Kugel hat jeweils 4 Wildschweine zur Strecke gebracht, denn die Jäger hießen alle Freiherr von Münchhausen.«

»Idiot!«, schimpfte sein Freund. »Ich wundere mich lediglich darüber, dass nur so wenige Projektile in den Körpern stecken blieben.«

»Die restlichen werden wir sicherlich auch noch finden«, sagte Mertel. »Meine Kollegen haben schon vorgestern damit angefangen, den Waldboden abzutragen und durchzusieben. Das ist allerdings eine Heidenarbeit und wird noch einige Zeit in Anspruch nehmen.«

»Was ist mit dem Projektil, das die Chirurgen aus Jürgen Denzers Brustwirbelsäule entfernt haben?«

»Gemach, gemach, so schnell schießen die Preußen nicht.«

»Blöder Spruch«, brummelte Tannenberg.

»Mit anderen Worten«, formulierte Mertel um, »wie du ja weißt, haben wir alle eingesammelten Jagdwaffen an die kriminaltechnische Abteilung des LKA weitergegeben. Die haben mehr Mitarbeiter und verfügen über bessere technische Möglichkeiten als wir hier unten in der Provinz. Im Schießstand werden alle Waffen beschossen und die jeweiligen Projektile mit demjenigen verglichen, das Jürgen Denzer so schwer verletzt hat.«

»Und wie weit sind diese aufgeblasenen LKA-Fuzzis?«, polterte Tannenberg, der seit Jahren mit den nach seiner Meinung hyperarroganten BKA- oder LKA-Mitarbeitern auf Kriegsfuß stand.

»Die Kollegen haben mir versprochen, dass sie sich beeilen und mich sofort benachrichtigen, wenn sie die Ergebnisse vorliegen haben. Vielleicht wissen wir schon bald, aus welcher Waffe geschossen wurde.«

»Und wer der Schütze ist«, ergänzte Tannenberg.

»Nicht unbedingt, Wolf.«

»Wieso?«

»Weil es zumindest theoretisch möglich ist, dass es sich beim Besitzer des Jagdgewehrs und dem Schützen nicht um ein und dieselbe Person handelt«, mischte sich Dr. Schönthaler schmunzelnd ein.

»Jetzt male bitte nicht den Teufel an die Wand.«

»Ach, das ist einfach ein Scheiß-Fall«, fluchte Mertel plötzlich los. »Was für ein Horrorszenario für einen Kriminaltechniker.«

Seine beiden Besucher blickten ihn verständnislos an.

»Ist doch wahr. Normalerweise haben wir eine Tatwaffe und mehrere Verdächtige. Finden sich bei einem von ihnen Schmauchspuren, können wir ihn damit schon fast überführen. Aber hier haben wir es mit 15 Schützen zu tun, die allesamt wie die Wilden losballerten, nachdem der vermeintliche Jagd-Eröffnungs-Schuss fiel.«

»Die waren eben im Jagdfieber«, kommentierte Tannenberg trocken.

Dr. Schönthaler verzog sein Gesicht zu einer furchterregenden Fratze, die in jeder Geisterbahn

Angst und Schrecken verbreitet hätte. Dazu spreizte er die Finger so, als ob er seinem Freund das Herz aus dem Leib reißen wollte. »Nein, die waren im Blutrausch.«

Wolfram Tannenberg bedachte ihn daraufhin mit einem Scheibenwischergruß.

»Jeder hat geschossen, jeder hat Schmauchspuren.« Mertel schüttelte den Kopf und korrigierte: »Nein, falsch, das Opfer hat nicht geschossen.«

»Aber einer dieser schießwütigen Waidmänner hat nicht auf eine Sau geschossen, sondern auf einen Menschen.«

»Tja, leider, Wolf.«

»Was ist eigentlich mit den Treibern?«, wollte der Rechtsmediziner wissen. »Könnte denn nicht auch einer von denen als Täter infrage kommen?«

»Nein«, stellte Mertel klar. »Wir haben alle Treiber überprüft. Sie stehen übrigens vollzählig auf der Teilnehmerliste, die der alte Denzer am Morgen vor Beginn der Drückjagd vorgelesen und abgehakt hat. Es fehlt niemand. Aber leider hat keiner von ihnen Schmauchspuren an den Händen.«

»Wäre ja auch zu schön gewesen«, seufzte Tannenberg.

»Wenn ich mal etwas nebenbei bemerken dürfte«, flocht der Spurenexperte ein, »die Unfallvariante steht immer noch als Möglichkeit im Raum.«

»Ein Querschläger?«, fragte der Leiter des K1.

»Du denkst an eine Kugel, die, statt im Körper eines Wildschweins einzuschlagen, auf einen Stein getroffen ist und von dort aus in die Brust des Opfers abgelenkt wurde?«

»Könnte doch sein.«

»Nein, Wolf, diese Variante erscheint mir ziemlich abwegig, zumal das Projektil entsprechend deformiert oder zumindest verkratzt sein müsste, was es definitiv nicht ist. Aber es könnte durchaus sein, dass einer der ungeübten Jäger so blöd an seiner Waffe herumhantierte, dass sich unbeabsichtigt ein Schuss löste.«

Der Spurenexperte verzog das Gesicht zu einem schiefen Grinsen. »Unser werter Herr Oberstaatsanwalt war übrigens ebenfalls Mitglied dieser illustren Jagdgesellschaft.«

»Was? Davon weiß ich ja gar nichts.«

»Kein Wunder, Wolf«, entgegnete Mertel. »Hohl-Hohl-Hollerbach ist diese Sache natürlich total peinlich, zumal die Jagd einen Tag nach der Beerdigung des weiblichen Denzer-Clans stattfand. Und da er wie immer panische Angst vor einer schlechten Presse hat, wurden wir alle gleich bei unserem Eintreffen zum Stillschweigen verpflichtet. Er hat sich sogar umgezogen.«

»Ach, deshalb hatte der dieses komische Zeug an.«

Der Kriminaltechniker konnte sich eines amüsierten Lächelns nicht erwehren. »Einen verschwitzten, ausgebeulten Baumwoll-Jogginganzug, den ein Kollege im Kofferraum liegen hatte.«

»Und mir hat er erzählt, er käme gerade vom Waldlauf.« Tannenberg schnaubte vor Empörung. »So ein elendes Lügenmaul.«

»Scheinheiliger Mistkerl«, stimmte Dr. Schönthaler zu. Er schüttelte den Kopf. »Sachen gibt's, die gibt's gar nicht. Sag mal, Karl, hat eigentlich einer der Schützen irgendeine Andeutung hinsichtlich eines Jagdunfalls gemacht?«

»Nein. Das wäre vielleicht auch ein wenig zu viel erwartet.«

»Wie meinst du das?«, riss Tannenberg wieder das Wort an sich.

»Na ja, Wolf, stell dir doch mal vor, dir wäre so etwas Furchtbares passiert. Würdest du dieses fatale Malheur denn freiwillig zugeben? Würdest du nicht vielleicht abwarten, ob man es dir nachweisen kann?«

»Nachdenken, bevor du antwortest«, forderte der Rechtsmediziner in eindringlichem Ton. »Ehrlich währt am längsten.«

Tannenberg schob die Brauen zusammen und wechselte das Thema: »Karl, wie ich dich kenne, hast du doch garantiert noch etwas anderes für mich auf Lager, oder? Die Schmankerl hebst du dir doch meistens bis zum Schluss auf.«

Karl Mertel lächelte vielsagend. Mit der Spitze des Rohrstocks zeigte er auf ein Strichmännchen, neben dem der Name ›Manfred Kreilinger‹ geschrieben stand. Er nahm ein Lineal und einen Edding zur Hand und zeichnete eine gestrichelte Linie von dem Revierförster zum Anschlagsopfer. Dann fuhr er die Linie zurück zu Kreilinger.

»Nach meinen Berechnungen wurde der Schuss auf Jürgen Denzer mit hoher Wahrscheinlichkeit von dieser Position aus abgegeben«, verkündete er. »Der Schusskanal in Denzers Körper erhärtet diese Hypothese.«

»Mann, warum sagst du das denn nicht gleich?«, ereiferte sich der Leiter des K1. »Den Kreilinger knöpfe ich mir sofort vor.«

»Welches Motiv soll er denn haben?«, fragte Dr. Schönthaler mit gekrauster Stirn.

»Keine Ahnung. Aber das kriege ich schon noch raus.«

»Langsam, Wolf. Meine Arbeitshypothese löst sich sofort in Luft auf, wenn das Projektil nicht zweifelsfrei aus Kreilingers Jagdgewehr stammt«, dämpfte Mertel die überschäumenden Hoffnungen seines Kollegen.

»Könnte er denn nicht auch eine andere Waffe für den Anschlag benutzt haben?«, fragte der Rechtsmediziner und Hobbydetektiv.

»Und wo soll die abgeblieben sein?«, schoss es förmlich aus Mertels Mund hervor. »Wir haben keine weitere Waffe gefunden.«

»Könnte er sie in dem ganzen Tohuwabohu denn nicht irgendwo versteckt und irgendwann später abgeholt haben?«

Der Spurenexperte blies die Backen auf und ließ den angestauten Atem knatternd über die Lippen strömen. »Möglich ist natürlich vieles, aber realistisch ist diese Variante meines Erachtens nicht.«

»Komm, Karl, sei so gut und ruf die LKA-Armleuchter an. Vielleicht haben die ja doch schon etwas für uns.«

»Also gut, von mir aus«, gab sich der Kriminaltechniker geschlagen.

Er ging zurück in sein Büro und wählte die entsprechende Telefonnummer. Seine Besucher folgten ihm auf dem Fuß. Gespannt beobachteten sie ihren Kollegen, der zwar nur einige Worte sagte, aber umso eifriger mit dem Kopf nickte.

»Das Ergebnis ist da«, verkündete er, nachdem er aufgelegt hatte. Um dem Folgenden noch eine größere Bedeutung zu verleihen, wartete er einige Sekunden.

»Und?«, drängte Dr. Schönthaler.

»Das Projektil stammt mit sehr hoher Wahrscheinlichkeit aus keinem der sichergestellten Jagdgewehre, also auch nicht aus dem, das Kreilinger benutzt hat. Wollt ihr Details?«

Tannenberg wiegte frustriert den Kopf und schlurfte aus Mertels Labor. Auf der Treppe blieb er plötzlich stehen und wandte sich zu seinem Freund um, der ihm wie ein Schatten gefolgt war.

»Also, ich raffe ehrlich gesagt allmählich überhaupt nichts mehr. Zuerst der Anschlag auf die gesamte Familie Denzer, dann einer auf den alten Denzer, dann einer auf einen seiner drei Söhne. Sind demnächst die anderen beiden Söhne dran? Da muss doch irgendeiner einen unheimlichen Hass auf den Denzer-Clan schieben.«

»Vielleicht steckt ja wirklich der Kreilinger dahinter.«

»Ja, aber welches Motiv soll er denn haben?«

»Genau das Gleiche habe ich dich vor zwei Minuten gefragt.«

»Na und? Wenn's doch so ist.«

»Vielleicht liegt der Schlüssel zu diesem ganzen Wahnsinn irgendwo in der gemeinsamen Vergangenheit.«

»Du meinst, da hat einer wegen einer alten Sache noch ein Hühnchen mit den Denzers zu rupfen?«

Dr. Schönthaler zuckte mit den Schultern. »Ich hab doch auch nicht den blassesten Schimmer, warum einer solche verrückten Dinge tut.« Er räusperte sich und richtete seine rot-weiß gestreifte Fliege aus. »Und was wäre, wenn alle drei Anschläge Jürgen Denzer gegolten hätten?«

Tannenbergs Stirnhaut glich einer ungebügelten Tischdecke. »Beim ersten Attentat saß er doch am Tisch«, wandte er ein.

»Quatsch, Wolf«, zischte der Gerichtsmediziner, während er mit den Händen vor dem Gesicht herumfuchtelte. »War totaler Blödsinn, was ich eben gesagt habe, denn beim zweiten Mordanschlag stand Jürgen gemeinsam mit seinen Brüdern oben neben der Villa, während der Täter unten auf dem Holzlagerplatz die Kurbel bediente und die Palette einstürzen ließ.«

»Jo, das ist wirklich Quatsch«, stimmte sein Freund zu. »Somit war deine geniale Hypothese mal wieder nichts anderes als ein Schuss in den Ofen.«

Wolfram Tannenberg schnaufte noch einmal kräftig durch, dann kratzte er allen Mut zusammen und betrat das Erdgeschoss des Westpfalz-Klinikums. Seit seiner Kindheit litt er unter einer ausgeprägten Krankenhaus-Phobie, die auf ein traumatisches Erlebnis zurückzuführen war.

Gemeinsam mit seinen Eltern und seinem Bruder besuchte er damals die geliebte Großmutter. Gerade als Heiner und er das Krankenzimmer betraten, kämpfte die alte Frau mit einem Erstickungsanfall. Sie war bereits blau angelaufen und die roten Augen quollen aus dem schmerzverzerrten Gesicht. Ihr Blick schrie nach Hilfe, doch er konnte ihr nicht helfen. Die Sekunden, bis endlich ein Arzt eintraf, erschienen ihm wie Stunden. Noch während er vor der Tür wartete, starb seine Oma. Dieses von Todesangst gezeichnete Gesicht und das Geräusch ihres Röchelns konnte Tannenberg nie mehr vergessen.

Es war wirklich grotesk: Aus dienstlichen Gründen musste er den im Untergeschoss angesiedelten Räumen der forensischen Pathologie recht häufig einen Besuch abstatten. Doch seltsamerweise verursachte ihm der Aufenthalt in Dr. Schönthalers eiskaltem, sterilem Totenreich keinerlei körperliche Probleme. Ein Umstand, der nicht nur auf den selbstgebrannten Mirabellengeist des Rechtsmediziners zurückzuführen war.

Sobald er aber nur eine einzige Etage höher stieg, begann er sofort zu schwitzen, sein Mund trocknete aus und ein stählernes Band legte sich um seinen Brustkorb. Zudem konnte er sich fortan kaum mehr auf sein eigentliches Vorhaben konzentrieren. Er dachte nur noch an eins: an Flucht.

Aus panischer Angst, der Aufzug könnte stecken

bleiben und ihn stundenlang im Krankenhaus einsperren, benutzte er in einer Klinik stets das Treppenhaus. Vor der Tür der Intensivstation wischte er sich den Schweiß aus dem Nacken und läutete.

Der Leitende Oberarzt begrüßte ihn freundlich und führte ihn in einen Nebenraum, in dem sich Tannenberg die Schutzkleidung überstreifen musste. Anschließend durfte er im Beisein des zuständigen Intensivmediziners ein paar Minuten mit dem Schwerverletzten sprechen.

Jürgen Denzer war zwar bereits wieder bei vollem Bewusstsein, aber noch merklich angeschlagen. Zuerst bat ihn Tannenberg, aus seiner Sicht die dramatischen Ereignisse zu schildern.

»Ich habe die Treiber kommen gehört«, kam es ihm noch ausgesprochen träge und abgehackt über die Lippen. »Dann habe ich mich in Schussposition begeben und auf das Wild gewartet.« Denzer legte eine Pause ein und schluckte mehrmals.

»Worauf haben Sie Ihre Waffe gerichtet?«

»Auf die Mitte der Lichtung.«

»Wieso haben Sie nicht den Waldrand beobachtet?«, fragte der Kriminalbeamte und ergänzte, nachdem er aus Denzer Mimik Unverständnis herausgelesen hatte: »Es war doch anzunehmen, dass dort die Wildschweine zuerst auftauchen würden, oder?«

»Ja, natürlich. Aber wir mussten warten, bis die Treiber das Wild vollständig aus den Wäldern heraus auf die Wildwiese gedrückt hatten.«

»Verstehe. Wenn jemand bereits auf die erste Sau

geschossen hätte, wären die anderen Wildschweine, die ja noch im Wald waren, durch den Schuss verscheucht worden. Stimmt's?«, fragte der jagdunkundige Kriminalbeamte.

Denzer nickte. »Nach und nach kam immer mehr Wild auf die Lichtung. Jeder von uns hat gespannt darauf gewartet, dass Kreilinger endlich die Sauen zum Abschuss freigibt.« Ein tiefer Seufzer. »Aber das habe ich ja leider nicht mehr mitbekommen.«

»Weil Sie da schon getroffen waren?«

Wieder nickte der Schwerverletzte.

»Verstehe«, sagte Tannenberg. Der Arzt schob sich in seinen Augenwinkel und tippte demonstrativ mit der Fingerkuppe auf seine Armbanduhr.

»Woran erinnern Sie sich als Letztes, bevor Sie das Bewusstsein verloren haben?«, wollte der Leiter des K1 noch wissen.

Jürgen Denzer schloss die Augen und grübelte angestrengt über die Frage nach. »Mit dem Finger am Abzug habe ich durch mein Zielfernrohr geschaut. Ich hatte eine kapitale Wildsau im Visier.« Er stockte und schob keuchend nach: »Doch bevor ich abdrücken konnte, war plötzlich alles dunkel.«

17

Am nächsten Morgen saß Tannenberg übellaunig an seinem Schreibtisch und stierte minutenlang Löcher in die gegenüberliegende Wand.

»Che-ef, die Post ist da!«, rief plötzlich Petra Flockerzie, während die Tür aufschwang. »Ich konnte leider nicht anklopfen, weil ich die Hände voll habe«, fügte sie entschuldigend hinzu.

»Macht nichts«, antwortete der Kommissariatsleiter mit tonloser Stimme.

»Bitte schön, Chef: Ein doppelter Espresso und ein Schälchen Cantuccini. Beides rein ins Schnäbelchen und schon hören Sie die Vöglein wieder zwitschern«, versuchte der gute Geist des K1, den frustrierten Ermittler aufzumuntern. Sie kannte den notorischen Morgenmuffel schon so lange, dass sie ihm auf den ersten Blick ansah, wie es um seine aktuelle Gemütslage bestellt war.

»Danke, Flocke«, seufzte Tannenberg. » Wenn ich dich nicht hätte.«

»Dann hätten Sie eine andere, Chef«, erwiderte die mollige Sekretärin, legte die Post ab und verschwand wieder genauso schnell, wie sie aufgetaucht war.

Wolfram Tannenberg dippte einen der Mandelkekse in das dickwandige Tässchen und lutschte ihn wie einen Bonbon. Er nahm die Post, blätterte sie lustlos durch – und stutzte plötzlich nicht schlecht, als er darunter eine Ansichtskarte entdeckte.

Auf der Vorderseite war das Ortsschild der Gemeinde Köhlerbach abgebildet, außerdem kleinformatige Landschaftsfotos und der Spruch ›Liebe Grüße aus dem idyllischen Moosalbtal‹. Auf der Rückseite klebten zwei maschinengeschriebene Etiketten. Die eine enthielt seinen Namen und die Anschrift seiner Dienststelle, die andere bestand aus einem einzigen Satz:

Manfred Kreilinger ist Täter

Zuerst dachte Tannenberg an einen schlechten Scherz, den sich irgendein Verrückter mit dieser anonymen Postkarte erlaubt hatte. Sein zweiter Gedanke beschäftigte sich mit der Frage, ob vielleicht auch ein Pressevertreter dahinterstecken könnte. Der dritte amüsierte ihn derart, dass er vor Lachen fast an einem Cantuccini erstickt wäre.

Er leerte eine halbe Flasche Mineralwasser, wischte sich die Tränen aus dem Gesicht und rief Mertel an.

»Gmoin, alter Junge. Du kannst schon mal die alten Ackergäule deiner Dreckschnüffler-Kavallerie satteln.«

»Wie? Was? Wo?«, kam es abgehackt zurück.

»Ihr dürft bald ausreiten.«

»Warum? Wohin?«

»Zum Antonihof«, beantwortete Tannenberg nun endlich die erste W-Frage seines Kollegen. »Ich habe eben einen Hinweis erhalten, der eine Hausdurchsuchung bei unserem lieben alten Freund Kreilinger dringend erforderlich macht.«

»Ein Durchsuchungsbeschluss für sein Forsthaus?«

»Erraten, alter Junge. Ihr stellt mir bitte sein Häuschen und die Nebengebäude total auf den Kopf. Vielleicht bringt das ja endlich ein wenig Licht ins Dunkel unseres mysteriösen Falls. Ich bin mir ziemlich sicher, dass ihr irgendetwas bei ihm finden werdet. Der Kerl hat garantiert Dreck am Stecken.«

»Ach, deswegen bist du so gut gelaunt.«

»So ist es.«

»Welchen Hinweis hast du denn erhalten?«

Tannenberg berichtete von der Ansichtskarte und las den Text vor.

»Das reicht doch nie und nimmer für eine Durchsuchungsanordnung«, behauptete Mertel. »Wer sollte die denn genehmigen?«

»Wart's ab, Karl. Ich hab da nämlich schon eine Idee.«

Während des Spaziergangs vom Pfaffplatz zu dem am Hauptbahnhof gelegenen Justizzentrum nahm Tannenbergs Stimmung geradezu euphorische Ausmaße an. Als er vor der Marienkirche an der Ampel wartete, pfiff er die Melodie des ›Jägers aus Kurpfalz‹ vor sich hin. Ehe er sich versah, stimmte eine ältere Dame mit ein, die, mit schweren Einkaufstaschen bepackt, neben ihm stand.

»Ach herrje, waren das noch schöne Zeiten, als die Kinder in der Schule und bei Familienausflügen noch Volkslieder gesungen haben«, sagte sie. »Und heute?«

Auf diese Frage hatte Tannenberg keine vernünftige Antwort parat. Also pfiff er einfach munter weiter und eilte zügigen Schrittes über die Königstraße.

Wie sein Freund Anton Denzer empfing auch der leitende Oberstaatsanwalt Dr. Siegbert Hollerbach rangniedrigere Besucher stets in Gutsherrenmanier. Dabei thronte er hinter seinem breiten Eichenholz-Schreibtisch auf einem dick gepolsterten Ledersessel. Zunächst mimte er den geschäftigen Spitzenbeamten, indem er demonstrativ irgendein Schriftstück unterzeichnete.

Anschließend schraubte er seinen schwarzen Montblanc-Füller zusammen und legte ihn vorsichtig zur Seite. Mit einer huldvollen Geste wies er dem Untergebenen einen Stuhl zu und fixierte ihn mit einem durchdringenden Blick.

Auch an diesem Vormittag spulte Dr. Hollerbach sein bewährtes Platzhirsch-Ritual ab. Doch Tannenberg ließ sich von diesem affektierten Gehabe nicht einschüchtern und freute sich im Stillen auf das Scharmützel mit seinem Intimfeind.

»Was wollen Sie von mir?«, knurrte es hinter der ausladenden Schreibtischplatte. »Ich habe keine Zeit für unfähige Ermittlungsbeamte. Heute Morgen jagt ein wichtiger Termin den anderen. Und heute Nachmittag muss ich auch noch vor die Presse treten.«

Der Oberstaatsanwalt zeigte seine Handflächen. »Dabei habe ich immer noch nichts, was ich diesen Leuten präsentieren könnte. Was nicht zuletzt an Ihnen und Ihrer unfähigen Truppe liegt.« Sein Ton wurde schärfer. »Also, was wollen Sie?«

Wolfram Tannenberg grinste sein Gegenüber herausfordernd an. »Och, ich wollte mich eigentlich nur erkundigen, ob Sie inzwischen dem Kollegen seinen alten Jogginganzug wiedergegeben haben. Den bräuchte die Kriminaltechnik nämlich dringend zwecks Spurenauswertung.«

Schlagartig veränderte sich Dr. Hollerbachs arrogante, vor Selbstbewusstsein strotzende Körperhaltung. So als ob gerade jemand die Luft aus ihm herausgelassen hätte, sackte er auf seinem Ledersessel in sich zusammen. Seine Gesichtszüge entgleisten und aus den geröteten Wangen verflüchtigte sich die Farbe. Mit fahriger Hand fuhr er sich über die Stirnglatze. »Sie haben es also erfahren?«, presste er hervor.

»Selbstverständlich weiß ich Bescheid. So total unfähig, wie Sie meinen, sind wir nun doch nicht. Also: Wo sind die Sachen?«

»Weiß ich nicht«, keuchte der Oberstaatsanwalt.

Wolfram Tannenberg zog das Kinn zum Hals und blickte finster drein. »Wie? Das wissen Sie nicht?«

Dr. Hollerbach blickte zerstreut auf seine Hände. »Nein, das weiß ich nicht.«

»Wieso denn das?«

»Nach diesem Anschlag war ich derart konfus, dass ich mich noch im Wald wieder umgezogen habe.« Er schluckte. »Ich glaube, ich habe die Sportkleidung einfach irgendwo liegen lassen.«

»Der Jogginganzug wurde aber nicht gefunden«, behauptete der Kriminalbeamte. »Vielleicht stimmt das ja gar nicht, was Sie sagen. Vielleicht haben Sie vorsätzlich Beweismaterial vernichtet.«

»Jetzt machen Sie aber mal einen Punkt, Tannenberg«, schimpfte der Oberstaatsanwalt, in dessen schlaffen Körper das Leben zurückgekehrt war. »Sie glauben doch wohl nicht im Ernst, dass ich irgendetwas mit diesem feigen Mordanschlag zu tun habe.«

»Vielleicht war es ja auch ein Unfall.«

»Wie? Unfall?«, fragte Dr. Hollerbach begriffsstutzig.

»Na ja, vielleicht hat sich versehentlich ein Schuss aus Ihrer Waffe gelöst.«

»Quatsch!«, fauchte sein Gegenüber. »Ich bin ein leidenschaftlicher Jäger. So etwas Dilettantisches würde mir niemals passieren.« Er räusperte sich verlegen. »Nein, Tannenberg, mir ist die Teilnahme an dieser Jagdveranstaltung eben nur ausgesprochen peinlich. Verstehen Sie das denn nicht?«

»Doch, Herr Oberstaatsanwalt, Ihr schlechtes Gewissen vermag ich durchaus nachzuvollziehen. Schließlich haben Sie sich ausgesprochen pietätlos verhalten. Einen Tag nach der feierlichen Beisetzung der Denzer-Frauen mit den Hinterbliebenen eine Wildschweinjagd durchzuführen, das ist schon deftig«, streute Tannenberg weiter Salz in die offene Wunde.

Dr. Hollerbach atmete schwer. Er kniff die Lippen zusammen und schob dabei den Krawattenknoten hin und her. »Ist weiß doch selbst, dass es ein großer Fehler war«, gestand er zerknirscht ein. »Aber Toni hat derart insistiert, dass ich ihm diesen Wunsch einfach nicht abschlagen konnte.«

Der Leiter des K1 spielte den Verständnisvollen. »Ja, ja, einen sehr guten Freund kann man eben nicht so einfach vor den Kopf stoßen.«

»So ist es«, seufzte der ranghöchste Vertreter der Kaiserslauterer Staatsanwaltschaft. »Was führt Sie denn eigentlich zu mir, mein lieber Herr Hauptkommissar?«, flötete er in einer derart schmierigen Art und Weise, dass Tannenberg befürchtete, es würde sich gleich eine Schmalzlache unter dem Schreibtisch bilden.

Sein Gegenüber fischte die Ansichtskarte aus seiner Jacke und reichte sie weiter.

»Hm«, machte Dr. Hollerbach und knetete nachdenklich sein glattrasiertes Kinn. »Was halten Sie davon?« Da auf der anderen Seite seines Schreibtischs keine Reaktion erfolgte, formulierte er eigene Ideen: »Ein Trittbrettfahrer? Oder ein Profilneurotiker? Oder einfach nur ein Scherzkeks?«

Tannenberg wiegte den Kopf hin und her. »Nein, das war keiner von unseren üblichen Verdächtigen.«

»Nein? Wer denn dann?«

»Wahrscheinlich jemand, der mehr weiß als andere.«

»Glauben Sie wirklich, es stimmt, was da steht?«

»Ja, das ist durchaus möglich. Deshalb möchte ich Sie dringend darum ersuchen, uns eine Durchsuchungsanordnung für Kreilingers Anwesen auf dem Antonihof auszustellen«, bat Tannenberg in ungewohnt gespreizter Form.

Der Oberstaatsanwalt wedelte mit dem Finger. »Also, nein, Herr Hauptkommissar, beim besten Willen, aber das hier ist nun wirklich ein bisschen zu dürftig für eine Durchsuchungsanordnung.«

»Das sehe ich nicht so. Denn aus Mertels Tatrekonstruktion ergibt sich eindeutig, dass der Schuss auf Jürgen Denzer mit hoher Wahrscheinlichkeit genau dort abgegeben wurde, wo Kreilinger stand.«

»Davon weiß ich ja noch gar nichts.«

»Jetzt wissen Sie es!«, blaffte der Leiter des K1 und nagelte sein Gegenüber mit Blicken regelrecht fest. »Ist Kreilinger ebenfalls ein sehr guter Spezi von Ihnen, dem man bestimmte Dinge nicht zumuten kann?« Als er nicht gleich eine Antwort bekam, setzte er den Fangschuss: »Das wäre ... Amtsmissbrauch, Begünstigung und ...«

Dr. Hollerbach machte eine beschwörende Geste. »Bitte, bitte schweigen Sie. Ich unterschreibe Ihnen ja den Durchsuchungsbeschluss.«

Stolz wie ein Indianer, der den Skalp eines getöteten Feindes präsentiert, zeigte Tannenberg seinen Mitarbeitern das erbeutete Dokument. In der anschließenden kurzen Dienstbesprechung informierte er die

Kriminalbeamten über den geplanten Einsatz auf dem Antonihof.

»Nach was suchen wir denn eigentlich, Chef?«, wollte Armin Geiger wissen.

»Manchmal stellst du richtig gute Fragen, das muss man dir lassen«, lobte Tannenberg. »Deinen Satz könnte man durchaus als Mantra für eine Zen-Meditation verwenden.« Zufrieden registrierte er die verdutzten Mienen um ihn herum. Er klatschte in die Hände. »Also los, Kollegen, dann finden wir mal, was wir gar nicht suchen.«

Die Kaiserslauterer Mordkommission rückte in voller Mannschaftsstärke aus. Unterstützt wurde sie von einem halben Dutzend Kriminaltechnikern, die sich auf zwei Kleinbusse verteilten.

Im Konvoi fuhren die Ermittler über die Tripp-stadter-Straße stadtauswärts und dann die Serpentinen hinauf zur Rothen Hohl. Anschließend passierten sie den Aschbacherhof und folgten der ansteigenden Landesstraße, bis sie die Abzweigung nach Trippstadt erreichten. Sabrina setzte den Blinker und bog von der L 503 in die Zufahrt zum Forsthaus ab, die unmittelbar hinter der Straßenkreuzung in den Hochwald abzweigte.

Von Kreilingers protzigem Jeep war weit und breit nichts zu sehen. Also war der Revierförster höchstwahrscheinlich nicht zu Hause. Dafür parkte vor dem efeubewachsenen Sandsteinhaus der Kleinwagen eines Pflegedienstes, der Kreilingers altersdemente Mutter betreute.

Wolfram Tannenberg klingelte und wartete geduldig, bis ihm eine pausbäckige Mittvierzigerin öffnete. Er zeigte seinen Ausweis vor und erläuterte den Grund seines Besuches. Die Pflegekraft führte ihn ins Wohnzimmer des kleinen Einfamilienhauses, wo eine alte Dame in einem Sessel am Fenster saß und ihn mit leerem Blick anstarrte. Obwohl die Betreuerin Tannenberg über deren Geisteszustand informiert hatte, las er ihr pro forma den Text der staatsanwaltlichen Durchsuchungsanordnung vor.

Stumm und mit ausdrucksloser Miene lauschte Elisabeth Kreilinger seinen Worten. Nachdem er geendet hatte, streckte sie ihm die faltige Hand entgegen und murmelte: »Das war wirklich eine schöne Predigt, Herr Pfarrer.«

Die hinter ihr stehende Pflegekraft schmunzelte. Der Kriminalbeamte fing den Blick auf und bedeutete ihr mit einer Kopfbewegung, ihm in den Flur zu folgen. Dort schilderte er ihr den geplanten Ablauf der Hausdurchsuchung.

»Haben Sie eine Idee, wo man die alte Dame in dieser Zeit unterbringen könnte? Damit sie von unserer Aktion nicht zu sehr belastet wird. Vielleicht könnten Sie mit ihr einen längeren Spaziergang unternehmen.«

»Nein, Frau Kreilinger ist dazu nicht mehr in der Lage.«

»Oder vielleicht eine Fahrt nach Trippstadt zum Einkaufen?«

»Das darf ich leider aus versicherungsrechtlichen

Gründen nicht. Aber ich habe eine andere Idee: Ich bringe sie in ihr Zimmer und schalte den Fernseher ein. So bekommt sie kaum etwas von dem mit, was in ihrem Haus vor sich geht.«

»Gut«, stimmte Tannenberg zu, revidierte sich aber sogleich. »Obwohl, warten Sie. Dann sollen sich meine Kollegen zuerst Frau Kreilingers Zimmer vornehmen. Wäre das in Ordnung?«

»Ja, klar«, erwiderte die Altenpflegerin. »Wonach suchen Sie denn eigentlich?«

Tannenberg zuckte mit den Schultern und fächerte die Arme zu einer bedauernden Geste auf. »Das kann ich Ihnen leider nicht sagen.«

»Schade«, seufzte die neugierige Frau und wollte zurück ins Wohnzimmer.

»Warten Sie bitte noch einen Moment«, bat der Chef-Ermittler und ergänzte, nachdem die Frau sich ihm wieder zugewandt hatte, »Sie kennen sich hier doch sehr gut aus. Wo würden Sie in diesem Haus etwas ganz Wertvolles oder Wichtiges verstecken?«

Die Pflegekraft stemmte die Arme auf die Hüftknochen und grübelte angestrengt über die Frage nach. Dann nickte sie wie ein Wackeldackel mit dem Kopf und sagte: »Nicht hier im Haus. Ich würde das gestohlene Diamant-Collier im Schuppen verstecken.«

»Diamant-Collier?«, stutzte Tannenberg.

Die burschikose Frau legte dem Chef-Ermittler eine Hand auf die Schulter. »Ist doch nur ein Beispiel, Herr Kommissar.«

314

»Ach so«, lachte der Kriminalbeamte.

»Nein, ich würde das wertvolle Zeug doch woanders verstecken«, korrigierte sich die Frau. »Und wissen Sie, wo?«

»Keine Ahnung.«

»Im Zwinger. Da wären die Sachen noch sicherer als im Schuppen. Denn zu diesen aggressiven Kötern traut sich außer Kreilinger garantiert keiner rein.«

»Danke für den Tipp.«

»Keine Ursache. Meinem Kollegen bin ich doch gerne behilflich.«

Verblüfft zog ihr Gegenüber den rechten Mundwinkel hoch. »Kollegen?«

»Na ja, so etwas Ähnliches sind wir beide schon, schließlich lese ich für mein Leben gerne Kriminalromane. Vor allem die, die hier in der Gegend spielen.«

»Ach so, verstehe«, entgegnete Tannenberg und rang sich ein gequältes Lächeln ab.

Der Einsatzleiter begab sich zu Mertel und bat ihn, zuerst das Zimmer der Seniorin zu inspizieren. Der Spurenexperte stellte zwei seiner Mitarbeiter für diese Aufgabe ab, die restlichen sollten die Nebengebäude und das eingezäunte Grundstück nach möglichen Verstecken absuchen.

Bereits eine Viertelstunde später hatten die beiden Kriminaltechniker ihre Arbeit beendet. Die Pflegekraft begleitete Frau Kreilinger zunächst zur Toilette und brachte sie anschließend wie verabredet in ihr

Zimmer. Sie schaltete den Fernseher ein, suchte eine Volksmusiksendung und drehte die Lautstärke noch ein wenig höher als üblich.

Nun konnten Mertel und seine Kollegen die restlichen Räumlichkeiten des Hauses in aller Ruhe inspizieren. Nach gut zwei Stunden waren sie mit dem Kellergeschoss fertig. Ihre gründliche Suche war erfolglos geblieben.

Karl Mertel hatte sich gerade am Küchentisch niedergelassen und den Deckel seiner Thermoskanne abgeschraubt, als sich einer seiner im Außenbereich eingesetzten Mitarbeiter vor ihm aufbaute.

»Ich glaube, wir haben etwas sehr Interessantes entdeckt«, verkündete der in einen durchsichtigen Ganzkörper-Overall verpackte, mindestens zwei Meter große Spurensicherer.

»Und was?«, fragte Tannenberg.

»Verrate ich nicht. Kommt mit und schaut es euch selbst an.«

Der hochgeschossene, schlaksige Mann führte seine Kollegen zu einem vergilbten Holzschuppen, der wohl früher als Pferdestall gedient hatte. In der Ecke lagerten noch ein paar Strohballen. Zaumzeug und ein Ledersattel hingen rechts an der Wand. Den Großteil des Lagerraums nahmen Buchen- und Eichenholzscheite ein, die auf der linken Seite aufgeschichtet waren.

»Hier ist es«, sagte der Kriminaltechniker und kniete sich neben dem Brennholzstapel nieder. Er zeigte auf einen kleinen Hohlraum hinter der vorderen Reihe. »Da liegt das Corpus Delicti. Wir haben es noch nicht angefasst.«

»Ja, wer glaubt es denn«, stieß Tannenberg hocherfreut aus, »eine mechanische Seilwinde.«

»Exakt das gleiche Modell wie die anderen beiden, die bei mir im Labor liegen«, ergänzte Mertel.

»Soll ich sofort eine Fahndung nach Kreilinger veranlassen?«, fragte Sabrina Schauß, die ihren Kollegen gefolgt war.

»Nein, das lass mal lieber bleiben«, winkte der Leiter des K1 ab. »Damit würden wir ihn nur aufscheuchen und riskieren, dass er sich womöglich ins Ausland absetzt.«

Während Mertel die Seilwinde eingehender begutachtete, raunte Tannenberg der jungen Kommissarin zu: »Der Satz auf der Ansichtskarte hätte sich damit ja schon bewahrheitet.«

»Du meinst ›Manfred Kreilinger ist Täter‹.«

Ihr Vorgesetzter nickte und verließ den Schuppen. Das heisere Kläffen der Jagdhunde dirigierte seinen Blick unwillkürlich zum Zwinger hin. In diesem Augenblick erinnerte er sich an den Tipp der Altenpflegerin.

»Leute, habt ihr eigentlich schon den Hundezwinger genauer unter die Lupe genommen?«, fragte er seine Kollegen.

»Nee, zu den aggressiven Viechern gehe ich nicht rein«, erwiderte einer der Kriminaltechniker.

»Warum sollen wir das denn auch tun, Chef?«, fragte Geiger und krauste die Stirnpartie. »Wir haben doch schon gefunden, was wir gar nicht gesucht haben.«

»Stimmt, du Paradoxon-Experte. Aber vielleicht finden wir ja noch etwas, das wir gar nicht suchen.«

»He?«, war alles, was dem Kriminaltechniker dazu einfiel.

»Freiwillige vor«, forderte Tannenberg lauthals, erntete damit allerdings nur Kopfschütteln. Er grinste breit. »Ihr habt ja recht, ich würde mich auch nicht zu diesen Mistkötern reintrauen.«

So als ob die Jagdhunde diese abschätzige Bemerkung verstanden hätten, sprangen sie knurrend am Maschendraht in die Höhe und kläfften noch lauter als zuvor.

»Wie kommen wir zu den Hundehütten, ohne dass diese Viecher uns vorher in Stücke reißen?«, grummelte der Leiter des K1 vor sich hin.

»Vielleicht mit einem Roboter, wie bei einer Bombenentschärfung«, schlug Kriminalhauptmeister Geiger vor.

Tannenberg ignorierte den Einwurf und wanderte ein paar Schritte im Kreis. Plötzlich blieb er stehen. »Wir könnten doch unsere Autos so dicht hintereinanderstellen, dass sie eine Gasse bilden.«

Er lief die kurze Strecke zwischen dem Hundezwinger und einem Gartentürchen ab, das sich circa zehn Meter entfernt neben einer Doppelgarage befand. »Durch diese Gasse treiben wir dann die Hunde in den Garten …«

»Wie bei der Stierhatz in Pamplona«, warf Geiger dazwischen.

»So ähnlich«, bemerkte Tannenberg mit säuerlichem Gesichtsausdruck. »Und wenn die Hunde dann drin sind, schließen wir das Türchen.« Er klatschte in die Hände. »Klappe zu, Viecher weggesperrt.«

»Das könnte funktionieren«, nickte Mertel. »Irgendwie erinnert mich das nicht an Spanien, sondern an den Wilden Westen.«

»Kein Wunder, Karl, schließlich befinden wir uns hier in der wilden Westpfalz«, kommentierte Tannenberg schmunzelnd.

Binnen kürzester Zeit bildeten die Kriminalbeamten mit ihren hintereinander postierten Dienstfahrzeugen einen ungefähr zwei Meter breiten Korridor und blockierten die freigebliebenen Stellen zwischen den Autos mit Sterholz. Mertel befestigte am Riegel der Zwingertür eine lange Schnur, mit deren Hilfe der Hundezwinger gefahrlos geöffnet werden konnte. Wolfram Tannenberg wurde die Ehre der Entriegelung zuteil.

Der Plan funktionierte tatsächlich. Von den johlenden und klatschenden Kriminalbeamten angetrieben, stürmten die Jagdhunde über den Hof hinweg in das umzäunte Freigelände. Nun konnten sich die Mitarbeiter der Spurensicherung gefahrlos an die Inspektion der drei großen Hundehütten begeben.

»Was ist denn hier los?«, ertönte urplötzlich die herrische Stimme Kreilingers von der Grundstückseinfahrt her. »Was habt ihr Saukerle mit meinen Hunden gemacht?«, blökte er so laut, dass er die kläffende Meute bei Weitem übertönte.

»Nur ruhig Blut, Herr Kreilinger«, empfing ihn Tannenberg, dem die Schadenfreude ins Gesicht geschrieben stand.

»Was wollt ihr überhaupt hier?«

Mit demonstrativer Gelassenheit zog der Kriminalbeamte den Durchsuchungsbeschluss aus seiner Jacke und hielt ihn dem wutschnaubenden Waidmann entgegen.

»So ein Quatsch!«, zischte Manfred Kreilinger. »Was wollt ihr Blindgänger denn bei mir finden?«

»Wir wollen nicht finden, sondern wir haben bereits etwas gefunden«, erklärte Tannenberg triumphierend. Anschließend gab er Mertel ein Zeichen, woraufhin dieser dem Förster das Corpus Delicti präsentierte.

»Eine Seilwinde. Ja und?«

»Die wir gerade in Ihrem Schuppen hinter einem Brennholzstapel entdeckt haben«, erklärte der Leiter des K1 grinsend.

Der Förster grunzte höhnisch. »Also mir gehört dieses Scheißding jedenfalls nicht. Ich habe es vorher noch nie gesehen.«

»Das kann ja jeder behaupten.«

»Genauso wie mir jeder diese Scheiß-Seilwinde untergeschoben haben kann. Der Schuppen ist nicht abgeschlossen. Da kann jeder rein.«

»Ohne von Ihren Hunden bemerkt zu werden?«, fragte Sabrina spitz.

»Ach, Schätzchen, was meinst du wohl, wie oft ich mit meinen Hunden im Wald unterwegs bin. Während dieser Zeit kann hier jeder ungesehen rein und raus.«

Manfred Kreilinger scannte die attraktive Kommissarin mit einem aufdringlichen Blick von oben bis unten ab, dann wandte er sich wieder ihrem Chef zu. »Habt ihr etwa meine Fingerabdrücke an der Seilwinde gefunden, he?«, fragte er mit einem abschätzigen Gesichtsausdruck.

»So weit sind wir noch nicht.«

»Könnt ihr euch auch sparen, denn meine Fingerabdrücke sind dort hundertprozentig nicht drauf zu finden.«

»Es soll ja Handschuhe geben«, bemerkte Tannenberg in süffisantem Ton.

»Wolf, komm mal bitte! Ich denke, wir haben da etwas sehr Interessantes entdeckt!«, rief Mertel von der mittleren Hundehütte aus.

»Steck da mal den Kopf rein«, forderte der Spurenexperte, während er auf die ausgeschnittene Eingangsöffnung zeigte.

Tannenberg tat, wie ihm geheißen. Der eigentümliche Geruch, der ihm sofort in die Nase kroch, erinnerte ihn an seinen eigenen Hund.

»Siehst du den eingezogenen Boden?«

»Klar. Ein super Versteck. Von außen nicht zu sehen und optimal bewacht.« Tannenberg zog den Kopf wieder aus der Öffnung heraus und fragte: »Und was war dort deponiert?«

Diese Frage beantwortete sich von selbst, denn als er zu seinem Kollegen emporschaute, baumelte bereits ein kleiner Asservatenbeutel vor seiner Nase, der einen silbernen Schlüssel mit Doppelbart enthielt.

»Ich schätze mal, der gehört zu irgendeinem Schließfach«, spekulierte Mertel.

»Haben Sie diesen Schlüssel auch noch nie zuvor gesehen, Herr Kreilinger?«, brüllte Tannenberg hinüber zu dem Förster, der bei seinen Hunden am Zaun stand und sich von ihnen die rechte Hand abschlecken ließ. »Wo passt der denn?«

»Ich sage nichts mehr. Außerdem werde ich jetzt meinen Anwalt verständigen«, rief Manfred Kreilinger zurück.

»Den werden Sie auch brauchen, denn Sie sind hiermit vorläufig festgenommen.«

»Wegen dieses kleinen Schlüssels?«

»Nee, wegen der großen Seilwinde«, erwiderte Tannenberg, während sich ein hämisches Grinsen auf seinem Gesicht breitmachte, »und weiterer Indizien.«

18

Nachdem Mertel in seinem Labor den Schlüssel spurentechnisch untersucht hatte, war seine erste Adresse die Zentrale der Kaiserslauterer Stadtsparkasse am Stiftsplatz. Er zeigte das Fundstück vor und hatte damit auf Anhieb Glück: Der Schlüssel mit der eingravierten Nummer 936 konnte einem auf den Namen Manfred Kreilinger eingetragenen Schrankfach zugeordnet werden.

Trotz dieses Volltreffers musste sich Mertel noch in Geduld üben, denn Tannenberg musste zuerst noch beim zuständigen Ermittlungsrichter eine schriftliche Anordnung für die Öffnung des Schließfachs besorgen.

Der Aufzug brachte die Kriminalbeamten hinunter in das Untergeschoss der Bank. Ein Sparkassenmitarbeiter entriegelte elektronisch die Tür zu einem Vorraum. Dort wurden in mehreren Vitrinen Goldmünzen präsentiert, die sicherheitsbewusste Bankkunden zum Erwerb des Edelmetalls animieren sollten.

»Ganz schön massives Ding«, urteilte Mertel mit Kennerblick, als er die dickwandige Tresortür erspähte.

Während sich der Bankkaufmann dezent zurückzog, betraten die beiden Ermittler den mit rotem Teppichboden ausgelegten und von grellem Neonlicht erhellten Tresorraum. Ein paar Sekunden lang ließen sie die eigentümliche, geradezu feierlich anmutende Atmosphäre auf sich einwirken.

»Wie still es hier unten ist«, flüsterte Tannenberg.

»Ja, totenstill«, stimmte der Spurenexperte zu. »Und das, obwohl wir uns in unmittelbarer Nähe der Ost-West-Achse und der Karl-Marx-Straße befinden.«

»Wie in einer Gruft.«

Mertel hob das Kinn in Richtung der silberfarbenen Wand, die von oben bis unten mit unterschiedlich großen, nummerierten Metalltüren besetzt war. »Allerdings mit dem kleinen Unterschied, dass in diesen Fächern keine Toten herumliegen, sondern Geld, Schmuck, Wertpapiere und Gold gebunkert sind.«

»Bist du dir sicher, dass sich hinter diesen Türchen nicht auch die eine oder andere Leiche befindet?«

Karl Mertel schnaubte erheitert. »Doch, das kann gut sein. Ich möchte nicht wissen, wie viele alte Omas vorzeitig ins Gras beißen mussten, damit die geldgierige Verwandtschaft endlich an ihr Erbe kam.«

»Zum Beispiel, indem man mit einem Kopfkissen ein wenig den natürlichen Sterbeprozess beschleunigt hat.«

»Eine der Möglichkeiten.« Der Kriminaltechniker seufzte tief. »Mensch, Wolf, wie gerne würde ich jetzt alle diese Schließfächer öffnen und den Inhalt mit nach Hause nehmen.«

»Ja, das wäre nicht schlecht«, meinte sein Kollege. »Ich würde dir sogar tragen helfen.«

»Und ich würde gerecht mit dir teilen.«

»Sehr lobenswert«, schmunzelte Tannenberg und streifte sich dünne Plastikhandschuhe über. Mertel tat es ihm gleich.

Anhand der eingravierten Schlüsselnummer konnte das betreffende Schrankfach schnell ausfindig gemacht werden. Tannenberg steckte den silbernen Schlüssel ins Schloss und drehte ihn um. Dann klappte er das Stahltürchen auf, entnahm dem Fach eine Metallbox und stellte diese auf einen Tisch.

»Das ist ja noch aufregender, als an Weihnachten Geschenke auszupacken«, wisperte Mertel, der es vor Spannung kaum mehr aushielt.

»Sag bloß, dir altem Esel legt noch irgendjemand etwas unter den Christbaum«, frotzelte sein Kollege.

»Laber nicht rum, Wolf, sondern mach endlich den Deckel auf!«, forderte der Kriminaltechniker mit Nachdruck.

In Zeitlupe hob der Chef-Ermittler den Klappdeckel an und legte ihn nach hinten um. Im Innern der Metallkiste befanden sich zwei braune DIN-A5-Kuverts. Sie waren beide prall gefüllt. Das erste war offen und enthielt mehrere Bündel Euroscheine.

Tannenberg ließ die Banknoten wie ein Daumenkino abblättern und pfiff beeindruckt durch die Zähne. »Das sind gut und gerne 50.000 Euro, wenn nicht noch mehr.« Er reichte die Geldbündel weiter.

»Wahnsinn. Wieso hat dieser Kerl so viel Bargeld …«

»Woher hat er dieses viele Geld?«, fiel ihm sein

Kollege ins Wort. »Das ist die weitaus interessantere Frage.«

Der Kriminaltechniker addierte geschwind die Summen der Banderolen-Aufdrucke. »Es sind haargenau 90.000 Euro, Wolf.«

»Dafür musste seine alte Mutter aber ganz schön lange stricken.«

»Doofer Spruch.«

Tannenberg knurrte irgendetwas Unverständliches vor sich hin. Dann wandte er sich dem zweiten Kuvert zu, das allerdings mit Tesafilm zugeklebt war. »Du hast doch garantiert ein Taschenmesser dabei, oder?«

»Logo. Ein Mann ohne Taschenmesser ist wie ein Vulkan ohne Lava.«

»Na, Karl, dieser Spruch ist aber auch nicht viel besser.«

Der Spurenexperte schmunzelte. »Hab ich ja auch gerade erst erfunden.« Grinsend streckte er die Hand aus. »Komm, lass das mal besser mich machen, bevor du dir noch ernsthafte Verletzungen zuziehst. Schließlich bist du als Grobmotoriker verschrien, wogegen man mich als geschickten Feinmotoriker bezeichnet.« Mertel reckte den Zeigefinger empor. »Und das übrigens völlig zu Recht.«

»Blöder Angeber«, grummelte sein Kollege und übergab ihm das Kuvert.

Demonstrativ schlitzte Mertel den dünnen Pappkarton betont langsam und akkurat auf. Mit spitzen Fingern fischte er nacheinander gut ein Dutzend

Farbfotos sowie sechs Streifen Negative heraus und verteilte diese auf der Tischplatte.

»Ja, was ist denn das?«, stieß Tannenberg verwundert aus, während sein Blick hektisch zwischen den Fotos hin- und herhüpfte.

»Live-Aufnahmen eines bizarren Mordes, würde ich tippen.«

»Mann, oh Mann, das ist wirklich starker Tobak.« Mertel begutachtete die dazugehörigen, durchnummerierten Negative und ordnete die Fotos chronologisch. Tannenberg beobachtete ihn schweigend.

»So, nun liegen sie der Reihe nach«, sagte der Kriminaltechniker und nickte zufrieden.

Die ersten beiden Farbfotos waren fast identisch und zeigten einen im Wald abgestellten Bauwagen, an dem ein Moped lehnte.

»Alle Aufnahmen wurden von einer erhöhten Beobachterposition aufgenommen«, erläuterte Mertel. »Aus den ins Bild hängenden Ästen lässt sich schlussfolgern, dass der Fotograf einen gesteigerten Wert auf Tarnung legte und während der Aufnahmen seinen Standort nicht verändert hat.«

»Gute Analyse«, lobte Tannenberg. Er zeigte auf das nächste Foto: »Die Tür des Bauwagens ist offen und ein Mann ...«

»Ein jüngerer Mann.«

»Und ein jüngerer Mann steht vor dem Eingang«, baute Tannenberg die Anregung in seinen Satz ein.

»Was hat er an?«

»Eine Jeansjacke, Bluejeans, braune Schuhe.«

»Weiter.«

»Er schaut sich so um, als wolle er sich vergewissern, ob die Luft rein ist.«

»Keine Interpretationen, nur Fakten.«

»Okay, Karl. Einwand akzeptiert.«

»Weiter geht's.«

»Der Mann ... Pardon: Der jüngere Mann verschwindet wieder im Bauwagen.«

»Nein. Er ist einfach nicht mehr da. Wo er sich befindet, ist zunächst reine Spekulation.«

»Aber auf den nächsten Fotos ...«, wandte Tannenberg ein, aber der Kriminaltechniker brachte ihn mit einer energischen Geste zum Schweigen.

»Alles schön der Reihe nach, Wolf. Nur beschreiben, was du siehst, keine vorschnellen Interpretationen«, wiederholte Mertel. »Nächstes Foto.«

»Okay. Zwei jüngere Männer tragen einen Menschen ...«

»Sehr gut, Wolf, denn auf diesem Foto erkennt man noch nicht sein Geschlecht.«

Tannenberg wusste nicht so recht, ob sein Kollege ihn mit seiner Pedanterie auf den Arm nehmen wollte. Deshalb kniff er die Augenbrauen zusammen und musterte ihn skeptisch.

Der Spurenexperte fing den Blick auf und lächelte süffisant. »Was haben die beiden anderen an?«, fragte er.

»Der zweite Mann trägt eine schwarze Lederjacke, schwarze Jeans und schwarze Schuhe. Die Person, die getragen wird, ist mit grünen Waldarbeiterklamotten und orangefarbenen Gummistiefeln bekleidet.« Wolfram Tannenberg hob die Schultern und grinste breit. »Tja, das war's eigentlich schon, denn hier sieht man noch nicht, wohin die Person gebracht wird.«

»Exakt.« Mertel wies mit der Fingerspitze auf ein Farbfoto, welches genau in der Mitte der Reihe platziert war. »Das wissen wir erst jetzt«, sagte er und ermunterte seinen Kollegen mit einer Kopfbewegung, mit der Bildbeschreibung fortzufahren.

»Die männliche Person …« Tannenberg unterbrach seinen Satz. »Männlich deshalb, weil auf dem Foto deutlich sein Schnurrbart zu erkennen ist.«

Der Kriminaltechniker konnte sich eines dezenten Schmunzelns nicht erwehren.

»Der jüngere Mann liegt mit dem Rücken auf einer kleinen Erhebung. Er ist wie auf einen Altar gebettet.« Tannenberg warf seinem Begleiter einen unsicheren Blick zu. »Entschuldige, aber diese Assoziation drängt sich einem doch förmlich auf.«

»Das stimmt. Mach weiter.«

»Der eine Mann hat seine Jeansjacke ausgezogen und befestigt eine Seilwinde an einem mächtigen Baum, der sich rechts hinter dem liegenden Mann befindet.« Ein paar Sekunden lang war es mucksmäuschenstill im Tresorraum. »Auf dem nächsten Foto sieht man, wie dieser Mann mit dem freien Ende des Seils in die andere Richtung läuft.«

»Okay. Weiter.«

»Nun legt der Mann das Seil um einen Baum.«

»Um welche Baumart handelt es sich?«

Tannenberg senkte seinen Kopf zum Foto hin.

»Blinde Nuss«, polterte sein Kollege. »Soll ich dir eine Lupe besorgen?«

»Quatsch«, zischte der Leiter des K1. »Ich wollte nur sichergehen. Es handelt sich definitiv um eine Kiefer.«

»Sehr gut«, lobte Mertel, wobei er die beiden Worte in die Länge zog. »Und zwar um eine morsche Kiefer. Was ist noch wichtig auf diesem Foto?«

»Hm«, machte Tannenberg nachdenklich. »Meinst du die dicke Rinde, die der Mann offenbar unter das Seil geklemmt hat?«

»Ja, genau die meine ich. Und weißt du auch, warum er das getan hat?«

»Wahrscheinlich, damit sich das Seil nicht in den Baumstamm einschneiden ...«

»Und Spuren hinterlassen konnte«, vollendete Mertel.

»Ein eiskalt geplanter Mord. Eigentlich perfekt arrangiert. Es sollte anscheinend so aussehen, als ob sich das Opfer zu einem Nickerchen hingelegt hat und dann im Schlaf von dem umstürzenden, morschen Baum erschlagen wurde. Irre.«

»Wir sind noch nicht fertig.«

»Okay«, sagte Tannenberg und wandte sich der drittletzten Aufnahme zu. »Die Kiefer hängt quasi im 45-Grad-Winkel im Bild.«

»Das heißt, sie fällt gerade um.«

»Keine vorschnellen Interpretationen bitte«, rüffelte der Chef-Ermittler mit hochgezogenen Brauen.

»Wieso?«

»Weil es durchaus sein könnte, dass die Kiefer durch eine zweite Seilwinde in dieser Stellung gehalten wird – zumindest theoretisch ist das möglich.«

»Eben nicht«, blaffte der Kriminaltechniker. »Oder siehst du irgendwo ein weiteres Seil?«

Wolfram Tannenberg verschluckte einen Kommentar und deutete auf das nächste Foto: »Jetzt liegt dieser Baum auf dem jungen Mann. Mehrere Äste stecken in seinem Körper und haben ihn regelrecht aufgespießt.« Er schluckte trocken. »Hoffentlich war er bereits vorher tot.«

»Ja, hoffentlich«, sagte Mertel und atmete schwer. »So, und nun zur letzten Aufnahme.«

»Die beiden Männer haben dem unter der abgestorbenen Kiefer begrabenen Opfer den Rücken zugewandt. Sie schauen in Richtung der Kamera.« Tannenberg warf seinem Kollegen einen Seitenblick zu. »Glaubst du, sie haben gerade den Fotografen entdeckt?«

Der Spurenexperte presste die Lippen zusammen und wiegte den Kopf. »Keine Ahnung, Wolf. Aber eins steht fest: Wenn sie ihn entdeckt haben, war sein Leben wohl keinen Pfifferling mehr wert. Denn er war Zeuge eines fast perfekten Mordes.«

»Aber wegen dieser Fotos war er eben nur fast perfekt«, meinte Tannenberg.

Die Miene des Kriminaltechnikers verdüsterte sich. »Ich hoffe wirklich für ihn, dass er unentdeckt blieb. Zu denken gibt mir allerdings, dass er nach diesem

Bild keine weiteren Aufnahmen mehr gemacht hat.«
Er zeigte auf die Negative. »Außer diesen Fotos ist
nämlich nichts auf dem Film.«

»Komisch.«

»Na ja, vielleicht hat er vorher Tiere oder Pflan-
zen fotografiert und gerade einen neuen Film ein-
gelegt, als er die Männer bemerkt hat«, spekulierte
Mertel.

»Oder er ist ihnen in den Wald gefolgt und hat sich
dort auf die Lauer gelegt.«

»Dann müsste er aber die Täter belauscht oder bei
ihren Vorbereitungen beobachtet haben.«

»Ja, warum nicht?«

»Das wiederum würde aber bedeuten, dass er
von vornherein vorhatte, die Täter mit den Fotos zu
erpressen.«

»Vielleicht hat er die Chance seines Lebens gewit-
tert«, meinte Tannenberg. »Wie heißt es im Volksmund so schön: Gelegenheit macht Diebe.« Er durchfurchte mit den Fingern seine Haare, faltete die Hände
im Genick und streckte sich. »Da Kreilinger im Besitz
dieser Fotos ist, gibt es zwei Möglichkeiten: Entweder hat er selbst die Fotos geschossen …«

»Oder ein anderer war der Fotograf und Kreilinger hat sie sich irgendwie unter den Nagel gerissen«,
brachte Mertel die andere Variante ins Spiel. »Auf alle
Fälle können wir davon ausgehen, dass unser Freund
Kreilinger den oder die Täter erpresst hat.«

Wolfram Tannenberg nahm den Asservatenbeutel mit den Geldbündeln in die Hand und wiegte ihn

so, als wolle er dessen Gewicht abschätzen. »Es sieht ganz danach aus.«

»Sag mal, der rechte Mann ist doch wohl eindeutig Toni Denzer, oder?«, wollte Mertel wissen.

Sein Kollege nickte. »Klar doch. Der hatte schon damals diese gemeine, arrogante Fresse.«

»Nur, wer ist der andere?«

»Keine Ahnung, Karl. Aber das kriegen wir sicher ganz schnell raus.«

»Dann hat also derjenige, der die Anschläge auf Anton Denzer verübt hat, bewusst die Seilwinde als Tatwerkzeug benutzt.«

»Um Gleiches mit Gleichem zu vergelten.«

»Rache für diesen heimtückischen Mord.«

Der Leiter des K1 zupfte an seinem Ohrläppchen und schüttelte den Kopf. »Mann, Mann, Mann, was für ein Wahnsinn.«

»Aber wer ist das Opfer?«, fragte Mertel.

»Auch das werden wir schon sehr bald erfahren«, zeigte sich Tannenberg zuversichtlich. Behutsam schob er die Fotos zusammen, verstaute sie in einem Asservatenbeutel, erhob sich und warf noch einen letzten Blick auf die hinter Stahltürchen verborgenen Schätze seiner Mitbürger.

Als Tannenberg eine Viertelstunde später in seine Dienststelle zurückkehrte, verhörten seine Mitarbeiter gerade Manfred Kreilinger. Oder, zutreffender formuliert: Sie versuchten, den Revierförster zu verhören, denn Kreilinger saß im Vernehmungszimmer neben seinem Anwalt und ließ alle Fragen regungs- und kommentarlos über sich ergehen.

Der Kommissariatsleiter schaute sich dieses lang- weilige Kammerspiel ein paar Minuten lang durch die Einwegscheibe an, dann wurde es ihm zu bunt und er stürmte in den fensterlosen, spartanisch ein- gerichteten Raum, in dem sich lediglich vier Stühle und ein Tisch befanden. Darauf standen zwei Glä- ser, eine Wasserflasche sowie ein Mikrofon und ein Aufnahmegerät.

Tannenberg fuchtelte mit den beiden Asservaten- beuteln vor Kreilingers Nase herum und brüllte: »Das hier haben wir eben in der Stadtsparkasse in Ihrem Schließfach gefunden: 90.000 Euro in bar und Fotos, auf denen ein brutaler Mord für die Nachwelt festge- halten wurde. Woher stammt das viele Geld? Woher haben Sie diese Fotos? Wer hat sie gemacht?«

Der Förster würdigte die Asservatenbeutel keines Blickes und schaute durch sie hindurch, als seien sie Luft.

»Bitte, Herr Hauptkommissar, wir wollen uns doch alle wie zivilisierte Menschen benehmen, nicht wahr«, mischte sich der Rechtsanwalt mit betont emotions- loser Stimme ein. »Wie heißt es so schön im Volks- mund: Wer brüllt, hat Unrecht.«

»Danke, ich hatte heute schon meine Volksmund- Zwangsbeglückung«, konterte Tannenberg. Seine Halsschlagadern schwollen zu wurmähnlichen Gebil- den an, doch bevor er explodierte, stapfte er aus dem Raum.

Dich krieg ich, du blöder Depp, schimpfte er tonlos. Ich muss unbedingt wissen, wer die beiden anderen Männer sind. Der alte Denzer macht garantiert auch nicht das Maul auf, wenn ich ihn danach frage. Er klatschte in die Hände. Dann eben auf nach Köhlerbach. Da finde ich garantiert jemanden, der mir weiterhelfen kann.

Tannenberg brachte die Asservatenbeutel zu Mertel ins Labor und bat den Spurensicherer, vier der Fotos abzuscannen und auszudrucken. Anschließend brauste er ins Moosalbtal. Auf der Fahrt dorthin überlegte er, wen er um Auskunft bitten sollte. Als er kurz vor Köhlerbach ein Hinweisschild auf das heutige Stammessen in der Dorfwirtschaft entdeckte, nahm er diesen göttlichen Fingerzeig gerne an.

Der Kaiserslauterer Ermittler kam gerade richtig, denn inzwischen war es kurz vor 12 Uhr und die Gaststätte war bereits gut gefüllt. Er blickte sich in der urigen Dorfkneipe nach älteren Semestern um. Am Stammtisch wurde er fündig, denn dort saßen drei Männer beisammen, die alle etwa derselben Altersklasse angehörten.

»Mahlzeit«, wünschte Tannenberg, doch er erzeugte damit keinerlei Resonanz. Die vollbärtigen Gesellen löffelten weiter ihren Eintopf und wollten sich offensichtlich nicht beim Mittagessen stören lassen.

Ohne um Erlaubnis zu fragen, nahm der Kriminalbeamte am Stammtisch Platz. An zwei alten Motorsägenketten befestigt, baumelte über der dicken Eichenplatte eine Holzschwarte, in die der Spruch ›Do duun die hogge, die wo immer do hogge duun‹, eingebrannt war.

Der Leiter des K1 zog die ersten beiden kopierten Fotos heraus und legte sie zwischen die Suppenteller der ihm gegenübersitzenden Holzmacher. Das eine zeigte den erschlagenen Waldarbeiter und das andere seine in die Kamera blickenden Mörder.

»Könnten Sie mir bitte sagen, wer diese drei Männer sind?«, bat er in forschem Ton.

Keine Reaktion, noch nicht einmal ein einziger Blick auf die beiden Aufnahmen.

Wie ein Blitz aus heiterem Himmel donnerte Tannenbergs Faust derart heftig auf die Tischplatte, dass die Suppe über den Rand schwappte. So als hätten ihre Teller urplötzlich Feuer gefangen, rissen die Holzfäller ihre Oberkörper nach hinten.

»Verdammte Scheiße!«, blökte der Kriminalbeamte ungehalten. »Mir reicht jetzt dieses Affentheater. Ich bin nicht zum Spaß hierhergekommen, sondern weil ich mehrere Morde und Mordversuche aufzuklären habe. Wenn ihr unfreundlichen Waldschrate mir jetzt nicht innerhalb der nächsten fünf Minuten sagt, wer diese Typen auf den Fotos sind, nehme ich euch drei in Beugehaft.«

Wie ein aggressives Raubtier fletschte er die Zähne. »Und dann bleibt ihr so lange im Bau, bis ich eine Antwort auf meine Frage erhalten habe.« Er fixierte den Gastwirt, der hinter der Theke stand und mit offenem Mund herübergaffte.

Tannenberg brüllte weiter: »Außerdem werden wir

diese Scheiß-Dorfkneipe so lange auf den Kopf stellen, bis wir etwas finden, mit dem wir eurem Wirt die Konzession entziehen können. Und ich garantiere euch, dass wir etwas finden werden.«

Dieser heftige Wutanfall zeitigte umgehend Wirkung. Nicht nur die Stammtischler betrachteten sich nun eingehend die Bilder, sondern auch der beleibte Gastwirt und einige der anderen Gäste beteiligten sich daran.

»Da, da, da, das da ist der Toni«, sagte ein schmächtiger, älterer Mann, dessen Sprachfehler in der Aufregung noch deutlicher als gewöhnlich zutage trat. »Und da, da, da, da …«

Bevor er den Namen herausbrachte, verkündete einer der Holzmacher am Stammtisch mit tiefer Stimme: »Das ist Albert Winter, Tonis Spezi.«

»Ja, als junger Kerl«, pflichtete sein Nebenmann bei. »Und der, wo da liegt, muss der Rolf Kleemann sein.«

Tannenberg schaute sich um. Die meisten der Anwesenden nickten stumm, einige tuschelten miteinander.

»So haben wir ihn damals gefunden«, fuhr der Holzmacher nach einer kleinen Pause fort.

»Aber wieso sind denn Toni und Albert auf dem Bild?«, fragte der Stammtischler im Basston. »Die waren damals doch gar nicht dabei. Oder erinnere ich mich nicht richtig?«

»Doch«, kam es mehrstimmig zurück.

»Die beiden waren angeblich den ganzen Tag über

in der Stadt und sind erst spät in der Nacht heimgekommen, als alles schon vorbei war«, sagte einer, der sich gut zu erinnern schien. »Das weiß ich noch ganz genau. Als wir mit der freiwilligen Feuerwehr vom Unglücksort zurückkehrten, haben wir noch lange am Spritzenhaus beisammengestanden. Und dann kam irgendwann in der Nacht Toni mit seinem roten Spider angerauscht. Da hat er uns erzählt, dass er und Albert eine Kneipentour gemacht hätten.«

»Dann waren die beiden also vor uns im Wald«, wunderte sich ein anderer ehemaliger Feuerwehrmann. »Wieso hat denn keiner von ihnen gesagt, dass Rolf einen tragischen Arbeitsunfall hatte?«

»Unglück? Tragischer Arbeitsunfall?«, tönte der Kriminalbeamte mit unverhohlenem Spott. »Dass ich nicht lache.« Mit einem Mal war er förmlich umzingelt von verdutzten Gesichtern. Er zog die anderen beiden Fotos aus der Jacke und legte sie auf den Tisch. »Wie Sie hier mit eigenen Augen sehen können, kam Rolf Kleemann nicht bei einem Unfall ums Leben, sondern er wurde ermordet.«

»Diese Saukerle haben den Baum mit einer Seilwinde umgezogen«, keuchte der unmittelbar vor Tannenberg am Tisch sitzende Mann fassungslos. »Und wir haben alle geglaubt, dass Rolf sich aufs Ohr gelegt hatte, um seinen Rausch auszuschlafen.« Er drehte den Kopf zu Tannenberg hin. »Wir haben nämlich eine leere Flasche Wein in der Hütte gefunden. Aber sein Kumpel, den Rolf mittags nach Hause fuhr, hat behauptet …«

»Das war ich«, meldete sich einer auf der anderen Tischseite zu Wort und tippte sich mit dem Finger auf die Brust. »Weil mir total schlecht war«, fügte er in entschuldigendem Ton hinzu. »Ja, ich hab gesagt, dass mir morgens keine Weinflasche aufgefallen ist«, bestätigte er schulterzuckend. »Aber ich hab mir damals nichts dabei gedacht. Ich hab angenommen, dass er die Flasche dann eben in seinem Rucksack hatte.«

»Das ist im Moment auch nicht so wichtig«, sagte Tannenberg. »Mich interessiert viel mehr, wo ich diesen Albert Winter finden kann.«

Der korpulente Wirt wies auf den Schanktisch und erklärte: »Diese Richtung, vierhundert Meter Luftlinie.«

»Genaue Adresse?«, fragte der Kriminalbeamte.

»Brauchen Sie nicht.«

»Wieso?«

»Fragen Sie einfach nach dem Friedhof. Dort liegt Albert Winter seit ungefähr zweieinhalb Jahren.«

19

Jürgen Denzers Körper erholte sich erstaunlich schnell von den Narkosemitteln, mit denen man ihn in ein künstliches Koma versetzt hatte. Nach Konsultation der behandelnden Ärzte stand einer intensiveren kriminalpolizeilichen Befragung nichts mehr im Wege.

»Guten Tag, Herr Denzer, es freut mich sehr, dass es Ihnen inzwischen besser geht«, grüßte Tannenberg, der von Kommissar Schauß begleitet wurde. »Meinen Kollegen kennen Sie ja bereits.«

»Ja, er hat mich in meiner Wohnung aufgesucht«, bestätigte der Patient.

»Wir würden Ihnen gerne noch ein paar Fragen stellen. Wären Sie damit einverstanden?«

Denzer nickte.

»Sehr schön.« Tannenberg setzte sich auf einen Besucherstuhl, schlug ein Bein über das andere und wippte mit dem Fuß auf und ab. Er zögerte, weil er nicht so recht wusste, wie er beginnen sollte. Nach einem kurzen Blick auf die medizinischen Gerätschaften, die hinter Denzers Krankenbett unaufhörlich blinkten und zuckten, atmete er geräuschvoll aus.

»Wir wissen inzwischen, dass Sie nicht Anton Denzers leiblicher Sohn sind«, verkündete er und forschte im Gesicht des Patienten nach einer Reaktion, doch er entdeckte keine Regung. »Ist das richtig?«, schob er nach.

»Ja«, kam es kurz und bündig zurück.

»Seit wann wissen Sie es?«

»Ich habe es vor etwa zweieinhalb Jahren erfahren.«

»Wer hat es Ihnen gesagt?«

»Ihre Mutter wohl nicht, denn die gute Frau ist ja schon lange tot«, warf Michael Schauß forsch dazwischen.

Tannenberg störte sich an dem unsensiblen, flapsigen Ton seines Mitarbeiters und bedachte ihn deshalb mit einem maßregelnden Blick. Anschließend wandte er sich wieder dem Patienten zu und hakte nach: »Wissen Sie es von Ihrem Stiefvater?«

Jürgen grunzte höhnisch. »Nee. Der alte Hundsfott hätte dieses Geheimnis garantiert mit ins Grab genommen.«

»Wieso hat es Ihnen denn eigentlich sonst niemand verraten?«, wollte Schauß wissen.

»Weil es niemand wusste«, erwiderte Jürgen mit abgehackten Worten. »Meine Mutter, ihre Familie und die Denzers haben beschlossen, mich als Tonis Erzeugnis auszugeben.«

»Aber wie war das möglich?«, fragte Schauß verdutzt.

»Ganz einfach: Als Vater starb, wusste Mutter erst seit ein paar Tagen, dass sie schwanger war. Nach seinem plötzlichen Tod hat sich Toni angeblich so liebevoll um meine Mutter gekümmert, dass sie sich ihm angeblich aus Dankbarkeit hingegeben hat. Und um diesen Deal auch noch formal zu regeln, hat er sie ruck, zuck geheiratet. Damit hatte er nun endlich die Frau an der Angel, die ihm mein richtiger Vater vor der Nase weggeschnappt hatte.«

Tannenberg zog die Stirn in Falten. »Wer hat Ihnen denn nun die Wahrheit gesagt?«

»Albert Winter, Tonis damaliger Freund. Außer den beiden Familien war er anscheinend der Einzige, der davon wusste.«

»Albert Winter?«, wiederholte der Leiter des K1.

»Ja. Warum wundern Sie sich so darüber?«

»Ach, nur so«, wiegelte Tannenberg ab. Er wollte jetzt noch nicht die Katze aus dem Sack lassen.

»Und wie hat Anton Denzer darauf reagiert, als Sie ihn mit Ihrem Wissen konfrontiert haben?«, fragte Schauß.

»Gar nicht.«

»Wieso?«

»Weil er nicht weiß, dass ich es weiß.«

Der junge Kommissar brummte nachdenklich. »Und weshalb haben Sie es ihm noch nicht gesagt?«

»Warum sollte ich das tun?«

»Na ja …«, seufzte der junge Kommissar, dem spontan durchaus einige Gründe einfielen, doch er zog es vor zu schweigen.

»Bei meinem ersten kurzen Besuch hier im Krankenhaus hatte ich Sie zum Schluss gefragt, woran Sie sich bei der Jagd als Letztes erinnern«, wechselte Tannenberg das Thema. »Sie haben geantwortet, dass Sie den Finger am Abzug hatten und durch Ihr Zielfernrohr schauten.« Ein dezentes Schmunzeln huschte über sein Gesicht. »Dann sagten Sie wörtlich: ›Ich hatte eine kapitale Wildsau im Visier.‹«

»Ich hatte auch wirklich eine kapitale Wildsau im Visier, aber die hatte nicht vier, sondern zwei Beine und heißt Anton Denzer.«

Die beiden Kriminalbeamten waren völlig perplex. Zuerst gafften sie sich mit offenen Mündern an, dann wanderten ihre Blicke zu Jürgen Denzer, der sie frech angrinste.

»Sie wollten Toni erschießen?«

»Aber sicher. Nur bin ich ja leider nicht dazu gekommen.«

»Ähm«, machten die beiden Ermittler wie aus einem Munde. »Wissen Sie, wer auf Sie geschossen hat?«

»Nein, das ging alles viel zu schnell. Übrigens gucken Sie beide gerade ganz schön dumm aus der Wäsche«, höhnte der Patient. Doch dann legte sich ein sorgenvoller Schleier über sein Gesicht und er atmete schwer. »Gestern haben mir die Ärzte mitgeteilt, dass ich …«

Jürgen brach ab und schluckte so trocken, dass ihm Schauß, ohne zu fragen, das Wasserglas an die Lippen führte. Der Schwerverletzte trank einen kleinen Schluck.

»Danke«, keuchte er und schaute hinunter auf seine leblosen Extremitäten. »Leider kann ich nun meinen Plan nicht mehr ausführen.« Jürgen schniefte und räusperte sich. »Deshalb habe ich mich dazu entschlossen, reinen Tisch zu machen und Ihnen die Wahrheit zu sagen.«

Unerträgliche Stille breitete sich aus.

»Die Wahrheit worüber?«, versuchte Tannenberg, Denzers Stiefsohn zum Weitersprechen zu animieren.

»Die Wahrheit über alles«, fuhr Jürgen endlich fort. »Über die Ermordung meines Vaters, den ich leider nie kennengelernt habe. Und über meinen leider fehlgeschlagenen Versuch, Toni seiner gerechten Strafe zuzuführen. Denn er hat nicht nur meinen Vater ermordet, sondern zudem meine Mutter in den Selbstmord getrieben. Ich werde Ihnen nun alle meine Schandtaten beichten, wenn Sie es so nennen möchten. So, wie es Albert Winter kurz vor seinem Tod mir gegenüber getan hat.«

»Was hat Ihnen Winter gebeichtet?«, fragte Tannenberg.

»Er wollte kurz vor seinem Tod sein Gewissen erleichtern und hat mir gebeichtet, dass Toni meinen Vater ermordet hat.« Jürgen zog die Nase hoch. »Und dass er dabei war, aber nichts dagegen unternommen hat.«

»Sie haben vorhin davon gesprochen, dass Sie Ihren Plan nun nicht mehr ausführen können«, mischte sich Schauß ein. »Welchen Plan meinen Sie eigentlich?«

Lächelnd schüttelte Jürgen den Kopf. »Es ist schon erstaunlich, wie blind die Polizei im Nebel herumtappt«, spottete er. Ein paar Sekunden lang wanderte das Schweigen zwischen den Männern hin und her. Man hörte lediglich das Piepsen der elektronischen Überwachungsgeräte.

»Na ja, ich habe schließlich auch einige geniale Nebelkerzen geworfen«, verkündete er in arrogantem Ton. »Und ich hatte natürlich auch ein Mordsglück.« Jürgen bedachte Michael Schauß mit einem eindringlichen Blick. »Erinnern Sie sich noch an Ihren Besuch in meiner Wohnung?«

»Ja, sicher.«

»Als Sie bei mir aufkreuzten, war ich total deprimiert.«

»Wieso?«, warf Schauß ein.

»Na ja, weil ich Angst hatte, dass Sie mich verhaften würden. Und dann hätte ich meinen Plan natürlich nicht mehr umsetzen können.«

»Sie waren also gar nicht am Boden zerstört, weil Ihre Mutter …«

»Agnes war nicht meine Mutter«, stellte Jürgen klar.

»Pardon«, sagte Michael Schauß und kehrte die Handflächen nach außen. »Der Tod der Frauen hat Sie also kaltgelassen. Sie waren nur frustriert, weil Ihr Attentat fehlgeschlagen ist.« Er klatschte sich an die Stirn. »Ich Dödel!«

»Es war schon sehr überraschend für mich, als Sie mir erzählten, Kuno und Walter hätten behauptet, dass ich beim Einschlag bei ihnen am Tisch saß, was ja de facto nicht der Fall war. Zuerst hat mich die

Aussage der beiden ziemlich verwirrt und ich habe sie auf Amnesie oder Schock oder so was in der Art zurückgeführt. Bis mir irgendwann klar wurde, dass mich diese Stinkstiefel für ihre eigenen Zwecke instrumentalisiert haben.«

»Inwiefern?«, fragte Tannenberg.

Jürgen versuchte, sich ein wenig aufzurichten, sackte aber sofort wieder matt auf das Kissen zurück. »Die beiden wünschen sich doch seit Jahren nichts sehnlicher als den Tod des alten Tyrannen und Menschenschinders herbei. Ich hab zwar nicht mitgekriegt, was sie gemeinsam mit ihrer Mutter hinter Tonis Rücken ausgeheckt haben, aber die hatten irgendetwas Hinterhältiges vor, da bin ich mir ganz sicher. Vielleicht haben sie ja selbst seine Ermordung geplant. Und ich bin ihnen nur zuvor gekommen.«

Er kniff die Lippen zusammen und seufzte. »Na ja, egal. Jedenfalls kam ihnen mein Plan sicherlich sehr gelegen. Und sie konnten natürlich davon ausgehen, dass ich es, nachdem das erste Attentat fehlgeschlagen war, noch einmal versuchen würde.«

Ein dezentes Lächeln umspielte seine Lippen, während er erneut Blickkontakt zu Michael Schauß herstellte. »Nachdem Sie meine Wohnung verlassen hatten, habe ich einen Freudentanz aufgeführt. Denn plötzlich hatte ich wieder Hoffnung, ungeschoren aus der Sache rauszukommen und mein Werk doch noch vollenden zu können.«

»Aber wieso hat Ihr genialer Plan eigentlich nicht

funktioniert?«, fragte Tannenberg. »Wie haben Sie das überhaupt alles arrangiert?«

»Sie haben ziemlich viele Fragen, wie mir scheint, Herr Hauptkommissar«, erwiderte Jürgen. »Aber ich werde sie Ihnen gerne beantworten. Schließlich habe ich jetzt alle Zeit der Welt. In meiner beschissenen Lage kann ich noch nicht einmal mich selbst töten, geschweige denn einen anderen.«

Er seufzte und schnaubte hämisch. »Und Toni fährt weiter mit der Harley durch die Gegend und freut sich seines Lebens. Er kommt ungestraft davon, weil der einzige Tatzeuge tot ist und sich geweigert hat, eine schriftliche Aussage zu verfassen. Was für eine ungerechte Welt.«

Mit dem Kinn wies Jürgen auf das Wasserglas. Schauß reagierte prompt und schenkte ihm ein. Anschließend reichte er dem Schwerverletzten ein Papiertaschentuch, mit dem sich Jürgen den Mund abwischte.

»Danke«, sagte der Patient und räusperte sich. »Mein Plan war perfekt.« Er machte eine verzweifelte Geste. »Ich konnte doch nicht ahnen, dass ausgerechnet in dem Moment, als ich den Felsen auf den Weg geschickt habe, Toni einen Anruf bekam und die Villa verließ.«

Jürgen grunzte kopfschüttelnd. »Und dann auch noch dieser dumme Zufall mit der Wildsaurotte, die in meinem schönen Kanonenrohr derart gewütet hat, dass die Steinkugel abgelenkt wurde.« Er schnaufte heftig. »Obwohl, eigentlich war es gar nicht verkehrt, dass es diese blöden Weiber erwischt hat und nicht die kleinen Kinder am Tisch.«

»Deren Tod Sie billigend in Kauf genommen hätten, wenn der Felsen wie geplant eingeschlagen hätte«, platzte es aus Tannenberg heraus.

»Ja, so ist es. Es war Teil meines Plans, möglichst viele Mitglieder des Denzer-Clans zu töten und damit diese Scheiß-Familie genauso zu zerstören, wie Toni es mit meiner getan hat.«

»Wie kann man nur so zynisch und menschenverachtend sein«, bemerkte Michael Schauß voller Abscheu.

Sein Vorgesetzter warf ihm einen Blick zu, der nur eins bedeutete: Halt dich zurück und lass ihn weiterreden!

Sichtlich verlegen, schlug der junge Kommissar die Augen nieder.

»Wie haben Sie es eigentlich hingekriegt, dass der Felsen genau zum richtigen Zeitpunkt losgerollt ist?«, fragte Tannenberg.

»Sie wissen also immer noch nicht, wie ich es gemacht habe?«

»Nein«, log Tannenberg, obwohl es inzwischen in seinem Kopf geklingelt hatte.

»Das Zauberwort heißt DC 85.«

»He?«, keuchte Schauß.

»Die DC 85 ist ein wahres Wunderwerk der Technik.« Jürgen wartete einen Moment, dann schob er nach: »Die DC 85 ist eine elektrische Seilwinde mit 1500 kg Zugkraft. Sie benötigt lediglich eine Autobatterie und lässt sich wunderbar mit einer Funkfernsteuerung bedienen.«

»Dann haben Sie also diese elektrische Seilwinde ...« In Tannenbergs Hirn tauchte eine andere Frage auf: »Von wo aus haben Sie denn die Seilwinde gestartet?«

»Kurz vor 18 Uhr bin ich in den Keller, angeblich, um Wein zu holen. Ich musste ja verschwinden, damit ich nicht am Tisch sitze, wenn die Felsenkugel einschlägt. Im Weinkeller habe ich die Seilwinde in Gang gesetzt und den Baum quasi ferngesteuert umfallen lassen.« Jürgen grinste überheblich. »Genial, oder?«

Schauß verschluckte einen deftigen Kommentar und fragte: »Wie lange haben Sie eigentlich gebraucht, um diesen Hang zu präparieren?«

»Na ja, insgesamt habe ich etwa ein Jahr lang daran gearbeitet. Übrigens immer zwischen 2 und 4 Uhr nachts, damit keiner etwas davon mitbekommt.«

»Und für uns blöde Bullen haben Sie dann eine mechanische Seilwinde dort oben platziert, um ...«, versetzte Tannenberg.

»Um mir ein hundertprozentiges Alibi zu verschaffen«, fiel ihm Jürgen ins Wort. »Schließlich musste der Täter ja oben am Baum gewesen sein, um den Baum umzuziehen. War das nicht eine wirklich geniale Nebelkerze, die ich da geworfen habe?«

»Doch, das muss man neidlos anerkennen«, säuselte Tannenberg, um das Gespräch weiter in Gang zu halten. »Und wir sind alle darauf reingefallen.«

»Inklusive unserer sonst so superschlauen Kriminaltechnik«, spottete Schauß.

»Ich hab's denen ja auch nicht leicht gemacht«, sagte Jürgen.

»Wann haben Sie die beiden Seilwinden ausgetauscht?«, wollte der Kommissariatsleiter wissen.

»Noch in derselben Nacht. An der Villa war ja der Teufel los, da bin ich im Hang niemandem aufgefallen. Und am nächsten Morgen, als es hell wurde, lag dort oben eine mechanische Winde. Übrigens mit dem Originalseil, denn ich musste nur den Antrieb austauschen.«

»Wenn's nicht so makaber wäre, müsste man Ihnen wirklich zu diesem Clou gratulieren«, meinte Schauß.

»Nur keine Zurückhaltung. In meiner beschissenen Situation kann ich ein bisschen Aufmunterung durchaus gebrauchen.«

Dieser Zynismus war dann doch ein wenig zu viel für den jungen Kommissar. »Wolf, ich muss mal kurz raus an die Luft«, sagte er und richtete sich auf.

»Alles klar, Michael, lass dir ruhig Zeit. Könntest du uns bitte irgendwo eine Tasse Kaffee besorgen?«

»Mach ich.«

Jürgen wartete, bis Schauß das Krankenzimmer verlassen hatte, dann sagte er in verschwörerischem Tonfall: »Wissen Sie, Herr Kommissar, die Ablenkung mit der mechanischen Seilwinde brauchte ich ja, um Zeit zu gewinnen.«

»Für den nächsten Anschlag auf Anton Denzer.«

Jürgen nagte an seiner Unterlippe und nickte.

»Für den Sie natürlich auch eine ferngesteuerte Seilwinde verwendet haben.«

»Ja, sicher. Ich stand ja gemeinsam mit Kuno und Walter oben neben der Villa und konnte den Holzlagerplatz wunderbar beobachten. Ich habe einfach gewartet, bis Toni an dem präparierten Holzstapel vorbeikam, und habe dann in meiner Hosentasche auf den Knopf gedrückt. Und da ich definitiv unten nicht die mechanische Seilwinde bedienen konnte, weil ich ja oben war, hatte ich schon wieder ein perfektes Alibi.«

»Ich nehme an, Sie haben irgendwann die beiden Seilwinden ausgetauscht.«

»Musste ich doch. Aber diesmal habe ich das gleich erledigt. Als die anderen sich um Toni kümmerten, bin ich hinter die Holztürme und habe schnell die Winden ausgetauscht.« Er zwinkerte. »Mein Auto stand unmittelbar daneben. Da hatte ich auch gleich die Batterie. Sie verstehen?«

»Klar, verstehe ich. Und beim ersten Anschlag?«

»Da habe ich mit meinem Fahrrad eine Autobatterie zum Felsen gebracht und später wieder abtransportiert.«

»Sie haben wirklich an alles gedacht«, lobte Tannenberg. »Sogar daran, den Verdacht auf Kreilinger zu lenken, indem Sie in seinem Holzschuppen eine mechanische Seilwinde versteckten. Das waren Sie doch auch, oder?«

»Ja«, kam es einsilbig zurück.

»Dann haben Sie mir bestimmt auch die Ansichtskarte von Köhlerbach mit dem Hinweis auf Kreilinger geschickt?«

Jürgen Denzer lächelte verschmitzt.

»Warum haben Sie eigentlich diesen enormen Aufwand mit den Seilwinden getrieben?«, fragte der Leiter des K1, obwohl er sich ziemlich sicher war, die Antwort bereits zu kennen. »Sie hätten Toni doch mit bedeutend einfacheren Tatwerkzeugen töten können.«

»Tja, wenn Sie wüssten, was ich weiß, wäre Ihnen das sofort klar.«

»Was weiß ich denn nicht?«

Es vergingen einige Sekunden, bis Jürgen antwortete. »Toni hat meinen Vater mit einer Seilwinde ermordet«, sagte er mit belegter Stimme.

»Wie denn das?«, mimte Tannenberg weiter den Ahnungslosen.

In komprimierter Form erzählte Jürgen nun, was er von Albert Winter erfahren hatte. Kurz nachdem er geendet hatte, kehrte Michael Schauß zurück.

»Die hab ich für uns im Schwesternzimmer organisiert«, verkündete er stolz, während er mit dem Rücken die Tür ins Schloss drückte. Er stellte die beiden dampfenden Henkeltassen auf einen Beistelltisch, der neben dem Bett des Patienten stand, und zwinkerte seinem Vorgesetzten zu. »Die Mädels konnten meinem Charme einfach nicht widerstehen.«

Tannenberg signalisierte ihm mit einem scharfen Blick, die Befragung nicht zu stören. Anschließend wandte er sich wieder Jürgen zu. »Ach, jetzt geht mir ein Licht auf: Sie haben also die Anschläge auf Anton Denzer deshalb mit Seilwinden ausgeführt, weil damals solch ein Ding als Tatwerkzeug für den Mord an Ihrem Vater verwendet wurde?«

Jürgen stimmte mit einer Kopfbewegung zu. »Aug um Aug, Zahn um Zahn – so steht es bereits im Alten Testament geschrieben«, zitierte er aus der Heiligen Schrift. »Oder an anderer Stelle heißt es in der Bibel: Die Rache ist mein, sprach der HERR.«

»Blöde Sprüche«, grummelte Schauß ungehalten vor sich hin.

»Nein, nein, da steckt eine Menge Weisheit drin«, behauptete der Patient und musterte den jungen Kommissar mit verklärtem Blick. »Der Verlauf unseres Lebens ist von vornherein festgelegt, auch wenn viele das nicht wahrhaben wollen.«

»Au, jetzt wird's auch noch philosophisch«, höhnte Schauß. »Oder besser gesagt: theologisch.«

»Machen Sie sich nur lustig über mich, Herr Kommissar. Obwohl Sie es anscheinend nicht wahrhaben wollen und dieses Thema verdrängen: Auch Ihre Wege sind vorbestimmt. Woher wollen Sie denn wissen, dass ein vermeintlicher Zufall Sie nicht schon morgen dazu bringt, ebenfalls zu töten.«

»Blödsinn. Man hat immer eine Wahl, selbstverständlich auch die Wahl, nicht zu töten«, konterte der Kriminalbeamte.

»Nein, Herr Kommissar, das sehen Sie leider völlig falsch. Gott bestimmt unser Leben bis ins Detail. Und wenn er uns ein Zeichen, eine Handlungsaufforderung schickt, müssen wir ihm gehorchen.« Jürgen atmete tief ein und aus. »So wie er mir an dem Tag, als ich nach dem Besuch bei Winter nach Hause fuhr, ein Zeichen geschickt hat.«

»Welches Zeichen?«, wollte Tannenberg wissen.

Denzers Stiefsohn schmunzelte versonnen. Er schloss die Augen und rief sich diese Situation in Erinnerung: »Ich sehe alles vor mir, so als sei es erst gestern geschehen: Wie in Trance setze ich mich in mein Auto und schalte das Radio an. Ein Moderator von SWR 3 kündigt einen Song an, dessen Text er vorher übersetzt.«

Jürgen brach ab und schob eine Erläuterung ein: »Ich habe vorhin zu erwähnen vergessen, dass Albert Winter den 3. September 1974 als den Todestag meines Vaters angegeben hatte.« Er schüttelte den Kopf. »Und dann höre ich im Autoradio diese Übersetzung: Es war am 3. September, ein Tag, den ich nie vergessen werde. Denn das war der Tag, an dem mein Vater starb. Leider hatte ich nie die Gelegenheit, ihn kennen zu lernen.«

»Der Text von ›Papa was a rolling stone‹«, bemerkte Tannenberg.

»Ja, genau. Wörtlich übersetzt: Vater war ein rollender Stein«, sagte Jürgen mit gepresster Stimme.

»Ach, du Scheiße«, zischte der Leiter des K1, »dann hat sich also Ihr ermordeter Vater in eine Steinkugel verwandelt und Rache genommen.«

»Das ist ja irre«, meinte Michael Schauß. »So ein wahnsinniger Zufall.«

»Es war kein Zufall, sondern ein göttlicher Fingerzeig. Wie schon gesagt: Es gibt im Leben keine Zufälle. Alles ist vorbestimmt. Ich hatte gar keine andere Wahl: Ich musste diesen göttlichen Befehl ausführen, um den Tod meines Vaters zu rächen.«

»Mann, oh Mann«, stöhnte der junge Kommissar auf. Er wollte partout nicht wahrhaben, was er da gerade gehört hatte. »Am Ende glauben Sie wohl auch noch, die Temptations hätten dieses Lied extra für Sie geschrieben.«

Jürgen kicherte blechern. »Nein, das ist leider unmöglich, denn der Song erschien bereits im Frühjahr 1972. Trotzdem war er die Initialzündung für meinen Rachefeldzug. Aber ich kann noch mit einem weiteren angeblichen Zufall dienen: Als Kind habe ich oft am Rothenberg gespielt. Deshalb wusste ich, dass direkt hinter der Villa ein Felsen im Hang liegt, der nur von einer Kiefer gehalten wurde.« Die Stimme des Patienten wurde schrill: »Eine Kiefer! Dieselbe Baumart, mit der mein Vater ermordet wurde. Das konnte alles kein Zufall sein!«

»Wie haben Sie sich eigentlich Klarheit darüber verschafft, dass Sie nicht Toni Denzers leiblicher Sohn sind?«, wollte Tannenberg wissen.

»Mit einem Gentest natürlich.«

»Das Ergebnis muss doch ein unglaublicher Schock für Sie gewesen sein«, meinte Tannenberg.

»Ja, klar war es das. Wie wären Sie denn mit der schrecklichen Gewissheit umgegangen, dass Sie jahrzehntelang belogen und betrogen wurden? Das Allerschlimmste war natürlich die Erkenntnis, dass ich die ganze Zeit über gemeinsam mit dem Mörder meines Vaters unter einem Dach leben …«

Jürgen schluchzte auf. »Und mich auch noch von diesem Sauhund schlagen und quälen lassen musste.« Er seufzte leidend. »Obwohl, auf der anderen Seite war es irgendwie auch eine Befreiung, denn ich habe all die Jahre über gespürt, dass Toni nicht mein richtiger Vater ist.«

Einige Sekunden herrschte Schweigen.

»Aber, dass ausgerechnet er der Mörder meines leiblichen Vaters ist, hat mich dann doch total geschockt«, fuhr Jürgen fort. Seine Augen verengten sich und er presste seine Worte durch die geschlossenen Zahnreihen: »Dieses Wissen hat mich so unglaublich wütend gemacht, dass der Hass auf ihn Tag für Tag größer und größer wurde. Bis ich es irgendwann einfach nicht mehr ertragen habe und etwas unternehmen musste.«

Tannenberg räusperte sich ausgiebig und sagte in einfühlsamem Ton: »Es tut mir leid, aber ich glaube, jetzt muss ich Sie wohl schocken.«

»Mich kann nichts mehr schocken«, erklärte Jürgen, während er abschätzig den linken Mundwinkel hochzog.

Okay, von mir aus, dann eben ohne weitere Vorwarnung, dachte der Kriminalbeamte. Warum soll ich auch mit einem brutalen Verbrecher rücksichtsvoll umgehen?

»Toni Denzer ist nicht der Mörder Ihres Vaters«,

sagte er in einem eiskalten Ton, der die Zimmertemperatur sofort um einige Grad absenkte.

»Was'n das für'n Quatsch?«, spottete Jürgen.

»Kein Quatsch, sondern die Wahrheit«, erwiderte Wolfram Tannenberg. Er zog die Fotokopien hervor und hielt sie dem Patienten vor die Augen. »Ich nehme an, Sie kennen die beteiligten Personen. Das hier ist der Beweis: Nicht Toni, sondern Albert Winter hat Ihren Vater ermordet.«

Jürgen Denzer hatte das Gefühl, als ob gerade gleichzeitig Decke und Wände auf ihn einstürzten. Er rang nach Atem, sein Puls jagte in die Höhe, worauf die Monitore hektisch zu blinken begannen.

»Das glaube ich nicht«, ächzte er, »das glaube ich einfach nicht.«

»Diese Fotos haben wir übrigens einem tatsächlichen Zufall zu verdanken«, schmunzelte Wolfram Tannenberg. »Einem Zufall, den Sie begünstigt haben. Denn ohne Ihre Ansichtskarte wären wir wahrscheinlich niemals in Kreilingers Hundezwinger auf den Schließfachschlüssel gestoßen. Allerdings war der Text auf der Ansichtskarte falsch. ›Albert Winter ist der Täter‹ hätte er lauten müssen.«

20

Wie Kanonenschläge dröhnte der dumpfe Bass durch das sonnendurchflutete Schwarzbachtal. Anton Denzer streckte die Arme aus und brüllte dem schneidenden Fahrtwind entgegen: »Ach Gott, Wally, ist das Leben so schön. Übermorgen liegen wir in Südamerika am Strand. Und dann geht's ab ins pralle Leben. Wir machen uns noch ein paar wunderbare Jahre.«

Von hinten packte er Wallys wogenden Busen, so als wolle er mit seinen Händen zwei Melonen zerquetschen.

Die Harley Davidson schlingerte. »Mensch, Toni, hör auf, sonst legen wir uns auf die Schnauze«, schimpfte Walburga Spangenberger ungehalten, obwohl sie bereits das schwere Motorrad wieder unter Kontrolle hatte. »Dann können wir uns Südamerika in die Haare schmieren.«

»Komm, fahr mal da vorne rein«, forderte ihr Sozius.

»Zum Clausensee?«

»Jo. Ich möchte mit meinem Zuckerpüppchen schon jetzt ein bisschen Strandfeeling genießen. Quasi als Vorbereitung.«

»Mitten im November? Du hast doch nicht mehr alle Tassen im Schrank!«, rief Wally über die Schulter hinweg.

»Danke für das Kompliment.«

Die Schottersteine knirschten unter den breiten Harleyreifen. Wally stellte ihre Maschine auf den Seitenständer, zog den Zündschlüssel ab und hängte ihren Helm an den Lenker. Toni tat es ihr gleich. Abschließend schlenderten die beiden Hand in Hand zum Ufer des Clausensees, der wie eine Spiegelscheibe zwischen den dunklen Riesenfichten lag.

»Ganz schön kalt für einen Badeausflug«, meinte Walburga Spangenberger und schüttelte sich wie ein nasser Eisbär.

»Ach was, wir haben doch dicke Klamotten an. Außerdem gehen wir nicht schwimmen, sondern nur ein bisschen flanieren«, lachte Toni.

»Komm, wir verzichten auf den Spaziergang und setzen uns ans Ufer.«

»Okay, wie es dir beliebt, mein Schätzchen«, stimmte Toni zu und klatschte ihr auf den Po.

Wally schlug ihm auf die Hand. »Appetit kannst du dir zwar jetzt schon holen, gegessen wird aber erst später.« Grinsend öffnete sie einen Reißverschluss ihrer Lederjacke und fischte zwei Zigarren heraus.

»Super Idee«, lobte Toni. Er kramte eine Schachtel mit langen Streichhölzern hervor, entzündete zwei davon und reichte eins seiner Freundin.

Ein paar Minuten lang pafften die beiden schweigend vor sich hin. Jeder schien seinen Gedanken nachzuhängen. Nur ab und an zerschnitt der spitze Schrei eines Raubvogels die friedliche Stille.

»Jetzt, wo die Waffe entsorgt ist, kann uns garantiert nichts mehr passieren«, sagte Toni mit Blick auf die unbewegte Wasserfläche. Er brummte zufrieden, klemmte die Zigarre zwischen die Zähne und klatschte in die Hände. »In Polen gekauft, in Deutschland vergraben und in Frankreich versenkt. Europa lebe hoch, hoch, hoch.«

Seine Freundin lächelte verschmitzt.

»Hab ich mich eigentlich schon offiziell bei dir bedankt, dass du mir das Leben gerettet hast?«

»Nee, Toni, nicht, dass ich wüsste.«

»Na ja, das liegt wahrscheinlich daran, weil du diesen Saukerl nicht richtig getroffen hast.«

Walburga Spangenberger schnaubte. »Hab ich doch.«

»Das war aber kein sauberer Blattschuss, mein liebes Mädchen.«

»War auch nicht beabsichtigt. Ich wollte Jürgen nicht kaltmachen.«

Anton Denzer stemmte sich auf seine Ellbogen und blickte Wally staunend an. »Das ist ja etwas ganz Neues. Hatten wir nicht etwas anderes vereinbart?«

»Doch, aber ich habe eben kurzfristig umdisponiert.«

»Und warum? Hat der Scheißkerl dir auf einmal leidgetan?«

»Quatsch«, fauchte Walburga Spangenberger. »Ich musste sofort reagieren, als dich dieser Hundsfott plötzlich ins Visier nahm. Trotzdem hätte ich ihn mit einem Kopfschuss erledigen können.«

»Hast du aber nicht.«

»Nee, weil es so viel besser ist.«

Der alte Denzer warf die Stirn in Falten. »Stimmt, eigentlich hast du recht. Jetzt ist sein Körper bewegungsunfähig, aber sein Kopf ist intakt. Diese Strafe ist wirklich viel schlimmer als der Tod. Der soll sein restliches Leben jeden Tag leiden wie ein Stück Vieh.«

Toni bleckte wütend die Zähne. »Dieser Scheißkerl wollte mir das Licht ausblasen, mir! Und das auch noch gleich dreimal. Nee, so etwas darf keiner ungestraft versuchen! Und dieser elende Bastard schon gar nicht.«

»Deshalb haben wir ja auch das zweite Jagdgewehr besorgt, mit dem ich ihn plattmachen sollte. Aber, dass er so dreist sein könnte, ausgerechnet bei der Wildsaujagd noch einmal einen Mordanschlag auf dich zu versuchen, hätte ich nicht gedacht.«

»Ich schon.«

Walburga schüttelte den Kopf. »Bei den vielen Leuten.«

Toni tippte sich an die Stirn. »Der Kerl ist doch so bekloppt da oben drin, dass es mich nicht wirklich gewundert hat.«

»Das kannst du jetzt locker behaupten. Egal. Wenn ich ihn nicht kaltgestellt hätte, würde er es garantiert noch einmal versuchen.« Wallys Miene verdüsterte sich wie auf Knopfdruck. »Außerdem hätte er dich einfach so abgeknallt, wie einen räudigen Köter.«

»Na ja, dazu ist er ja jetzt gottlob nicht mehr in der Lage. Du hast ihn zu einer wirklich angemessenen Strafe verurteilt: lebenslänglich. Diese Vorstellung hat was, das muss ich schon sagen! Danke, mein Schätzchen.« Er tätschelte ihre Wange. »Das hast du richtig gut gemacht.«

»Gern geschehen«, erwiderte Wally. Sie nahm seine stark behaarte Hand und streichelte sie. »Weißt du, Toni, du bist zwar ein fürchterliches Scheusal, aber du würdest mir trotzdem irgendwie fehlen.«

»Schön zu hören.«

»So, wie es gelaufen ist, hat es noch etwas anderes Gutes.«

»Was denn?«

»Na ja, ich habe ihn quasi in Notwehr erledigt.«

»Gewissensbisse?«

»Nee, denn der Mistkerl hat es schließlich mehr als verdient.«

»Das sehe ich genauso«, pflichtete Anton Denzer bei. Mit seinem Hirschlederschuh schob er einen kleinen Sandstein zur Seite und brummte dabei: »Obwohl es eigentlich ziemlich schade um ihn ist.«

»Wieso denn das auf einmal?«, wollte Walburga verwundert wissen.

»Weil Jürgen schon immer ein schlaues Bürschchen war. Sein Anschlagsplan war ja auch nicht von schlechten Eltern. Die Idee, die blöden Bullen mit den mechanischen Seilwinden total zu verarschen und sich selbst dadurch ein hieb- und stichfestes Alibi zu verschaffen, war ja durchaus genial.«

»Wie bist du ihm denn überhaupt auf die Schliche gekommen?«

Der Parkettfabrikant winkte ab. »Ach, beim ersten Mal war's reiner Zufall. Ich musste ja raus vor die Villa zum Telefonieren, weil Kreilinger mit mir etwas Wichtiges wegen der Wildsaujagd bequatschen wollte. Na ja, und dabei hab ich zufällig durchs Wohnzimmerfenster geschaut und gesehen, dass Jürgen nicht am Tisch saß, obwohl seine Brüder dies behaupteten. Ganz anders als die Bullen, haben die es ziemlich schnell gerafft und Jürgen ein hieb- und stichfestes Alibi gegeben.«

»Weil sie darauf spekulierten, dass er es noch einmal versuchen würde.«

Toni nickte. »Aber es ist echt schade, dass Jürgen seine Chance nicht wahrgenommen hat. Hätte er besser gespurt und sich nicht immer quergestellt, hätte aus ihm etwas werden können, zum Beispiel mein Nachfolger. Den nötigen Grips hat er ja – im Gegensatz zu seinen schwachsinnigen Brüdern. Er ist der einzige Fähige meiner Söhne, obwohl er gar nicht mein leiblicher Sohn ist.«

Wally nahm einen flachen Kieselstein und warf ihn so geschickt auf die Wasserfläche, dass er wie ein Floh darauf herumtanzte.

»Beim zweiten Anschlag habe ich kurz vor dem Einsturz des Holzstapels ein summendes Geräusch gehört«, sagte Toni nach einer kleinen Denkpause. »Irgendwann später habe ich mich daran erinnert. Und da war mir schlagartig klar, wie es dieser kleine

Saukerl angestellt hatte. Der Trick mit der ferngesteuerten elektrischen Seilwinde war wirklich nicht schlecht«, lobte er abermals. »Nur habe ich ihn eben durchschaut. Und dann musste natürlich eine Bestrafung erfolgen.«

»Die uns ja auch gelungen ist.«

»Dank dir, mein Schätzchen.«

Anton Denzer versuchte, ebenfalls einen flachen Stein über das Wasser flippen zu lassen. Doch der traf mit der spitzen Seite auf und ging sofort unter.

»Anfänger«, spottete Wally.

Toni ließ seinen Blick über den See hinüber zu der kleinen Insel wandern. »Ist schon komisch, dass wir jetzt ausgerechnet am Clausensee sind.«

»Wieso?«

»Weil wir hier als Jugendliche oft zelten waren. Da bin ich auch mal mit Rolf und Heike zusammengerasselt.« Er seufzte wehmütig. »Heike war wirklich eine Traumfrau.«

»Aber wohl leider zu weich und dünnhäutig für das harte Leben an deiner Seite.«

»Tja, das stimmt. Außerdem hat sie Rolf immer noch nachgetrauert.« Toni grunzte abschätzig. »Und sie hat gemeint, ich merke es nicht.«

»Ach, was soll's, Toni, sie war eh nicht so kernig wie ich«, sagte Walburga Spangenberger und donnerte ihm kumpelhaft die Hand auf den Oberschenkel.

»Nee, Wally, du bist das absolute Granatenweib.«

»Schon wieder diese Scheiß-Bullen. Die gehen mir allmählich tierisch auf'n Sack!«, fluchte Toni, als er gut eine halbe Stunde später die beiden Kriminalbeamten vor Wallys Räucherkammer entdeckte. Nach der Zerstörung der Villa war er zu seiner Freundin gezogen, die über ihrem Tabakladen wohnte.

»Sollen wir abhauen?«, fragte die Harleyfahrerin, während sie am Gasgriff herumspielte.

»Nee, warum denn? Die können uns gar nichts, schließlich haben sie keinen einzigen stichhaltigen Beweis.«

»Und was wollen die dann von uns?«

»Hast du die Mordanschläge auf mich vergessen? Ich bin Opfer, nicht Täter.« Absichtlich ließ Toni die beiden Motorradhelme aneinanderstoßen. »Vielleicht wollen sie ja nur ein paar Zigarren bei dir kaufen«, scherzte er. »Komm, fahr hin, sonst reimen die sich noch sonst was über uns zusammen.«

Mit einer übertriebenen Freundlichkeit begrüßte Walburga Spangenberger die Ermittler und fragte nach dem Grund ihres Besuchs.

»Könnten wir bitte hoch in Ihre Wohnung gehen?«, fragte Tannenberg höflich.

»Haben Sie einen Durchsuchungsbeschluss?«, bellte Toni.

»Nein, Herr Denzer, den haben wir nicht.«

»Na, dann müssen Sie wohl leider Ihre Fragen hier unten auf der Straße stellen«, posaunte Toni lauthals. Eine Passantin schaute neugierig zu ihm hin.

»Alle Affen glotzen«, giftete er sie an. Dann legte er die Hände vor die Augen und streckte die Zunge heraus.

»Flegel!«, schimpfte die Frau und zog kopfschüttelnd des Weges.

»Sie sind ja richtig gut drauf, Herr Denzer«, bemerkte Michael Schauß.

»Hab auch allen Grund dazu«, entgegnete Toni und legte seinen Arm auf Wallys Schulter. »Gell, mein Schätzchen, uns beiden geht es saugut.«

»Möglicherweise nicht mehr allzu lange«, murmelte der junge Kommissar.

»Wieso?«, fragte Walburga Spangenberger mit besorgter Miene.

»Packen Sie schnell ein paar Sachen zusammen, Herr Denzer, Sie werden uns nämlich zu unserer Dienststelle begleiten.«

»He?«, ächzte Toni. Einen Moment lang vergaß er, den Mund zu schließen.

Tannenberg zeigte ihm den Haftbefehl, ließ ihn dann aber gleich wieder in der Innentasche verschwinden. »Hiermit nehme ich Sie vorläufig fest«, knallte er Toni schonungslos vor die braune Hirschlederjacke, die er anstatt einer Lederkombi beim Motorradfahren trug. Während Denzer ihn ungläubig anstarrte, schob er nach: »Übrigens ist der Haftbefehl von Ihrem Jagdgenossen und Golfpartner Dr. Siegbert Hollerbach unterschrieben.«

»Dieses blöde Arschloch«, spuckte Toni förmlich aus. Da der alte Denzer damit genau das ausgespro-

366

chen hatte, was auch Tannenberg oft dachte, huschte ein süffisantes Lächeln über sein Gesicht.

Anton Denzer stemmte herausfordernd die Hände auf die Hüftknochen. »Aus welchem Grund wollen Sie mich denn verhaften?«

»Na, raten Sie doch einfach mal«, schlug der Leiter des K1 vor.

Toni zog die Stirn in Falten. »Ich hab jedenfalls nicht auf Jürgen geschossen.«

»Das ist auch nicht der Grund, weshalb wir hier sind.«

»Warum denn dann?«

»Weil wir Sie beschuldigen, am 3. September 1974 auf besonders grausame und heimtückische Art und Weise den Waldarbeiter Rolf Kleemann ermordet zu haben.«

»He?«, stutzte Toni. Nach einer Schrecksekunde wedelte er mit dem Zeigefinger. »Ich hab ihn nicht umgebracht. Wer behauptet denn so etwas Bescheuertes?«

»Jürgen Denzer und Albert Winter.«

»Woher will Jürgen das denn wissen?«

»Herr Winter hat es ihm kurz vor seinem Tod gebeichtet.«

»Was hat er ihm gebeichtet?«

Tannenberg grinste breit. »Na, dass Sie Rolf Kleemann getötet haben.«

»Das ist aber erstunken und erlogen.«

»Die Kriminalpolizei ist im Besitz von eindeutigen Beweisfotos.«

»Und auf denen soll zu sehen sein, dass ich Rolf ermordet habe?« Toni grunzte höhnisch und schüttelte den Kopf. »Nee, das müssen Fotomontagen sein.«

»Sind es aber nicht, sondern Originalfotos. So, und nun packen Sie endlich Ihre Sachen zusammen. Mein Kollege wird Sie in die Wohnung von Frau Spangenberger begleiten.«

Doch Anton Denzer machte keinerlei Anstalten, der Aufforderung Folge zu leisten. Während er nervös die Unterlippe einsaugte und darauf herumlutschte, trat er von einem Fuß auf den anderen.

»Albert hat Rolf ermordet«, erklärte er mit fester Stimme. »Ich war nur dabei.«

»Winter behauptete aber das Gegenteil.«

»Der Scheißkerl hat gelogen wie gedruckt.«

»Warum sollte er das tun?«

»Ist doch klar: Weil er mir den Mord in die Schuhe schieben wollte.«

»Stimmt es eigentlich, dass Albert Winter und Sie wegen dieser Sache von Kreilinger erpresst wurden?«

Toni zögerte einen Moment mit der Antwort. Der abrupte Themenwechsel verwirrte ihn und er wusste offenbar nicht so recht, wie er sich nun verhalten sollte.

»Wurden Sie beide nun von Kreilinger erpresst oder wurden Sie es nicht?«, erhöhte Schauß den Druck.

»Ja, schon«, erwiderte Anton Denzer leise. Dann

schwoll seine Stimme merklich an. »Albert hat im Laufe der Jahre wohl eine Menge Kohle an Kreilinger abgedrückt …«

»Sie nicht?«

Toni schürzte arrogant die Lippen. »Ich doch nicht. Bei mir hat er es zwar auch mal versucht, aber ich hab ihn an der Gurgel gepackt und gedroht, ihm den Hals umzudrehen. Das hat gereicht. Der Sauhund hat es nie mehr probiert.« Er winkte ab. »Aber Albert war ja schon früher ein totales Weichei.«

»Und ein brutaler Mörder«, ergänzte Tannenberg.

»Was?«, fragte Toni verdutzt. »Eben haben Sie noch behauptet, ich hätte Rolf ermordet.«

»Sie wissen doch genauso gut wie wir, dass das nicht stimmt. Wir wissen es wegen der Fotos und Sie wissen es, weil Sie dabei waren«, verkündete der Chef-Ermittler und kramte die Beweisfotos aus der Jacke.

»Das sind also diese berühmten Fotos«, sagte Denzer. »Ich hab sie ja noch nie gesehen.« Er ließ sich auf dem Rand eines Pflanzkübels nieder und studierte jedes Foto eingehend.

»Wissen Sie vielleicht, warum Winter solch einen unglaublichen Hass auf Rolf Kleemann hatte? Einen Hass, der ihn zum Mörder werden ließ.«

Toni schaute auf. »Ganz einfach: Er war von Heike besessen und wollte sie unbedingt heiraten. An dem Tag sind wir zuerst in die Stadt gefahren, um irgendwelche Weiber aufzureißen. Und als das nicht so geklappt hat, haben wir uns die Birne zuge-dröhnt und fast bis zur Besinnungslosigkeit gekifft und gesoffen.«

Er atmete schwer und räusperte sich. »Irgendwie ist es dann einfach passiert. Ich hab die ganze Sache gar nicht richtig mitgekriegt, so zugedröhnt wie ich war.« Er wühlte in seinen Haaren. »Nachdem Rolf tot war, wollte sich Albert um Heike kümmern, aber sie hat ihn abblitzen lassen. So wie vorher auch, wo er schon mehrmals versucht hatte, bei ihr zu landen. Aber sie hat ihn immer nur ausgelacht. Und als Heike dann mich geheiratet hat, ist Albert fast wahnsinnig geworden.« Toni klatschte sich an die Stirn. »Klar, natürlich, jetzt kapier ich's endlich.«

»Was kapieren Sie?«, fragte Schauß nach.

»Albert muss einen derartigen Hals auf mich gehabt haben, dass er sich an mir rächen wollte. Deshalb hat er Jürgen damit aufgestachelt, dass ich seinen leibli-chen Vater ermordet hätte. Und dieser blöde, verblen-dete Jürgen ist ihm voll auf den Leim gegangen. Albert hat ihn als Killermaschine programmiert und ihn wie einen Kampfhund auf mich gehetzt.« Denzer legte den Kopf ins Genick. »Was für ein Wahnsinn.«

»Ja, das ist der blanke Wahnsinn«, stimmte Tan-nenberg zu. »So, und nun gehen Sie hoch und packen endlich Ihre Sachen.«

»Was soll der Quatsch?«, zischte Anton Denzer. Er wedelte mit den Fotos und verkündete: »Was wollen Sie denn von mir? Hier haben Sie doch den eindeuti-gen Beweis, dass ich Rolf nicht getötet habe.«

»Das ist schon richtig, mein lieber Herr Denzer«, bestätigte Tannenberg. »Aber Sie haben sich der Beihilfe schuldig gemacht.«

Toni zog die Augenbrauen hoch und breitete beschwörend die Arme aus. »Aber, Herr Hauptkommissar, die Sache ist 35 Jahre her – und damit schon längst verjährt.«

Wolfram Tannenbergs Gesicht verwandelte sich in ein einziges breites Grinsen. »Von wegen verjährt. Beihilfe zum Mord verjährt ebenso wenig wie Mord.«

ENDE

Website des Autors:
www.tannenberg-krimis.de

BERND FRANZINGER
Dinotod

....

324 Seiten, Paperback.
ISBN 978-3-89977-630-0.

FRAUENMORD IM DINO-PARK Auf dem Gelände der größten Dinosaurier-Ausstellung Europas entdecken Kinder einen von den stacheligen Rückenplatten eines Stegosaurus aufgespießten weiblichen Leichnam. Bei der Toten handelt es sich um die Frauenbeauftragte des nahegelegenen Bildungszentrums. Bereits ein paar Tage später treibt der leblose Körper einer engagierten Kulturjournalistin nur wenige Meter von der Urtier-Nachbildung entfernt in einem kleinen See.

Hauptkommissar Tannenberg ist von den schrecklichen Ereignissen gleich in mehrfacher Hinsicht direkt persönlich betroffen. Die Mordserie weist deutliche Parallelen zu seinem ersten Fall auf. Aber die offensichtlichen Hinweise will er zunächst ebenso wenig wahrhaben, wie die Tatsache, dass urplötzlich sein eigener Bruder in Tatverdacht gerät.

BERND FRANZINGER
Ohnmacht

....

377 Seiten, Paperback.
ISBN 978-3-89977-619-5.

ALPTRAUM ORGANHANDEL Von einem Eisenbahntunnel herunter wird ein betäubter Mann auf die Gleise geworfen und kurz danach von einem Intercity überrollt. Exakt 48 Stunden später wiederholt sich dieses makabere Szenario. Aber das ist nicht das Einzige, was die Toten miteinander verbindet: beide waren nackt, ihre Hinterteile zierte die gleiche auffällige Tätowierung. Da die Mordopfer ansonsten keinerlei Identifikationsmerkmale aufweisen, gestaltet sich die Ermittlungsarbeit zunächst äußerst schwierig.

In Wolfram Tannenbergs privatem Umfeld ereignen sich derweil erfreuliche Dinge: Nichte Marieke hat ihren Traummann gefunden. Umso größer ist der Schock, als sie erfährt, dass ihr Freund nach einem Motorradunfall in eine Privatklinik eingeliefert werden musste ...

GMEINER

Wir machen's spannend

BERND FRANZINGER
Zehnkampf

···································

368 Seiten, Paperback.
ISBN 978-3-8392-1086-4.

UNTER BESCHUSS Tannenbergs Neffe nimmt an einem Zehnkampf teil. Während des 100m-Laufs wird ein Sprinter von der Kugel eines Heckenschützen niedergestreckt. Am nächsten Tag entdeckt man in einer Weitsprunggrube einen Sportler, der ebenfalls mit einem Präzisionsschuss getötet wurde. Der heimtückische Killer hat sich offenbar zum Ziel gesetzt, innerhalb eines engen Zeitfensters zehn Menschen mit jeweils nur einem einzigen Schuss zu töten. Plötzlich gerät Kommissar Tannenberg selbst ins Fadenkreuz ...

BERND FRANZINGER
Leidenstour

···································

327 Seiten, Paperback.
ISBN 978-3-8392-1016-1.

HÖLLENRITT Für den Jungprofi Florian Scheuermann geht ein Lebenstraum in Erfüllung: Er wird für den Rennstall der Radsport-Legende Bruce Legslow nachnominiert und darf an der diesjährigen Tour de France teilnehmen. Doch schon bald verfliegt seine anfängliche Euphorie. Bei einer Trainingsausfahrt wird er Opfer eines heimtückischen Anschlags. Kurz darauf wird ein Mechaniker seines Teams tot aufgefunden. Er wurde im Schlaf mit einer Fahrradkette erdrosselt.

Kommissar Wolfram Tannenberg ermittelt fieberhaft. Gibt es einen Zusammenhang zwischen dem Mord und den Dopingpraktiken, mit denen auch Florian konfrontiert wird? Als dann auch noch bei einer Pressekonferenz ein mysteriöser Doping-Kronzeuge durch ein Sprengstoffattentat getötet wird, entwickelt sich der verheißungsvolle Karrierestart endgültig zum Albtraum ...

Wir machen's spannend

BERND FRANZINGER
Kindspech

······································

326 Seiten, Paperback.
ISBN 978-3-89977-777-2.

TEUFLISCHES SPIEL Panik im Hause Tannenberg: Emma, der jüngste Spross des Familienclans, wurde entführt. Zunächst deutet alles auf eine Verwechslung hin. Doch als am nächsten Morgen Tannenbergs Todesanzeige in der Zeitung erscheint, erfährt der Fall eine dramatische Wende.

Fieberhaft suchen die Ermittler nach einer Person, die ein Motiv für diesen Racheakt haben könnte. Derweil befindet sich die kleine Emma im schalldicht isolierten Keller des skrupellosen Entführers, dem sie auf Gedeih und Verderb ausgeliefert ist. Eingepfercht in einen Gitterkäfig steht sie Todesängste aus.

Der Kidnapper stellt Tannenberg ein Ultimatum und zwingt ihn zur Teilnahme an einem teuflischen Spiel. Ein verzweifelter Wettlauf gegen die Zeit beginnt …

BERND FRANZINGER
Jammerhalde

······································

324 Seiten, Paperback.
ISBN 978-3-89977-727-7.

NEUE MORDE IM PFÄLZER-WALD An der Jammerhalde, einem düsteren Nordhang im Pfälzerwald, wurde im Dreißigjährigen Krieg ein grausames Massaker verübt. Genau an diesem geschichtsträchtigen Ort wird ein männlicher Leichnam entdeckt, dem schon bald weitere folgen sollen. Alle Opfer wurden auf bestialische Art und Weise getötet und verstümmelt. Nach jedem Mord legt der Täter zudem eine weiße Lilie auf dem Gedenkstein der Jammerhalde ab.

Was bedeuten diese makaberen Arrangements? Haben die Taten etwas mit einer ungelösten Liebespaar-Mordserie aus den 70er-Jahren zu tun? Die Suche nach dem brutalen Serienmörder führt Hauptkommissar Wolfram Tannenberg zu einem Historikerverein, bei dem auch seine neue Herzdame, Johanna von Hoheneck, Mitglied ist.

GMEINER

Wir machen's spannend

Unsere Lesermagazine
2 x jährlich das Neueste aus der Gmeiner-Bibliothek

DIN A6, 20 S., farbig   *19 x 19 cm, 16 S., farbig*   *24 x 35 cm, 20 S., farbig*

GmeinerNewsletter
Neues aus der Welt der Gmeiner-Romane

Haben Sie schon unsere GmeinerNewsletter abonniert?
Monatlich erhalten Sie per E-Mail aktuelle Informationen aus der
Welt der Krimis, der historischen Romane und der Frauenromane:
Buchtipps, Berichte über Autoren und ihre Arbeit, Veranstaltungs-
hinweise, neue Literaturseiten im Internet und interessante Neuig-
keiten.
Die Anmeldung zu den GmeinerNewslettern ist ganz einfach.
Direkt auf der Homepage des Gmeiner-Verlags (www.gmeiner-ver-
lag.de) finden Sie das entsprechende Anmeldeformular.

Ihre Meinung ist gefragt!
Mitmachen und gewinnen

Wir möchten Ihnen mit unseren Romanen immer beste Unterhaltung
bieten. Sie können uns dabei unterstützen, indem Sie uns Ihre Meinung zu den Gmeiner-Romanen sagen! Senden Sie eine E-Mail an
gewinnspiel@gmeiner-verlag.de und teilen Sie uns mit, welches Buch
Sie gelesen haben und wie es Ihnen gefallen hat. Alle Einsendungen
nehmen automatisch an großen Jahresgewinnspiel mit attraktiven
Buchpreisen teil.